本书为饶芃子教授主持的国家社科基金重大项目
"百年海外华文文学研究"子课题

海外华文文学的跨界研究

王列耀 等◎著

中国社会科学出版社

图书在版编目(CIP)数据

海外华文文学的跨界研究 / 王列耀等著 . —北京：中国社会科学出版社，2022.12

ISBN 978-7-5227-0621-4

Ⅰ.①海… Ⅱ.①王… Ⅲ.①华文文学—文学研究—世界 Ⅳ.①I106

中国版本图书馆 CIP 数据核字(2022)第 134704 号

出 版 人	赵剑英
责任编辑	慈明亮
责任校对	季 静
责任印制	戴 宽

出　　版	中国社会科学出版社
社　　址	北京鼓楼西大街甲 158 号
邮　　编	100720
网　　址	http://www.csspw.cn
发 行 部	010-84083685
门 市 部	010-84029450
经　　销	新华书店及其他书店
印　　刷	北京君升印刷有限公司
装　　订	廊坊市广阳区广增装订厂
版　　次	2022 年 12 月第 1 版
印　　次	2022 年 12 月第 1 次印刷
开　　本	710×1000　1/16
印　　张	19.75
插　　页	2
字　　数	335 千字
定　　价	108.00 元

凡购买中国社会科学出版社图书，如有质量问题请与本社营销中心联系调换
电话：010-84083683
版权所有　侵权必究

目　　录

绪论　华文文学"跨界"类型与意义 …………………………… (1)
　　一　从族群离散到文学表述 ……………………………… (2)
　　二　跨界景观与凝视 ……………………………………… (9)
　　三　语言的命运 …………………………………………… (16)

第一章　多元文化语境中的跨族裔写作 ……………………… (21)
　第一节　异族叙事：族裔身份及其跨界表述 ………………… (21)
　　一　"我是谁？""他是谁？"：族裔身份与文化认同 ……… (21)
　　二　异族叙事："杂居经验"的言说 ……………………… (24)
　　三　"异族亲情"：跨族裔的"家" ………………………… (44)
　第二节　"另类爱情"：文化碰撞中的异族婚恋 ……………… (56)
　　一　异族婚恋中的女性形象 ……………………………… (56)
　　二　多元杂糅的异族婚恋形态 …………………………… (65)
　　三　作为族群政治隐喻的异族婚恋 ……………………… (71)
　第三节　东西语境中的犹太人书写 …………………………… (80)
　　一　20世纪60—80年代"扁平"的犹太人形象 ………… (80)
　　二　20世纪90年代"圆形"的犹太人形象 ……………… (86)
　　三　犹太人书写与作家身份及心态嬗变 ………………… (91)
　　四　犹太人书写的理论反思 ……………………………… (96)
　第四节　东西语境中的"混血儿"书写 ………………………… (98)
　　一　去污名化 ……………………………………………… (98)
　　二　游离的身份迷宫 ……………………………………… (109)

第二章　"再留学"作家的越界书写 …………………………… (117)
　第一节　"再留学"——海外华文作家的回流 ………………… (117)

一　留学、游学和再留学 …………………………………… （117）
　　二　"再留学"作家群体构成 ………………………………… （120）
　　三　"再留学"写作的文化心理分析 ………………………… （126）
第二节　学者"再留学"的批判与重建 …………………………… （133）
　　一　赵毅衡：当说者被说 …………………………………… （134）
　　二　北岛：在漂泊中诗意栖居 ……………………………… （138）
　　三　刘再复：两度人生中守护学术生命 …………………… （143）
第三节　两栖者的超越与融入 ……………………………………… （147）
　　一　严歌苓：从中心走向"中心" …………………………… （149）
　　二　虹影：创伤书写的跨界疗救 …………………………… （159）
　　三　施雨：世华文坛的文心 ………………………………… （172）
第四节　海归作家的"内"与"外" ………………………………… （177）
　　一　曾在天涯 ………………………………………………… （179）
　　二　何以"金蝉脱壳" ………………………………………… （184）
本章结语 ……………………………………………………………… （188）

第三章　海外华文文学中的跨语言书写 …………………………… （191）
第一节　北美与欧华作家的跨语言书写 ………………………… （191）
　　一　显性的跨语言书写 ……………………………………… （192）
　　二　中西文化思维的碰撞与融合 …………………………… （195）
　　三　"语言嬉戏"与"离散"身份追寻 ……………………… （198）
第二节　海外华人作家非母语书写的意向性与特殊性 ………… （201）
　　一　跨语言创作实践的发生：时代背景与作家选择 …… （202）
　　二　"同"与"异"的呈现：跨语言文学对母国文化的承继
　　　　与突破 …………………………………………………… （209）
第三节　跨语言书写对比较文学的意义 ………………………… （213）
　　一　流动与传播：获得语写作与再生华文文学 ………… （213）
　　二　跨语言书写对本土文学的反哺和对世界文学的贡献 …… （216）

第四章　海外华文文学与华文传媒互动 …………………………… （224）
第一节　华文传媒与海外华文文学的联姻 ……………………… （224）
　　一　华文传媒与海外华文文学的发生 ……………………… （224）
　　二　华文传媒与海外华文文学的发展 ……………………… （227）
　　三　华文传媒与海外华文文学的转型 ……………………… （230）

第二节　内地对海外华文文学的推动 (232)
  一　"大众化"：影响渐微 (233)
  二　经典化：积极介入 (236)
  三　学科化：深度卷入 (238)
第三节　"世界性"的差异表述 (242)
  一　中心意识制约下的世界性 (243)
  二　本土性焦虑中的世界性 (246)
  三　去中心化的世界性 (249)
第四节　传媒时代华文文学的新空间 (253)
本章结语 (257)

第五章　文学经验与跨文化跨媒介转化 (259)
第一节　当代中国影视产品里的海外华文作品考察 (259)
  一　中国内地电影及合拍片里的海外华文文学作品 (259)
  二　台湾地区及海外华语电影里的海外华文文学作品 (261)
  三　电视剧里的海外华文文学改编 (261)
  四　海外华文文学作品影视改编的主要特点和影响 (264)
第二节　跨文化视域里中国故事的跨媒介转换 (265)
  一　海外中国故事的转换：生存、拼搏、冲突、碰撞 (266)
  二　中国本土故事的转换：怀旧、历史、苦难、传奇 (269)
  三　海外华文作家的跨媒介写作：从"被转化"到"主动"转化 (273)
第三节　跨文体的价值取向 (277)
  一　乡愁的自我抒发与隔岸想象 (277)
  二　奋斗与成长的话语下的中西方文化关系 (281)
  三　本土化程度的差异及边缘人题材的处理 (285)
  四　苦难的淡化与强化 (288)
第四节　海外华文文学跨媒介转化的价值与不足 (290)
  一　海外华文文学与中国影视的关系：从"进入"到"融合" (290)
  二　海外华文文学在中国影视中的地位和价值 (291)
  三　中国影视作品里中海外华文文学作品的局限 (293)
  四　跨文化视域里跨媒介写作的策略 (294)

结语　全球化时代海外华文文学"跨界"动向与意义 ……………（296）
　　一　全球化时代与海外华文文学的"跨界"动向 …………（296）
　　二　全球化时代海外华文文学"跨界"的意义 ……………（302）
后记 ………………………………………………………………（308）

绪论 华文文学"跨界"类型与意义

列维-斯特劳斯曾经指出,大航海是人类旅行的分界,因为此前的人沉浸在完美的自我想象当中,自从通过远行发现同类,个体与群体的远行被赋予现代性内涵。[①] 与行走相关的文学书写,不论是谋生之道,还是追逐财富,都在重构命运的过程中展示出个体经验的巨大变化,并成为一种显示权力的文化政治。"跨界"之所以构成海外华文文学的重要属性,本身是写作主体的经历变动而导致的结果,随着身份重塑过程的不断演变,跨界的丰富向度成为推动华文文学不断溢出原有界限的动力。作为学科意义的"界域"被当成热点谈论,反映了学界对华文文学学科对象的认知上存在某种紧张与焦虑。

跨越界限无疑带来了诸多模糊性。以国籍为主要判断依据的模糊身份,或者可以理解为早期华文文学所经历的一个过渡状态,随着华人在海外生存处境的演变,虽然国籍角度可能实现了由当年"漂洋过海"到"灵根自植"的身份转换,但从文化层面衍生出来的相关问题不仅并未终结,而且在不同的历史时空中以不同的方式呈现。通过文学的途径再现出全球离散经验不断裂变的时代特征,展示出华人群体在世界范畴里的独特族裔经验。

尽管界域的强化意味着对文学主体归属的限制,然而由文学"临界"或"跨界"现象引出的学术空间,不仅呈现了文学演变与再生的复杂性,而且为我们从不同维度重新审视文学及其相关问题赋予了新的契机。人类学家阿帕杜莱(Arjun Appadurai)曾经以五种景象描述全球文化流动的现

---

① [法] 列维-斯特劳斯:《忧郁的热带》,生活·读书·新知三联书店2000年版,第420页。

象，即族群景象、媒体景象、技术景象、金融景象与意识景象，[①]它们既构建了想象世界的砖石，又从一定程度上概括了20世纪以来全球流动的丰富内涵。因此，本书从族群、媒体、技术、文化等维度逐步展开（亦考虑到文学本身的特殊性进行适当调整），旨在呈现出华文文学在进入世界过程中遭遇的离散体验和歧异景观，以及由跨界美学实践产生的文化意义。

一　从族群离散到文学表述

华人的海外迁移带来了经验和认知空间的变化，随之产生的文学扩张了传统文学的边界，极大地丰富了文学题材与书写主题。不过，当我们从学理维度探讨海外华文文学的发生与流变，必须注意移民与文学书写之间并非直接对应的关系。换句话说，华人自19世纪中叶开始的第三次大规模移民浪潮，文学便是书写生存境况改变的结果。虽然从"华人"到"华文"之间的漫长过程经历了"无声"到"发声"的演变，其中甚至还有一个"代言"的阶段，但海外华工由命运重构而面对的整体遭遇，不仅体现出离散遭遇的复杂性，而且直接对应着民族国家的兴衰起落。如果我们把华人的海外迁移从历史语境中抽离，只将百年华文文学视为语言的海外运营，显然无法理解其中内含的政治文化意义。

提及早期华人文学的发生，张维屏的《金山篇》曾被视为最早的华人题材作品，[②]作者号称"广东近代第一重要诗人""粤东三子"之一，但是由于张氏本人并未到过美国，其书写被当成一种理想化的想象。追踪华工出洋的相关历史背景，可以发现它尽管经过想象的加工，与华人生存息息相关的表述，并非完全向壁虚造的结果。

[①] ［美］阿尔君·阿帕杜莱：《消散的现代性：全球化的文化维度》，刘冉译，上海三联书店2012年版，第43页。

[②] 道光癸巳（1833）十二月出版的《中西洋考每月统纪传》曾刊发《兰墩十咏》，标题下注"诗是汉士住大英国京都兰墩所写"，十首诗主要写其伦敦见闻。其一："海遥西北极，有国号英伦。地冷宜柴火，楼高可摘星。意诚尊礼拜，心好尚持经。独恨佛啷嘶，干戈不暂停。"其二："山泽钟灵秀，层峦展画眉。赋人尊女贵，在地应坤滋。少女红花脸，佳人白玉肌。由来情爱重，夫妇乐相依。"其十："地冷难栽稻，由来不阻饥。浓茶调酪润，烘面裹脂肥。美馔盛银盒，佳醪酌玉卮。士风尊饮食，入席预更衣。"语气似中国人，但是没署名。诗参见《中西洋考每月统纪传》（道光癸巳）第80—81页，中华书局1997年影印本，第67页。

中国历史上的海外移民可追溯到汉代前后，直到19世纪初还保持着自发和主动的状态，"海禁"对于这些寻找商机去海外谋取生路的居民实际上形同虚设。清代海禁的加强源于郑成功的"抗清复明"运动，著名南洋史与华侨史研究专家李长傅先生曾经分析："明亡于清，遗民多亡命海外，而福建之漳、泉二郡人多附郑成功抗清，其逃亡于海外者，尤多于粤人及他省之人。故清廷尤嫉视闽省华侨，遂有出海之禁。"① 虽建立了针对私自出洋"斩立决"的严惩制度，但部分被生计所困的人还是愿意铤而走险，因此禁令并未得到有效执行，真正成为一个社会问题并逐渐引起清政府重视，主要还是因为契约华工急剧增长导致事态的扩大。

1806年，英国东印度公司在广州招募300多华工，租用葡萄牙船只从澳门运到槟榔屿，分两批转运到特立尼达岛（第一批147人，第二批192人），这些华工被安排到甘蔗园从事劳动。由于这些华人是自愿出洋，也拉开了中国劳力到海外谋生的序幕，同时开启了华人离散命运的悲情历程。据统计，19世纪上半叶被贩卖到国外的华工为32万人，1850年到1875年增至128万人，其中去美洲的总数为53.5万人（主要是美国西部、古巴和秘鲁），后半叶被掠贩出国的苦力为205万人之多。② 除此之外，还有近400万人在鸦片战争后100多年间由亲友接引或自筹旅费以自由移民的身份移居海外。至少到19世纪中叶止，粤、闽沿海地区地方官对于出洋移民仍然持放任自流的态度。1852年英国议会和外交部针对中国移民问题向英驻广州、香港、厦门、上海等领事馆发出调查函，各地领事的反馈文件中认为广东、福建、江浙、上海等沿海地区的华工出洋是被官方默许的，包括广告、招募中国人出洋的行动完全公开进行。由于劳工输出产生的巨大收益，不少中介公司开始采用拐骗、绑架等强迫手段完

---

① 雍正十二年（1734）下达禁偷渡出洋令，违者严惩。1740年颁行的《大清律例》第二百二十五条规定："一切官员，及军民人等，如有私自出海经商，或移往外洋海岛者，应照交通反叛律处斩立决。府县官员，通同舞弊，或知情不举者，皆斩立决。仅属失察者，免死，革职永不叙用。道员或同品官员失察者，降三级调用。"参见李长傅《南洋华侨史》，暨南大学南洋事业文化部1929年版，第29页。

② 陈翰笙主编：《华工出国史料汇编》第4辑，中华书局1981年版，第179页。按：这个数据仍然不准确，因为很多契约华工数据被瞒报，几个可供大致参照的主要口岸数据为：1876—1898年从厦门出国的华工为1368823人，汕头1512020，德里的华工全部从这里出去。从1847年到1875年，从中国贩往古巴的苦力约15万人，从澳门就运去99149人，贩往秘鲁11万人。1852—1875年，23年中移入美国的华人在20万人以上。

成。出洋本身受法律禁止，受害人不愿向当地官方求助，卖"猪仔"成为一个地方机构很难介入的社会问题，地方官员有时也乐意放任自流。据英国驻广州领事分析，沿海地区需要寻找释放人口过多的出口，缓解巨大的生存压力，而地方官吏认为大量游手好闲的人成为惹是生非的祸根，把一部分人转移到外洋，这些官吏或许反倒会感到宽慰而不是不安。① 由于无法有效接收到海外契约华工艰难处境的信息，在贩卖人口公司、代理和中介的夸张描绘下，加上地方官员的不作为，"去远方"激活了部分穷困中国人对新生活的想象。

回头看张维屏晚年创作的《金山篇》，虽然其时诗人已退居家乡，诗歌却不乏海外知音，甚至有高丽、琉球读者托人买他的诗集："高丽昔年索诗去，琉球今又觅余诗。老夫衰病埋名姓，不解何由海外知？"（《香山何虎臣广文杰年，言有琉球国人属其族兄购余诗集，感赋》）众所周知，番禺作为三邑之一的传统侨乡，与出洋劳工的重要输出口岸黄埔港仅一河之隔，华人流动带回的海外见闻成为创作《金山篇》的题材来源。他通过歌行体的方式将新大陆描绘为希望之邦，其实是契约劳工产生之前中国人在海外冒险并成功归来的诗意呈现，一定程度上象征了诗人突破自我、走向世界的期待，但是这种文人式的单纯想象说明了早期华工的命运无法获得真实表述。

如果说"金山梦"及其破灭反映了早期华人逐梦的曲折心路，那么文学也是这一主体呈现的过程铭刻。王赓武认为 1800 年以来的二百余年间，移民形态大致可分为四种：华商形态、华工形态、华侨形态和华裔形态。② 这种类型划分颇有见地，不过他认为 1850 年以前华商形态是海外移民仅有的存在方式，显然不够准确。鉴于中国人安土重迁的传统观念，出洋主要是面临生存困境的人。随着出洋规模迅速壮大，设在澳门的招工机构依靠中介贩子和掮客到内地招募苦力，在广东、福建等沿海地区造成专事绑架人口的黑帮横行，被掠华工因入猪仔馆遭受虐待，加上航海途中因疾病和虐待去世的，死亡率极高。被拐骗或贩卖到秘鲁、古巴等地的华人更是过着奴隶般的非人生活。

---

① 参见《包令致马姆兹伯利文》第 5 号文件，陈翰笙主编《华工出国史料汇编》第 2 辑"英国议会文件选译"，中华书局 1980 年版，第 5 页。

② 王赓武：《中国移民形态的若干历史分析》，《王赓武自选集》，上海教育出版社 2002 年版，第 193 页。

正因为地方官员未能有效治理贩奴问题,①广州地区的行会不得不向英国领事求助,希望英国方面主导混乱局面的整治。华工苦力的遭遇被汇报到英国枢密院贸易委员会,在委员会转送给秘鲁政府当局的相关文件中,华工的悲惨遭遇被详细揭露。②在英法方面的交涉下,华人出洋的合法化进程被加速完成。咸丰十年(1861),两广总督劳崇光准许各国招工出洋,虽然海禁直到1894年才正式解除,由于此前陆续与英、美、法等国签订准许华工出洋协议,实际上从法律层面打开了华人海外谋生的国门。

早期出国华人虽然规模巨大,但是由于文化水平、自由受限和工作性质等原因,这些华人苦力不太可能有机会从事文学创作,他们的遭遇和命运只能依靠外交官员、船员、旁观者等人进行表述。可以这样说,在华人的海外言说历史中,外交官员曾经承担着"代替发声"的独特角色,其文化政治意义之所以不能忽略,是因为华文文学内在地对应着由"无声"到"发声"的生长过程。

重新审视一百多年前由外交官员之手塑造的他者转述,也许不能从艺术层面呈现出"于无声处听惊雷"的效果,但是可以从主体表达角度理解华人如何面对外界言说自身处境的意义,以及对表述权力与媒体平台建构的追求。更重要的是,国家在维护本国侨民权益时扮演的角色作用,会影响移民与母国之间的认同状况,基于血缘建构起来的情感因素在特定条件下转化为跨越物理距离的文化政治,成为塑造移民群体与故国家园之间稳固关系的支配力量。

晚清对海外华人命运的公开关注,缘于政府机关对契约华工非人遭遇的救济。1872年中国拒绝西班牙在条约口岸招募劳工引发外交纠纷,西班牙驻华公使提出赔偿要求,双方围绕虐待华工展开争执。1874年11月,陈兰彬一行被主管大臣李鸿章委派到美国、古巴、秘鲁三国,密查华工在洋承工情况,容闳记载了当时与秘鲁专使的交流细节,他此前对华工

---

① 颜清煌:《出国华工与清朝官员——晚清时期中国对海外华人的保护》,中国友谊出版公司1990年版,第116页。
② 《枢密院贸易委员会官员J.爱默生·邓内特爵士致外交部官员沃德豪斯勋爵文》第9号文件,陈翰笙主编《华工出国史料汇编》第2辑"英国议会文件选译",中华书局1980年版,第70—76页。

"所见已多，深知此中真相"①，因此直接告诉对方："贩卖华工，在澳门为一极寻常之事，予已数见不鲜。此多数同胞受人凌虐，予固常目击其惨状。当其被人拐诱，即被禁囚室中不令出。及运奴之船至，乃释出驱之登船。登船后即迫其签字，订作工之约，或赴古巴，或赴秘鲁。抵埠登岸后，列华工于市场，若货物之拍卖，出价高者得之。既被卖去，则当对其新主人，再签字另立一合同，订明作工年限。表面上虽曰订年限，实由此限乃永无满期。盖每届年限将满时，主人必强迫其重签新约，直欲令华工终身为其奴隶而后已。以故行时，每于中途演出可骇之惨剧。华工被诱后，既悟受人之愚，复受虐待之苦，不胜悲愤，辄于船至大洋四无涯际时，群起暴动以反抗。力即不足，宁全体投海以自尽。设或竟以人多而战胜，则尽杀贩猪仔之人及船主水手等，一一投尸海中以泄忿。纵船中无把舵之人，亦不复顾，听天由命，任其飘流。凡此可惊可怖之事，皆予所亲闻亲见者。予今明白告君，君幸毋希望予能助君订此野蛮之条约。不惟不能助君，且当力阻总督，劝其毋与秘鲁订约，而为此大背人道之贸易也。"②肩负华工生存状况调查重任，容闳携二位助手（其一开洛克博士为容氏后来的妻兄）赴秘鲁调查，三个月即调查完毕。容闳的报告书中附有24张摄影。"凡华工背部受笞、被烙斑斑之伤痕，令人不忍目睹者，予乃借此摄影，一一呈现于世人之目中。"容闳后来回忆，为了获得这些照片，行动都选择在夜中秘密为之，除身受虐待的华工，无一人知之者。"秘鲁华工之工场，直一牲畜场。场中种种野蛮之举动，残暴无复人理，摄影特其一斑耳。有此确凿证据，无论口若悬河，当亦无辩护之余地。"③此外整理了大量外国证人、苦力华人的口供，极尽记录华工遭遇之惨。容闳调查完毕之后，陈兰彬带手下二人及美国律师、翻译到达古巴，历时84天访查，整理华工口供1176页，录得1665名口禀帖85张，华工数目清单1份，为古巴凌虐华工找到大量证据。容闳与陈兰彬收集的这些证据

---

① 容闳回忆自己曾经目击华工虐待之事："当一八五五年，予初次归国时，甫抵澳门，第一遇见之事，即为无数华工，以辫相连，结成一串，牵往囚室。其一种奴隶牛马之惨状，及今思之，犹为酸鼻。又某次予在广州时，曾亲获贩猪仔之拐匪数人，送之官厅，拘禁狱中，罚其肩荷四十磅重大木枷两月，亦令其稍受苦楚也。"容闳：《西学东渐记》，湖南人民出版社1981年版，第98页。

② 容闳：《西学东渐记》，湖南人民出版社1981年版，第97页。

③ 容闳：《西学东渐记》，湖南人民出版社1981年版，第99页。

对中古双方签订保护华工的谈判起到了极为关键的作用。① 换句话说，这些口供实际上是由华工表述，并且纳入官方记载的文本。

中国与秘鲁、古巴有关华工问题的交涉成为朝野关注的公共事件，《华字日报》《中西闻见录》等中文媒体刊载的报道亦功不可没，《中西闻见录》更是定期跟踪外媒有关华工的新闻，在"各国近事"栏前后发布14次消息，其中不少是采自澳门的原创消息。1874年9月出版的《中西闻见录》第26号，丁韪良在"各国近事"栏转述旧金山唐人新闻报纸刊载陈兰彬、容增祥查办吕宋猪仔一事，并附有容氏绝句："肉破皮穿日夜忙，并无餐饭到饥肠，剩将死后残骸骨，还要烧灰练白糖。""独有古巴风气异，家家私自设监房"，② 此文后来还引起古巴方面的抗议，认为这是恶意抹黑，有违"交国之正道"。

受诸多因素影响，古巴、秘鲁等拉美华人最终成了华文文学史的失踪者，重述晚清对拉美华工的保护仍然有不可忽视的内在意义，专门针对华工的领事保护为后来北美、东南亚等地的移民政策制订积累了经验。虽然实际效果因国家实力所限在同西方列强谈判时可能有所折扣，但是保护华工的国家意志是坚定的，这对于长期以家族、血缘为纽带的认同结构而言，意味着民族、国家、文化的观念逐渐被确立，这恰恰是审视百年海外华文文学流寓四海而又文脉绵延的重要维度。

当代学者在讨论北美华文文学发展史时，通常将华工进入美国经受审查期间保留下来的诗作视为源头——此部分作品后来经华裔学者整理为《埃伦诗集》，从文学出发自然有其学理依据。不过从华工进入北美大陆的历史节点来看，还有不少因素值得进一步商榷。

正如张维屏《金山篇》所描述的一样，华人怀着发财梦冒险抵达"金山"之后，即面临各种针对外籍工人设置的矿工税，但他们与契约劳

---

① 1877年10月13日（即光绪三年十月十三日），中国与日斯巴尼亚国在北京签订《中日会订古巴华工条款》。按：日斯巴尼亚国即西班牙。1867年（即同治六年四月初七）与清钦差大臣薛焕、通商大臣崇厚于天津签订《中日和好贸易条约》，规定"凡有华民情甘出口在日斯巴尼亚国所属各处承工，俱准与日斯巴尼亚国国民人立约为凭，无论单身或愿携带家属，一并由通商各口前往"。参见《清朝条约全集（一）》，黑龙江人民出版社1999年版，第392页。容闳的报告使李鸿章在同秘鲁的谈判中占据主动，虽然后来受到英国公使威妥玛干预作了让步，但是保护华工的精神扩大到了对世界上其他地方华侨的保护。参见颜清煌《出国华工与清朝官员——晚清时期中国对海外华人的保护》，中国友谊出版公司1990年版，第130页。

② 丁韪良：《美国近事》，《中西闻参见录》第26号（1874年10月），第20页。按：有学者将此诗作者误以为是容闳，罗荣渠认为是容纯祖，亦不确。

工的性质还是存在很大区别，特别是《反苦力法》在1862年4月26日颁布实施以后，原本盛行的合同制劳工成为非法，赊单制很快取代了合同制，华工只要还清出洋债务（约70美元）即可以自由身份流动。随着1868年7月《中美续增条约》在美国签订，旅美华人由50年代入境的4.13万人、60年代的6.43万人，增加至70年代12.3万人的规模。① 不过随着世界经济逐渐衰退，华人在70年代开始被排斥，1880年《中美续修条约》签订，为美国排斥华工提供了法律依据，此后各种排斥法案在各州相继制订，针对华人的恶性伤害事件开始不断出现，1882年5月美国国会通过《关于实施与中国人有关的某些条约条款的法令》，在全国范围内实行"十年之内不准华工前来美国"等相关禁令，不仅阻止了华人赴美谋生的通道，同时也为已在美国本土务工的华人设置了很多苛刻的条件。随着"排华法令"不断修正，非法进入美国的华工面临的惩罚也越来越严重，即便持有合法护照，入境之前都要关入木屋候审，短则二三十天，长则达一年以上。正是在此背景下，驻旧金山首任领事黄遵宪于1882年创作《逐客篇》，用史诗笔法再现华人的苦难遭遇，而这一开启华人离散命运书写的经典之作，成为如实反映晚清华工处境的文学先声。

此后，海外华人生存境况进入公共文化空间，相关题材的文学作品如雨后春笋般出现，作者群体既有海外旅行的知识精英，也有其他热心人，比如梁启超的《新大陆游记》、"支那自愤子"的《同胞受虐记》、民任社出版的《抵制禁约记》、无名氏的《苦社会》、中国凉血人的《拒约奇谈》、碧荷馆主人的《黄金世界》《劫余灰》等作品相继刊行，形成了北美华工文学的一轮高潮。这些作品旨在揭示华人的域外苦难，如时贤漱石生（孙玉声）在《苦社会》的序言中极力推介此书：

> 是书作于旅美华工。以旅美之人，述旅美之事，固宜情真语切，纸上跃然，非凭空撰者比。故书者四十八，而自二十回以后，几于有字皆泪，有泪皆血，令人不忍卒读，而又不可不读。良以稍有血气，皆爱同胞。②

---

① U.S. Department of Commerce, *The Historical Statistics of the United States: Colonial Time to 1970*, Washington. D.C: Government Printing office, 1975, p. 105.
② 漱石生：《序》，《苦社会》，上海图书集成局1905年版。

虽然不少华工文学的作者姓名和真实身份已很难考证，写实性也高于文学性，但是对于我们重新追踪海外华人生存经历和华文文学发生具有重要意义。综观近代以来一百多年的华人移民史，出国的确有诸多因素，不外乎自愿或被迫，用汤婷婷《女勇士》中的话来说，除了"必要"，有些还出于"奢侈"，但是在背井离乡的后面，都有各自难以言说的痛苦，这是考察华文文学时不可忽视的悲情底色。即便我们在今天使用中性的"跨界"替换"离散"一词所内含的苦难与怨怼，以更加超越的姿态介入华文文学面临的民族主义、家国、文化认同、混杂等相关课题，早期华工的苦难历程仍然会以各种经验呈现出来，并成为影响相关研究展开的基本伦理。

二　跨界景观与凝视

如果超越国家的话语限制，华文文学无疑滥觞于写作者的跨界旅行，因此除早期华工创作的文学作品以外，以外交官、留学生及其知识精英为主体的域外经历记载，是考察海外华文文学发生极为重要的开端。虽然他们在今天的学科归属方面可能仍然聚讼纷纭，但是由跨界及其书写所产生的意义，已超越学科知识的范畴。事实上，就算回到学科内部审视百年海外华文文学，不难发现其生成与发展体现出不断跨界变化的阶段性特征。应该说，这样一种言说主体的变化与华人生存状况、身份演变保持着历史阶段的内在一致，在书写主题方面经历了由谋生经验书写到文化适应和身份认同的基本过程，生动呈现出华族进入异质文化空间时不断提升的心理期待图景，由此构成华文文学辽阔丰富、结构复杂的文学版图，同时也为审视中国（本土）之内的思想、文化、文学提供一种极具意义的平行参照。

如果说晚清"走向世界"的路径被华工谋生群体自发性地试探着打通，而在文化自觉层面，则是"睁眼看世界"的知识官僚和文化精英率先意识到并付诸行动。从离散华文文学命题考察，域外经验表述无疑内在地包涵了生命的移植与生根，但是这种经验在当时走向海外的谋生群体中，不论华工还是留学生，其实都没有"一去不返"的计划。比如，容闳说："既自命为已受教育之人，则当日夕图维，以冀生平所学，得以见诸实用。此种观念，予无时不耿耿于心。盖当第四学年中尚未毕业时，已预计将来应行之事，规画大略于胸中矣。予意以为予之一身，既受此文明之教育，则当使后予之人，亦享此同等之利益。以西方之学术，灌输于中国，使中国日趋于文明富强之境。予后来之事业，盖皆以此为标准，专心致志以为之。"① 因此，以后见之明的方式处理华人谋生经验与外交官、留学生的区别，并非可靠。杨匡汉先生此前已经阐释了海外中文不能将外派官员、流寓文人、留学生等群体排斥在这一体系之外的理由，假如搁置域外文学导致学科分类的争议，这种跨越边界的尝试所产生的思想意义对于学界来说，仍是一个有待深入的认知课题。

1839 年，林则徐主持编译《四洲志》出版，意味着近代中国第一部相对系统介绍世界地理的志书问世，五年之后，经幕僚魏源参照其知识框架编撰的《海国图志》50 卷完成，世界的基本状况得以在国人面前获得展示，魏源也成为"治域外地理的先驱"（梁启超语）。此后，还有徐继畬的《瀛环志略》（1848）和姚莹的《康輶纪行》（1856）等纳入个人认知与经验感悟的志书刊行。这些以介绍世界概况为主要目标而展开的转述，打开了中土之外的地理轮廓，自然无法跳出"以西洋人谭西洋"② 的局限，真正从感性层面介入并形成有效的异域经验传达，还是要等到晚清文人域外写作的出现。

晚清思想家梁启超的世界认知就受到地理志书的影响，后来他谈到域外地理学的兴起："海禁大开，交涉多故，渐感于知彼知己之不可以已，于是谈瀛之客，颇出于士大夫间矣。盖道光中叶以后，地理学之趋向一变，其重心盖由古而趋今，由内而趋外。"③ 晚清文人的域外写作兴起原因大体相似，当然更主要的原因是这些人跨出国门，所见所感推动他们以实录的方式向国人传递一种新的世界变迁图景。代表性的域外作品如志刚的《初使泰西记》、郭嵩焘的《伦敦与巴黎日记》、王韬的《漫游随录》、梁启超的《新大陆游记及其他》等。

根据费正清的说法，由鸦片战争开始的西方冲击促使中国警醒于世界形势之变迁，然后才被迫走上现代化的道路。且不管这种历史解读充满西方中心主义色彩，在西学东渐的刺激下，"走向世界"的确构成了 19 世纪末以降一个日益加速的事实，士绅阶层乘槎远行者络绎不绝，他们在地

---

① 容闳：《西学东渐记》，湖南人民出版社 1985 年版，第 23 页。
② 魏源：《海国图志》，岳麓书社 1998 年版，第 1 页。
③ 梁启超：《中国近三百年学术史》，上海三联书店 2006 年版，第 282 页。

理、文化的越界中追寻西方文明的秘密,并留下了卷帙浩繁的书写记录。① 这批洋溢着骚动不安的心情的作品,决定了域外书写与古代游记的精神差异,在内外交困的历史语境中,因域外经验的进入而成为古文的变风变雅之作。不仅彻底偏离了传统游记吟山咏水的闲情逸致,而且偏离了古文的义理旧轨,以西洋新知取代了儒道性理,引发了主体精神结构的一系列变迁,如现代空间观的形成、科学世界观的兴起、文化比较意识的萌生等,它们为新文学的发生奠定了全新的精神品格。文体乃精神之肉身,晚清域外游记昭示晚清士人精神嬗变的同时,其体式也发生了相应变化。西方外来语的引入与自造词的大量使用,不自觉地打开了文言文封闭的空间,游记文旨在探其利弊的消息化、宣传化的书写方式,也破古文之体并开启了现代报告文学等文学新体式的发生。可见,无论精神结构还是文体样式,晚清域外游记都足以成为中国散文史上一类富于包孕性的"过渡"文本,有效呈现了古文向"五四"新文学转化之间瞻前顾后的复杂流变。②

从文学写作主体身份来看,晚清旅外文士群体构成并非想象的那么单纯。与后来的清廷派出的外交官和留学生不同,率先走出国门的文人自然是来自民间的个人行为,根据出走原因大致可分为主动与被迫的选择结果,不过这并不妨碍他们呈现异域的文学趣味。比如以林鍼、王韬、蒋敦复、管嗣复等为代表的"条约口岸知识分子"便是近水楼台的一个群体③,颇有意味的是,他们的跨界行旅书写也体现出从传统文化视野进入西方世界的巨大转变。

钟叔河曾经指出,"指数1840年以来'走向世界'的报道,只能从

---

① 如《小方壶斋舆地丛钞》(王锡祺编,录晚清域外文献80多种);《走向世界丛书》(钟叔河编,收晚清域外游记日记数十部)。此外,《历代日记丛钞》(全国图书馆文献中心编)、《近代中国史料丛刊》(沈云龙编)、《晚清中国人日本考察记集成》(吕长顺)等辑录了大量的域外文本。
② 杨汤琛:《晚清域外游记与中国散文的现代性嬗变》,《文学评论》2014年第5期。
③ "口岸知识分子"是美国历史学者柯文首创的概念,指生活在最早开埠的通商口岸、近距离密切接触西方文化的中国士人。柯文说:"他们许多人都曾深受儒家经典训练,取得秀才资格,而又起码部分是因西方人士在上海的出现所创造的新的就业机会而来到上海。作为个人而言,他们颇不平常,甚或有些古怪,有时才华横溢。就整体而言,他们代表了中国大地上一种新的社会现象——条约口岸知识分子,他们的重要性将与日俱增。他们在中华世界的边缘活动。起初,他们的工作对中国主流中的事件似乎几无影响,但最终他们所提出的东西却与中国的实际需要渐渐吻合。"[美]柯文:《在传统与现代性之间——王韬与晚清改革》,雷颐、罗检秋译,江苏人民出版社1998年版,第18页。

林鍼的《西海纪游草》算起。"① 林鍼中断体制内的科举之路，在厦门这样一个"华洋杂处"的通商码头成为一名"舌人"。正是这种有别于传统士人的谋生方式，使得林鍼有机会成为晚清最早走向西方的中国士人。② 林鍼的《西海纪游草》"一改'西洋人介绍西洋，借助洋人看西洋'的对外了解认识的方式，成为19世纪中国人眼中的美国缩影，在中美文化交流史上，尤其对中美文化的早期交流具有特殊的意义"③。跨文化视域下的文本书写再现了普通民众身临西方文化冲击时的文化心理，迈出国门的异域之行在传统士人眼里带有从中心走向边缘、从文明走向荒蛮的意味，林鍼的出国旅行同样充满了难以抑制的痛苦："萧萧长夜，碧海青天；黯黯离愁，临形吊影。……嚅蓼集茶，苦中之苦；披星带月，天外重天。父母倚闾而望，星霜即父母之星霜；家人筹数沍期，冷暖殆家人之冷暖。腹如悬罄，晨夕不计饔飧；身似颠簸，日夜漂流风雨。"④

远行在林鍼笔下流露出来的痛苦体验，既不同于传统文人追求功名的内心郁结，也与现代西方社会充满自由、乐观精神的冒险完全不同，这种由未知而导致的精神创伤，一定程度上隐喻了中国与世界的疏离关系。1866年，清廷命官斌椿随赫德赴英国，出使异域被他视为一种须经受上天考验的磨难，悲壮之声成为当时看待出国的情感隐喻。"腹如悬罄，晨夕不计饔飧；身似颠簸，日夜漂流风雨"，林鍼的出洋由此成为一场身体的挫折，与外在的身受之苦相比，与亲人隔暌、不得尽孝更构成了内在的心灵之苦，它们成为林鍼反复吟咏的主题："游子思亲际，原亲忆子时；思亲虞老迈，忆子患凄其；妻对牛衣泣，夫从斗柄移。"⑤ 内疚之情跃然纸上。

当林鍼历尽艰辛远涉重洋，置入全新的文明空间，都市形态、工业景观、社会文化、规章制度等新大陆场面，立刻以前所未有的方式给他带去

---

① 钟叔河：《从东方到西方——〈走向世界丛书〉叙论集》，上海人民出版社1989年版，第5页。
② 1847年，林鍼受花旗银行聘用，前往美国"舌耕"，从当年二月启程到次年二月回国，在美国前后停留了一年多时间。创作《西海纪游草》，收长诗《西海纪游诗》《西海纪游自序》和《救回被诱潮人记》。
③ 李喜所主编：《五千年中外文化交流史》（第3卷），世界知识出版社2002年版，第314页。
④ 林鍼：《西海纪游草》，岳麓出版社1985年版，第35页。
⑤ 林鍼：《西海纪游草》，岳麓出版社1985年版，第43页。

一场又一场脱胎换骨的灵魂震撼：

> 官阙嵯峨现，桅樯错杂随；激波掀火舶，载货运牲骑；巧驿传千里，公私刻共知；泉桥承远溜，利用济居夷；战舰连城炮，浑天测海蠡；女男分贵贱，白黑辨尊卑；俗奉耶稣教，人遵礼拜规；联邦情既洽，统领法犹垂；国以勤农富，官从荐举宜；穷招孤寡院，瞽读揣摩碑；断狱除刑具，屯军肃令仪；暑寒针示兆，机织火先施；土广民仍少，售昂物只斯；南方宽沃壤，北省善谋赀；少蓄遨游志，今开夙昔疑。①

林鍼以眼见为实的域外来客视角，努力用文字构建一个远超东方文明的世界。这种初见西方而产生的感性认同与"惊羡"，不仅来自旅行者对西方的重新发现，而且来自一种新的空间意义被赋予：西方作为一个被亲眼"注视"的"他者"，正以其完全不同于以往的形象纠正亲历者的先见。这种古典中国与现代西方交汇的越界移动，以强悍的姿态冲击着外来者的视域，使其遭逢源于体验实感所带来的一系列的现代风暴，冲破了封闭的西方认知，引发作者的"惊羡"体验。

在表达对西方文化羡慕与崇拜的同时，这些知识分子也获得了一种重新回头看待中国的视野，修订外国人对中国的偏见作为离散中文写作一个极为重要的主题而被逐渐建构，这是学界以往研究海外华文文学时忽视的。不同于西方海外旅行的消遣意味，中国知识分子的海外行旅从一开始就打上了鲜明的政治烙印。以20世纪上半叶到英国去的知识分子为例，他们以各自不同的身份抵达象征欧洲文明的地方，无形中成为"别求新声于异邦"的先行者。按照约翰·厄里的观点，"偏离常轨"是大半观光旅游的核心，尤其是人们平日所见、所体验之寻常事物，与所谓"非比寻常"的事物之间，存在着明显的对比。② 西方的先进技术、文化自然而然成为此期"旅行者"凝视的焦点，他们将这些现代的知识和经验以游记、报告的形式传播回中国。在这些早期的旅行者眼中，英国的风土民俗、政教文化与中国皆有着巨大的差异。身体的移动带来了巨大的时空压

---

① 林鍼：《西海纪游草》，岳麓出版社1985年版，第43页。
② ［英］约翰·厄里：《观光客的凝视》，叶浩译，台北：书林出版有限公司2007年版，第215页。

缩之感，从中国传统的农业社会来到工商业高度发达的英都伦敦，从"现代"的边缘来到"现代"的中心，巨大的视觉冲击带来的是心理、文化的冲击。

作为来自东方的局内人，不断面对英国关于中国的想象与误解，在错综复杂的历史文化语境中，走向英伦的知识分子开始反观英国乃至西方世界对中国变形的"凝视"，重新检视英国文学中塑造的"中国形象"。探讨别国眼中"中国形象"实际上是探究中华文化与其他异质文化的互动关系，以及在这个"中国形象"中所包含的作者所在国的"社会集体想象物"的存在。这种"凝视"别国的"凝视"的行为，可以看作中国在面对西方文化强压下的回应。以老舍、钱锺书为代表海外知识分子不再屈从西方的"凝视"，反感西方对于"想象的中国"的随意涂抹，寻求从文学的角度传达出平等对话的意图。

1924年9月，许地山到达伦敦，其时他已在美国获得硕士学位，此行到牛津大学继续研究比较宗教学。老舍说他"绝对不是'月亮也是外国的好'的那种留学生。……因为要批判英国人，他甚至于连英国人有礼貌，守秩序，和什么喝汤不准出响声，都看成愚蠢可笑的事"。可见此时的许地山来到英伦，已开始怀着批判的眼光，既看到它先进的一面，也看到了它阴暗的一面。

老舍在英五年期间写作《老张的哲学》《赵子曰》《二马》等文学作品，其中《二马》是老舍唯一一部以英国作为背景的长篇小说，颇能体现当时他对于中英文化的思考。老舍在《我怎样写〈二马〉》中写道："写这本东西的动机不是由于某人某事值得一写，而是在比较中国人与英国人的不同处，所以一切人差不多都代表着些什么；我不能完全忽略了他们的个性，可是我更注意他们所代表的民族性。"[①] 英国在当时已经是发达的资本主义国家，而伦敦则是世界著名的工商业城市，老舍把传统中国的人物置放于英国的环境之中以观照，审视两个民族的文化差异。他借小马的叙述表达自己对于英国人的佩服。马威到伦敦植物园看竹子的时候议论道："帝国主义不是瞎吹的，不专是夺了人家的地方，灭了人家的国家，也真的把人家的东西都拿来，加一番研究，动物、植物、地理、言语、风俗，他们全研究。"老马和马威的遭遇折射了中国在走向世界、走

---

① 老舍：《老年破车·我怎样写〈二马〉》，《老舍全集》第16卷，人民文学出版社1999年版，第173页。

向现代过程中几千年的文化积习所带来的沉重负担,以及尝试变革所面临的痛苦和挣扎。在文化的对比中,老舍痛感于老中国的儿女毫无国家观念,他说道:"那时在国外读书的,身处异域,自然极爱祖国;再加上看着国外国民如何对国家的事尽职尽责,也自然使自己想作个好国民,好像一个中国人能像一个英国人那样作国民便是最高的理想了。"① 中国人固然有许多需要改正的地方,但是老舍并不赞同当时英人眼中的中国人形象,当时在英的中国人备受歧视,他们被描述成"个个抽大烟,私运军火,害死人把尸首往床底下藏,强奸妇女不问老少,和作一切至少该千刀万剐的事情的"。老舍痛恨英国人对中国人的歧视欺侮,尤其是妖魔化中国的行为,他在冷静观察中将英国人的傲慢与中国人的迂腐展现出来,不是单纯地艳羡西方文明的先进与发达,也不是一味地斥责中国文化一无是处,意图用自己的作品唤醒国民,求得民族自立自强。

1935 年,钱锺书在牛津大学埃克塞特学院英文系留学期间,他的学位论文《十七、十八世纪英国文学中的中国》(后发表于 *Quarterly Bulletin of Chinese Bibliography*) 系统梳理"中国"形象在 17—18 世纪的英国文学中的流变。钱锺书选择这一时期作为切入点,试图理解中国文化在英国流行的背后潜藏的文化心态,挖掘中英理解隔膜的根源。

约翰·厄里提出,随着全球化进程的加快,世界各地都加强了自身的"观光反思性"。这种反思性,主要是替某个特定地点,从全球的地理、历史及文化的全貌中找到一个适切的定位,特别是指出该地点所实际拥有及潜在的物质性与符号性资源。② 观光反思性可以用来帮助任何一个地方好好记录、调整它在整个动荡不定的全球秩序中的位置:"全球的公众舞台逐渐浮现,几乎所有的国族都得找机会上台来竞争,都把自身动员起来成为奇观,好吸引大量的观光客。"③ 在全球化的浪潮之中,处于"现代"的边缘的中国被塑造成具有"异国风味"的观光对象,这对于亟待走向世界的中国来说是一把双刃剑,其中充满了源于帝国维护自身利益的种种谎言,同时又是处于弱势地位而获取关注的重要手段。

---

① 老舍:《老年破车·我怎样写〈二马〉》,《老舍全集》第 16 卷,人民文学出版社 1999 年版,第 173 页。
② [英] 约翰·厄里:《观光客的凝视》,叶浩译,台北:书林出版有限公司 2007 年版,第 242 页。
③ [英] 约翰·厄里:《观光客的凝视》,叶浩译,台北:书林出版有限公司 2007 年版,第 270 页。

老舍等海外知识分子意识到这种"凝视"背后隐藏的阴谋与谬误,通过文学作品将这种思考向国内读者传达出来,与此同时,像辜鸿铭、林语堂等人也尝试用所在国语言进行写作,将来自中国的"观光者"的所见所闻、所思所感直接向当地读者传播,提供一种来自中国内部的权威解读。这样一种跨语言的书写,既与移民后代作家因为母语能力退化而使用外语写作具有本质区别,又不同于以外语书写作为进入主流社会的途径不同。他们不仅承担着向世界讲述中国的文化使命,而且期待在建构中国文化主体地位方面发挥作用,达到平等交流对话甚至文化输出的目的。可见,早期域外中文写作不论是发现世界还是审视自身,都具有相当鲜明的功利色彩,知识分子对文化伦理的承担反映出自觉的国家道义,其原因在于他们的文化身份始终是漂泊在外的异乡人,"回家"既然决定了他们看待世界的方式,也必然决定他们书写的立场。

三 语言的命运

杨匡汉认为考察海外华文文学的起点,需要有"全球史观"的介入。它将空间因素和时间因素结合起来,既考虑到"全球",又有"历史"的目光。全球史观有助于跳出单一的区域、国别、种族的框架,寻找跨界——跨文化、跨地区、跨族裔、跨语言的文学交流的历史进程,破除"西方中心论"或"东方主体论"的偏狭观念,实现在文化互动与交流中对于差异性、特殊性的把握。不只是考察起点,"全球史观"应该贯彻到海外华文文学研究的全部过程,唯其如此才能系统追踪离散中文在世界语言体系中的复杂处境,发现语言文化及其使用群体的命运。

华文文学早在"五四"之前,就跻身于多元的全球文学之林,并以独特的方式、不同的层次,显示了其历史存在的价值。[①] 而"五四"新文学的发生及其现代化,更是离不开留学生群体的域外创作带来的深刻影响。[②] 事实上,如果从中国文学本位出发,跨出国家阈限获得"世界文学"的客观承认既与语言使用群体规模这一基本现实相匹配,又深刻反映中国历经现代化浪潮对于世界文学格局重新编码的认同焦虑。华语语系

---

① 杨匡汉:《全球史观视域中的海外华文文学》,《中国社会科学报》2016 年 2 月 15 日第 5 版。
② 此部分研究成果相当丰富,以日本为例,可参见李怡《日本体验与中国现代文学的发生》,北京大学出版社 2004 年版。

文学虽然是讨论"离散的中国文学"时提出的理论术语,但是它同样开辟了一种立足世界视野的话语资源。① 不论其中是否包含"文化中国"的历史沉淀或某种大国风度的想象,母语文学作为印刻生存主体的感知与沉思方式,显然在现实层面打开了语言与生命的鲜活通道。

以传统海外华文文学重要区域东南亚华文文学为例,汉语/华文文学不仅提供了在中华文明及其民族志演化的曲折过程中形塑的群体经验,它们因为中国的文化地理独特性而呈现"世界—地方""亚洲—中国""中原—南洋"等互动共生的标本意义。

在此逻辑结构中,以马华文学为代表的东南亚华文文学由于特殊的迁移背景和文化认同,逐渐成为"华语语系文学"中一个自成机杼的板块,虽然被隔离于中国本土空间之外,但在长期的文学抗争与国族认同的矛盾中,建构了一种同华人命运密切相关的文化政治语境,因此,华人的文学书写与实践呈现出作为语系分支的复杂性差异。与此同时,华族在融入本土文化的艰难过程中,借助语言工具继续表达华人的情感体验。其意图自然不仅在于发挥母语习得的作用,华人作家在一代又一代的接力推进中,努力使华文文学在南洋这一独特的时间和空间的历史转换中展现新的意蕴,他们对文学主体性的追寻,无疑展示了语言在跨界离散书写实践中的活力与生机。而通过这些呈现不同命运和遭遇的书写尝试,不但丰富了"华语语系"建构世界经验的视野,更重要的是极大地加速了语言走向世界的旅行步伐。

国家命运由于深刻影响国民而决定国族文化的内容与结构,汉语在中国走向现代化的过程中被赋予了重要的文化政治意义。20世纪初由知识精英发起以改造国民建构现代国家为根本宗旨的语言改革,着眼于形声文字在文化普及方面的有效性考虑,受东亚国家日本"脱亚入欧"的成功

---

① 受文化传统与历史影响,华人华侨对中国的情感认同一直比较强烈,王赓武曾经指出:"只要有华人的地方,就有鲜明的华人民族感,而且这种民族感有互相支持、支援,相互增强的倾向。"(王赓武:《海外华人的民族主义》,《王赓武自选集》,上海教育出版社2002年版,第317页)同样,由国家话语表达出来的潜意识中,海外华侨华人通常被中国政府视为血缘关系相同的特殊群体,因此,有关华语文学的讨论,无法割裂它同中国文学的关系,有时即把中国文学当成展开的背景来对待,不过它们仍是有区别的,"华语语系文学"则提供了一个更加包容、消除差异的话语空间。王德威在2007年12月举行的"全球化的中国现代文学:华语语系文学与离散写作"研讨会后表示,命名华语语系文学的目的有二:一是急切地希望替代海外或者是广义的华文文学作出一个名副其实的描述,二是集合学者引出相关话题的讨论。李凤亮:《"华语语系文学"的概念及其操作:王德威教授访谈录》,《花城》2008年第5期。

经验刺激，语言"欧化"一时成为国内学者讨论的热点，当时争论的重心甚至不在于汉语是否应该欧化，而是技术层面如何实现欧化的可行性操作，换句话说，有关汉语不再适合时代这一点几乎不约而同。[①] 虽然诸种方案最终未产生实质性后果，但是对于汉字本身的意义承载能力及其文化自信多少产生了消解作用，动摇了语言作为逻辑思维工具不可置疑的地位。由此产生的潜在命题是，语言可以通过丰富的实践保持生生不息的活力，新的语词和表述在交往中被源源不断创造出来，并在世界文学格局中占据越来越重要的地位，其合法性便得到不言自明的确证。

如果说中国本土新文学发展仅仅证明文化土壤的繁殖能力，那么，以语言为载体的文学之跨界旅行无疑具有更深刻的象征意义，它有力地再现出语言本身蕴藏的言说生机，而且从文化层面彰显语言生命得以维系的基本条件：不同语言之间不存在优劣之分，语言的活力在于主体不断的实践。换言之，语言在日常交往中的操作决定了语言本身的作用。由于面对区域文化语境不同，海外华人群体对于语言特别是母语的应用呈现出巨大差异，此种差异与其说是他族语言带来的选择可能，不如说支撑语言的文化诉求造成自由选择的压迫。他者文化空间的进入意味着"此在"维度的逃离，其执行程度显然取决于主体自身的文化处境。移居西方文化中的海外华人，由代际转换表现出逐渐西化的特征，而在亚洲则努力保持其母语文化身份，恰恰说明文化政治对于主体塑造的深刻影响。

华文文学在海外行旅及运作，得益于华人对族群身份和中华文化的强烈维系决心。儒家重文轻商的文化传统，深化了"向内转"的自我完善理念，华文教育这个根本决定华文文学的条件贯穿华人子弟成长的不同阶段，与此同时，华文报纸反映族群利益和心声，着力于通过文学提高文化接受和表达能力，可以说，华教和华刊成为保证华语文学高效发展的两

---

① 作为中国在亚洲的唯一成功邻邦日本，文言一致被认为是"为建立现代国家所不可或缺的事项"，参见［日］柄谷行人《日本现代文学的起源》，赵京华译，生活·读书·新知三联书店 2003 年版，第 35 页。这一革新从"废汉"入手，幕府末期前岛蜜提出《汉字御废止之义》，并不是为了突出民族意识而消除汉文化"影响的焦虑"，而是因为普及国民教育"尽其可能用简易之文字文章"。"日语假名学会"（1883 年 7 月）"罗马字学会"（1885 年 1 月）的结成正是在所谓鹿鸣馆时代，柄谷行人认为，发生于这段时间的文言一致运动主要是从文字本身来考虑的，出于对文字新概念的认识："引起幕府反译方前岛蜜注目的是声音性的文字所具有的经济性、直接性和民主性。他感到西欧的优越在于声音性的文字，因此，认为实现日语的声音文字化乃是紧迫的课题。"（柄谷行人：《日本现代文学的起源》，第 36 页。）由日本效应而对中国留学生或知识精英产生改造汉字/汉语以更适应于文化普及的心理暗示，应当是一件比较自然的事情。

翼。华文文学面临少数族裔文学发展的普遍困境，如身份认同、族群地位、重建国家文学等诸种问题，皆可归之为生存实际问题，它们塑造了文学的基本主题和抵抗色彩，也为其文学现代性诉求提供源源不断的外在动力。

海外华文文学作为从中华文化传统中分离出来的支流，同样继承了言志载道的功能，比如华文文学对现实问题的介入，就一直未抽离文学自身承担的外部功能。华文文学之于中国文学的镜像意义不同于存在依据，不论它与中国文学及其传统构成了如何密切的互文性关系，甚至在不同历史年代保持着不同的交互姿态，它并不以中国文学的海外镜像作用而获得存在理由，在漫长的发展过程中，华文文学由生息、行旅于异国他乡的生存主体创造，其价值确证通过书写对象和文学自身完成。这一点是从跨界视野考察海外华文文学需要注意的方法原则，亦是由此展开海外华文文学与中国文学关系探讨的一个重要前提。

从学理及其知识谱系追溯，如果说东南亚华文文学已经成为特定政治文化语境（如马来亚、南洋）培植起来的生命体系，它无疑受益于"五四"新文学以降的文化资源——当然远不限于此，至少应当追踪到19世纪下半叶华人在海峡殖民地的规模化谋生浪潮，以及由热带雨林气候塑造的生存和沉思方式。不论如何，华文文学本土化对于中国文学的参照作用，主要在50年代脱殖独立以后的历史维度中得到彰显。作为20世纪中国遭遇现代性曲折展开的重要阶段，中国当代文学与华文文学的对话确实是隐性的，但是潜在对话造成的后果一直渗透在本土华文文学论域，客观地说，二者对于彼此产生的文化张力并不对等。若取中国文化本位的"外位性"立场观之，中文文学在境外运行所提供的参照意义，无疑深刻验证了文学赖以健康、持续生长的基本要素，以及文学作为话语体系所指向的那些宏大命题，会在很大程度上决定区域文学的政治文化色彩，主体的生存状况和所处时代的命运主题决定着文学的底色和格局，折射出文学中国曾经遭遇的某种困境，从文学复系统空间中开掘出令人深思的问题空间，[①] 并能激活"文学中国"潜藏的其他文学可能，如中原文学、边疆文

---

① 率先引入佐哈尔复系统理论来分析文学的马华旅台学者张锦忠1995年发表《文学史方法论：一个复系统的考虑；兼论陈瑞献与马华现代文学系统的兴起》，此后有《中国影响论与马华文学》（1998）、《台湾文学复系统中的马华文学》（2001）等文章谈论马华文学面临的复系统结构与文化特征。

学、汉语文学、少数民族文学、港台文学等，换句话说，华文文学作为一个海外参照，刺激了我们对文学系统生成、结构及其变异的思考。

如果从历史演变中对比东南亚华文文学与北美（或其他区域）华文文学，我们可以发现明显的区别，由此塑造出跨界共生、复杂多元的语言命运。如果仅从形式上观察，旅美作家表现出来的文化本土性较南洋华侨作家更强，东南亚华文作家则渗透出强烈的"侨味"，而在大陆旅美作家和台湾旅美作家那里，文学风格又存在很大的差异，这些表现在外部的形式区别，其实也暗示了探讨文学跨界的起点、路径及其文化背景的复杂性，以及蕴藏其中的思想张力。

第一章 多元文化语境中的跨族裔写作

第一节 异族叙事：族裔身份及其跨界表述

所谓"异族叙事"，是指作为少数族裔的华人作家在"族群杂居"的语境中，对复杂、微妙的"杂居经验"的感受、想象与表述方式，和他们利用文学方式，与各种异己话语进行交流的一种积极努力和追求，也是指他们期望通过或者是利用文学方式，实现对作为少数族群之一的自我的一种言说策略与方式。海外华人作家置身多元文化语境中，与不同族裔杂居而处，这些经验是海外华文文学跨族裔写作产生的根基。"异族叙事"是典型的跨族裔写作，"自我"与"他者"交织其间，它表面上写"异族"，实则也在摹写华族。

一 "我是谁？""他是谁？"：族裔身份与文化认同

"认同""同一性""身份"都指向同一个英文单词"identity"，其中文释义则存在差别："身份"指"某个个体或群体据以确认自己在特定社会里之地位的某些明确的、具有显著特征的依据或尺度，如性别、阶级、种族等等"[1]；"认同"指"当某个个体或群体试图追寻、确证自己在文化上的'身份'时，identity 就可以叫做'认同'"[2]；"同一性"则更多强调与"客观存在"相符的心理认知状态。

认同，可分为自我认同和社会认同。自我认同面对的是"我是谁？"

---

[1] 阎嘉：《文学研究中的文化身份与文化认同问题》，《江西社会科学》2006 年第 9 期。
[2] 阎嘉：《文学研究中的文化身份与文化认同问题》，《江西社会科学》2006 年第 9 期。

"我该如何行动?"等命题;社会认同是个体意识到自己在一定的社会范畴中与一部分人存在"同"。族裔认同被认为是"自我"概念/自我认同的组成部分,体现了个体之于某个群体的情感意义和价值,彰显了一种"集体"的身份认同:"文化主体在两个不同文化群体或亚群体之间进行抉择。因为受到不同文化的影响,这个文化主体须将一种文化视为集体文化自我,而将另一种文化视为他者。"①

百年来,海外华文文学随着海外华人的历史文化心态的嬗变而不断地变幻着自己的样貌,20世纪八九十年代,"第三次移民浪潮"汹涌来袭,全球化、多元化成为时代最鲜明的特征。全球化推动着海外移民的加速,而多元化则促使新、老移民以及其后裔反思如何在"居住地"实现物质和精神上的安身立命。"我们是谁?我们将成为谁?我们的出路在哪里?"对族裔身份的思考也逐渐取代了"无根"的喟叹、"原乡"的眷恋,成为海外华文文学反复皴染的一个主题。

斯图亚特·霍尔曾指出:"文化身份是有源头、有历史的。但是,与一切有历史的事物一样,它们也经历了不断地变化。它们绝不是永恒固定在某一本质化的过去,而是屈从历史、文化与权力的不断'嬉戏'。"② 饶芃子和费勇教授在探讨海外华人的文化认同时敏锐地察觉到,移民对于本民族文化的认同带着"策略"和"工具"色彩:"实际上只不过是一种生存意志的体现,是在异质环境里消泯陌生感、不安全感从而构建心灵家园的努力。在较低层面上,族群的标帜唤起温暖的归宿感,并且具有互助的凝聚力;在较高的层面,可能是文化理想的诉求。"③ 因此,他们主张海外华文文学研究"与其将注意力过分地置于海外华人对文化传统的保留之上,倒不如更多地探究海外华人在应付异质环境时如何创造性地运用文化传统所蕴含的智慧去化解、协调、平衡各种冲突、危机等等,并且在此过程中,形成了一种根植于海外经验之上的'华人文化',它与中华传统文化之间恐怕并不能简单地划上等号"④。

如研究者所言:"任何自我认同(无论是个体意义上的还是集体意义

---

① 陶家俊:《身份认同导论》,《外国文学》2004年第2期。
② [英]斯图亚特·霍尔:《文化身份与族裔散居》,罗钢、刘象愚主编《文化研究读本》,中国社会科学出版社2000年版,第211页。
③ 饶芃子、费勇:《海外华文文学与文化认同》,《国外文学》1997年第1期。
④ 饶芃子、费勇:《海外华文文学与文化认同》,《国外文学》1997年第1期。

上的），都是对自我与他者关系的一种反思，一种关系型思维。"① 要确证族裔身份，要回答"我们是谁？我们在哪里？我们将要向何处去？"等问题，封闭的"自证"显然不如"寻找"（更严格地说，是"制造"／"建构"／"生产"）"我们"的参照系——"他者"更有效果。跨界表述和异族叙事即借助这样一种制造"他者"的活动，借助呈现、表述"他者"来实现折射、反射"自我"，鉴别自我身份的。某种意义上，识别"他者"与自我确认是同一个过程。

安东尼·吉登斯认为："自传，尤其由个人通过写作或非文字方式记下的、有关个体所创造的、广义阐释性自我历史，事实上在现代社会生活中都处在自我认同的核心。"② 但实际上，海外华人的"自传"极少是在一个封闭的文化体系中运行的，"我"往往是在双重"地理—文化"时空中铸造"成型"，典型如聂华苓的《桑青与桃红》。成"对偶"句式的主人公的名字，双重时空的结构设置，都显示了作家在叙述结构上的刻意安排，有意识地将人物置于一种对立式的"关系型"状态中来"识别"人物身份。在个人（一个作家）、集体（一个社会、国家、民族）、半集体（一种思想流派、文学）这些形象创造者的层面上，他者形象都无可避免地表现为对他者的否定，而对我及其空间的补充和延长。这个我要言说他者……但在言说他者的同时，这个我却趋向于否定他者，从而言说了自我。③

作为跨界表述的"产物"，饶芃子认为，异族形象"是经过华文作家的文化眼光，文化心理的选择，过滤，'内化'而成的，是作家从一定的文化立场出发，根据自己对异族的文化的感受和理解，创造出来的不同于本民族的'他者'形象，已不同于现实生活中的'他'和'她'，而是他们在华族文化中的'镜像'和'折射'，是两种文化'对话'中生成的，可以视为一种文化对另一种文化的解读和诠释"④；"……在不同的文化体系中，文学作品如何构造'他者'形象，创造出他所理解（心目中）的'他者'形象，这是两种文化相遇'对话'而产生的，是一种文化对

---

① 周宪：《文学与认同》，《文学评论》2006年第6期。
② ［英］安东尼·吉登斯：《现代性与自我认同》，赵旭东、方文译，生活·读书·新知三联书店1998年版，第87页。
③ ［法］达尼埃尔-亨利·巴柔：《从文化形象到集体想象物》，孟华主编《比较文学形象学》，北京大学出版社2001年版，第123—124页。
④ 饶芃子：《世界华文文学的新视野》，中国社会科学出版社2005年版，第106页。

另一种文化的诠释,虽然当中不可避免会有'误会'和'误解'"①。跨族裔书写因为"跨文化"而使得人物形象与实体发生偏离,使得"再现"本质上成为一种"模拟",如戴维·里查兹所言:"文化再现的模拟物就建立在这种向另一个视角、另一种理解方式的转移上。跨入模拟的门槛,要取得异族神秘存在的视像,必定要付出代价。……我们的视线被遮挡住,我们的思想带上了面具。"② 这种"再现"在实际操作过程中成为一种"文化同化"行为:"再现他者文化不可避免地需要再现自我画像,被观察的民族由观察者暗淡掉或遮蔽住。"③

凭借想象,在一种"隔族而望"的情境下表述"他者",不可避免地会遭遇失真,其效果正如弗里德里希·克拉托赫维尔所言:"想象的重构就是说,我们都不会遭遇真正的他者,但是会被我们对他者的描述所控制,这个他者就是在具体情况下观看'我们本身'的他者,或者被我们对他者的设想所控制,我们按照自己'删除'的观点描述对他者的认识。"④ 但"跨界表述"的失效,却也并非全无价值:"无论是通过'发现'还是通过移民形成的同他者的遭遇,都经常迫使我们进行痛苦的调整,调整自我观念,调整对世界运转的判断和期望。"⑤

二 异族叙事:"杂居经验"的言说

马来西亚、印度尼西亚和泰国,都属于东南亚国家,各自的国情却又不同:马来西亚、印度尼西亚曾经有过被"殖民"的历史,甚至被多次"殖民"的历史,泰国则有不同。即使一国之内的不同区域,被"殖民"的经历也不完全相同,如马来西亚的"西马"与"东马"。但是,作为所在国的少数族裔,马来西亚、印度尼西亚和泰国华人的"杂居经验",有着一些相似之处:华人在经济活动方面的参与度较高,尤其在商贸领域的

---

① 饶芃子:《世界华文文学的新视野》,中国社会科学出版社2005年版,第271页。
② [英]戴维·里查兹:《差异的面纱》,如一等译,辽宁教育出版社2003年版,第344页。
③ [英]戴维·里查兹:《差异的面纱》,如一等译,辽宁教育出版社2003年版,第345页。
④ [德]弗里德里希·克拉托赫维尔:《公民权:在秩序的边界上》,[美]约瑟夫·拉彼德等主编《文化和认同:国际关系回归理论》,金烨译,浙江人民出版社2003年版,第266页。
⑤ [德]弗里德里希·克拉托赫维尔:《文化之舟在航行抑或返航?》,[美]约瑟夫·拉彼德等主编《文化和认同:国际关系回归理论》,金烨译,浙江人民出版社2003年版,第277页。

参与度较高，在政治活动方面的参与度较低，而且程度不同地都受到过来自主要族群的某些限制和压力，甚至是对华人族群整体性的诋毁和攻击。华文文学的"异族叙事"，因此也获得了一些相似之处：主要面对与叙说的对象都是与他们同在一个国土和同在一片蓝天下生活的非华人族群，尤其是当地的主要族群，这就是文本中的"马来人""印尼人"和"泰人"；当然，也包括与他们身份相同或者在某些方面有着某些相似性的边缘族群、弱势族群，也就是文本中的达雅人、印度人等。这里将以菲律宾、马来西亚、泰国、印度尼西亚等为个案，来探讨东南亚华文文学异族叙事的文化身份、艺术策略及内部差异。

（一）从文化身份到艺术策略：异族叙事的东南亚形态

1. 异族叙事的文化身份

"我在哪里？"

"我是谁？"①

在《乌暗暝》中，黄锦树曾经这样追问。放大了来看，这也可以是对东南亚华文文学中"异族叙事"文化身份的一种思考和追问。"我在哪里"，就"异族叙事"而言，也许需要思考和追问的是作为叙事主体的"我"——"心"在哪里，也就是，面对、应对被叙之"事"，"我"的"心态"如何？

在面对、叙说边远族群和弱势族群时，"异族叙事"的种种"姿态"，似乎已经自觉、不自觉地透露出华人在"族群杂居"境遇中的一些优越感。例如：对"吉宁人""吉林人""拉子""拉子妇"，以至对混血儿"半个拉子"的习惯说法和描述——经济状况低下，外形之丑、习性之恶："他们的生活真可怜，竟和牛马没有两样。而工作率又极小，整天辛劳，所做的寥寥无几。"②这类贬抑性和决断性的词语，暗示这种生理特征和习性，曾经一度成为某种想象的规范。这种想象方式与叙说方式，凸显的正是身为华人的那个"我"忽隐忽现的自我优越感。

"她是一个好人"，"一生中大约不曾大声地说过一句话"。这是《拉子妇》中的叙述者在"反思"过程中对"拉子妇"的评述。但是，"那时我还小，跟着哥哥姐姐们喊她拉子婶。一直到懂事，我才体会到这两个

---

① 黄锦树：《乌暗暝》，台北：九歌出版社1997年版，第233页。
② 冷笑：《热闹人间》，方修编《马华新文学大系》（三），新加坡：星洲世界书局有限公司1972年版，第196页。

字所带来的轻蔑的意味。但是已经喊上口了，总是改不来；并且，倘若我不喊拉子，而用另外一个好听的，友善的名词代替它，中国人会感到很别扭的";"我现在明白了。没有什么庄严伟大的原因，只因为拉子妇是一个拉子，一个微不足道的拉子！对一个死去的拉子妇表示过分的哀悼，有失高贵的中国人的身份呵！"① 透过《拉子妇》的这种"反思"，我们可以看到"我"的"优越感"，不仅由来已久，而且已经到了何等盲目与病态的程度。

在面对、叙说主要族群时，"异族叙事"的种种"姿态"，则自觉不自觉地透露出华人在"族群杂居"境遇中的某些恐惧感。例如，小心翼翼、如履薄冰的族群姿态与书写姿态，已经泄露出了"我"的恐惧感；"异族叙事"中的一些"禁忌"和"诗意化"特色，更强化着"我"的恐惧感。黄东平书写"战前"与"战时"的故事，充满自信与潇洒之气；书写"战后"的故事，则变得小心翼翼，充满隐喻：黑、夜、海、血，这些常被展现在诗歌中的"意象"，反复地出现在他的作品中，呈现出一种明显的"诗意化"特征。

"黑暗""寒冷""鬼魅""死亡"等意象，也较为普遍地存在于"马华散文的诸多主题书写中，鬼魅意象成为许多作家不约而同的选择，它以强烈的隐喻性参与文本的文化意义生产"。除此之外，文本中频繁出现的相关的鬼魅意象就是"死亡"，"死亡"的主题或者意象在众多作家的笔下得到反复渲染、淋漓刻画，而且多与凄冷林立的墓碑、墓群和各种隐喻不同的仪式相连，或多或少带有阴森恐怖的色彩②。黄锦树这样述说"胶林"与"恐惧"："收在集子里的《乌暗暝》和《非法移民》对我而言最大意义就在于相当程度的记录了我及家人多年胶林生活的恐惧……它凝结了极大的痛苦和无奈在里头"。"胶林深处"的生活不正隐喻了大部分马华人长期生活在敌意的环境下的无名的恐惧？③ 这些"姿态""特色"和"说法"，共同透露与强化着的正是"我"在"异族叙事"中的无法掩饰与消解的一种心态——恐惧。王德威将之称为"原罪恐惧"："移民是否

---

① 李永平：《拉子妇》，李忆莙主编《马华文学大系·短篇小说》（一），吉隆坡：彩虹出版有限公司2001年版，第129页。
② 李乃薇、袁勇麟：《盘旋的魅影——试论马华散文中的鬼魅意象》，《华文文学》2004年第5期。
③ 黄锦树：《非写不可的理由（自序）》，《乌暗暝》，台北：九歌出版社1997年版，第8—9页。

终将沦为夷民"①，这样一种由华人的"身份"与"血缘"所决定，与生俱来的，多少有些类似"向死而生"的恐惧。

"我是谁"，就"异族叙事"而言，需要思考和追问的是作为叙事主体"我"的"身份"，和"我"对自我身份的感知。在论及海外华人的处境时，王赓武曾经指出："请注意'困境'一词的使用，它来自于大多数作家都以这种或那种方式对自己变化的、暧昧的华人身份有自我意识的事实。""对海外华人来说，解决问题的出路之一就是回到中国去使压力降到最低。另一种办法就是干脆不当华人，彻底与入籍国同化。但是，只要他们坚持某种华人认同，或者允许其他人以某种方式给自己贴上华人的标签，他们就将继续生活在困境当中。"② 东南亚华文作家面对的也正是这种困境：一方面，他们利用各种机会极力诉说着，有时还是小心翼翼地述说着"我"对于本土化的愿望和喜悦、对于本土的热爱和效忠；另一方面，又无可奈何地，当然更是小心翼翼地述说如何备受限制、压力，明显地表现出"我"的无所适从——一种类似于"继子"的感受。

袁霓曾经这样表达"我"的情感和心声："我与我的上代又上上代/命运/竟被风雨/铸成相同的模式/一样的生活/一样的苦难/一样的忧伤/一波又一波/重复又重复了的/形形色色的非难/能够承受的都已承受/包括自尊/都已经典当尽了"③。作为在印度尼西亚生活的第五代华人，经历了本土教育和长期的、实在的"同化"之路，却无法拥有一个稳固的本土身份，作者以"痛苦地忍受""在艰难中挣扎"这类意象，对一代又一代华人被驱逐到本土的边缘，成为社会"继子"的角色与命运，抱有深深的忧思。

现在，我们也许可以归纳一下对"异族叙事"中"我"的思考和追问："我在哪里？"——"我"，在由优越感和恐惧感织成的钢丝上行走。"我是谁？"："我"，是一个情感复杂且在钢丝上艰难行走的"继子"。在相当长的时间内，"异族叙事"中的"我"，就是这样：在由优越感和恐惧感共同织成的钢丝上行走；以"继子"的心态和身份，在堪称"困境"的"高空"进行着高难度、高水准的"表演"。

---

① 王德威：《原乡想像，浪子文学——李永平论》，《江苏社会科学》2004 年第 4 期。
② 王赓武：《无以解脱的困境？》，《读书》2004 年第 10 期。
③ 袁霓：《男人是一幅画》，印尼：印尼文学社 2001 年版，第 94 页。

2. "异族叙事"的艺术策略

与叙事"姿态"和叙事"身份"相适应，叙事者往往采取了一些特殊的艺术策略。

其一，通过"过滤"——内化与净化，自觉不自觉地将自己的审美理想渗透在叙述过程之中，使异族的"他者"形象具有"华化"色彩。菲律宾黄梅的《齐人老康》中的玛利亚，是一个反映着"华侨文学""审美理想"的异族形象。番客老康的菲律宾妻子玛利亚，贤良淑德。为了让六个孩子都能顺利地完成学业，"亏得这个做母亲的四处奔走张罗，学校和宗亲会的贫寒补助金，她都去申请过"[①]。得知丈夫的发妻要来菲律宾，玛利亚体贴地为他们夫妻俩收拾了一间房间，让他们可以重续旧情。这位菲律宾的玛利亚，身上不仅彰显的是中国传统妇女的温柔敦厚与善良驯服，还透露出华侨社会"番客们"对历史造就的"一夫二妻"现象合理化的愿望。亚蓝的小说《英治吾妻》《唐山来客》中的异族女性，也都带有某些"华化"的特质：她们身上都有一种中国传统妇女节俭持家的美德与吃苦耐劳的韧性，是华人在异地的生活上的理想伴侣。

其二，在建构二元对立式关系过程中消解二元对立。在泰国华文文学中，当华人与"泰人"相遇时，总是呈现出一种"思想"对立的关系：华人是启蒙者、同情者，"泰人"多是被启蒙者、被同情者。作品中的"我"，多以"雇主""经理"的身份，讲述一个"共同经验"：在"杂居"环境中"泰人"生活的可悲与可怜。但是，二者之间的"经济"关系，有可能随着叙事的过程被适当消解。当华人与"泰人"相遇时，多是呈现出一种"经济"对立的关系：要么是剥削者，要么是被剥削者。这时，华人自然站在受害者或被剥削者一边。

其三，双重肯定：对异族"弱者"充满同情，对华人既有批评也不失赞美。郑金华的小说对社会痼疾有着强烈的批判意识，常能言他人之所不言。他采取的双重肯定的叙事策略，有着一定的代表性：在正视矛盾、揭示矛盾的同时，也化解着矛盾。在《农村的故事》中，叙述者"我"目睹了一件尴尬的事情。这篇小说触摸到了华人历史中隐秘的哀痛：某些华人依仗自己的经济实力，对社会的弱势群体有过不公，而这已渐渐在异族中形成一种负面的公众记忆。在自我反省意识之下，文本对华人的某些

---

① 黄梅：《齐人老康》，施颖洲主编《菲华文艺》，菲律宾：菲华文艺协会1992年版，第250页。

劣性进行了透视，并暗示如果不克制、改变，来自他族的烈焰就将燃成熊熊大火，伤及无辜者。

叙述者对事件的发展又作了策略性处理。首先，叙述者对这一事件的发生场域——山村的美好人性表现出由衷的眷念和赞美："村中的人情味浓得叫人化都化不开。"其次，对杜老伯和他的儿子也满怀赞誉："杜老伯热衷于教育事业，虽是文盲，钱倒捐了不少，村里人说，学校就是他的第二个家"；儿子亚地"这个中年汉子很直，但很善良"①。当山村因强奸事件而沸腾时，叙述者的声音一定程度上控制了读者对文本的理解和接受，也成为杜亚地的护身符：山人的淳朴足以消除恶意的种族偏见，避免着事态的恶性发展；华人的美德则遮蔽了其身上的罪孽。并且，杜亚地被设定为一个弱智男人，西蒂也被描述成一个白痴少女，事件的道德因素被相对缓解；同时，男方主动要求缔结婚约，西蒂也就嫁给了杜亚地。原本"沸腾"的山村，在喜宴中恢复了往日的平静。叙述者含糊而又明晰的态度：对"我"和"他者"的双重肯定，既是消解矛盾的一种机智，也是以往高压环境所造就的谨慎之延续。可见"异族叙事"的种种姿态、艺术策略，都与东南亚华人的现实"困境"与文化身份有着紧密的联系。需要补充的是，不应该忽视：一个以和平与发展为特征的中国的不断崛起、所在国族群政策可能的变化，以及华人不断调整自我"身份"的主观要求，已经为和将要为东南亚华文文学"异族叙事"带来冲击和变化。

换句话说，"困境"与"身份"有可能发生的变化，将会对"异族叙事"的姿态、艺术策略产生重大的影响。例如，曾获第八届花踪文学奖马华小说佳作奖的《人人需要博士夏》，从艺术上看，算不上非常出彩。但是，作品涉及的主题和所采用的叙事方式，却让人耳目一新。作品通过对议员"那兹荫"丑行的大胆叙说，"以调侃的笔调和荒谬的情节来写马来西亚种族政治的悲情"，"带出马来西亚华、巫族群课题或国情的荒谬、不公，夹带嘲讽与怜悯"②。可以说，在这种大胆、直率的"异族叙事"中，"继子"的恐惧感明显减退，"我"已经开始以接近"亲子"的口吻、方式，叙说过去不能叙说和不敢叙说的敏感"故事"。这些来自族群

---

① 郑金华：《农村的故事》，金梅子：《客家面》，山东人民出版社、四川文艺出版社2019年版，第141—142页。
② 傅承得：《第八届花踪文学奖马华小说奖决审记录——开政治的玩笑》，《星洲日报·文艺春秋》2006年3月19日，林宝玲整理。

之外与来自族群之内的变化,将促使东南亚华文文学的"异族叙事",既能够更好地"带着""镣铐"舞蹈,有可能"松开"或者是"拿着""镣铐"舞蹈,从而变化得更有艺术张力和魅力。

(二)建构异族的方式:以马华文学为个案

马华文学中的异族形象在不同的历史阶段呈现出迥异的特征,无论是族间交往、族际通婚中的异族还是混血儿形象,在社会历史的位移过程中,都不约而同地呈现出了自己独特的面目,而这种变化直接来源于作者异族想象方式的变化。"在不同的文化体系中,文学作品如何构造'他者'形象,创造出他所理解(心目中)的'他者'形象,这是两种文化相遇'对话'而产生的,是一种文化对另一种文化的诠释,虽然当中不可避免会有'误会'和'误解'。"[①] 马华文学中的"异族"正是中华文化对他者文化的诠释之结果,并随之产生了"异化""同化"和"发现"三种建构异族的方式。"异化"及"同化"是对"他者"文化进行极端化"诠释"的体现,过分强调"他者"的"异己"特征,或者故意淡化甚至是忽略了"他者"的"异己",不能不说是一种文化的"误解"或"误读",而"发现"异族则是一种基于对话交流的文化态度诠释"他者"和"他者文化"的方式。

马华作家对异族的建构,在不同历史阶段采取的方法或者策略是不同的。马来西亚建国前,马华作家往往采取一种"异化"的方式,对异族进行一种自觉或不自觉的负面建构;马来西亚建国后的二三十年间,马华作家往往采取一种"想象"的方式,以隔膜式的主观诉求来表现异族,以寄托自我认同的理想,20世纪80年代末以来,马华作家开始重新"发现"异族,采取一种融入式的方式来呈现异族。

1. "异化":先入为主的异化

"异化"异族是早期马华文学呈现异族的一种主要方式,这种"异化"在马华文学中又体现为视觉暴力、价值否定和负面套话三个方面。视觉暴力主要反映在对异族的"可视"性特征——族性生物特征的"审丑"暴力;价值否定则用华族的文化眼光来校验异族,他族文化的合理性被遮蔽;负面套话借助语词、主题、结构等形成一种书写异族的负面话语体系。

[①] 饶芃子:《世界华文文学的新视野》,中国社会科学出版社2005年版,第271页。

戴维·里查德认为："文化再现的模拟物就建立在这种向另一个视角、另一种理解方式的转移上。跨入模拟的门槛，要取得异族神秘存在的视像，必定要付出代价。……我们的视线被遮挡住，我们的思想带上了面具。"① 早期的马华作家在书写南洋生活、塑造异族形象时，也遭遇了理查德所说的情形。华族作家在"看"异族时，往往强化了异族与自身之"差异"，采取一种带有"暴力"意味的"审丑"方式，在族性生物特征的差异中享受一种视觉"施暴"的快感。

在华族的审美视野中，黑色象征不吉利，因此黑皮肤的印度人在一些马华作家的笔下，往往接近"魔鬼"，受到排斥和厌恶。正如秋红在《旅星杂话：吉宁人》所描绘的："他那蓬乱的头发，散在肩上，黝黑的肤肉，涂着油粘粘的液汁，说话像鬼叫的咽啼，还有，还有那五花十色的纱笼，如袈裟，简直像鬼一样可怕。"即使是从华侨时代过渡到华人时代初期的马华作家，对印度人肤色的审丑依然处处可见。姚拓的《捉鬼记》中，叙述者将印度裔电影院看门人山星斥之为"黑鬼"；商晚筠《洗衣妇》里也随处可见对印度洗衣妇带侮辱性的嘲弄："顶多说她胖不起……下辈子有得选择的时候，千万别再投入黑肚皮"；在李永平的《拉子妇》中，达雅族"三婶"，被成年的六叔嘲笑："'大耳拉子！晓得吗？大耳拉子的耳朵好长。嘿！就这么长！'六叔得意地拉着他的耳朵，想把它拉到下巴的位置。"

几千年的历史造就了中华璀璨的文化，移民于马来西亚的早期华人在看待马来西亚土著族群时，内心产生了一种优越感，同时也对这些处于偏远地带的土著族群产生了一种鄙薄的情感，他们站在文化的高地用华族的文化标准来看待这些土著。华人十分注重历史承袭而来的礼制，并严格地遵循和维护，而那种誓死护卫这整套礼数的华人对于"异族"，是排斥和憎恶的。因此在《拉子妇》里，祖父对土著媳妇十分不满，当拉子妇没有遵照华人的礼数给公公敬茶时，祖父"脸色突然一变，一手将茶盘拍翻，把茶泼了拉子婶一脸。祖父骂了几句，站起来，大步走回房间去"。在这位中国意识十分浓厚的华人眼中，马来土著是野蛮、没有开化的野兽之群；而拉子妇的丈夫，对这个自己自愿迎娶的妻子也十分不屑："拉子天生贱种，怎好做一世的老婆？"

---

① [英]戴维·里查兹：《差异的面纱》，如一等译，辽宁教育出版社2003年版，第344页。

马华文学中华族往往是高贵、善良、纯洁的，而作为对立面的异族则是卑贱、低劣、邪恶的，这种显见的二元对立叙事进一步"异化"了异族的形象。在姚拓的《捉鬼记》中，作为华族的"我"是一家东方戏院的经理部书记，而印度人山星只是一个看门的人；"我"年轻有为，印度人山星老而碌碌无为；"我"气盛，印度人萎靡；"我"勇敢，敢于带领大家"捉鬼"，印度人胆怯，吓得胆战心惊。曹兰的《红纱笼》里，也存在二元对立的叙事结构："我"是娘惹露西的丈夫的头家，她丈夫为"我"的一个卑微的工人；"我"在品性上是一个内心正气的君子，不近女色，不趁人之危，能抵抗诱惑，露西则是一个内心比较脆弱，空虚无法抵抗诱惑的女子；"我"竭力关心露西，想帮助露西，而露西却试图诱惑"我"；"我"一如既往地关心她的命运、帮助露西，但是露西却自暴自弃，堕落而不自爱，最后走向死亡。通过这样的二元对立，异族的负面形象被固化，逐渐形成一套属于异族的负面话语体系。

2. "同化"：隔膜式的主观诉求

经过了欠理性、艺术上粗糙的"异化"阶段以后，马华作家试图以一种新的眼光来打量异族，这种心理和视觉的转变经历了一系列复杂的过程。正如弗里德里希·克拉托赫维尔所说："无论是通过'发现'还是通过移民形成的同他者的遭遇，都经常迫使我们进行痛苦的调整，调整自我观念，调整对世界运转的判断或者期望。"① 马来西亚建国后，当局逐渐推行以马来人为主体的政经政策，华人逐渐被边缘化，马华作家在经历了华族心灵阵痛之后也开始寻求转变，而心态的转变首先反映在他们以新的目光审视周遭的一切，尤其是生活在自己周围的异族。决定了留在这片蕉风椰雨的土地上并且扎根下来的马华人以新的态度开始生活，他们对未来有自己的理想，而在现实中，作为一个移民群体，遭遇了所有移民群体的困境——身份尴尬与压抑之后，华文写作逐渐成为一种"文化抵抗资本"，异族塑造和异族叙事成为表现华族生存困境的一种策略。

"同化式想象"异族是这个特定时期马华作家塑造异族的主要艺术方法。在这一阶段，马华作家在其小说中不约而同地以"同化式想象"来重构异族、再现异族。但是，也恰如弗里德里希·克拉托赫维尔的质疑：

---

① [德]弗里德里希·克拉托赫维尔：《文化之舟在航行抑或返航?》，[美]约瑟夫·拉彼德等主编《文化和认同——国际关系回归理论》，金烨译，浙江人民出版社 2003 年版，第277 页。

"想象的重构就是说，我们都不会遭遇真正的他者，但是会被我们对他者的描述所控制，这个他者就是在具体情况下观看'我们本身'的他者，或者被我们对他者的设想所控制，我们按照自己'删除'的观点描述对他者的认识。"① 这是不无道理的担忧，因为在描述异族的时候，想象的主体——马华作家采取的是一种"隔族而望"的隔膜式的姿态，这样的观望姿态决定了华人作家在审视、塑造异族时，有意无意地过滤掉了异族他者的"他性"，相反赋予了他者更多"我"的特征，使得他者不是（不似）"他"，或者说他者成了"我"的变体，成了"己他"，从而掉入这样的陷阱："再现他者文化不可避免地需要再现自我画像，被观察的民族由观察者暗淡掉或遮蔽住。"②

马来西亚建国以来尤其是 20 世纪 70 年代以来，华族作家在打量他们身边的异族时，多是一种"隔族"而望的姿态，这种姿态表现在华族作家对异族的观察、审视、描述乃至形诸文字都似乎没有建立与现实生活中的异族直接接触、交往、交流和实地考察的基础之上，同时，这种"隔族"而望还表现在马华作家站在本族的立场上，一厢情愿式地对"他者"实行语言、行为、思想等方面的"监控"，让他者按照自己的意愿发展，或者成为自己的代言人。

马崙写于 1963 年、修改于 1972 年的小说《槟榔花开》中，叙述者"我"主要讲述了两对异族男女——马来青年耶谷与华族少女紫英、马来少女玛莉安与华族青年黄贵清的爱情故事。这个本来是悲剧的故事却在叙述者的笔下失去了悲剧色彩，原因在于叙述者挪移了主流意识形态的视角，采取一种符合国家意识规范的宏大叙事模式来想象异族，在叙述者乌托邦式的族际和谐的理想国里，个体的悲剧感受被群体的利益所监控。因此，紫英忍痛拒绝了自己所爱的人，并且说："我是根据一本书里头所说的：'恋爱可以超乎现实，而婚姻却以现实为基础。'那种婚姻的基石，在目前的年代里，似乎还没有砌成，所以我不能和耶谷去编织一个梦幻……"而华族青年黄贵清离开了自己心爱的恋人——马来少女玛莉安以后，以一封洋溢着理想主义色彩和充满民族大义的信果断地斩断了这段

---

① [德] 弗里德里希·克拉托赫维尔：《公民权：在秩序的边界上》，[美] 约瑟夫·拉彼德等主编《文化和认同——国际关系回归理论》，金烨译，浙江人民出版社 2003 年版，第 266 页。

② [英] 戴维·里查兹：《差异的面纱》，如一等译，辽宁教育出版社 2003 年版，第 345 页。

异族之恋的情思，叙述者也似乎以一种全力支持和理解的态度来欣赏他的主人公的这种决绝态度："民族间尚不能彼此信赖，互信互重，这一小部分人，甚至对马来亚的独立也抱怀疑的态度，是多么可笑又可悲啊……我想到我与你的爱情若继续发展下去，那岂不是给甘榜各族间增加一层不易解释的烦忧？所以，我认为以目前的情况来说，异族间的恋爱和结婚，倒不是种族间最合适的桥梁，而信赖、了解、和睦和合作，才是建国兴邦的因素。"华族少女紫英和青年黄贵清说出同样的充满民族大义的话，正是在这样貌似合理、充满逻辑的话语出卖叙述者甚至可以说是作者本人，体现了叙述者和隐含作者的一种一厢情愿的想象，从华族利益出发，从群体的利益出发，在这样的话语中，爱情的意义被矮化、被渺小化，叙述者以自己鲜明的意图干涉故事，斩断了异族之间的情丝，而让自己的主人公做出违背人的情感逻辑的事情。

隔"族"之望，必然会过滤掉或忽略许多不符合本族审美视野的"他性"，其结果是"他者"成为了"我"或"他者"似"我"。马华作家按照本族的审美标准、价值尺度衡量异族、"想象"异族、塑造异族，较之先入为主的丑化、僵化异族是时代的进步，体现了华人族群对自我存在的反思和对未来生存景况的探索。但是，从本族的标准出发来一厢情愿地"想象"异族，理想化和华族化异族则又是一种矫枉过正，体现的依然是一种华族精神的自我膨胀，并且希图将自己这团精神如同车胎充气一般，硬挤压到其他族群的躯体里去，作为"他者"的灵魂。

《槟榔花开》中美丽的马来少女玛莉安，拥有华族化了的外形，其性格没有了赤道雨林中南国女性野性、火热、开朗、奔放、无拘无束独特气质，反而有着东方女性的神韵、圣洁、柔婉、静穆、流畅的身段，如同中国画中的仕女。同样，在碧澄的《迷茫》中，印度族少女勒兹美身上也没有体现出南亚女性的特性，与华族理想中的妻子或者说理想的东方女性没有什么区别：如水一般温柔，如夕阳下盛开的茉莉花一般妩媚，身上笼罩着的是一种祥和之气，对丈夫柔顺，安安静静地为丈夫打理家中的一切，在路旁默默守候丈夫的晚归。除了一个印度族的名字外，我们丝毫判断不出这是一个异族女子。

出现在马华作家笔下的异族男性，也同样被"去异族化"。《迷茫》中的理想化的印度男子古玛，一改"异化"阶段的印度青年——"吉宁仔"的形象，黑皮肤特征似乎隐匿了，有的是男性特征的坚实的臂膀、宽阔的胸膛；同时在个性特征上，也一改印度男人的酗酒、好逸恶劳、荒淫、不负责任，古玛勤劳、善良，勇于承担生活的重担，对自己的婚姻十分严肃，对家庭有责任感，愿意为自己妻子营造一个美好的未来。这正是典型的理想中国男人的性格特征。

"同化式"想象异族是华人在思考自己在这个多元民族国家的位置、生存、未来命运的一种途径，它代表了华人对未来的探索与思考、对过去的反思，以及对自我身份的追思、建构和寻求认可的努力。

3. "发现"：融入式的现实探索

20世纪90年代以来，马华文学中的异族形象均呈现出了时代的新面貌，在华人日常生活中出现的异族，"异化"时代邪恶的"吉宁"人和野蛮落后的马来土著不再出现，而"想象"时代华族化的马来人、印度人的面目也大为改观，华人与异族婚姻中的异族女性也从早期卑贱、奴隶的命运里走出来，不再是婚姻的悲剧角色，而是成为华族生死契阔的理想伴侣；而早期被自己的父亲骂为"半唐半拉"被周围人"吐口水"的混血儿也从"想象"阶段的"等待认同""准接受"中觉醒，成为主动寻找自己的真实身份，主动谋求认同的"武士"与"英雄"。这一系列的变化说明华族作家开始重新打量异族、"发现"异族。

对种族生理特征的重新"打量"是90年代以来马华作家重塑异族形象的第一步。马华作家采取一种多元化的审美眼光来审视异族，作为华人作家，完全而纯粹地抛开本族审美心理因素而站在异族的立场上采取"他者"的审美视野和审美标准来看待异族是不可能的，但是从华族心理出发，站在一个平等客观的基点上来看待异族，理性地审视和评价他者的"他性"，用多元的评判标准去衡量再作出公允而不是"唯我"的评价则是可能的。

在东马作家石问亭的小说《梦萦巴里奥》中，华族主人公"我"爱上了异族土著少女，这里的爱不是《拉子妇》中三叔爱上达雅族女子的那种青春冲动，也不同于《槟榔花开》中表哥黄贵清那种立足于种族和谐的理性之爱、精神之爱，它是在认清族性差异、彼此接受和愿意各自保持差异的基础上的平等之爱，和发自内心真实冲动与理性约束的灵肉结合之爱，因此也是现实可行的合理之爱。出于这种爱，华族叙述者在注视"他者"（这里指异族少女瑞柳）时，采取的是多元的审美文化视角。其一是华族审美视角。作者对瑞柳的描写具有明显的华族审美印记：柔媚多姿、轻盈。"她轻柔的手姿好似肯雅兰鸟于一场雨之后，制荷以为衣，集芙蓉以为裳，安然振翅起飞，从一个树头滑到另一个树头，没有目的也没有企图。两个乳房跟着舞步起伏如风之于山巅，十指轻盈上下翻动如鸟的飞翔，双脚碎步向前滑行。静止时一潭湖水。"把土著少女收入华族审美范围，从某种意义上反映了新一代华族在文化审美上的转变：由一元到多元、由排斥到兼容。然而，作者并未一厢情愿地将马来土著少女华族化，而是鲜明地凸显其族群特征，并且对这一特征表现出包容和理解："瑞柳除开一对大耳垂、手上、脚上刺青之外，肤色与我们华人少女没有二样。"作者同时也兼容了土著的审美心理，将瑞柳的"大耳拉"视为一种美："瑞柳为了隆重上我们家与父母这一次会面，特换上五两重的沙铃（sarring）金坠子。那是她祖先世袭的财产，一代传一代的遗物，这两粒沙铃垂到她两边肩上闪闪发亮，加上族人传统珠饰帽子，非常漂亮。这时，我方留意她的眉是纹的，就像诗词上的柳眉。"

早期的印度族群以"魔鬼"的模样出现在马华作家的小说文本中，进入"想象"时期后，印度族虽然改变了自己"邪恶"的面目，却成为华族人物的再现，是华族化的印度人，到了90年代以后，印度人的面目有了自己的新特点。陈绍安的《古巴列传》为我们"发现"了一个真实印度族青年形象。作者凸显他的种性特征，"黑皮肤和魁梧的身材使得他如同一只北极熊，黑眼眶如同熊猫眼"，对他的种种生理特征，叙述者的态度是现实而真实但是毫无恶感的呈现："一个身材魁梧，皮肤黝黑，走起路来有北极熊的笨重与冷酷的大个子，两只熊猫眼镶在如墨斗的黑眼圈里，在原本黑黝黝的脸上，镶得更黑如无底深渊……"印度人的族性特征——黑、身体魁梧等，在作家的笔下已经没有了"黑鬼"或者"干瘦"的恐怖感和厌恶感，反而让人感到几分笨拙的可爱。

在审视异族生理特征的同时，马华作家也展开了对异族文化的重新审视。在张贵兴的小说《猴杯》中，对达雅人的文身文化和"猎人头"的习俗进行了再审。早期华人对于土著的刺青文化视而不见，或加以否定、丑化和恶化。正如主人公余鹏稚的母亲（老一代华人）对丽妹——达雅族养女的刺青的评价："这刺青……番人的玩意嘛……""以后别刺了……番鬼不卫生，这刺青会染病……"母亲以一种不屑的口吻将土著的刺青文化贬斥为"玩意儿"，将刺青视作肮脏的、不洁的东西。然而，在主人公甚至叙述者眼里，刺青是土著文化最流光溢彩的精华，是土著人民智慧的结晶，是他们在长期改造自然适应自然的辛勤劳作中总结出来的生存经验的感性体现，也是他们身上最具有神性和神秘色彩的一部分。因此，在小说中，叙述者竭力赞赏代表达雅族文化精华的刺青高手——阿班班，他如同华族杰出的民间异人一样，孜孜不倦地发扬、传承自己的族性文化，并力图把它推向极致。对于阿班班而言，刺青的图案是具有某种神性和生命的，它可以"被刺绣在另一人肉体上，被雕琢在棺木上，被浮雕在吹矢枪上，被肉雕在刀背腕环上，被彩绘在符箓木偶，被编织在摇篮上"，这图案使得他"感觉身体某一部位幽幽复活"。叙述者对土著部落刺青文化的由衷赞赏，一改父辈们的不屑与贬斥，以一种平等、交流的多元文化态度审视异族文化，体现了新时代华人心理的变化。对于达雅族猎人头的习俗，在《猴杯》中也呈现崭新的面目。猎人头的老者，不再是华人传说中凶恶如野兽般的恶魔，而是一个看上去和蔼、温和的"达雅克老战士"，将"战士"与达雅克猎人头者联系起来，隐含着对达雅人猎人头文化的重新审视。作者还借用老人的讲述解释了猎人头的原因："当年我砍下侵略者头颅，一来是为了保家，二来为了获得姑娘的爱慕……"在这段话中，猎人头被重新解释为一种崇高的行为、一种不得已的自保，反映了作者欲重审异族文化的努力。

对于异族的重新"发现"还体现在对异族性格的再次塑造。在华侨时期乃至华人时期，土著的性格塑造是华人化的，到了20世纪90年代末至21世纪初的马华文学中，这种异族形象被颠覆。在张贵兴的《猴杯》中，作者对异族展开了发现之旅。主人公爱恋的对象是一位达雅克少女，拉子妇的同族。亚妮妮作为土著，身上留存着土著的野性：勇敢、泼辣、野蛮，敢于猎杀野兽、生吃兽肉。同时，与其他"文明"族群相比，亚妮妮身上少一些文明的束缚，她是自然之子，是土地之子，是雨林的宠儿，纯真、开朗，没有丝毫的邪念，她敢在众目睽睽下脱光了衣服跳进河里洗澡、赤裸着身体游泳。作为一个受过教育的土著后裔，亚妮妮又不完全同于传统的土著，她身上有着女性的温柔和善良的天性，也有知识女性的善解人意、聪慧和脱俗的气质。因此，在主人公眼中，她是文明与自然的完美结合。

发现异族是马华作家在新的时代审视自我的一种体现，从侧面体现了华人的自我调整和自我适应。

（三）异族叙事与华人的家国想象：基于印华文学的研究

在倡导多元文化的国家，主体民族可能会给予少数族群一定的空间，使之能维系、发展自己的文化特质。但在单一文化体制的国家，少数族群将被迫朝某一种文化模式靠拢，进而丧失自我的文化特质；这使得少数族群融入本土的过程充满了屈辱感和焦虑情绪。而印尼正属于推行单一文化体制的国家，作为一个自身有着深厚的文化历史积淀的族群，华人族群在融入国家体制之内的过程中，必然也遭遇这种困境。也就是说，华人必须在自己原有的族群特性和国家的本土化要求之间寻找一个平衡点，形塑一个能被主流意识接受的积极形象，从而像巽他人、爪哇人一样成为这个多民族国家的合理成员。

在印尼刻意区分人种的种族统治模式下，原住民被赋予政治上的优先权和优越地位，其文化也成为国族文化的标准模式。他们已经被形塑为本土权力的符号。因此，原住民的形象，就寓征了国家的形象，华人对原住民的态度，很大程度上可以定义为华人对于主流意识和国家的看法。在这样的现实情境下，通过对原住民的文学想象以建构自身就成了一条有效而重要的途径。由此，也模塑出了一种特殊的异族叙事类型。首先，它采取"形神分离"的方式，表面是在叙述原住民，实质却指向了华族自身的形象建构。其次，由于文学创作的隐含读者指向了主流意识，这种叙事可能会表现出拘谨和策略的一面。

1. 异族想象模式与华族特质的呈现

印尼"种族众多、矛盾激烈"，不管华文文学还是印尼语文学，对"族群杂居经验"的表述一直都是重要主题。通过这种经验的回溯，文学企图诉说、寻找族群和平共处的途径。因此，叙述异族的文本与表述"族群关系"的文本难以截然分开。不过，20世纪70年代末后，印华文学中的异族叙事文本则以单一思路表现了这一主题。从异族形象的类型来看，几乎只有两类异族形象进入了关注视野。一是生活困窘、遭遇不幸的异族女子，二是胡作非为、称霸一方的异族男子。从情节构造来看，其叙事模式往往是同一主题的重复，变化极少。此类"异族"想象模式，凝聚了华人的共同生活经验。

在印尼，位于偏僻山区的"原住民"由于缺少教育、交通不便利，大多过着贫困的生活，某种意义上，他们是印尼社会的弱势群体，而这个群体中的女性，还受到来自群体内部的压迫。异族叙事文本中，这类不幸的异族女子占了相当比例。如阿五小说《阿娜》中的阿娜，双亲早亡，衣食无靠，甚至"连睡觉的地方都没有"；结婚后又被丈夫抛弃，带着一个刚出生的婴儿苦苦挣扎着。思闻小说《蒂娜》中的蒂娜出嫁三次,碰到的都是负心汉,后来又怀上了电梯工人玛喜的儿子,可临盆时,那男人却故意躲藏起来,逃避责任。郑金华小说《榴莲上市了》中的阿米娜,从小寄居在外婆家,衣不蔽体;出来当仆人时又被一有妇之夫勾引,但失身之后却被这男人的前妻赶走,在乡下过着郁郁寡欢的日子。

这些文本在强调对方是"原住民女子"这一身份的同时,还特意设置了与异族同样重要的形象——华人。他们在整个事件中,不是旁观者,而是道义的化身和苦难的主动分担者。在《阿娜》中,"我们(华人夫妇)"和仆人"阿娜"的琐碎生活小事乃叙述的重心,文本始终把"我们"对阿娜的同情和关爱作为线索来展开情节,如当阿娜母子无家可归时,"我们"无微不至地照顾他们,她"消瘦的脸庞身躯"便"日见长肉,健壮起来"。当阿娜被迫离开,我们也爱莫能助时,"我们"的惆怅和痛苦不少于阿娜,对"这个弱肉强食、恶人欺负善人甚至人吃人的环境"发出了愤怒的控诉。

在印尼原住民社会中,还存在一批流民,他们游手好闲,以敲诈勒索为生。华人在生活中,不时会与之磕磕碰碰,他们构成了华人异域生存必须承受和面对的直接压力。如袁霓的《叔公》中,原住民"叔公"是一个不停地"惹事、打架、闹事"甚至还"拦路抢劫"的"江湖人士",大家一提起他就"谈虎色变"。高鹰的《扎根》里的马占是当地出了名的"地痞贼头",杀人放火、明抢暗夺,无恶不作。此类"异族"往往被排斥在华人世界之外。父亲、祖母都对"叔公"恨之入骨,连小孩子"我"也"非常非常的讨厌他"。华人小杂货店老板智刚和他妻子屡遭商场风云并未倒下,但对付"马占"却让他们忧心忡忡。然而,有趣的是,这些被否定的异族不久又被许可进入华人世界。这一事件在文本中被命名为"浪子回头"。"叔公"终于改邪归正,和"我们"由仇敌变成了亲人,恶邻"马占"终于被感化,成为"智刚"创业的得力助手。

"浪子"之所以能回头的原因是什么呢?袁霓的《叔公》中,叔公一家长住在我家,房租、水电费全免;尽管叔公常常"恩将仇报",但"叔公"惹事时,"我父亲"却一次次去警局为他疏通;一次,叔公深夜归来,因房间没有亮灯便"磨刀霍霍、杀气腾腾",可一家人全忍气吞声,"我母亲"悄悄起床,为他点亮了灯。可见,"叔公"和"我们"由仇敌变成亲人的历程,与"我家"的慷慨和宽容忍耐密切相关。如果说,袁霓的立意还较为隐讳的话，那么高鹰的小说《扎根》则强化了这一意图。与原住民"马占"的"凶横霸道"对比，华人智刚显出了过人的美德，他的"宽容和忍耐"被叙述者一次次的强调。如"马占"对"智刚"数次勒索，他都忍气吞声，如数奉上钱财。马占深夜行刺导致智刚身患重伤后，按理马占应受到法律制裁，但智刚却以慈悲为怀，主动撤诉，使其免除了牢狱之灾。而当马占被人追杀时，智刚反而以德报怨，伸手相助。于是，这位无恶不作的痞子被感化，放下屠刀，变成了好人。可见，这种叙述中，改邪归正的异族形象并非叙述的重心，他仅是一种强力的象征；在与他的较量中，华人表现出的宽容、忍耐和柔韧性特质才是叙述的重心。

这两类异族叙事，虽难免模式化和趋于单调，却从两大层面上完成了印尼华族对自我特质的建构。华人成了一个有爱心、有责任感并且善于忍耐、宽容的族群，而不是主流意识所流传的有道德缺陷的形象。同时，它也隐含着一种对自我的规劝。在异质环境中，对弱小者必须有奉献与关怀，以有余而奉不足，才能化干戈为玉帛。对强悍者，则必须采取迂回战术，以柔克刚，以减少生存的压力。因此，此类异族叙事虽不免有虚幻的成分，但它实际是印尼华族守望、再建现实家园的经验回溯与再造。正如文本《扎根》所描述的一样，在历经劫难后，华人在百花丛中微笑，那片荒芜之地已化作绿荫满地、芬芳四溢的家园。

2. 异族习俗叙事与华人国家认同的建构

在某种文化体系中，最易变化的是物质文化，制度文化次之，习俗文化较为稳定，观念文化变化最慢。在很大程度上，印华文学便是通过对异族的饮食、衣饰、习俗的反复吟唱和赞美，建构起了自己的国家认同。这类文本很多，如袁霓的系列散文《巴棠莱》、白羽的《繁垦区组诗》等。如果说，他们还只是把祖国的形象隐匿在琐碎的诉说中，那么，陈宁《华裔之歌》则极为率真地道出叙事的最终目的：

> 这里就是我的祖国印尼
> 喂我长大的是印尼大米
> 最爱的是辣椒、椰浆、咖啡
> 我忘掉了一年还有四季。①

---

① 袁霓主编：《印度尼西亚的轰鸣》，印尼：印尼文学社/印华作家协会2000年版，第86页。

我们发现，诗歌中的叙述者"我"的祖国，是由印尼大米、辣椒、椰浆、咖啡组成的，而没有包括我的"黄皮肤、眯缝眼"以及我喜欢的"粽子、茶、筷子"。在文化属性的混杂性生长中，差异被剥除，剩下的只有来自"他者"的目光和欲望，于是，叙述者逐渐忘却来自祖先的记忆，正如诗歌所唱的"我忘掉了一年还有四季"。在这忘却自身，记忆他性的反复进程中，一个强大的本土国家形象出现了，而华人自身塑造也得以完成，成为印度尼西亚的合格公民。

应该说，合格公民的形象塑造不能在瞬间完成，它有时间差。往往是远远地观望着对方，然后才不知不觉中融化在其中。与异族还可能存在表面的抽离，如陈华《峇泽》写到了这种距离感：

纵横交错地纹化着
朝朝代代的兴兴衰衰
像源远流长的梭罗河
闪烁着爪哇民族特有的风貌
如果——你是来自异国他乡
我选手描的那一种
送你
它是民族的结晶之一
结晶中一划划的全是动人的故事
故事里尽是
心血
辛劳①

陈华的叙述中，"自我"与"他者"还有着清晰的距离。"峇泽"衣服象征的虽然是印尼的久远历史和灿烂文化，但那是"爪哇"族特有的风貌，而不是"我"——华人叙述者所属族群的特色。然而，很多作家已把"自我"混同于碎片，幻想那个身着碎片的仆人是穿着新袍的主人。被改塑的愤怒早已消尽，只有一个个陶醉于在"碎片"中的自我。

另一些作家有意识地构造出一个与祖国同在的主体"我"。如广月的

---

① 立锋主编：《印华诗文选》，香港：新绿图书社1999年版，第28页。

《迎接——八月的客人》中的"我"想以主人的姿势融入祖国的血脉里，于是想象中，"我"——

> 摘下爪哇岛沉甸甸的稻粒
> 把它串成金黄色的项链
> 穿着加里曼丹的森林
> 再配上
> 圆藤织成的
> 金光闪闪的"格巴耶"
> 披了条
> 白锡铸成的"施铃铛"
> 用乳白的橡胶汁
> 敷饰秀丽的脸腮
> 蘸了"芝勒干"鲜红的钢水
> 轻轻地
> 抹在热情似火的双唇
> 一束鲜艳的兰花
> 握在左手
> 走向"摩拿史"广场
> 右手挥舞着红白双色旗
> 迎接印度尼西亚
> 八月的客人①

我们发现，那个与祖国同在的"我"，为了成为"主人"，把"他族"所有的文化符号穿戴在身，并以迎接"客人"的行动策略来凸显自己的主人翁地位，但形塑的依然是一个缺乏安全感、寻找着外在庇护物的种族。它小丑式的装束暗示它"在而不属于"的尴尬。似一个天使家族的成员，不属于印尼，也不属于地球上的任一民族。

这些文本的存在，一方面是华人对本土感情的自然流露，另一方面也是其抵抗种族主义的顽强努力。但其有限性在于，他们自觉或不自觉地接受了

---

① 广月：《广月文集》，鹭江出版社2000年版，第244页。

主流意识的标准，从同化论的角度表述了华人和原住民的相同——对两者之间在历史和文化上的差别却避而不谈，这样，随着华人国家认同的转变，华人本身的特异性和特殊性就可能为了获得主流意识的接受和赞同而被抹除。

3. 印尼本土历史回溯中的华族意识

如果说，上述文本以其夸张、显在的方式映射出华人族群拥抱祖国的热情以及追寻过程中的动荡和断裂感的话，那么，另有一些作者则以完全的国民意识介入对异族的文学想象中，其叙述和原住民作家在价值判断、情感表现等方面有很大的相似性，其主题也远离了族群惶惑。如 20 世纪 90 年代中后期，一些作家对本土历史（往往以叙述异族为主）的关注与挖掘，便是这一新动向的表征。

如柔密欧·郑的《椰加达掌故诗》之一：

> 昨日的美丽
> 错押了今日的赌注
> 逃出一个掌心
> 又落入另一个掌心
> 错综的掌纹
> 横看直看
> 都是人家的玩偶
> 想回首的时候
> 没有什么可以典当了
> 虚幌一身洁白
> 却毁于墨黑里
> ——《姬妾达西玛》[①]

一向是柔情百结、带着古中国气息的柔密欧·郑，在对异族历史人物的叙述中显得十分理智和平静，失去了他以往的独特"个性"，这种个性的隐匿，使他文字里洋溢的华族文化特质也消失殆尽。显然，他想表露的

[①] 此诗载袁霓主编《印度尼西亚的袭鸣》，印尼：印尼文学社/印华作家协会 2000 年版，第 141 页。他的雅加达掌故诗还散参见于严唯真主编的《翡翠带上》，香港：获益出版事业有限公司 1997 年版。印尼华人为雅加达的发展付出过血与泪的代价，但在柔密欧·郑的一系列掌故诗里却没有华人的影踪，正反映了这类本土历史叙事的局限性所在。

不是华族对他族的独特看法，而是一个普通国民的历史感悟。

总之，在政治压力召唤下的印华文学中的异族叙事，本以建构一个祥和的现实家园为最终归宿。然而，位于外缘的叙述者，恰如筋疲力尽的逃亡者，用战栗的手指摸索着开关，把自己拉入门内，拉入一个他在其中能够获得精神安息的宿舍。但就在竭力进入的同时，自由被再度冻结，探索者成为皈依者。① 这一隐喻说明了此类文学行动的最终限度。

三　"异族亲情"：跨族裔的"家"

亲情是文学书写中的一个永恒母题，本书所关注的亲情母题，不是文学中一般意义上的父母与子女、兄弟姊妹之间的血缘之亲、骨肉之情，而是作为海外华文文学之一翼的北美新移民文学中所特别关注，而且特别扣人心弦的"另类亲情"，即由于家庭重组，尤其是隔海重组形成的伦理意义上的亲情关系，如继父、继母，或者养父、养母与其继/养子女，以及无血缘关系的兄弟姐妹之间的牵扯与碰撞，当然，也包括继父、继母自身在这个"另类亲情"空间中的种种牵扯与碰撞。北美新移民文学所书写的"另类亲情"，大都建构在多族杂处、多种文化共在的特殊语境之中。因此，我们期望在解读"另类亲情"时，能够对北美新移民文学这种所谓"异族叙事"的特质加以特别的关注。

（一）冷漠、暧昧与罪恶的伦理亲情

由于美国与加拿大都是移民社会，族群间的通婚已经较为寻常。尽管存在某些文化与生活习惯的差异，族群间的通婚也有许多成功与美满的范例。然而，北美新移民似乎对其中的"另类爱情"更为关注。因此，所谓"另类亲情"，大多都是起源于"生拉硬扯"的"另类爱情"——曾经有过，将来可能还有的"跨国婚姻"，一种主要不是源于爱情，而是因为某些需要或者欲望，而获得婚姻"名义"，并组成跨族裔家庭的婚姻。

这些建构在跨族裔家庭之中的"另类亲情"，充满疏离、惆怅甚至是暧昧，充满冷漠、敌意甚至是罪恶。在这里，妇女由于男子的统治和"继"的地位上的竞争，家庭形式享受不到实际的自由和相互尊重。

其一，继父与继子之间，如同天敌，水火不容。

严歌苓的《约会》："晓峰来到这家里的第六个月，丈夫对五娟说：

---

① 参考朱大可在《逃亡与皈依》一文中的表述。朱大可：《聒噪的时代——在话语和信念的现场》，湖南文艺出版社1998年版，第233页。

'你儿子得出去。'她知道这事已经过他多日的谋划,已铁定求饶耍赖都没用处。"丈夫全然不顾晓峰如何"在空楼里孤零零害病"。在继父的逼迫下,在"异国的陌生,以及异族人的冷漠"中"晓峰仍是个孤儿"[①]。

《红罗裙》中周先生与继子健将近乎冤家对头:"凡是有健将的地方,一般是没有他的",健将与继父的亲子偶有冲突,"周先生一拳擂在桌上:'你嘴放干净点。不然我马上可以请你滚出去!'"[②] 最终还是把健将赶到了五百里外的学校去寄宿。

《花儿与少年》中的继父子之间,走到了断指明志的绝路:九华用自己的血淋淋的断指宣告,从此离家出走、与继父恩断义绝。

其二,继父与继女之间,充满危险,继父卑鄙无耻。

郁秀的《美国旅店》中安妮的"美国继父",是一个整天醉醺醺的无业游民,"对她极好,又亲又抱"。"她妈妈更好,跟了老美跑到美国,到了美国又跟别人跑了。连自己的亲生骨肉也不要,直接就丢给她的继父了。"这个"美国继父"正好乘机对小女孩安妮痛下毒手:"那衰老的身体所蕴藏着的对青春的贪婪与仇恨,终于成了罪恶。"[③]

张翎的《余震》中的继父王德清,公然打着"父亲"的旗号,碾过"亲情"伦理,亵渎小灯的心灵与身体:"爸,爸只是太寂寞了,你妈,很,很久,没有……","王德清脱光了小灯的衣服,将脸近近地贴了上去。小灯的身体鱼一样地闪着青白色的光,照见了王德清扭成了一团的五官。那年小灯十三岁"[④]。

其三,继母与继子之间,弥漫着暧昧气息。

北美新移民文学所书写的"另类亲情",大都建构在多族杂处、多元文化共在的特殊的语境之中——现任丈夫多有混血的儿女。继子的年龄与继母相近,且"擅长"与继母"调情";当年曹禺的名剧《雷雨》中"周萍与繁漪"式的危险"游戏",便在"另类亲情"中一再上演。

《花儿与少年》中晚江深爱儿子,"顺从"现在的丈夫,还与原来的

[①] 严歌苓:《约会》,《严歌苓作品集 2:少女小渔》,陕西师范大学出版社 2008 年版,第 88、93 页。
[②] 严歌苓:《红罗裙》,《严歌苓作品集 2:少女小渔》,陕西师范大学出版社 2008 年版,第 53 页。
[③] 郁秀:《美国旅店》,江苏文艺出版社 2004 年版,第 20、26、29 页。
[④] 张翎:《余震》,《北京文学·中篇小说月报》2007 年第 2 期。

丈夫保持着密切联系；却也不妨碍与继子路易保持暧昧之情："晚江发现路易眼睛的瞬间异样。"无名分"不等于没事情；"无名分"之下，"甜头是可以吃的，惬意是可以有的"。①

《红罗裙》中海云也深爱儿子、顺从丈夫，却与"一个粗大的金发妇人"生下的"一个这么优美的杂种"、二十几的"美国人"儿子卡罗暗中传情，甚至投怀送抱："对于她这三十七岁的继母，卡罗的存在原来是暗暗含着某种意义"，"海云这三十七年没爱过男人，或者她爱的男人都不爱她。从来没有一个男人像卡罗这样往她眼里死找他。""I...Love...You！"他溜着鼻涕，口中发出喝粥般的声响。"海云一动不动，但浑身都是邀请"，"海云甚至没留意儿子的明显消瘦和病马般迟钝的眼神。"痛苦中的儿子健将，"突然纵身，抄起地上碎作两半的瓷碗，向卡罗砍去，砍到了卡罗额上角，一个细红的月牙儿刹那间晕开，不一会，血从卡罗捂在伤处的手指缝溢出"。②

种种情境表明，小说中的女人或被迫或无奈或出于其他考虑，在"另类亲情"里实际上卷入一种危险而又荒诞的"爱情"游戏。新移民文学所书写的这些女人，过上的甚至是"危险的"三重"生活"；不仅陷于了"危险的天伦险境"，而且陷于危险的情感险境、舆论险境，甚至法律险境。这里自然就没有圣洁的道德可言，恩格斯早就说过："如果说只有以爱情为基础的婚姻才是合乎道德的，那末也只有继续保持爱情的婚姻才合乎道德。"③ 姑且不论爱情、亲情的"天长地久"，仅仅以此类危险的游戏而言，不能不说作为"历史进步"的个体婚制的一个相对的退步，是文明社会细胞形态的"婚姻"中的毒瘤。

(二) 可恨、可憎与可爱的"异"父形象

所谓"异父"，指在北美新移民文学所描绘的跨族裔家庭中，出现的大量因母亲一纸婚约或者领养关系而衍生出的无血缘关系的继父形象。这些继父或为异族，如《美国旅店》中的大卫，是一个美国犹太人，《戈登医生》中的戈登则是一个美国新西兰人；或为受西方文化影响的华裔，

---

① 严歌苓：《花儿与少年》，昆仑出版社2004年版，第30—31页。
② 严歌苓：《红罗裙》，《严歌苓作品集2：少女小渔》，陕西师范大学出版社2008年版，第54页。
③ 恩格斯：《家庭、私有制和国家的起源》，《马克思恩格斯选集》第4卷，人民出版社1972年版，第78—79页。

如严歌苓的《约会》《红罗裙》《花儿与少年》中的继父都是清一色已到古稀之年的富足美国华人。

新移民作家在塑造这些继父形象时，摒弃了传统中国文学中的温情叙事，更多展现的是跨族裔家庭背后"异"父的可恨与可憎。严歌苓在《约会》《红罗裙》和《花儿与少年》中所塑造的继父形象，对自己的继子们都是异乎寻常的排斥和冷漠，两者水火不容。

《红罗裙》中，继子健将在继父周先生眼中，仅仅是一个没有出息的仆人，一个彻彻底底的局外人，"凡是有健将的地方，一般是没有他的"①，当健将与自己的儿子发生冲突时，"周先生一拳擂在桌上：'你嘴放干净点。不然我马上可以请你滚出去！'"② 最后真的把健将送到了五百里外的寄宿学校。周先生的这一拳，不仅擂出了一家之主对于"仆人"的威严，更擂碎了继父身上所寄寓的最后一点点伦理亲情。

在《花儿与少年》中，继子九华与继父瀚夫瑞之间的关系已到了可怕的地步。面对女老师听不懂的问话，当九华机械地点头时，日积月累的矛盾再也不能被理性所束缚：

"不懂不要点头。"瀚夫瑞劈头来一句。

九华把脸转向继父，那两片浅茶色眼镜寒光闪闪。他管不了那么多了，使劲朝两片寒光点头。

瀚夫瑞调转开脸去，吃力地合拢嘴。他两个手握了拳。搁在沙发扶手上。每隔几秒钟，拳头自己挣扎一下。他的克制力和绅士风度在约束拳头，不然他吃不准它们会干出什么来。③

九华忍受不了继父，最后只能告别这个拘束的"家"："在十七岁的那个夏天辍了学，结束了豪华的寄居，用所有的储蓄买了一辆二手货卡车，开始独立门户。"④

正当我们唏嘘不已，谴责移民背景下继父的冷血、无情和不义之时，

---

① 严歌苓：《红罗裙》，《严歌苓作品集2：少女小渔》，陕西师范大学出版社2008年版，第55页。
② 严歌苓：《红罗裙》，《严歌苓作品集2：少女小渔》，陕西师范大学出版社2008年版，第53页。
③ 严歌苓：《花儿与少年》，昆仑出版社2004年版，第18页。
④ 严歌苓：《花儿与少年》，昆仑出版社2004年版，第21页。

郁秀和王瑞云分别在《美国旅店》和《戈登医生》中，意味深长地通过鲜明的异族家庭背景，给我带来了意外的心灵安慰。与严歌苓笔下那可恨、可憎的继父相比，在《美国旅店》和《戈登医生》中，作为异族的继父表现出了可爱的一面。

在《美国旅店》中，犹太爸爸大卫温文尔雅，面对无理取闹、无计可施的继女，最激烈的情感反应仅仅是"麻烦你以后多多提醒我这一点，好让我知道自己多么幸运没有一个像你这样的女儿。他突然声音一粗，却十分慢条斯理地说。这样一来，它的台词味才充分显现出来。这是大卫对我说的最重的话"①。这里的"最重"和《红罗裙》中周先生的"一摇"以及《花儿与少年》中瀚夫瑞的两点"寒光"相比，简直可以说是温情了。

在《戈登医生》中，面对戈登对中国养女爱米"那股说不出的宠爱和呵护"②，连"我"这个被临时雇用的局外人，都不由得生出了些许的妒意："忍不住抱起爱米，大声用中文对她说：'爱米，你实在实在是个有福气的孩子，你是修了几世修来的？'"③

相对于严歌苓笔下凄惨的继子而言，宋歌和爱米是幸运的。但这些呈现仅仅是表面的，仅仅是对我们阅读期待的一次挑战与揶揄，这显然不是作家们苦心孤诣的真正目的。

我们在对严歌苓三篇小说继父形象的比较中，发现杂居经验有一个慢慢深入的过程。在《约会》中，基本上看不出族群杂居经验的影响，即移民背景下特有的杂居经验并没有在《约会》中彰显出独特的艺术魅力。而在《红罗裙》中，周先生的杂居经验是得到刻意突出的，他有一个美国儿子，"是他前面美国老婆生的"④，尽管"从哪一点看都绝对是父亲的"⑤，这让周先生在和妻子海云关于健将的排斥和容纳的拉锯战中，占据了绝对的主动，避免了《约会》中丈夫对妻子和继子的妥协，"丈夫终于开口，说他同意晓峰搬回来住，她从此没必要这样心惊胆战地

---

① 郁秀：《美国旅店》，江苏文艺出版社2004年版，第57页。
② 王瑞云：《戈登医生》，广西人民出版社2004年版，第18页。
③ 王瑞云：《戈登医生》广西人民出版社2004年版，第5页。
④ 严歌苓：《红罗裙》，《严歌苓作品集2：少女小渔》，陕西师范大学出版社2008年版，第43页。
⑤ 严歌苓：《红罗裙》，《严歌苓作品集2：少女小渔》，陕西师范大学出版社2008年版，第42页。

出去,在各种不适当的地方相约"①。

　　除此之外,《红罗裙》中还描写了周先生的街坊邻居:"住户多半是白种人,邻居二三十年了,相互间从没好意思问过一个'你好'。"② 尽管彼此之间存在着无意的隔膜和冷漠,但这些白人住户仍然对周先生的言行有着潜在的影响。当健将失去理智"突然纵身,抄起地上碎作两半的瓷盘,向卡罗砍去"③ 并致使卡罗受伤时,此时的健将在周先生眼里,俨然是一个打家劫舍的匪徒,全然没有想到和健将还存在着名义上的父子关系,于是打了报警电话。可十分钟后,面对着前来的警察,面对着"在自己院子门口往一五〇张望"的三三两两看热闹的街坊,周先生的那种仇视和恐惧突然变成了虚惊:"周先生到门口去道歉,说家里的报警装置不小心被碰响,一场虚惊而已。"④ 转眼间竟变成了一位护犊情深的"父亲"。

　　经济上成功的周先生实际上并没有得到主流社会的认可和尊重,周先生的白人邻居们依然沉浸在旧有的华人刻板印象中,带有种族偏见地认为"华人是不可同化的'异类',是'永久的外国人'"⑤,这个可憎的继父也有可怜之处。因而他才用这桩仓促荒唐的婚姻,虚构家庭美满的假象,以欺骗主流社会刻薄鄙夷的目光。

　　在《花儿与少年》中,继父瀚夫瑞,是一个出生在上海、就学于香港和新加坡的第一代移民华人,可在文中作者却有意弱化了他的中国背景,强化了他的美国背景:"瀚夫瑞讨厌任何原生土著的东西,像所有生长在殖民地的人一样,他对一切纯粹的乡土产物很轻蔑;任何纯正的乡语或民歌,任何正宗的风俗和民情,在他看来就是低劣,是野蛮。没有受过泊来文化同化的东西,对瀚夫瑞来说都上不得台面。"⑥ 并且对新移民有着优越的鄙夷防范心理:"上海生长,香港、新加坡就学的瀚夫瑞做律师

---

① 严歌苓:《约会》,《严歌苓作品集2:少女小渔》,陕西师范大学出版社2008年版,第100页。
② 严歌苓:《红罗裙》,《严歌苓作品集2:少女小渔》,陕西师范大学出版社2008年版,第41页。
③ 严歌苓:《红罗裙》,《严歌苓作品集2:少女小渔》,陕西师范大学出版社2008年版,第54页。
④ 严歌苓:《红罗裙》,《严歌苓作品集2:少女小渔》,陕西师范大学出版社2008年版,第54页。
⑤ [美]周敏:《美国华人社会的变迁》,郭南译,上海三联书店2006年版,第7页。
⑥ 严歌苓:《花儿与少年》,昆仑出版社2004年版,第156页。

是杰出的。杰出律师对人之卑鄙都是深深了解的。尤其是移民，什么做不出来呢？什么都给他们垫脚搭桥当跳板，一步跨过来，在别人的国土上立住足。他们里应外合，寄生于一个男人或蛀蚀一个家庭，都不是故意的。是物竞天择给他们的天性。"① 这意味着瀚夫瑞对自己母国文化的背叛和遗忘，成了一个被同化成功的"模范少数族裔"。在他眼里，美国为代表的西方文化是理所当然的优越文化，一切不符合其标准的文化自然要被取缔和矫正。

瀚夫瑞家中的餐饮文化是标准的西方式，不仅菜是一盘一盘地传递着吃，而且言必称"请""谢谢""对不起"等，这迥异于中国餐饮文化，完全不是日常家庭生活的一部分。除此之外，他还有着"绝对局外"的为人处世原则："他只把话说到这一点：'我要是你，我不会这么做。'瀚夫瑞不仅对妻子晚江如此，亦以同样的态度对仁仁、路易、苏，一切人。他的态度是善意的，但绝对局外。言下之意是'可惜我不是你。因此你要对你的决定要负责，而不是我'。"② 这和大包大揽的中国人处事方式，尤其是一家之主的父权表现方式也是格格不入的。以此为背景，我们再来看瀚夫瑞与九华的对立，以及同样为拖油瓶的亲兄妹在继父那里所受到的天壤之别的不同待遇也就不难理解了。

实际上，从伦理的角度来看，瀚夫瑞算是一个不错的继父，有着恨铁不成钢的父亲责任，面对九华的不成器和离家单过，"瀚夫瑞伤心地想：我哪一点对不住他呢？我把他当自己亲生儿子来教啊。还要我怎样呢？"③ "瀚夫瑞始终想不开，给出的父爱，打回来一看，原来人家没认过他一分钟的父亲。"④

其实，瀚夫瑞和九华的对立更多地体现在文化之间的冲撞和排斥上，初来乍到的九华根本无法适应瀚夫瑞强烈的西方中心主义价值观，于是在"Sank you""Dank you"的语言矫正，和生疏的西方用餐礼节中丧失了民族自信心："九华暗红地坐在那里，任杀任剐，死不吭声了。"⑤ 从此陷入了"失语"的焦虑中。在瀚夫瑞的家里如此："六年前那个'欢迎'晚餐

---

① 严歌苓：《花儿与少年》，昆仑出版社2004年版，第23页。
② 严歌苓：《花儿与少年》，昆仑出版社2004年版，第61页。
③ 严歌苓：《花儿与少年》，昆仑出版社2004年版，第21页。
④ 严歌苓：《花儿与少年》，昆仑出版社2004年版，第22页。
⑤ 严歌苓：《花儿与少年》，昆仑出版社2004年版，第10页。

之后，九华开始了隐居"①，"半年后，人们开始无视九华。他成了这个房子里一个很好使唤的隐形小工"。在学校里也是如此："女老师说九华是一个不错的孩子：不吸毒、不打架、不跟女同学开脏玩笑。九华只有一点不好：上课不发言；邀请他或逼迫他，统统徒劳；他宁可当众给晾在那儿，站一堂课，也绝不开口。"对于一个在家庭和学校均"失语"的少年而言，九华的没出息和不成器，也便可想而知了。

在瀚夫瑞眼中，继女仁仁是他西方中心主义价值观培养最成功的典范。"他教她背莎士比亚、埃米莉·狄金森，他想仁仁的姿态高贵是没错的，但他顶得意的，是女孩将有精彩的谈吐。"② 仁仁果然不负众望："仁仁这年八岁，说起外交辞令来嘴巧得要命"③，"晚江不由地想，仁仁讲话风度多好啊，美国少年的吊儿郎当，以及贫嘴与冒犯，都成了仁仁风度的一部分"④。尤其是在三个老友面前背诵莎士比亚的时候，仁仁这"精彩的谈吐"，大放异彩，不仅"他们对瀚夫瑞油然生出一股羡慕"⑤，而且让瀚夫瑞得到了前所未有的满足。"瀚夫瑞想把得意藏起来，却没藏住，嘴一松，笑出声来"⑥，于是一而再，再而三地在老友面前让仁仁背诵，得以炫耀自己的"模范"功绩。

让瀚夫瑞满意的还有仁仁对西方中心主义价值观的认同："仁仁老三老四地说人大概是不能选择母亲，但能选择父亲，父亲是晚辈的榜样，是理想。最重要的，对父亲的认同，是人格的认同。"⑦ 正是基于这种认同，仁仁对于瀚夫瑞的苦心孤诣的栽培，对于他时时刻刻的矫正，向来是言听计从的。"她完全无所谓，毫不觉得瀚夫瑞当众给她难堪"⑧，她可以在客人面前，按着瀚夫瑞的要求，把"A beast, no more"孜孜不倦地念上六七遍，直到完美，也可以在众多同学面前，带着"淡淡的窘迫"，生硬地演完一出中国面孔的吻别戏。

与九华的死不吭声和难以驯化相比，仁仁的主动认同，当然令瀚夫瑞

---

① 严歌苓：《花儿与少年》，昆仑出版社 2004 年版，第 15 页。
② 严歌苓：《花儿与少年》，昆仑出版社 2004 年版，第 63 页。
③ 严歌苓：《花儿与少年》，昆仑出版社 2004 年版，第 9 页。
④ 严歌苓：《花儿与少年》，昆仑出版社 2004 年版，第 25 页。
⑤ 严歌苓：《花儿与少年》，昆仑出版社 2004 年版，第 100 页。
⑥ 严歌苓：《花儿与少年》，昆仑出版社 2004 年版，第 99 页。
⑦ 严歌苓：《花儿与少年》，昆仑出版社 2004 年版，第 85 页。
⑧ 严歌苓：《花儿与少年》，昆仑出版社 2004 年版，第 11 页。

满意。但另一个人物——苏,这个地道的美国女孩子,在继父瀚夫瑞的家中,又有着怎样的生存处境呢?

我们首先来观照"空酒瓶"这一意象。从某种意义上讲,这一意象隐喻着苏和瀚夫瑞之间"另类父情"的实质关系。酒,对于苏和瀚夫瑞而言,都有重要的意义:对离群索居、栖身于地下室的苏而言,酒是一种放纵、逃脱和宣泄;对一家之主的瀚夫瑞而言,是压抑、欢庆和享受。一种是生活的无望,一种是生活的希望。正是这种无望,导致苏破罐破摔,不顾后果地偷偷地喝掉瀚夫瑞所有的珍藏(甚至两瓶祖传的老酒);也正是由于希望,让瀚夫瑞谨慎小心,时刻压抑着自己放纵的欲求,拖延着空酒瓶被发现的时刻。正是这种族裔性格的对立,最终导致了"父女之情"不可挽回的分崩离析。

无论是苏的失败、九华的失败还是仁仁此刻的成功,都表明了瀚夫瑞在族群杂居下特有的、双重经验的病态融合。不仅用美国性来驯化九华和仁仁身上不合宜的中国性,也用中国性来驯化苏身上无法容忍的美国性。实际上,瀚夫瑞本身便是一个被"驯化"的标本,在美国性和中国性之间,失去了平衡,迷失了自己。于是,苏、九华、仁仁,便成了他在文化冲突中探索的试验品,他渴望能见到一个真正的天使。严歌苓认为,"displacement"是不可能完成的,既不能被别族文化彻底认同,即便对于自己的母国文化,也是形归神莫属,她把这总结为"无所归属",或者是"错位归属"[①]。从这个角度来看,《花儿与少年》算是对这种"错位归属"的一种演绎。

在郁秀的《美国旅店》中,似乎对严歌苓的"错位归属"有了新的超越,与瀚夫瑞的文化迷失不同,犹太继父仿佛有比较明确的文化方向,与"迷失"所带给九华和苏的失败和痛苦不同,宋歌在"明确"中得到了受益匪浅的文化财富。

(三) 悲凉、悲愤与悲悯的叙事基调

"另类亲情"中的人物,都在"险而不绝"的处境中煎熬与苟活;北美新移民作家既无从改变这种仍在不断上演的悲剧,也无法将已经陷于"郁闷"中的"人物"拉出泥潭,因此,作家们只能将自己内心的同情与悲凉默默地投射在"郁闷"之中。

[①] 参见严歌苓《错位归属》,《花儿与少年》,昆仑出版社2004年版,第194、195页。

由于置身于中西文化交汇处，或者说置身于中西文化边缘处，作家所着力展现的是"生命"与"心灵""移植"后的鲜明特色：既以悲凉的心态叙述"故事"，又以悲悯的胸怀容纳"故事"中的人物。

在作家笔下，"周先生""丈夫"、瀚夫瑞及其他小说中的许多丈夫，都是"另类亲情"中的压抑者、跟踪者。他们"实施暴力""压迫"妻子、拆散"亲情"，造成了"另类亲情"中新的离散，甚至是血淋淋的"断指"，导致出一幕幕悲剧。在叙述这样的"故事"时，小说渗透出无言的愤懑和难言的悲凉。但是，"周先生""老东西"、瀚夫瑞及其小说中的许多丈夫，也是受伤者、被压抑者。他们付出了金钱，付出了全部心血与期望；他们的心灵也受到了极大的伤害，而且一再被伤害。例如，陈谦《覆水》的老德曾经拯救了依萍，是依萍及家人的"恩人"。随着岁月流淌，依萍手术后身体逐渐康复，事业蒸蒸日上；老德却越来越衰弱，心灵也变得脆弱。这时的依萍，却将情感逐渐投向了另一个男人——艾伦。老德承受不了这个事实，终于抑郁而终。

可见，生活在北美21世纪"雷雨"中的丈夫们，并不都是"周朴园"。这样，作家一方面以悲凉的笔法，具体、生动地描述了他们在"另类亲情"中的专横、霸道；另一方面，也以悲悯的胸怀对他们寄予了理解、宽容与同情。海云、晚江、依群等及其小说中的许多继子，都是"另类亲情"中的被压抑者、被跟踪者；他们在"暴力"与"压迫"之下，忍气吞声、担惊受怕，还得柔顺迎合，"郁闷地腐烂"。在叙述这样的"故事"时，悲怆、凄切力透纸背。

然而，海云、晚江、依群等及其小说中的许多继子，又是欺骗者、压抑者。妻子委身于丈夫，继子在经济上倚仗着继父；妻子却瞒骗丈夫，甚至过着"三重"的情感生活；继子视继父如"天敌"，甚至帮助亲父哄骗继父。他们也不是"繁漪"与"周萍"。这样，作家一方面以悲凉的笔法，具体、生动地描述了他们在"另类亲情"中的委屈与无奈；另一方面，也以悲悯的胸怀对他们时有含泪的揶揄、讽刺。

如此看来，所谓"异族叙事"，是指作为少数族裔的华人作家在"族群杂居"的语境中，对复杂、微妙的"杂居经验"的感受、想象与表述方式，以及他们利用文学方式，通过言说其他族群进而言说自我的一种方式与心态。不过，不同的华人作家群体，在"异族叙事"的言说方式与心态上也有所不同。

老作家黄运基在《异乡三部曲》《旧金山激情岁月》等小说中,"异族叙事"的基调,是抗争与悲愤。余念祖与美国移民局甚至五角大楼的抗争,既悲壮又悲愤——"他的美国生活灰色而沉重:要反抗美国社会的压力,还要承受华社中不同政治壁垒的迫害。他铭记美国华人苦难的历史,极力抨击美国政府施于华人身上不公平的待遇","和美国女人的感情总是沉重并痛苦,他始终不能融入美国社会","他生活在美国,却更像是一个中国人"[①]。而留学生文学"异族叙事"的基调,则是疏离与悲愤。如在白先勇《纽约客》系列的《芝加哥之死》中,吴汉魂(系"无汉魂"的谐音)的毕业之日,就是他的自尽之时。摩天大楼、芝加哥街道全是恶的梦魇与化身;白人妓女,不仅是堕落的象征,也是吴汉魂报复的对象。在《安乐乡》中,主流族群以潜在的方式饱含排斥与敌意:依萍社交失败,小女儿遭到嘲笑,安乐乡卫生室般的市容,刀削斧凿过的草地,死水一般的寂静,实验室般的厨房,处处都让人触目惊心。诚如陈瑞琳所言:"无论是聂华苓的《桑青与桃红》,还是白先勇的《纽约客》、於梨华的《傅家的女儿们》,都是在面对陌生的新大陆的疏离隔膜,遥望故国,表达自己的那挥之不去的落寂孤独与血脉乡愁,以及对西方文明不能亲近又不能离弃的悲凉情感。"[②]

新移民文学"异族叙事"的基调,出现了一种嬗变:由对立、疏离走向对话。"另类亲情"大都建构在多族杂处、多种文化共在的特殊语境之中;白人、黑人、黄种人、混血儿,同在一个屋檐下生活。因此,在"异族叙事"的过程中,也显现出同样鲜明的特色:既以悲凉的心态叙述"异族""故事",又以悲悯的胸怀容纳"故事"中的"异族"人物。

王瑞芸的《戈登医生》与陈谦《覆水》等小说,都渗透着悲凉、充满着悲悯。戈登医生对逝去的中国妻子一往情深,痴心到社会不能容忍的程度,引发了舆论与公众的批评、围攻。小说通过"我"与舆论、公众,包括与自己丈夫的对立、冲突,显现出对世俗的不满,对有着"怪异之举"的戈登医生的包容与悲悯。

《覆水》中的老德,曾经是一个强者,是依萍及全家的"恩人"。当老德越来越衰弱,心灵受到打击,猝死在家中时,带给读者的是无限的惆

---

① 蒙星宇:《林语堂和黄运基——英文小说〈唐人街〉和华文小说〈旧金山激情岁月〉写作策略比较分析》,《美华文学》2008年秋季号。
② 陈瑞林:《横看成岭侧成峰》,成都时代出版社2006年版,第33页。

怅与悲凉，是对老德的同情与悲悯。母亲树文，虽然没有回答依萍的询问："你是不是一直爱着老德的?"①而在"故事"中，依萍的姨妈曾经疯狂地与老德相爱，树文一直默默地照顾着"老德"，直到他不幸去世——因为他是一个值得爱护的男人。

在石小克的《美国公民》中，傅东民第一次被女人爱着——一个美国女人伊莲娜，而且有着亲密的关系。然而，伊莲娜"伙同""情报部门"以及别有用心的人，出卖了傅东民——把他推上了法庭，有可能被终身监禁。但这并非是伊莲娜无耻，而是她要忠于自己的国家，她要恪守她的职责——她是傅东民所在保密项目的"保安主任"。真正无耻的是某些别有用心的政府官员，是与傅东民有着生死之交的朋友林山。作家以悲凉的心态叙说着这场巨大的阴谋，却以赞许的"语调"，叙述着伊莲娜的真诚——她坚持只说真话，即使有可能将恋人送进监狱；她坚决不说假话，即使面对"权贵"与金钱的利诱。

不仅以悲凉的心态叙述华族"故事"，也以悲凉的心态叙述"异族""故事"；不仅以悲悯的胸怀容纳"故事"中的华族人物，也以悲悯的胸怀容纳"故事"中的"异族"人物——新移民文学正是这样展现了不同于老辈华人文学、留学生文学的鲜明特色。在这个意义上，严歌苓的《也是亚当，也是夏娃》多少有些寓言的味道：不同族群之间，可以由对话过渡到平等交往；互相隔膜、排斥的心灵，最终有可能在对话中互相靠拢。在小说中，作家对"名字"异乎寻常的关注，颇有意味。亚当在外表上是一个成功的美国男人，内心深处却是一个讨厌女性的同性恋者。叙述者我，是一个刚遭遗弃的华人女子，无论是文化上，经济地位上，都是一个地地道道的边缘人。亚当性取向由畸形到正常，显然受到了"我"的影响，而"我"也在亚当的影响下放下自己的种种精神重负。

从悲愤与对立、悲愤与疏离，嬗变为悲凉与悲悯，新移民文学作家在对"出生成长国与再成长国"双重的爱与痛中，呈现了自己逐渐成长的身影与心灵。这个过程已经开始，这个过程也许还很曲折、漫长，但是，新移民文学已经由此揭开了北美华文文学新的篇章，并且正在北美21世纪"雷雨"般的阵痛中，锻造着自己充满诗意的生命与饱含新质的灵魂。

---

① 陈谦：《覆水》，广西人民出版社2004年版，第88页。

第二节 "另类爱情"：文化碰撞中的异族婚恋

海外华文作家大都置身于跨文化生态之中，接触和体验着不同文明间的生存现实，他们的作品能以多元的文化视野，反映更加广阔的社会人生经验。在多种文明的边缘土地上，近距离接触了文化风俗的差异，感受到意识形态与价值观念的冲突，他们笔下的人物关系往往融合了多种文化间的思维与价值观念，而呈现出多元化的特征。这种特征在海外华文作家笔下跨族裔之间的婚姻与恋爱问题上被鲜明地体现出来。

一 异族婚恋中的女性形象

海外华人女性作为於梨华笔下倾心关注的群体，她们身处异域、沉浮在异质文化的旋流之中，历经族群杂居的冲突与抗争、"异族"交往的欢恋与痛楚，随着异域社会结构和生活环境的不断变化，她们追寻主体意识与自我价值。於梨华以自身独特的生命体验与思考，以书写"异族婚恋"故事为主题，亲手开启了一道展示海外华人女性生存真相与生命历程的帷幕，同时塑造了一群具有鲜明时代特色、姿态各异的"女性群像"。

(一)"惧父"：怯懦的女儿

在遥远的异国他乡，华人女性群体遭遇着什么样的命运？於梨华以真实充盈的文字书写在另一个时空似曾相识的女性历史景观。

如果说"五四"时代那些"父亲的女儿"以反抗性的叛逆之姿向父权体制社会发出了"弑父宣言"，标志着女性走向自我主体的个性觉醒，那么於梨华"异族婚恋"叙事中所刻画的"父亲的女儿"却在"惧父"中泯灭了自我意识与主体个性。

从《也是秋天》《傅家的儿女们》中可以窥见中国传统父权家长制的厚重投影，以陆志聪与傅振宇为代表的"父亲"是专制权力的拥有者和家庭秩序的制定者。"父"是中国宗法伦理体制中至上规约，"父亲"是"父"之规约的执行者，具体表现在"父亲"领导地位的不可撼动性，他主宰与统治一切的控制力也坚硬如铁，子女的一切"自由和独立"都被牢牢关押在"父"的"铁屋子"里，他（她）们无力反抗也无路可走。陆正云和傅如曼作为"父亲的女儿"，她们是"父亲"规约的温顺服从者，也是受害者。

陆志聪极力以"父亲"的权威控制正云与迪克的婚姻，在正云已经怀孕的既成事实下，陆志聪不得已答应了他们的婚事，却提出婚后他们必须住在陆家的苛刻条件来刁难迪克，因为奉行个人自由主义的美国人结婚从来不和老一辈人住在一起，而迪克还是执着地与正云走进了婚姻殿堂。颇为玩味的是，正云的母亲却颠覆了传统文化中的慈母形象，成为"父权"的"帮凶"与强化"父权"意志的操纵者，与陆志聪在管教子女方面达成了惊人的共识，甚至比陆志聪更加阴鸷残酷。"你以为现在是文明世界，这里是美国，我就由你们乱来了是不是？你记住，你一天是陆家人，就要一天依陆家的规矩。"①

很显然在陆太太眼里，陆家规矩不仅是"父亲"的规矩，也是她个人权威的体现。正云与迪克结婚之后，她时刻监视着他们任何可以单独相处的机会，变态地阻遏他们作为新婚夫妻的正常接触，迪克最终忍无可忍离开了正云并移情别恋，也遗弃了他们爱的结晶。陆太太与女儿正芳关于迪克外遇的谈话也是造成正云不慎摔死自己的孩子并发疯的直接诱因。於梨华用极为贬抑的笔调塑造了陆太太这样一个在异质文化环境中"母性坍塌"的形象。正云沉陷中国传统父权制的泥潭，在陆家这个充满控制欲与幽闭性的狭小空间，"父亲"和"母亲"合谋对其进行身体囚禁和精神虐杀，最终导致了她发疯、死亡的悲剧结局。

相对于陆志聪不近情理的冷酷和威严，傅振宇的"父亲"姿态显示出些许的温情与柔弱。"父亲"的"主宰与专制"不是强行残虐，而是粉饰在对子女"望子成龙，望女成凤"的殷切希望中，以"父亲"的绝对威严与情感钳制来操纵子女的事业与婚姻。如曼自小深得傅振宇的宠爱，第一次恋爱是台大电机系的穷学生，遭到父亲的坚决反对，最后分手；如曼远涉重洋留学美国，遇到改变她一生的英美混血儿劳伦斯，当她写信告知父亲打算与劳伦斯结婚的意愿时，再次遭到傅振宇更加激烈的反对。

> 汝竟弃十年家训于不顾，擅敢与异邦外人亲密交往，甚至论及婚嫁，实家门之大不幸，亦吾傅某人之养儿育女之失败也。若汝能体谅为父者养育之苦，寄望之深，则于接信后立即与对方断绝来往，若汝置汝父之忠言于罔闻，继与异族人往来，吾一旦知悉，当将立即终止

---

① 於梨华：《也是秋天》，天地图书有限公司1980年版，第21页。

按月汇款,望吾儿思之戒之。①

"家训"是属于"父亲"的规约,如曼已经触犯了规约禁忌,相当于对傅振宇统治权威的挑衅;"家门之大不幸"表明如曼与"外异邦人"劳伦斯的交往已经亵渎了"父亲"的社会尊严;终止如曼的经济来源等于切断她的生活支撑,将她直接逼近生存困境,这是傅振宇对她使"父亲"权力的致命撒手锏,一切"父亲"规训都理所当然且无可违逆。

遭到来自"父亲"的反对与威胁,如曼"立在自己房门口,手里拿着信,眼睛却在发愣"②。"发愣"意味着她思绪的茫然无措,也显示出她痴然沉默的应对态度。当意念陷入与"父亲"规约的两难境地之时,如曼做出了一个极具反叛性的举动——与劳伦斯同居,然而行动最终抵不过各种现实顾忌与精神观念的禁锢,当她艰难迈出自我认同与主体意识觉醒的一步,仅仅是短暂的刹那,便颓然倒下。

中西文化中深层次的爱情伦理观的差异,也是导致正云和如曼"异族婚恋"悲剧的原因。她们不仅是在中国传统父权制文化浸淫下成长的"父亲的女儿",也是在异域文化的侵扰与本土文化的禁锢中苦苦挣扎在主流社会边缘的华人女性,她们于两种文化交互碰撞中处于精神悬浮状态。因为深受传统父权制的精神虐杀,所以当她们与"异族"交往时一旦遭到"父亲"的阻遏,往往充满忧虑重重的焦灼,最终懦弱地妥协与服从。而在崇尚个人与自由观念的西方成长起来的"异族"男性,在面临父母的阻挠之时,有着很强的自我价值追求意识,对性爱的占有欲更为强烈,相比"忠贞",他们更注重自我感觉,"合则留,不合则散"是他们的婚恋准则。正云和如曼受中国传统伦理观念的影响,把爱情婚姻看得无比严肃庄重,同时对爱情充满理想化的向往,在面对"异族"男性的猛烈追求时,总是无法进行理性的自我认知,便盲目跌进爱情的迷雾之中不可自拔。

从某种意义上讲,"五四"时代"父亲的女儿"是勇敢的,至少她们有着坚定的精神立场来颠覆封建礼教秩序与解构父权专制,填补了那片巨大的女性历史空白。於梨华笔下"父亲的女儿"却是怯懦的,她们甚至

---

① 於梨华:《傅家的儿女们》,黄河文艺出版社1986年版,第133页。
② 於梨华:《傅家的儿女们》,黄河文艺出版社1986年版,第133页。

没有喊出"我是我自己"的勇气。正云自始至终没有走出家庭一步，也没有滋生反抗的主观意愿，仅仅成为见证"父亲"罪孽的牺牲和祭奠品；如曼虽然远涉异乡，却无法挣脱"父亲"的精神桎梏，最终在坠落的灵魂与废墟般的爱情信仰中萎靡地活着。她们女性的主体生成过程受到来自"父亲"的强悍阻抑，於梨华以压抑沉重的笔触揭示这些"父亲的女儿"在父权意志统治下女性自我意识丧失的真相，以及她们被历史洪流裹挟进中西文化冲突的旋涡之中所遭遇的悲剧命运，发人自省和深思。

（二）"出走的娜拉"："欲望"张扬与"自我"实现

挪威剧作家易卜生作品《玩偶之家》的"娜拉"犹如中西方女性历史长河中一座屹立不倒的灯塔，指引着无数个"娜拉"纷纷从家庭"出走"，并成为作家笔下反复书写的主题，直接构成一片纷繁蔚然的文学景观。

> 男女两性仍然是不平等的，无论在职业上还是婚姻上。有些女性的问题男性也许不会去写，比如因迁移而产生的婚姻破裂所导致的对女性不利的问题。我最关心那些人到中年的海外离婚女性，我要用笔把她们的生活遭遇描述出来。[①]

对海外华人女性生存现实与生命真相近乎偏执的追寻与探索，仿佛在於梨华笔下扎了根，永无停息地疯狂生长。在两种文化对男性中心意识"不谋而合"的推崇中，她们社会与文化重陷双重边缘的生存境域，被困逼仄和狭隘的家庭空间，孤独地寻找"自我"认同之路与被压抑的女性主体意识。於梨华潜入华人女性内心深处欲望涌动的隐秘世界，揭开一层层被欲望包裹的面纱，展示出她们艰难实现"自我"的过程。

1. "情欲"张扬

《变》中的文璐与《在离去与道别之间》中的如真是在西方语境下从家庭"出走"的"娜拉"，她们从"夫家"走向一个有着特殊身份属性的男性——"异族"。文璐与如真都是受困在"父权"传统文化与社会性别角色的规约中，逐渐失去"自我"的家庭女性，又因"异族"男性的介入而重新激发起她们女性主体意识，也唤醒了沉潜在内心深处最原始的

[①] 於梨华、朱立立：《与华文写作永远相守——於梨华访谈录》，顾圣皓、钱建军主编《北美华文创作的历史与现状》，暨南大学出版社1999年版，第183页。

"情欲"。於梨华对女性本能的"情欲"描写不是遮遮掩掩,而是给予真实的披露,用直白的话语掀开了女性被遮蔽的欲望帷幔,直面女性生活中被严重漠视的那一无爱生存困境,表达女性生命最原始的本能欲求。马克思说:"人作为对象性的、感性的存在物,是一个受动的存在物;而由于这个存在物感受到自己的苦恼,所以它是有情欲的存在物。情欲是人强烈追求自己对象的本质力量。"① "强烈追求自己对象"的目的在很大程度上是实现"自我",特定的情境下,人的"情欲"变得强烈和不可或缺,它在某种特殊的人际关系中爆发出非同小可的毁灭性力量。

文璐与如真在长达十多年的婚姻生活中,对于情感的欲望在丈夫的忽视与冷漠中逐渐枯萎,在琐碎枯燥的生活中慢慢丧失自我主体意识,厌倦与孤独在没有爱情的婚姻中四处蔓延。同时她们又在"父权"牢笼的囚禁中重复扮演着妻子、母亲的角色,"男权社会中的男人楷模行使完全浸透着男权主义的价值取向和准则,而男权社会中的女性特质同样也受到男权文化精神的严重污染和扭曲,它历尽时代沧桑早已被涂抹得面目全非。"② 所谓的"女性特质"不过是在男权对女性生命个体的压制与扭曲中的被塑特质。

> 你不再是一个女人,只是我的妻子,我的一部分,象我的皮包一样。③

在丈夫仲达眼里,文璐作为女人的特有魅力与气质全部销匿,她甚至也不是一个有思想与生命的"人",只是一个日常生活中习惯性"使用"的物品,更像是可以随意被闲置的"工具",文璐的"情欲"在丈夫的"物化"意识中如陷深潭,奄奄一息。

> 她虽是一个中年的女人,毕竟还是个女人。④

---

① 转引自叶虎《中西悲剧精神之比较》,《安徽大学学报》(哲学社会科学版) 2001 年第 5 期。
② 刘慧英:《走出男权传统的樊篱——文学中男权意识的批判》,生活·读书·新知三联书店 1995 年版,第 199 页。
③ 於梨华:《变》,辽宁大学出版社 1988 年版,第 176 页。
④ 於梨华:《变》,辽宁大学出版社 1988 年版,第 35 页。

文璐发出这样绝望的哀鸣，她是一个需要呼吸爱情空气来延续生命的"女人"，这里的"女人"是一个有着强烈欲望的正常女性。

> 仲达忘了你除了是他妻子，是他孩子的母亲之外，还有一个你自己的存在。因为我看到的则是你，整个的你，做妻子，做母亲的你之外还有一个女人的你。①

当唐凌善解风情般地表示对文璐"女人"气质的欣赏与认同时，她被黑暗幽禁的情感欲望被激活，并决然离家"出走"。

女性极其容易在情感欲望的驱使下支配自己的行动，喷发的"情欲"是她们敢于反叛一切的生命源泉和动力。"情欲"并不存在于她们的生命体外，而是一直藏匿于内心深处，它一遇到来自外部环境"他者"的点燃，便以燎原之势迅速蔓延，是一种极具毁灭性的动能。

2. "性欲"狂欢

叔本华说："生命意志的肯定仅仅只是自己身体的肯定。"② 身体的欲望构成生命存在最原始的质色，对"欲望"的尊重与肯定，是人作为主体的宏伟愿景得以确立的前提。於梨华在揭示这些"出走"的"娜拉"生存与精神困境时，没有忽视女性身体欲望的需求以及蛰伏在她们内心深处蓬勃生长的"性"意识，而"性"的觉醒意味着对欲望的悄然放纵。

文璐与如真最先抛弃她们丈夫的诱因，是被"异族"情人激活的"情欲"，这些"情欲"又强行占领了她们身体欲望的高地，掌控了她们的"性欲"。丈夫的"性"成为她们心理的负重，她们有意规避和躲藏丈夫的"性"要求，"情欲"不仅抽空了她们的精神世界，也逐渐霸占了她们的身体。

长久以来，在父权传统文化的浸淫下，女性的欲望受到男权社会极端的压抑与折损，女性的躯体也成为男性泄欲的工具，女性的存在只是一个没有生命意识的空洞符号，她们只能承受被忽视损害却无法被认同的命运。当女性以反抗的姿态开始拒绝男性的摆弄，并将她们的丈夫驱逐出"情欲"与"性欲"之境，无疑彰显出女性作为"人"的主体意识的觉

---

① 於梨华：《变》，辽宁大学出版社1988年版，第27页。
② ［德］叔本华：《作为意志和表象的世界》，石冲白译，商务印书馆1982年版，第457页。

醒，这对女性"自我"的建构具有重大的意义，同时女性个体"欲望"的张扬，是对男权机制的一种撕裂与颠覆，也是对夫权传统文化的反叛与解构。

文璐与如真的"欲望"在丈夫那里死亡，却在"异族"情人那里得到了重生，她们仍然作为欲望主体的对象，将自己的"欲望"投射在"自我"与"他者"重建的人际关系中，热烈而疯狂。

> 文璐半睡又半醒地在他滚热的唇下战栗。快感的，期待的，急迫的，放荡的战栗。当他的唇回到她的脸上的时候，她用一种原始的狂暴将他的舌卷进她发烫的嘴，再用一种野性的贪婪迎接他修长的身体。①
> 自她进入他的怀里，自他进入她的嘴里，像第一次那样，她即失去了所有的自持能力。她不是少女，而这不是初恋，但真真实实，在她四十余年的岁月中，这是她第一次完全被一个男性征服! 她完全心甘情愿，一切由他决定，听他主宰。②

似乎濒临枯萎绝境的"欲望"之花再次怒放，这是一种狂野而奔放的"性与爱、灵与肉"的浑然交融。於梨华以"性"来还原女性的生命本质，让女性主体意识与在"欲望"的释放中得以显现。於梨华对女性"性欲"心态进行抽丝剥茧般跟踪透视，意在让女性在本原的"欲望"形态中，成为积极表达"欲望"的主体，在女性肉体的苏醒与狂欢中，发现她们逐渐复活的"女性意识"。

3. "自我"实现

围绕"欲望"所展开的叙事使得於梨华的"异族婚恋"书写呈现出一种独特的文学意义，它打破了男权社会与男权中心文化主义对女性的生存禁锢与精神虐杀。"欲望"的颠覆性与批判性叙事为女性开辟了一条可以追寻"自我"的途径，尽管这条路充满荆棘与陷阱，却也让女性获得了"存在"的主体意义，并取得一种可以言说"自我"的主动权。

生存在社会、文化、性别的多重束缚与捆绑中，女性"自我"主体意识的建构异常艰难，但她们并不屈服于被奴役的命运，充满"欲望"

---

① 於梨华：《变》，辽宁大学出版社1988年版，第112页。
② 於梨华：《在离去与道别之间》，二十一世纪出版社2003年版，第258页。

的"自我"奋起抗争来抵制被对象化的现实遭遇,"欲望"赋予"自我"抗争的力量来斩断捆缚于"自我"之上的种种锁链,实现"自我"的全部意义就在于不惜生命向对女性不合理的秩序进行挑战。"於梨华特别擅长于表现这种性格刚烈的人物,尤其是具有反叛性格的女性。这些人物大都感情刚烈,内心充满着各种欲望的骚动,对现存环境和既定命运不满,并敢于进行挑战。"①

文璐与如真就是具有强烈反叛意识的女性,繁杂而枯燥的生活无法阻抑她们内心翻滚着的"欲望"浪潮,对生活的不满并非来自物质的贫乏,相反她们都过着比较优越富足的物质生活,导致她们"出走"的诱因是精神的匮缺,以及膨胀的"欲望"无法得到满足,她们渴望获得精神的再生与拯救。

文璐与如真实现"自我"的主体意识注定在丈夫那里遭遇永恒的绞杀,而"异族"男性的出现,无论是"情欲"的激发,还是"性欲"的满足,都不可遏止地促进了她们"自我"意识的苏醒,渴望的再生与拯救得到了救赎,她们的"欲望"最终获得深厚与合理的肯定。

於梨华匠心独具地采用了多种叙事策略,借助华人女性"出走"的书写方式,体现出作者开阔的跨文化视野与独特的思考角度。文璐与如真的"出走",是对男权文化传统与社会秩序的反抗,与"异族"之间的真爱展现一种共通的人性,华人女性"自我"主体意愿在传统文化的压制中沦陷绝境,却在异文化环境的平等相处中获得实现的可能。这不仅是对传统文化的深刻自省与反思,也是对异质文化的敏锐审视与探察。

(三)"叛母":华裔子女的无言诉说

除了对"留学生"与"华人女性"的深度关注,於梨华还将思考的视点聚焦在下一代的问题上。对"下一代",於梨华有自己的阐释:"自小被父母从大陆、台湾或香港带到美国,入了美国籍的,或是在美国出生的青少年。他们的父母是美籍华人,他们则是正牌的美国人,但也摆脱不了'华裔'这两个字。"② 他们无法抹杀自己长期扮演的角色特征,尽管他们也许对这些角色特征充满排斥与反感,可是他们的面孔和肤色却诉说着他们作为"华裔"身份存在的永恒命运。

时光荏苒,当初的"留学生"慢慢成家立业,"下一代"也开始跟着

---

① 李子云:《於梨华和她的〈屏风后的女人〉》,《世界华文文学论坛》1998年第1期。
② 於梨华:《海外华文作家面临的挑战》,《文学自由谈》1998年第6期。

历史的脚步走上社会舞台,"香蕉人""黄皮肤的美国人"是贴在他们身上无法祛除的标签。他们完全身处西方文化环境中,接受正统的美国个性化教育,同时对中国传统文化的了解是支离破碎的。而他们的父母虽然是名义上的美国人,思想内核却是正宗的本土传统,因差异而矛盾,所以他们必定会在狭小而又密切相处的家庭空间内产生冲突与碰撞。於梨华将这种不可避免的代际战争熔铸在"母女关系"这一文学主题中:"下一代"与父母因各种矛盾滋生强烈的逆反心理,表现一种对父母的反叛精神,尤其是女儿对母亲的反叛,於梨华还将"下一代"女性与"异族"的恋爱作为"叛母"叙事的特殊因素,彰显出更为繁富驳杂的文学书写意义。

《一个天使的沉沦》中的罗心玫沉沦辍学、离家、吸毒、堕胎等自暴自弃堕落的全过程,与母亲对其情感世界的忽视与行动自由的过度放纵密切相关。罗心玫遭受姑爹恶性侵犯成为她心中一块厚重的阴影,几乎摧毁了她对美好生活的全部信念,她选择一个人默默地擦除姑爹带给她的肮脏记忆,但一切努力都是那么徒劳,因为所谓的亲戚关系,姑爹就像一个无法摆脱的魔鬼,经常出没在她的生活中。"扔礼物、剪布娃娃"以及对姑爹的反感与逃避等各种异于寻常的行为都在母亲的眼皮底下发生,却都被母亲忽略了;因为父母的婚变,母亲经常不在家,在罗心玫的青春叛逆期母亲"缺席",致使她走向无人监管的堕落。

罗心玫对母亲的反叛,是从将母亲逐出自己黑暗绝望的心灵世界开始的。因拒不参加姑爹女儿的婚宴,遭受母亲的误解与冷漠相待,面对整个家庭的摒弃以及个人无力支付的学费,她陷入绝望之境时姑爹再次出现,她彻底坠入沉沦的万丈深渊,万劫不复。在这里,罗心玫与母亲的感情已经无法得到宽解与救赎,对母亲的反叛无形中形成一种悲剧性的力量,加速了她沉沦的进程,罗心玫被践踏的心灵找不到任何出路,却通过自毁式的堕落来反抗她无力承受的现实世界与失落的意志。

"异族"男性马克的出现曾给她带来无与伦比的快乐,却是昙花一现,瞬间衰败,他们的爱情只是罗心玫沉沦路程中一闪而过的绚丽景色。马克无法将她拯救,他甚至没有能力与耐心接受罗心玫堕落的"肥胖",这"肥胖"是一种不能承受的重量,在某种程度上也是他将罗心玫推向更深的绝望境域。当得知打掉的孩子就是她与马克爱的结晶时,罗心玫的精神世界彻底崩溃,从此在病态的"肥胖"中作茧自闭,拒绝一切救赎,拒绝整个世界。

《彼岸》中的何洛笛由于离婚心境不好，忽视了女儿尚晴的心灵与成长，使得尚晴叛逆而倔强，草率与"异族"男性捷克结婚生子，最终被弃；由于离婚受刺激而精神畸变的尚晴，又对女儿楚眉进行更残酷的虐待，使得楚眉心智受损无法健康成长。这仿佛形成了一种宿命般的轮回，每个女性心底深处都潜藏着对母亲强烈的反叛意识，於梨华着意表现了"第一代"与"第二代"甚至"第三代"之间更加复杂的代际冲突与矛盾。

"叛母"在本书中是一种隐喻，在文化层面上，"母"也是一种"根"，华裔子女对"母"的反叛，其实也是一种对"根"的背离。本土传统文化已经是他们精神中的"陌生"概念，时间与空间、语言与文化的断裂已在她与祖辈之间挖掘了一道无法逾越的鸿沟，本土文化的"根"已经根植在"第一代"的心灵与情感深处，必将随历史隐匿在岁月的褶皱之中。尽管"下一代"的外貌与肤色是他们永恒的遭遇，这份遭遇使他们陷入无身体归宿也无心理指认的尴尬之境，"叛母"也是必经之途，因为岁月不断改写新的历史，一个新的时代在悄然来临他们需要寻找属于他们自己的"根"。

二 多元杂糅的异族婚恋形态

异族通婚在海外华人社群是一种常态，尤其对于北美新移民而言，通婚不仅意味着一个新的跨族裔家庭的诞生，更反映出不同文化之间的相互接受与融合。异族婚恋作为跨族裔书写的一个方面，是海外华文文学中重要的书写题材，张翎作为北美新移民文学的代表作家，她的小说大量涉及异族婚恋。作品在描写婚姻与爱情题材时，笔触时常深入多元文化的生存现实当中，展现种族与文明之间多种多样的婚恋形态。她笔下的异族婚恋情节，不仅反映了多样化的生存方式，而且时常在某种程度上挑战传统思维，将探索的笔触深入多样复杂的人性底端，发掘了许多在常人看来是"另类"甚至"非常态"的婚恋情感题材，如婚外恋、师生恋、同性恋甚至双性恋等。

（一）多样特异的两性婚恋关系

多元婚恋形态与异族婚恋交织在一起，构成了张翎小说里复杂特异的婚恋生态：其中以不伦恋爱居多，正常形态恋爱少；恋爱以夭折的居多，走向圆满结局的较少。这种显著的"异常"婚恋特征，在张翎小说情节中成为一个突出的现象。

　　张翎笔下跨族裔文化的两性关系也时常呈现出一种或多种的婚恋形态交织融合的面貌。作品中"异族"的身份往往与"异常"的恋情形态交织融合，呈现出一种"双重特异"的爱情模式。男女主人公时常身兼一重或多重恋爱身份，彼此之间不仅存在种族文化的差异，也出现年龄身份的错位，更有来自世俗伦理的冲突和制约。恋情的发展过程也大都不依循常轨，而呈现出显著的"特异"与"另类"特色。

　　从张翎最早的长篇小说《望月》里便可找到此类趋向。《望月》讲述了女主人公孙望月与加拿大男教授"牙口"之间的一段异国恋情。男女主人公既构成师生恋的关系，"牙口"本人又是双性恋者。小说刻画了二人在婚恋观上存在的思维分歧，揭示了文化背景在异族关系中的影响。男女双方恋爱的过程也充满着未知变数与意外冲突，展示了彼此生活习惯与人生态度的差异，并暗示了感情破灭的深层文化影响因素。

　　接下来的《交错的彼岸》中，作者叙述了黄蕙宁与谢克顿教授跌宕起伏的情感历程。两人既是师生，而谢克顿教授又是有妇之夫，同时构成了师生恋与婚外恋的双重"非常"形态。而在后来的《邮购新娘》里，老约翰·威尔逊牧师对"路得"而言既是养父，又是师长，其中掺入了教养、亲情等多重社会规约的伦常关系。而"路得"在成长中却义无反顾地爱上了他，甚至为此终身不嫁。张翎笔下跨国恋情里的角色，尤其是女性角色，大都具有不畏世俗、张扬个性的强烈自我意识，其特异的婚恋形态不仅面临种族文化、生活方式、思维与价值观念的碰撞，还必须承受来自世俗伦理的压力和斗争。

　　"一个成功的婚姻，两段世所不容的禁忌之恋"，这可以来概括《邮购新娘》里边跨国婚恋的主要情节。这部长篇小说讲述了三个跨文化背景的"另类"婚恋故事：林劫明与塔米，"路得"与约翰·威尔逊牧师，还有一个是女主角江涓涓与保罗·威尔逊牧师。这些故事以江涓涓的经历为主线，共同构成时空中人物性格命运的交错投影。林劫明与塔米本属西方寻常的老板与员工、雇主与雇员之间的上下级之恋，但由于江涓涓以林劫明未婚妻的特殊身份介入，便逐渐地复杂暧昧起来，不时闪过"婚外恋"的影子，最终以富于戏剧性的出人意料的方式尘埃落定。但从另一角度来看，林劫明与塔米的婚姻又是小说中最为水到渠成的，跨越了种族与文化的鸿沟，以步入婚姻礼堂为告终。但另外两个故事中的主人公却无如此幸运:"路得"和约翰牧师之间由亲情发展为畸恋,江涓涓则和保罗牧师在相互关怀中产生了难以言明的情愫。这两段感情都由于违背了世俗与宗教的双重伦理而无法实现。小说便是如此这般地将掺杂着禁忌的情感横亘在温州女子与美国传教士面前,并且跨越了历史与时空的距离遥相构成呼应。

在《金山》里,"另类"婚恋的表现得到进一步的深化。小说描写了在洋人家帮佣的中国少年方锦河与这家男女主人错综复杂的欲望纠葛。他介入主人的婚姻之中,同时扮演着婚外恋的显在偷情犯与潜在的双性恋对象这样的奇特角色。方锦河暗中与亨德森太太发生关系,男主人亨德森先生表面冷落妻子的背后原因竟然是对锦河潜藏的欲望。这段真相读来不免令人瞠目结舌。有些读者对《金山》的这段情节也产生微词,理由是亨德森与方锦河的父亲方得法既是生死故交,身份算是方锦河的父执辈。不管是方锦河的行为,还是亨德森的秘密私欲,在中华传统伦理眼光看来都是不可思议、人伦秽乱的。尤其是结合当时的历史时代与方家仍然秉承的中华传统教育来看,方锦河与亨德森夫妇的行为都算异常的"出格"。而这种多元杂糅的两性关系背后,正透出了作者对中国传统文化观念在西方文明生存现实下所遭受冲击的思考。

张翎小说中婚恋形态的多样化与"另类"特质,与北美移民文化的社会土壤密切相关。北美是一片多元文化浸染的土地,融入了种族、文明的互动,意识形态呈现开放性特征。社会的变动、人口的迁移、族群的杂居、文明的交汇使得单一的文化传统与生存方式无法保持原有的特质,必然要在不断变动之中遭遇碰撞渗透。这种生存环境与价值取向的差异必然通过婚姻爱情形态的多样性表现出来,并为新移民作家所捕捉,用以反映一种文化间动态性、开放性的生存现实。

值得一提的是,这种婚恋多元杂糅的形态特征主要展现在张翎的长篇小说当中。长篇之外,个别短篇作品如《遭遇撒米娜》里也描绘了华人老师与异族学生之间的朦胧情愫。然而,由于跨族裔的两性关系,以及这种多元交织的关系形态本身所带有的复杂性,短篇小说的篇幅容量无法很好地承载和表现。因此,此类异族婚恋的复合多元形态在张翎的中短篇小说中似乎并不常见,也难以得到深入开掘。

(二) 婚恋现象背后的文化断裂

海外移民现象反映了世界全球化的发展趋势,尽管这一现象人们经常从经济、社会等方面进行考察，但其中反映人类社会生活心理的文化现象也不容忽视。在全球化时代，地区间的交流日益促进了文化上的沟通与往来，然而，同时也不可避免地仍要遭到来自历史影响、种族矛盾与文化意识形态之间冲突的考验。这种跨文化间意识观念的碰撞现象在张翎的小说中也得到鲜明体现。

《望月》里的女主人公虽身为艺术家，感情也绝非一张白纸，但意识深处仍摆脱不了中华传统女性关于稳定与名分的期待。她与"牙口"发生关系的同时，也暗藏着关于天长地久的一丝企盼，但猝不及防的现实无情地撕碎了她的期望。望月发现"牙口"暗地里与一个男人长期交往的场景构成小说极富戏剧冲击的一幕。一方坦然承认，而另一方却无法以同样的坦然接受眼前这个事实，生生地揭开了中西文化思维中关于两性关系与性取向认知上的裂罅。尽管他们曾经最为亲密，却始终无法相互理解。

在长篇《交错的彼岸》里，一场给蕙宁命运带来巨大转折的风波，最初仅仅是一些中西文化交往差异的微小事件。谢克顿教授在作业中写评语、送蕙宁回宿舍等举动引发了无数的流言，使得原本师生之间若有若无的朦胧吸引被粗暴"定性"为既成事实。谢克顿教授送蕙宁回女生宿舍，在西方看来是一种绅士风度的社交礼节，但中国内地保守闭塞的年代却只能招来风言风语。文化上的代沟促成了无法挽回的后果，如同谢克顿的自述："我诸如此类的自以为是，以及我对中国国情的麻木不仁，后来一而再、再而三地伤害到了温妮。"① 而对流言产生怀疑的谢克顿太太，看见蕙宁与自己的丈夫在办公室相拥而立的一幕，便将一切闹得满城风雨，话语中体现出的种族优越感，根本不顾是否会伤害蕙宁的感情。这种举动尽管出自女人的自卫心态，效果却适得其反。谢克顿与蕙宁的相恋，从一开始便是文化误会引发的结果，中西文化思维的差异如同隔在他们中间的一道无形的鸿沟，他们之间并没有达成真正的相知与理解。如果没有谢克顿太太的捕风捉影，这段关系或许就仅停留在朦胧阶段，终将无所交集。而彼此之间精神世界无法跨越的隔阂，最终也导致了两人的分道扬镳。

同样是《交错的彼岸》里，因为不了解内地矿区现实，彼得在撰写《矿工的女儿》一书的爱情故事当中，许多观点与视角仍摆脱不了西方本土意识的影响，他笔下的中国无法脱离西式文化的烙印。他的西方理想主

---

① 张翎：《交错的彼岸》，华东师范大学出版社2009年版，第102页。

义色彩使他并没能真正了解内地中国的现实。《矿工的女儿》当中描绘的情节，以及彼得自身的情感经历，正体现了他对中国文化认识上的局限性。这本书在一个地道的中国人眼中，即不管是沈小娟还是后来的黄蕙宁看来，都带着一厢情愿的荒谬，是西方人想象中的，脱离了现实本来面目的中国。这里仍反映了某种隔膜的存在，尽管彼得前往中国可以跨越地域上的千山万水，却跨不过内心这层无形的距离。从表面上看他近距离接触到中国，与当地的人们同饮共食，但思想上他仍旧隔离在这片土地之外。这种隔阂源自文化传统与思维深处的差异，也来自西方文化中习惯性地站在自身经验立场上对"他者"的误读。

在张翎的另一部长篇《邮购新娘》里，中国女孩"路得"与约翰·威尔逊牧师的关系，更体现着宗教背景下中西观念思维的碰撞。作为被外国传教士收养的中国少女，"路得"虽然从小在教堂长大，并且受洗成为基督徒，然而她的灵魂与意识毫无归顺的迹象。宗教对这个中国少女而言并不能带来拯救，而只能成为精神的禁锢。这也体现了中西文化的差异。"路得"的行为异常出格，思想则离经叛道，不仅敢于在传教士面前公然对《圣经》质疑，而且也罔顾一切宗教世俗伦理，对收养她的约翰·威尔逊牧师大胆表露情感乃至欲望。女孩以一种原始、野性、未经教化的"无知无畏"的姿态，打破东西方一切宗教世俗伦理禁忌，真正地只为自己而活，无论与中华传统伦理思想还是与基督教宗教意识都格格不入。在她与约翰牧师的对话中分明体现着这种鲜明的自我意识，这种超脱文明的，来自本能的原始的实用主义思考。她问《圣经》里的路得是先爱上了丈夫才爱上丈夫的神，这在西方基督教观念来看几乎构成"异端"的嫌疑，是虔诚的宗教精神不可能容忍的。约翰·威尔逊牧师依靠宗教收留了这个中国女孩却无法真正用宗教感化她的心。他们之间无可避免地产生文化上的断裂，而在鸿沟之上站立着的，不仅是宗教中的上帝，更是代表世俗伦常监督者的那个"上帝"。

而在表现东西方思维观念的冲突中，张翎的新作《金山》借助一个跨种族恋爱夭折的故事，对中华传统的婚恋观遭遇抉择的心态进行了揭示。小说里描写方锦山遭到绑架后漂流，遇见印第安少女桑丹丝。锦山克制不住对桑丹丝情欲，和她发生了关系，却不肯娶为妻子，而在婚礼早晨落荒而逃。途中被桑丹丝截留时，他告诉她的理由是"祖宗不允许"。锦山的辩白则体现了中国传统"非我族类""异族不婚"观念的烙印，促成了他始乱终弃的行为（具有讽刺意味的是，锦山日后娶的名叫"猫眼"的女子，从外貌看上去更加奇特，更加具有异类特征）。多年后锦山与桑丹丝重逢，得知桑丹丝在他走后不久即怀孕生子。桑丹丝却不肯承认孩子是他的，表现出野性自然的印第安文明强烈的独立与自尊。这段情节描绘了中华传统择偶观的偏执固守与北美印第安民族文化自由率性追求爱情的冲突。生存在这两种文明夹缝之中的男女，其言行举止与思维方式都无法脱离本民族文化的根系，在这样强大的影响下，感情的牵系显得那样渺小又孱弱，遗弃的悲剧成为无可避免的事实。

  在张翎的小说里，异族间两性关系常见的悲剧性结局，与种族文明之间沟通理解的断裂密不可分。在历史文化与现实生活显著差异下，为爱情与婚姻往往被迫承受着两种异质文化之间的分歧、磨合，从而发生剧烈的动荡。只因人是社会性的动物，任何个人都不能脱离自小加诸的社会影响而单独存在。人的情感是个人的，但婚姻却是各种社会关系的融合。而在张翎其他中短篇故事里，两性关系内在的文化冲突本身便能引发悲剧。

  在中篇小说《向北方》里，西藏女人达娃与加拿大印第安药草世家的老裘伊婚后生下的失聪男孩尼尔，如同一个隐喻，象征着民族的苦难，也象征着沟通的断裂与隔绝。老裘伊因怀疑达娃与陈中越的关系而开枪打死了达娃，将沟通的断裂、紧张与冲突推向高潮。类似还有短篇小说《丁香街》，里面描写中国女孩安安与外国男友杰米自由恋爱，结局却是杰米因为嫉妒，在开枪打死安安后自裁。张翎描写这些交织着紧张与暴力的跨种族婚恋悲剧，内在地包含了一种关于文明之间沟通断裂而引发冲突的隐喻。

  而从另一方面来说，张翎笔下复合特异的婚恋形态，表达的是一种对世界文明多级共存与对话的思考。在经济全球化、世界多极化与多元价值共存的今天，东西文化正在一个更为广阔的全球化背景下相互交融渗透。海外作家身处这种多元文明间的生存体验令得他们对文化间的差异和碰撞异常敏感，并通过自身独特的书写方式将其揭示出来，从而为读者提供了一种全球视野之下具有比较特征的多元文化现象。这种多元价值观对传统的文化单边思维，无论是中华文化本位，还是西方本位立场，无疑都构成了一种冲击与挑战。

  在中华传统思维观念中，仍注重两性关系中的道德伦理、阴阳和谐及身份角色等方面的规约，然而随着近年来社会的转型，人们的认知视野相继扩大，对"性"的认识，对两性关系的看法都随着时代而逐步走向多元化。同性恋、双性恋、婚外恋、师生恋等传统观念中"忌讳"也逐渐走向公众讨论的话题，显示出社会日益的开放性与多元化的价值取向。然而，在许多人的传统观念中仍排斥"同性恋""双性恋"等"非正常"的婚恋现象，而将其视为"异类"。受西方影响，在这方面海外华文作家的表达无疑更为自由。

但从另一面而言，西方20世纪哲学中的解构精神极大地冲击了传统的秩序，二元对立的世界观遭到消解，理性价值观念与固有的行为规范也都遭到颠覆。这也给西方现代社会带来一定的负面影响，使之呈现多元开放的局面之余，传统的道德与价值观逐渐遭到瓦解。受其影响，婚姻与爱情关系也都表现得更加自由，分合无定，动摇了人类家庭关系的持久稳固，产生种种关于伦理方面的困境与冲突，而这些都是世界多元文化环境中屡见不鲜的社会问题。海外的华文创作，无疑是以一种以往少有的目光聚焦于世界多极化格局之中各种复杂的文明现象，对异族间这种非常态、反伦理的婚恋现象进行揭示，在作者的思考之中融入跨文化的混合思维影响，从而体现出开放性的文化意识所带来的丰富而多元的创作表现力。

三 作为族群政治隐喻的异族婚恋

在马来西亚，多元种族杂居，各族民众之间有着最微观的日常交往和较稳定的互动结构，随着资本经济体系的扩散，族际交往愈加频繁。长时间的"交往交流交融"，使各族群民众既增进理解、休戚与共，也意识到彼此的族群边界和文化差异。在异族婚恋中，两种文化以最近的距离对视、对话、冲突或者协商，是两种文化"亲密接触"地带，成为演绎族际文化碰撞与交流的文化场域，并以细腻的情感化方式揭橥特定时空中复杂的族群权利关系，补充着族群关系的政治表述与历史勾勒。因此，马华文学中异族男女的婚恋往往具有超出爱情、婚姻本身的多重隐喻。20世纪90年代后，马来西亚进入发展与开放的社会转型期，马华文学的跨族裔婚恋书写延续了文学传统中"婚恋—族群政治"的隐喻意义，同时又在"同为一家人"的时代召唤下自觉表达华异文化互通的祈愿，尤其强调华人对其他族群文化的再发现。

（一）文明与自然的结合

华人与东马原住民的通婚由来已久，原住民因经济贫困、文化程度普遍较低，一直处于相对弱势的地位。李永平创作于20世纪五六十年代的"拉子系列"小说，以男欢女爱彰显了华人对弱势族群的歧视与剥夺。《婆罗洲之子》《拉子妇》中的原住民妇女成为华人"头家"情欲消费的对象，当她们身体的经济效益（提供性爱与生育）随着年华老去而渐失，最终却被抛弃。80年代梁放《龙吐珠》中的伊班妇女依然摆脱不了被华人丈夫消费、抛弃的宿命。在这类作品中，华人凭借经济和文化优势君临弱势族群，身处不对等地位的原住民，最终只得回归文明城镇之外的原始雨林中，许文荣因此将拉子妇视为"三重不幸者"①。高嘉谦对此有更进一步的论述，认为华异通婚是对中国性的伦理体系最大的挑战；海外华人对"纯粹中国性"的坚守，在婚姻中表征为强烈的排他性。②

1969年"五一三"种族暴动后，马来执政精英认为，种族冲突的根源在于族群之间的经济差距，于是从1971年开始，马来西亚政府推行为期20年的"新经济政策"，全面扶持土著（主要是马来人，还包括原住民）的发展，其中包括扶持和促进土著教育的发展。在政府族群教育政策的大力扶持下，很多马来乡村子弟和原住民后代都纷纷走出"丛林"，和华人一起进入学校，接受现代教育。教育程度的提高使土著拥有日渐宽畅的"社会流动"渠道，职业和收入出现迅速的变化，土著专业人士的增加，与此不无关系。同时，在现代文明的熏陶下，土著的自信心极大提高，对平等、尊重、自我实现等方面的需求日益高涨。

在这一背景下，90年代以来马华作品中的跨族裔婚恋书写出现新的动向。受现代文明熏陶（如受现代教育等）的异族，进入族际婚恋题材；"喑哑"的异族开始"发声"；代际之间对异族文化的态度出现了对立的声部，由之前的人道主义同情转为对异族文化的理解与认同。潘雨桐东马系列小说中的《逆旅风情》《热带雨林》《野店》《东谷岁月》《河水鲨鱼》《山鬼》等深刻与全面地展示了弱势族群妇女的觉醒及其与华族男性之间相互宰制与反击的现象。尤其引人关注的是，在跨族裔婚恋小说中，涌现了一批文明与自然结合的异族新形象。如张贵兴《猴杯》（2000）中

---

① 斯皮瓦克指出：如果一个人是穷人、黑人和女性，便在三方面有问题。许文荣借鉴此观点后认为，拉子妇身为少数族群、穷人、女人，是"三重不幸者"。参见许文荣《多元文化语境下的边缘意识：马华文学少数民族书写的主题建构》，《民族文学研究》2012年第3期。

② 高嘉谦：《谁的南洋？谁的中国？——试论〈拉子妇〉的女性与书写位置》，《中外文学》第29卷2000年第4期。

的亚妮妮、石问亭《梦萦巴里奥》(2003)中的瑞柳、李忆莙《风华正茂花亭亭》(1995)中的玛妮、陈绍安《禁忌》(2001)中的鱼萨贝拉、黎紫书《烟花季节》(2013)中的阿卜杜奥玛。

  张贵兴小说《猴杯》中，达雅克女子亚妮妮是个全新的土著形象，作为达雅克人的后裔，她身上保留了本族群的特征和遗风，有拉长的耳垂，会说达雅克语，能猎杀野兽，敢大胆追求自己喜欢的男人；但是她又不同于老一辈土著，她上过学，有知识，懂英语，会谋略，是个接受了现代文明洗礼的新女性。土著的野性和自然与现代文明人的特征在她身上融为一体，就像她和雉沟通时使用的混血语言一样，那刻意淬炼的英语其实结合了"蜿蜒的蟒语，肢体化的猴语，甲骨风的鸟语，潺湿的胎语"。语言是人类思维的外化，语言的"人兽一体"表征文明与野性界线的暧昧由外表往精神内里延伸，由此，使得亚妮妮别具魅力。野性机智的亚妮妮凭自己的个人魅力征服了华人雉，使雉在不知不觉中已经爱上了她。

  石问亭小说《梦萦巴里奥》中的女子瑞柳家世显赫，是加拉必族酋长的独女，以至于"我"与瑞柳恋爱时，朋友都以为"我"攀上了贵亲，是为了饭碗经营的一段婚姻。在作者笔下，瑞柳传承了自身族群的文化，有裸睡的习惯，会光着身子忘我地跳丽玲（一种舞蹈），甚至随叙述者"我"第一次回家拜见父母时，特意戴上祖先世袭的装饰品——沙铃，丝毫没有掩饰被早期华人妖魔化的族群特征——"大耳拉"。同时，瑞柳又是一个接受学校教育的新时代女性，通达包容，和"我"结婚后，努力学习华语跟"我"的家人交流，对"我"的华族文化也能做到尊重、理解。当"我"提出，现在的城市生活，带个耳垂很不方便，不如做个整容手术将耳垂缝合，瑞柳亦欣然接受我的建议。瑞柳身上流淌着土著少女的原始生命力，又具备现代知识女性的智慧，"我"把她视若珍宝，就如小说的小标题所示，愿"生死契阔""与子相悦""执子之手""与子偕老"。

  李忆莙的小说《风华正茂花亭亭》塑造了一个印裔女子玛妮的形象。她具有北印度贵族血统，家境优越。主人公周承安第一次见到她的时候，就被她不凡的气质吸引住了。后来"我"（周承安）渐渐发现，玛妮嗜好读书，聪慧上进，尤其是她的性情实在稀有，有时候豪爽得近乎洋妞，有时候又很沉静，让"我"觉得这样一个女孩子值得我回家革命。尽管玛妮婚后过于沉湎于自己的学业与事业，与"我"渐生矛盾，最后以离婚收场，但"我"在有生之年，依然无法忘却她，玛妮的形象定格在我们初相识的美好日子，她有如"春花般亭亭玉立"。

陈绍安《禁忌》中的鱼萨贝拉是一个要求进步、敢于挑战宗教权威的马来女子。她乐于向华族学习优秀文化，立志长大后要像华人一样做老板，经理，不要永远做落后的马来人。"不要永远做落后的马来人"表现了鱼萨贝拉不甘落后、力求上进的品质，从中亦可窥见90年代以后马来人的精神风貌。后来鱼萨贝拉与华族同学李日相恋，但鱼萨贝拉作为马来人信仰伊斯兰教，而李日是没有严格宗教信仰的传统华人。他们之间的相爱触犯了穆斯林的禁忌。于是鱼萨贝拉受到了伊斯兰宗教法庭的惩罚，但她仍然一再强调，"李日没错，我没错"，错的是环境。这是一个敢于为爱情而挑战文化、宗教、种族屏障的女子，颇有胆识和见地。

黎紫书的《烟花季节》处理的也是华巫之间的男女情缘。乔（华人周笑津的英文名）与安德鲁（马来人阿卜杜奥玛的英文名）在英国留学时相识。异国他乡，同是马来西亚人的乔和安德鲁初相识就感觉特别亲切，之后相知相爱。直到两人周游欧洲时，乔约定两人在火车上只能用"国语"（马来语）沟通，族群之间的隔阂才豁然闪现。"不啻因为她在国外几年，马来语已经不灵光，以至她老是语塞，总是无可避免地把许多英语单词填塞在句子的坑坑洞洞处。比这个更让她气馁的是，听着安德鲁那流利的、生活化的马来语，那么熟悉，许多被掩埋起来的记忆，她和他的身世，便像老鼠听到魔笛的声音，全都被唤起来了。"① 小说暗示，所谓"身世"，就是马来西亚的族群分化，尤其是华人与马来人在语言、文化、宗教等方面的巨大差异以及国家政策偏差所形塑的族群硬边界。一对情投意合的情侣以主动放弃的方式结束情缘，返马后重回了"正常"的生活轨道，各自结婚生子，再无交集。异族男女能否有情人终成眷属，在很大程度上并非个人私事，而是取决于两族关系的总体水平。小说对族群政治之于个体情感的介入，有极为敏锐的洞察。

这些小说中的异族情侣不再是过去那种没知识、受迫害、遭歧视的土著，而是有着良好的家世背景，自身也非常优秀的新时代男女。他们既传承了本族群的文化，又接受了现代文明的洗礼。华人与他们的相爱，不是《拉子妇》《婆罗洲之子》《龙吐珠》中华人与土著女子的消费式结合，

---

① 黎紫书：《烟花季节》，《野菩萨》，新星出版社2013年版，第222页。

而是在理解、尊重彼此族性差异基础上的真诚之爱，从中我们可以看到转型期马来西亚族群关系的变动以及对族际交往的影响。

(二) 代际之间的对立声部

20世纪90年代后，年轻一代华人成长起来，他们绝大多数是马来西亚独立后土生土长的华裔，有些甚至已是移民的第三代、第四代了。较之父祖辈，年轻一代华人自小耳濡目染本土文化资源，又适逢各种现代、后现代思潮登陆马来西亚，他们有更多元的文化观念和更开放的文化心态，对待异族的态度已不止于人道主义同情（如《拉子妇》中的"我"和二妹对拉子婶的同情），而是表现出对异族文化的理解与认同，于是代际之间对异族文化的态度出现了对立的声部。但即便是老一辈华人，随着在马来西亚生活时间的延长，也渐渐意识到自己的命运与脚下这片土地已息息相关，开始调整自己的文化心态，以更好地融入本土，他们对待异族的态度也在时代潮流中裹挟着因袭的重负渐渐"前进"。

在《猴杯》中，主人公余鹏雄的曾祖和祖父对达雅克人极尽欺压之能事，不仅剥夺其土地与资源，还用各种手段享用达雅克女人的身体。作为儿孙辈的雉却对土著文化发自内心地欣赏、赞叹，因为他深入雨林、实地探访、近距离地接触和体验了土著生活和土著文化，看到了土著文化的精华，发现了土著民族的智慧，不再像父祖辈一样，以大中华的文化眼光睥睨异族，无视其他族群文化的精妙。由此不难理解雉对亚妮妮的倾慕和尊重。

石问亭小说《梦萦巴里奥》以"我"和加拉毕族女孩瑞柳的婚恋展现两代人对土著的不同态度。叙述者"我"的父母虽已在马来西亚扎根多年，但是在他们内心依然残留着华人优越感，排斥文化上比较贫弱的异族。当"我"第一次把瑞柳带回家见父母，父母呵斥"我"怎么找了个"山番"？"山番"一词将父辈们对土著野蛮、落后、可怕的刻板印象传达出来。但"我"作为一个受过高等教育的年轻一代华裔，对"大耳拉"的瑞柳却是另一番评价："瑞柳为了隆重上我们家与父母这一次会面，特换上五两重的沙铃（sarring）金坠子。那是她祖先世袭的财产，一代传一代的遗物，这两粒沙铃垂到她两边肩上闪闪发亮，加上族人传统珠饰帽子，非常漂亮。这时，我方留意她的眉是纹的，就像诗词上的柳眉。"[①]

---

① 石问亭：《梦萦巴里奥》，《星洲日报·文艺春秋》2003年5月25日。

在"我"看来,"大耳拉"和"纹眉"是土著少女富有魅力的族群特性,更何况华人远古时也是满脸刺青,不能以此来评判种族的高下优劣。在"我"的坚持之下,"我"与瑞柳终于登报结婚了。为了表达对瑞柳的尊重,"我"在加拉毕高原遵照瑞柳族人的传统举行了一场盛大的婚礼,甚至在婚宴上取了一个加拉毕名字,以示变成瑞柳族人的一分子。

"我"对瑞柳的选择和欣赏,标明了新一代华人融入本土的身份认同,还有消除华人与其他族群文化隔阂的强烈意愿。当然,"我"的父母虽然对瑞柳的到来有些意外、惊恐,但他们已显然不同于《拉子妇》中的祖父,而是"到底欢喜接见了她",后来见瑞柳学讲华语荒腔走板,沟通困难,母亲又主动学习英语与她交流,化解日常生活中的尴尬。可见,随着老一辈华人在马来西亚生活日久,他们的观念也在曲折中作调整,以更好地融入脚下这片土地。

李忆莙的《风华正茂花亭亭》展现了两代人对印度人的不同态度。"我"在大学校园结识印度女子玛妮,一眼就被她的气质所打动。在"我"眼里,这个印度女子是美丽动人的。她有"褐色的皮肤""修长的两腿",打扮简洁得体,有一种成熟女人的魅力,完全颠覆了以往马华小说中对印度人"皮肤敏感"的种族偏见。在"我"眼里,玛妮不仅充满南国少女的青春活力,而且豪爽、聪慧、积极上进,简直是才貌双全的天使,甚至比华人更美更有吸引力。"从她,我发现了,原来印度人的脸型轮廓是那么清晰,尤其是眼睛和鼻子,简直就像希腊的塑像,一点也不像我们华人。"[1] 父亲得知后的第一反应是生气咆哮,表示完全不能接受跟印度人做亲家,不希望家庭中出现华异混血的杂种孩子。"我"用在学校接受的多元种族观念去说服父亲"印度人也是人",生下的孩子不是杂种,是混血儿。在"我"的一再坚持下,父亲终于答应了"我"和玛妮的婚事,妈妈也宣称会诚心对待玛妮。父母的转变让"我"对他们刮目相看,"我"原以为,"那个时代的人的头脑,永远停顿在那个时代",没想到,他们竟然能跨越出来,"进入我们的时代里来"。两代华人价值观的冲突凸显了种族平等的新社会因素,这样的情节设置使文本出现对立的声部,带出文本的张力,也揭示了华人种族观念在转变中的曲折和复杂之处。

---

[1] 李忆莙:《风华正茂花亭亭》,《李忆莙文集》,鹭江出版社1995年版,第33页。

从 1969 年"五一三"事件后到 20 世纪 80 年代中期相当长的一段时间里，政府指向单元化目标的各种政策激起华人的抗拒与反弹，主导族群马来人在文学文本中多被塑造为隔膜的族群"他者"。90 年后，种族关系的缓和使华人开始撤开自己对主导族群的敌视和偏见，逐渐观察和接受他们的文化。陈绍安的《禁忌》中，华人李日在求学过程中对马来同学鱼莎贝拉产生了真挚的爱情。这种感情是在长期共同学习、交往的过程中自然而然产生的："小学六年级的开斋节，哥哥姐姐的陪同下，李日初次来到这间高脚木板亚达屋，当时下身围沙笼，上身一袭古巴央马来传统女服的妇女，在木梯旁以和蔼笑容迎接他们，也在彼时初尝马来糕饼……中学开始更是常到，多数拉着峇达鲁占和诺阿卡三日一齐，刨掉马来村庄的疑虑眼光。"[1]

李日不仅仔细观察了马来妇女的传统服饰，还品尝了马来糕饼，就像拜访一位华人邻居那么平常，对族群之间的差异，并不是那么关注，因为他已经彻彻底底地将自己看作马来西亚人。然而，由于宗教的禁忌，李日与鱼萨贝拉的恋情还是掀起了轩然大波。李日的父亲得知他的小儿子和马来村姑好上了，极力阻挠。对父亲而言，宁愿儿子去抢、去偷、去死，也不能接受这桩婚事。

黎紫书的《烟花季节》中，笑津的父亲作为一个老式华人，总认为把中文搞好就能抵抗外面异族或"异教"的同化，因此不遗余力地教导儿孙辈对中文的坚守。笑津的姑妈嫁了个当小贩的马来人，一家大小因之对姑妈非常冷淡，对她送来的食物总怀疑不够卫生而扔掉。后来姑父患病猝逝，大家也不奔走相告，之前也未听闻有谁去医院探望过他。父辈华人对异族的排斥于此可见一斑。但笑津在海外留学时认识了马来人安德鲁（阿卜杜奥玛），就被他身上的艺术气质所打动，在之后的相知相恋中，甚至与他产生了"骨肉相连"的感觉，反而是她的华人丈夫，让她感觉隔膜。

以上这些作品，往往把一个华人青年对爱情、婚姻的自由追求，与更大层面的华族文化心理结合起来，借此冲击老一代华人带有沙文主义倾向的歧视他族的刻板观念，用融入本土的价值观来观照华族有缺陷的种族观念，体现一种多元文化观的重塑。

---

[1] 陈绍安：《禁忌》，萧依钊主编《花踪文汇 6》，吉隆坡：星洲日报出版 2003 年版，第 149—150 页。

(三)"华—夷"秩序的修订

彭兆荣指出,"一个社会形象的形成需要两个前提条件:形象本身和他者的透视。二者共同构成形象文本。形象文本具有两个规则:一为客体的变动性。二为以我为中心的视野特性"①。20世纪90年代以来,婚恋共同体中的异族形象发生了巨大的变化,这种变化亦有两方面原因。一方面是因为异族本身的成长。就如上文提到的,随着马来西亚社会的发展和教育的普及,很多土著子弟纷纷走出"丛林",与华人一道接受现代教育,逐渐摒弃某些原始习性,成长为文明与自然结合的新时代男女。另一方面是因为华人价值观念、文化心态的变化影响到对"他者的透视"而出现形象的变迁。华人文化心态的变化有多方面因素。首先,与马来西亚政经环境的改观直接相关。随着冷战结束,马来西亚的政治形势开始出现"小开放"的新气象,在民族关系上提出建设马来西亚国族的概念,不再将华人视为外人,而是手足兄弟,"同为一家人"。总体缓和的社会局面起到了舒解种族关系的良好成效,使华人愿意打破种族隔阂,重新认识异族。其次,更加深远的背景则是各种现代、后现代思潮伴随全球化登陆马来西亚。"90年代后,随着世界格局和意识形态的进一步变动,在全球化的推动下,多元文化主义、文化相对主义、人权理论、反种族歧视等理念大为流行并开始影响人们的生活,种族主义在政治结构上全面退场(至少表面上如此)。越来越多的跨文化交流使人们对跨种族接触也有了更大的接受度。"②整个社会思潮的改变以及人们的国际化视野,使人们对异族和异族文化有更宽容的态度,对年轻一辈尤其如此。此外,随着华人在这片土地的深植,他们对这片土地产生的"地理虔诚"开始冲淡虚幻的"原生情感";即便是老一代华人,时间和现实的利益也可以有效地使他们由"落叶归根"转为"落地生根",从而调整和修订自己的文化心态和价值理念,重新评价异族的族群特征和族性文化,修订华人根深蒂固的"华—夷"秩序。

王德威认为,华人移民或遗民初抵异地,每以华—夷之辨界定自身种族、文明的优越性。殊不知身在异地,"易"地而处,华人自身已经沦为

---

① 彭兆荣:《"红毛番":一个增值的象形文本——近代西方形象在中国的变迁轨迹与互动关系》,《厦门大学学报》(哲学社会科学版) 1998年第2期。
② 邓圆也:《想象中的后殖民面孔:香港"混血儿"身体景观》,《文艺研究》2012年第12期。

（在地人眼中的）他者、外人、异族，更不提年久日深，又成为与中原故土相对的他者与外人。谁是华、谁是夷，身份的标记其实游动不拘。[①] 张贵兴的《猴杯》《我思念的长眠中的南国公主》尤为明显地体现了"华—夷"秩序的大翻转。《猴杯》中的华人雉不爱台湾爱雨林，违背祖父让他定居台湾的夙愿回返婆罗洲。"文明"的台湾让雉感觉屈辱和不自在，原始的婆罗洲雨林反而激发起他的生命活力。回来之后他急于恢复自己身上的婆罗洲特色：当他看到计程车司机的肤色"红褐如果蝠"，而自己"枯黄如稻杆"，雉迫切希望经赤道的太阳多晒几天，将肤色还原为婆罗洲之子。雉不满自己脚长期拘束在皮鞋中，"五趾一束，脚板苍白如苞"，非常羡慕达雅人巴都的天然脚板，用充满赞赏的语言细致描绘了巴都的脚："巴都脚底厚茧遍布仿佛雉堞，脚趾夎拉则像长在上头的十朵蘑菇菌……巴都的脚趾头无拘无束，浪荡如牝乳，沉稳如滚石。"[②] 在早期马华文学中，黑、棕等深肤色生理特征，与"裸体跣足"的生活习性往往是下等人的表现。然而，雉却公然表示对深肤色与天然之脚的肯定与羡慕，暗含雉以及作者对土著自然而率真生活的赞赏。正因如此，自然野性的达雅克女子亚妮妮在雉眼里别具风情："雉在菠萝蜜树上看见亚妮妮站在浮脚楼前，臂腿长青，臀胯荫硕，脚趾头亭亭玉立如蕈菇，拉长的耳垂像发育中还未施展猎杀机制的小猪笼草瓶子，仿佛她是身后那一大片被总督尿屎滋润出来的野地随意滋长出来的野树苗"[③]。最后，在文明都市心力交瘁的雉在与亚妮妮的感情交汇中获得救赎。

《猴杯》对异族和异族文化的重新发现，从文本上落实了沈庆旺对少数民族文化的辩护："原始不是落后，而是更接近本质。"[④] 到《我思念的长眠中的南国公主》，张贵兴更是将原住民的雨林文明提到一个新的高度：来自繁华台北的中年男人林元，深入蛮荒酷热的婆罗洲雨林只一个月，身上的风雨烟霾似乎烟消云散，变得像年轻小伙一样精神饱满、生机勃勃，个人精神领域得到最大提升和净化。苏其的父亲原本荒淫无度，后来爱上一位达雅少女，与她隐居到婆罗洲内陆过着与世隔绝的生

[①] 王德威：《华夷风起：马来西亚与华语语系文学》，《世界华文文学论坛》2016年第1期。
[②] 张贵兴：《猴杯》，台北：联合文学出版社有限公司2002年版，第99页。
[③] 张贵兴：《猴杯》，台北：联合文学出版社有限公司2002年版，第303页。
[④] 此句出自沈庆旺的《加威安都》，概括了诗人看待少数民族文化的意识。沈庆旺：《哭乡的图腾》，诗巫：中华文艺社1994年版，第54页。

活。事后发现，达雅克女孩用爱情洗涤父亲蒙尘的心灵。婆罗洲雨林文明和达雅族女孩不再是处于下位、等待华人认定的对象，而一跃成为治疗现代文明，净化人类精神的"美丽的南国公主"，演绎了华夷之间的辩证与转换。

马来西亚华社走过 1969—1989 年 "悲情的二十年"，20 世纪 90 年代，在国阵政府"小开明"政策和"成为先进国"口号的感召下，族群关系一改新经济政策时期的紧张对峙，变得融洽很多。转型期马华文学的跨族裔婚恋书写自觉拥抱当局不断释放的"文化宽容主义"信息，以异族青年男女的情爱关系演绎族际文化交流境遇，有意识地传达族群文化沟通与融合的夙愿，显影在马来西亚走向发展与开放的特定历史阶段，文学如何通过族群关系话语的建构来理解并主动参与这种历史变化。值得一提的是，作品中华人与马来人的婚恋皆以悲剧告终，但对通婚阻力仅点到为止，没有开掘和铺展深层次原因，由此也能看出政治与宗教禁忌对文学创作的规训。

第三节　东西语境中的犹太人书写

北美犹太人与北美华人一样，都是有着悠久历史的移民族群。作为北美少数族裔的代表族群，他们在去国经验及文化价值观念等方面有很多相似之处，但同时，在族群意识，社会地位等方面两大族群又有许多不同之处。北美华文文学作品中对犹太人的描述屡见不鲜，作家们对犹太人感兴趣的程度与原因更是颇具深意。犹太人书写一方面体现了具有双重体验的作家群体去国心态与文化身份的复杂性，另一方面也为北美华文文学，乃至世界华文文学的百年发展脉络及理论基础的研究提供了一个新的诠释视窗。不同时期移民北美的华人作家在寻求自身"身份"的过程中，在社会背景、中国经验、文化素养、移民动机与过程以及去国生存经验、语言能力等方面都不尽相同，这就决定了他们笔下的犹太人书写呈现出许多不同之处。本节就以犹太人为北美华人作家笔下的异族形象的关注点，重新梳理 20 世纪 60—80 年代及 90 年代以来的北美华文文学中的犹太人形象。

一　20 世纪 60—80 年代"扁平"的犹太人形象

北美华文文学在 20 世纪 50—70 年代真正兴起，到 80 年代后又出现几个发展的高峰。因为此时的作家群体以台（港）地区来美留学的留学生为主，所以50—70年代的北美华文文学被称为留学生文学。这一时期，大量"留学生题材"的作品问世，它们是被称为"无根的一代"的留学生文学作家"双重放逐"经历的写照。这批留学生文学作品对美国犹太人形象的描写呈现出一种"扁平"的①，象征着"优秀族群表率"的高度赞扬姿态。

（一）正义的工作伙伴

20世纪60年代美国"民权运动"中，美国犹太人与其他少数族裔结成了最坚实的同盟，他们伸张正义，致力于争取少数族裔间的和平共处与社会公正。"留学生文学鼻祖"於梨华发表于1974年的作品《考验》中刻画的"正直""有责任感"的犹太人形象就是这一背景下的典型代表。小说描述了执教于美国东部一所州立大学的华人物理学教授钟乐平在评选终身教授过程中所遭到的不公平待遇，刻画了华人知识分子在美国学术界打拼的艰辛历程以及所经历的"玻璃天花板"现象。

作为一位颇有建树的大学教授，钟乐平的教学成绩斐然。依照原则，他理应获得终身教授的资格，却因为系主任华诺试图削减预算而被剥夺了获得这一荣誉的机会。心灰意冷的钟乐平开始采取鸵鸟政策，他说服自己低调处世，与世无争，依旧相信事情总会有解决的办法，但结果却不如人意。备受伤害的钟乐平终在一位正义的犹太同事百龙的帮助与介绍下，聘请了一位犹太律师赖微而替他上诉并赢得胜利。

小说中除华人钟乐平外，犹太人百龙教授和赖微而律师同样是影响故事发展的关键人物。於梨华将这两个犹太人形象刻画成助钟乐平一臂之力的"正义的伙伴"，他们不仅乐于助人，是非分明，而且具有坚毅的品质与斗争精神。同系的犹太教授百龙是个与钟乐平"差不多年纪"的"正直人"，在得知华诺想与乐平解聘的事情初始，他便好心提醒乐平光凭真才实学是不够的，建议乐平去做点交际工作。百龙的话看似"说教"，但实则是在提醒乐平在美国学术界为人处世的"潜规则"。可是，乐平只爱埋头于学术的海洋中，在得知投票结果不理想后，消极地认为这是永远都改变不了的事实。可是，百龙却不这么认为，他鼓励乐平做事要抱着不到

---

① 福斯特提出："扁平人物在十七世纪叫'性格'人物，现在他们有时被称为类型或漫画人物。在最纯粹的形式中，他们依循着一个单纯的理念或性质而被创造出来。真正的扁平人物可以用一个句子描述殆尽。"［英］福斯特：《小说面面观》，花城出版社1981年版，第55页。

黄河心不死的宗旨，既然华诺同意再召开一次投票，就要尽力为自己争取，同时百龙提出由自己出面向个别同事游说。果然，第二次投票，"十比三"的结果使乐平获得了绝对的优势，但华诺却暗箱操作，乐平出乎意料地收到了校长的拒聘信。

在这样紧急的关头，同样是百龙，首先向乐平伸出了援助之手，他一方面鼓励乐平不要善罢甘休，另一方面建议他把案子交到申冤委员会去，花钱找法律顾问告状，并为乐平请了犹太律师赖微而。可见在这场没有硝烟的学术界战争中，犹太教授百龙一直扮演着一个区别于美国其他族群的，敢为华人知识分子出头伸张正义的角色。百龙之所以这样做，是因为他与中国人一样也曾深受美国社会种族歧视之苦。正是留学生时期美国式的社会规则与种族歧视使犹太人与中国人承受相同的不公命运，百龙也因此意识到自己有义务站出来为同为少数族裔的钟乐平说话，更有责任支持钟乐平为维护自身合法权益而进行斗争。

与百龙相似，作为钟乐平法律顾问的犹太律师赖微而，很乐意接受这一案子，在听证会上，他据理力争，揭穿了评审委员会的不公，竭尽全力为乐平打赢了这场官司。关于酬劳，他却并不在意。可是赖微而并不是对每个顾客都如此慷慨，只因为钟乐平的案子是他感兴趣的。赖微而之所以感兴趣，也是因为他与百龙一样，同是与种族歧视抗争过数百年的少数族裔，作为律师，他有能力保护，有实力为华人钟乐平争取其应当享受的平等权利。争取"永久聘书"只是一个开始，作为同盟，他们争取的是揭露美国学界专制与黑幕的权利，争取的是对像钟乐平一样的美国学界"边缘人"的认可。可见，犹太人百龙与赖微而这一"正义的使者"，"坚实的后盾"形象，便是这一时期於梨华笔下犹太人形象的代表。

(二) 忠实的族群护卫者

几个世纪以来，犹太人遭到由基督教统治的欧洲大陆主流社会的排斥，他们成为被迫害与被屠杀的对象，沦为一切社会弊端最便利的替罪羊。长达20个世纪的受迫害史，使犹太人不得不开始寻求新的生存大陆。随之而来的几次大规模移民潮，犹太人成群移居到美国东海岸，开始在这片陌生的土地上生根发芽，但他们却一直把所在国视为旅店，而非效忠的国家。千年的历史遭遇，纵然改变了犹太人的生存轨迹，却使这个本来就有悠久宗教传统的族群的民族认同感变得更加深厚。生活在美国，接受着美国文化的犹太人，一直充当着犹太族群忠实的护卫者，这一犹太人形象在 20 世纪 60—80 年代的留学生文学中有突出的表现。

　　留学生文学作家笔下塑造的作为"族群护卫者"的犹太人形象首先体现在他们对自身教义的遵守上。郑庆慈《风铃》中台湾留学生康玲的男友巴比是一个极其遵守民族教义的犹太人。与康玲的初次约会是在一个小饭店，虽然这家饭店的"牛排不错"，但他只要了"炸鱼和咖啡"，"我是犹太人，我们圣经上说我们该吃特别处理过的食物（Kosher foods），所以到外面吃饭，只有鱼可吃"①。犹太教是犹太人的生活方式及信仰，是犹太民族凝聚在一起的纽带。从社会伦理到饮食起居，犹太教律的种种戒规涉及犹太人生活的方方面面。巴比就是郑庆慈笔下一个"忠实的犹太教徒"形象，严守着犹太教义。就连星期六康玲希望约巴比来家里用餐，也因为"星期六是安息日，不能出门，那天连煮饭都不行。只能吃星期五贮备好的食物，在家静思或研究圣经"②的教规而无法前往。像巴比这样的犹太人形象在北美华文文学中还有很多，张系国《割礼》中为小孩举行"割礼"仪式的拉比，陈若曦《远见》中"根本不过圣诞节"的犹太人麦康龙都是这一形象的典型。

　　另外，亡国千年的犹太民族因为四处漂泊，无根可依而拥有着深厚的忧患意识，他们深知"没有祖国的人是没有根的浮萍，唯一支持我们活下去的，是宗教的信仰和重建祖国的希望"③，所以他们处处维护自己的民族尊严，体恤同胞的疾苦，努力致力于复兴祖国的事业。这一维护族群尊严的特点也成为留学生文学笔下作为"族群护卫者"的犹太人形象的另一个方面。《风铃》中巴比在与康玲热烈的爱情和重回以色列"成为国家需要的人"的选择中，选择了后者。因为在巴比的眼中，他就是一个"只得受苦"的犹太人，他不认为离开美国的新生活重回战乱的以色列是一种"牺牲"，回到属于他的国家做一个有对国家有用的人才是负责任的行为。

　　需要注意的是，这一"民族护卫者"的犹太人形象也有以负面形式呈现的例子。郑庆慈的《七十年代》中，有以色列籍与美籍的犹太人史提芬虽是中国商人眼中阴险狡诈、帮助铃木破坏中国工商业的"小人"，但作为经历过德国纳粹时期的地道的犹太人，他绝不会帮助铃木去破坏以

---

① 郑庆慈：《郑庆慈自选集》，台北：黎明文化出版社 1981 年版，第 6 页。
② 郑庆慈：《郑庆慈自选集》，台北：黎明文化出版社 1981 年版，第 10 页。
③ 郑庆慈：《郑庆慈自选集》，台北：黎明文化出版社 1981 年版，第 11 页。

色列的工商业。这样看来虽然过于自私，但这就是一种犹太人的生存状态，即便成为"小人"，他也要维护自己的民族，维护以色列。不难看出，这一时期作家笔下的犹太人形象，无论是巴比还是史提芬，无论他们身处的环境、自身的处事方式有何不同，他们身体里流淌着的为犹太民族、效力的血液永远不会变，他们是一群在国家、民族处于危难时刻都会首先站出来的犹太人的代表。

（三）优秀的族群楷模

犹太人在美国的成功可谓是一部值得所有人学习的成长史。他们逃亡到此，白手起家，却迅速崛起。但是，犹太人在美国社会如鱼得水并不是偶然，毫无经济基础与知识储备，也得不到周围特别的"接受"与帮助，他们的成功更多依靠的是犹太族群内部精诚的互助传统。绝大多数的犹太人有较强的集体观念，认为个人是集体中的一员，这是与他们的流亡经历密不可分的。他们为了生存，为了在新大陆扎根，抱成一团，共同面对一个令人困惑、无所适从的新世界。可是，同样经历过"双重放逐"的北美华人，虽在经历上与犹太人极为相似，却在团结程度上大不如犹太人，"事不关己，高高挂起"的毛病在华人中确实存在。也因此，犹太人的这种精神便成为20世纪60—80年代北美留学生文学极力表现的方面，犹太人被作家刻画为"优秀的族群楷模"，以此作为北美华人去国生存、扎根、寻求身份过程的参照与学习对象。

首先，这种"优秀的族群楷模"形象体现在犹太人对犹太古礼的承袭上。张系国的《割礼》以犹太人的重要成人礼——割礼为关注焦点，从侧面将犹太人塑造成华人移民的楷模，展现了这一古礼对主人公——留学生移民宋大端所产生的影响，字里行间体现了像宋大端一样的华人移民对犹太人的敬佩之情。在犹太人心中，"割礼"是神圣的，意义重大的。而对于中国人宋大端，"割礼"给予他的震动却是极大的，他久久无法平静。宋大端震惊，是因为他被犹太人古老的"割礼"所产生的能量所震慑；他烦恼，更多的是因为他开始重新思考生活于美国的自己对华人的态度，对中国历史传统的态度。身为政治系主任的他，很有建树，却从不热衷于华人的事物，甚至不允许女儿参加学校任何华人组织的活动。犹太人"割礼"仪式无形中唤醒了欲与中国身份决裂的他内心深处的华人民族意识，他开始回忆年轻时那个"热血沸腾"的自己。他明白中国人在这儿无论怎样都会受人歧视，而唯一能做的，就是先使自己成为一个有用的人,将来有机会可以报效祖国。正是因为这次"割礼"才唤醒宋大端内心深藏的爱国情感,而这种情感他从未忘却,只是在美国这个追求"客观公正"的学术界,它被埋藏得太深,以致自己都不愿提起,只为能在美国扎根,生怕触犯这样一个社会的规则。可是犹太人呢,同样为了寻求美国社会的认可,却始终将"割礼"作为自身族群神圣的象征,他们不敢忘记也不会忘记,更不会以抛弃族群的特有意识为砝码获得新的身份认可。无疑,犹太人由此与华人形成鲜明的对比,从而成为华人心中重树中国精神的楷模。

其次,犹太人在对文化的传承上也表现出"优秀的族群楷模"形象。《纸婚》中有这样一处,项在午饭的时候递给尤怡平两杯名叫"豆腐甜"的豆腐制品,怡平不禁感叹道:"豆腐是我们中国人的家常便饭,但深得个中三昧并加以创新的倒是犹太人。原来,正宗的犹太教规定,一餐饭不能同时进食肉和奶类。为了取代饭后甜点冰淇淋,犹太人于是发明了豆腐甜。"① 从怡平的话语中,我们不难看出华人移民内心潜藏的自卑感,他们不愿意直面中国的文化传统,不愿意肯定古老的文明,取而代之的是对其他族群能够将这种传统发扬光大的羡慕。换言之,犹太人作为对文化传承的优秀典范无疑会被这一时期华人移民作家作为"楷模"所推崇。

另外,犹太人集体主义的互助精神也成为作家笔下作为"优秀的族群楷模"这一犹太人形象的表现方面。陈若曦的《向着太平洋彼岸》就在华人家庭的一次聚会中,通过大家相互交谈的话语表现出华人对犹太人团结精神的大为钦佩与赞赏之情:

> 以贞不敢反驳。她也想不出反驳的理由。据说犹太人在美国就十分固守自己的传统,而他们的团结和出类拔萃可是有目共睹……
> 苏中突然提出一个问题:"犹太人怎么样?"
> 说起犹太人,大家议论纷纷,有褒有贬,莫衷一是,但佩服的居多。
> 老乔说:"他们的团结心最值得我们学习,海外华人一直是散沙一盘。"
> 莉娜提议:"中国人应该向犹太人全盘地学习,他们在美国生根

---

① 陈若曦:《纸婚》,江苏文艺出版社2010年版,第17页。

发展，又同时是百分之百的犹太人，这不是你们这一代中国人最向往的吗？"①

可以看出，这一时期华人移民已经意识到自身作为中国人存在的种种问题，"一盘散沙""爱内讧""不团结"都是这种问题的症结所在，这里面有诸如国共内战等历史原因，也有中国人缺乏包容心，爱互相攀比、嫉妒的内在因素。但是，与华人移民一同生活在美国的犹太人却并非如此，他们团结互助的精神深深影响着这时的华人移民。因此，笔者认为留学生文学作家之所以将犹太人塑造为"优秀的族群楷模"，无不是因为他们希望借此关照华人移民的生活以指出一条新路，即在保留自身原有文化传统的同时，融入多元化的现代美国社会中去。

二 20世纪90年代"圆形"的犹太人形象

与"扁平形象"相对应，福斯特在《小说面面观》中还提出"圆形形象"的概念，即在小说中呈现多面性，具有更为真实与丰富性格的人物形象。这类人物具有多元化的形象塑造特点，在揭示人性复杂性的同时，表现了更高的审美价值。20世纪90年代北美新移民文学中的美国犹太人形象便与留学生文学时期"扁平"的犹太人形象形成鲜明的对比，表现出多元化的"圆形人物"特点。

20世纪80年代后，除留学生文学作家仍活跃在北美华文文学文坛外，北美华文文学又出现一些新现象。随着中国大陆留学生大规模赴美，在北美华文文学的作家队伍中又增加了一个重要的组成部分，即由这批大陆留学生而成为作家的人所组成的新移民作家群体，因此这一时期的北美华文文学被称为新移民文学。这一批新移民作家大多是以留学、谋生、经商、陪读等为目的于80年代移民北美并陆续开始创作，90年代以来是他们创作的高峰期。与留学生文学浓厚的"放逐"心态、故国情怀不同的是，新移民文学呈现出更多的"大陆"气质，美国于他们既不是天堂也不是地狱，只是有别于中国的另外一个国家，他们开始寻求与美国社会的双向沟通。也正因为这样，作家笔下的犹太人形象多以"圆形形象"出

---

① 陈若曦：《向着太平洋彼岸》，李黎编《海外华人作家小说选》，香港三联书店1983年版，第348、381—382页。

现，表现出一种"多元化"的趋势，他们不再成为北美华人移民路上的指路明灯，具有单一的优势或劣势，相反，他们是具有美国属性，有优点，也有缺陷的美国异族人。

（一）狡猾、自大的犹太富商

犹太人是世界上公认的最精明的商人。他们移民到美国，最先谋求在经济上站稳脚跟，以解决族群的生存问题。欧洲基督教统治者不准犹太人拥有土地，这就使得犹太人只能在手工业等其他方面另谋生路，成为裁缝、小贩、商人和高利贷者。他们进入"血汗工厂"，从最底层做起，即便贫困辛苦，他们仍旧有一个成为独立经营的工厂主、商人的梦想。数年时间，这批犹太移民便依靠自身的努力和族群间的互助传统，以小本生意起家，成为小店主、供应商、企业家。一代一代犹太人经商的传统一直延续着，在纽约著名的第五大道，公司如云，而经营这些公司的，大多是身缠万贯的美国犹太人。美国犹太人的经商之道无疑是值得学习的，可是在北美新移民文学中，作家们对此却很少提及，而更多的是观察到美国犹太人在经商过程中采取的狡猾的手段以及自大的态度。对此，《曼哈顿的中国女人》及《闯荡美国》就有专门的描述。

周励的《曼哈顿的中国女人》是一部自传性的纪实小说，分六章叙述了周励在美国的人生经历。在她笔下，美国是一个各民族融洽共处、平等竞争的世界"大熔炉"，但是中国人创业立足的过程还是极其艰难的，而同样是深处美国"大熔炉"的犹太人却是能够给予美国大选候选人"鼎力支持"的幕后操纵者。他们财大气粗，却狡猾得为顾全自己的生计而不择手段。为了还清破产的欠债，以"胸有成竹"的姿态骗得合作者的信任，不开信用证，"半年过去了"，却一分钱没有付，自己还逍遥地"到乡下领政府养老金去了"。不仅如此，给犹太老板打工的"我"在公司业务出现小问题的时候，还要首先站出来，忍气吞声掏自己的腰包安抚客户，以保住自己的饭碗。可是在整个过程中，作为上司的犹太老板摩洛斯始终没有站出来安慰自己的员工，反而"气得两眼发直"，"扬言要给北京邓小平写信"。在周励眼中，这群美国犹太富商内心对其他族群是毫无感情可言的，他们能够吝啬得在与中国人做贸易的过程中连一餐饭都不请中国人吃。虽然他们相当富有，但似乎只是一台赚钱的机器，不懂得人情冷暖，不懂得体恤下属，他们精明却又狡猾，目的是为自己赚更多的钱，为犹太族群积累更多的财富，在美国社会打下更牢的经济基础，做名正言顺的美国犹太人。

与周励笔下狡猾的犹太富商形象类似,王蕤在《闯荡美国》中也将美国犹太人刻画成自大又内心空虚的富商形象。"我"在美国的第二份工作是做"咨询服务",百万富翁布来那第一次来找"我"咨询的时候就显示出一副极为富有的姿态。他出生在宾夕法尼亚费城的一个犹太人金融之家,在交谈中,他为自己的美国梦实现得如此容易感到骄傲,甚至自大地认为自己不用再上班了,因为他的钱一辈子也花不完。可是即便有用不完的家产,这位犹太富商仍是一个内心极度空虚寂寞的人,物质财富的获取并无法填补他精神世界的贫瘠。他开始研究中国的文化,无知的问题却让他问得不亦乐乎,看似自大的他其实是想在中国文化和西方文化的感性与理性思维中寻求自身的平衡点。可见,王蕤笔下的美国犹太商人纵然富有,但自大却又精神贫乏的他们是可悲的。在《曼哈顿的中国女人》和《闯荡美国》中,犹太人不再单纯地是一个集所有族群优点为一身的"模范"形象,扎根于美国的他们在淘金的浪潮中也有自身的劣根性,实现美国梦的过程固然艰苦,但与华人一样,任何族群都是优势与缺陷并存,这些都共同融合于五光十色的美国"大熔炉"中。

(二) 温文尔雅的"三棱镜"

对于大多数第一代犹太移民来说,摆脱传统文化的影响融入美国社会是一件"难于上青天"的事情,而那些自小跟随父母移民美国或者在美国出生的新一代犹太移民,由于对故土文化并未形成根深蒂固的感情,他们"美国化"的过程相对于第一代移民而言也就容易很多。较之于第一代犹太移民父辈多倾向于维护传统的宗教信仰、文化礼仪和生活习俗,新一代的犹太移民子女更多地在传统信仰与美国文化中寻找到新的平衡点,他们开始认同美国的思维观念与生活方式。与新一代犹太移民类似,20世纪90年代以后的华人新移民也倾向于以个体身份和强烈的自我意识参与寻求异于父辈的"美国化"的过程中。这一新特质在北美新移民文学中有明显的表现,同样,在这种心态的影响下,北美新移民作家笔下的犹太人形象也发生了根本性的变化,他们身上不再只具有故国文化的单纯属性,美国社会的异质文化也融入他们的血液中。郁秀的《美国旅店》中犹太爸爸大卫就以温文尔雅的"三棱镜"形象成为这一时期犹太人形象的典型:"在犹太人面前他露出犹太人的一面,在美国人面前露出美国人的一面，在我们家里，他是一个美国犹太人。"①

在《美国旅店》中，美国爸爸大卫与大多数犹太人一样，他也有一颗"犹太灵魂"，历史的遭际让他内心同样充满"悖逆"，他以辛格、贝娄这些著名的美国犹太作家、诺贝尔奖获得者为荣，他能骄傲地告诉宋歌"犹太人获得诺贝尔奖的比例是世界其他民族的二十八倍"，他也会为遭到法西斯屠杀的犹太人感到痛惜，但他更赞赏犹太人"置之死地而后生的自强不息"。同时，作为"第三代的犹太移民"的大卫，在对宗教礼教的遵循和生活习惯上却与父辈不甚相同。在大卫的身上，宗教色彩已经并不浓厚，他不会说古老犹太人的希伯来语和意第绪语，一生只做过两件与犹太教有关的事情："割礼"和与犹太女人结婚。离婚后，他突破教义中与异族通婚的限制与中国人结婚，甚至"好几年没过光明节"。这些作为犹太人传统的宗教信仰，在大卫身上已经逐渐看不到留存的迹象，而他自己也觉得"无所谓"。

可见，在郁秀笔下的犹太人形象，已经逐渐"美国化"，就如身为教授、作家的大卫专注于做学问，却"并不是如何做犹太学问"，热爱写作，却不会去写犹太人的生活。他们已慢慢接受了美国的生活方式，虽然并不尊奉传统的犹太安息日，对犹太社团也不如以往热心，但由于其种族的特有属性，他们身上仍然具有对犹太民族的认同感。他们就像"三棱镜"一样，折射出与美国社会融合过程中不同的民族属性之光，这些便成为新移民作家笔下重新观照的犹太人形象特点所在。

(三) 历史的受难者

北美新移民文学发展到21世纪，出现很多新气象。随着全球化趋势的到来和信息时代的来临，国家与国家、民族与民族间的交流更加频繁，这使得北美新移民作家能够更从容面对、思考与异族的关系，在交往中具有一种全球化视野。表现在北美新移民文学上，是作家的书写具有深远的历史感，关注普遍人性。与之对应，这一时期的犹太人形象更多地被作家放在了宏大的历史长河中进行观照，作家在历史中写普遍的人性，渗透其中的是无尽的"反思"。严歌苓《寄居者》中所刻画的"二战"时期逃亡中国上海的犹太"受难者"形象便是代表。

所谓"受难者"，即蒙受身体、精神苦难的人。《寄居者》中的犹太

---

① 郁秀：《美国旅店》，江苏文艺出版社2004年版，第114页。

人形象便是如此：彼得，医科毕业，父亲是银行家，却逃亡到上海，成为成千上万在 1939 年涌入上海的犹太难民中的一员；杰克布，虽是被主人公 May 蛊惑到上海来淘金的美籍犹太人，但太平洋战争爆发后，被他视为护身符的美国护照已经没有了任何作用，需要操德语才能保证安全的他与难民毫无区别。在 1939 年的上海，上海人把从欧洲来的犹太难民当作"犹太瘪三"，他们的地位远在中国人之下，备遭歧视的犹太人不得不自谋生路，干着自虐的工作存活下来，他们的身体遭受着异于常人的生存苦难。在精神上，这群犹太人也同样遭受着处处被歧视的痛苦。他们走到哪里都是被排挤的对象，属于"下三等"人，美国人甚至不会因为纳粹的暴行而增加给犹太人的签证，能登上新大陆的海岸线是这群犹太人的万幸。但是，他们却是"为了心灵自由什么灾难都可以承受的民族"[①]，哪怕心中只仅存最简单的利益。彼得为了让一家人能搬出肮脏的难民宿舍，为了让母亲和妹妹不再在战火纷飞的时代走街串巷兜售阳伞，为了能够得到逃往美国的船票，他不择手段地参与不耻勾当，倒卖药品，囤积粮食，他在一切他能做到的事情中谋取暴利，即便面对手枪的逼迫，他也不忘对钱财的索取。在彼得的逻辑里，生命似乎就是一场利益的战争，抢占了先机，才有存活下去的可能性，作为"受难者"的他所承受的一切苦难都是为了活下去。与隐忍、执着的彼得不同，同样是"受难者"的杰克布则显得更加宽容，恐惧不安的他与其他犹太难民一道在宗教中寻求到从未有过的庇护。不难看出，在严歌苓的笔下，犹太人的形象被推到历史的长河中进行塑造，即便是历史灾难中的"受难者"，他们也并不完全被盲目披上受褒扬的外衣，而是在苦难中立体地呈现在我们面前。

在笔者看来，北美新移民文学作家笔下的犹太人形象已经明显呈现出与北美留学生文学不同的特质，无论是《曼哈顿的中国女人》《闯荡美国》中的狡猾自大的犹太商人，还是《美国旅店》中游走于美国人和犹太人之间的犹太爸爸，或是《寄居者》中宏大历史视野下的犹太"受难者"，这一时期的犹太人形象脱离了之前的"模范"形象而显得愈加立体。这种立体是建立在北美新移民作家所体认的族裔差异性之上的平等，让犹太人形象成为华人移民去国经验的一部分，以此印证与反思北美华人移民生活中的悲欢与困顿。

[①] 严歌苓：《寄居者》，陕西师范大学出版总社有限公司 2011 年版，第 159 页。

三 犹太人书写与作家身份及心态嬗变

"身份"是一种对回答"我是谁"这一问题的直接判断，更是了解主体立于何处的立场所向。而对于"文化身份"，荷兰学者瑞恩·赛格斯认为：文化身份同时具有固有的特征和理论上的建构之双重意义，也即"通常人们把文化身份看作某一特定的文化特有的，同时也是某一具体的民族与生俱来的一系列特征。"[1] 可见，身份融于主体，无法逃避，并始终影响主体意识。在北美华文文学中，作家对犹太人的书写无不受到创作主体文化身份的影响。北美华文文学中不同时期作家对犹太人形象的建构背后，必然与作家主体的文化身份与心态的嬗变有着密切的联系。

（一）留学生：双重放逐之边缘人的"彷徨"

20世纪60—80年代留学生文学作家笔下的犹太人形象呈现出极其相似的特点，无论是於梨华《考验》中的百龙、赖微而，还是郑庆慈《风铃》中的巴比，或是张系国《割礼》中尊崇教义的犹太家庭，都无一例外展现出正直、团结的族群特点，成为留学生心中的楷模。这些留学生作家的个人经历不尽相同，但笔下的犹太人形象却极其类似，其实并非偶然。作为一种文学形象，它们是建立在留学生作家文化身份与去国心态上的必然产物，更代表了这一时期北美华文作家创作的一种文学趋势。

首先，我们要注意的是这一时期北美华文文学中留学生作家群体特殊的"台湾身份"。与早前留学北美的中国人不同，这批留学生作家普遍经历了生命的"两次放逐"。在留学美国之前，他们中的大部分人都生活在战火纷飞、时局动荡的中国大陆。抗日战争，国共内战导致中国政治格局的大变动，惨烈的战争硝烟在他们身上留下了深深的烙印，更使他们骨肉分离，自大陆逃往台湾，完成生命中的第一次放逐，从此与故土隔海相望。初到台湾的他们，与数百万有着相同经历的大陆人一样，还怀揣着愿望，他们视台湾为逃亡的临时避难所，殊不知随着时间的推移，这种愿望最后仅仅变成了一种无法实现的奢望。浓浓的乡愁下，隐藏着他们无法回避的身份认同危机：台湾不是他们的"家"，他们只是这里的"过客"。回首大陆，那里有自己至亲至爱的人，那里是自己最真切的精神家园，可是再也回不去了。而在台湾，"二战"后的余温仍弥漫在台湾岛上，国民

---

[1] ［荷］瑞恩·赛格斯：《全球化时代的文学和文化身份建构》，乐黛云、李比雄主编：《跨文化对话》（二），上海文化出版社1999年版，第91页。

党政府的高压统治,使整个台湾蒙上了"白色恐怖"的阴影。诸如白先勇、聂华苓等一批人均生活在水深火热之中,人情冷暖、世态炎凉更加剧了他们身份认同的危机,他们是"非台湾人的台湾人"①。

于是,在经历了逃亡台湾的"政治放逐"之后,伴随着美国势力对台湾地区的渗透,为寻求人生的真正自由,为确立全新的自我身份,这批台湾青年选择了人生了第二次放逐,即漂洋过海来到美国,追逐新的"美国梦"。可是留学美国的生活并非他们想象的那般如意,作为第三世界的"弱势人群",他们面对的是与故国完全不同的异质文化,政治体制、文化话语、生活方式、价值观念的不同直接使他们感受到美国强权文化的压制。"美国梦"的破灭令他们身份认同的危机更为真切。一方面,20世纪50年代,中国政治格局的变动导致中美关系的急剧恶化,美国颁布了一系列法律条令以压制中国,这些合力的作用共同导致身处美国的他们与"中国身份"渐行渐远。另一方面,面对异质文化的侵袭,他们只能游离于主流社会的边缘,当"中国文化身份"遭遇"美国文化",他们的痛苦便来自"美国他者"对"中国自我"的"他者化"挑战。

作为两次放逐的亲历者,处在中美文化夹缝中的这一批留学生作家,在精神上已无法真正回到中国,他们既无法走进东方文化的中心,更无法靠近西方主流文化的领地。"我是谁","我将成为谁","既不是谁,又不是谁","既是谁,又是谁",这样的疑问每天都萦绕在他们的心头,更加重了他们对自身文化身份认同的危机。他们称自己为"边缘人",一面保留着作为中国人的生活习惯,一面又徘徊于美国主流文化的边缘而无所适从。他们犹如浮萍一般漂浮在去国的土地上,"无根"的彷徨感便是这一时期在北美的中国台湾留学生普遍的心理状态。

这种身居异国茫然不知所措的迷茫与彷徨感始终停留在留学生作家们心头,挥之不去。即便在20世纪70年代中后期他们已经拥有美国国籍,对于自己的文化身份他们都仍然处于左右顾盼的迷茫状态。虽经历过痛苦的双重放逐,但他们对故国的眷恋却与日俱增,中国文化的根系仍然紧紧缠绕着他们。也正是因为如此,他们始终在寻找两全之策,思考是否能够在保留中国传统的同时融入美国社会这一问题,而犹太人在美国的经历无疑为这一问题的解决提供了极具价值的参考。同时我们不能忽视,60年

---

① 向忆秋:《想象美国——旅美华人文学的美国形象》,博士学位论文,山东大学,2009年,第176页。

代美国的"民权运动",使犹太族群与华人族群建立了共同对抗种族偏见的同盟战线。族群利益决定族群关系,同盟的建立无疑加深了两个族群间的友好关系,这就决定了北美留学生作家在心理情感上对犹太人是极具好感的。这些内外合力的作用,便是为什么这一时期北美留学生文学作家笔下的犹太人会呈现出极为相似的"楷模"形象的原因所在。

历经千年逃亡的犹太人与这一批台湾留学生有很多相似之处,可谓是同病相怜。他们共同经历过身体和心灵的双重放逐,同为流浪者的他们又拥有相近的文化价值观念。华人被称为"新犹太人"(New-Jew),这就表明每个华人身上都或多或少拥有犹太人的特点,同时犹太人身上也表现着华人的特性。即便如此,两个族群漂移美国后的生活却不尽相同,逃亡美国后的犹太人作为异族移民能够迅速融入美国的异质文化中,其地位更是逐渐提升。在融合的过程中,他们始终保存着本民族的宗教传统,团结一心,在抵抗美国霸权文化的同时顺利融入新大陆的生活,安居乐业,而这些却是这一时期的中国台湾留学生无法企及的。无疑,北美留学生文学作家在观察美国犹太人生活的时候也看出了这一点,他们发现犹太人拓宽了美国化的道路,在同化的过程中依然能够保存自身的民族身份,而不像华人在自卑心理的驱使下,宁愿否定自己的华人身份,或是在白人面前贬低本民族的同胞,也要证明其融入美国主流社会的决心。华人如何才能融入美国社会,能否在美国主流文化和本民族文化之间找到平衡的杠杆?犹太人在美国的经历便是向导。因此,这一时期的北美留学生文学作家便试图以美国犹太人的生活为参照,为解决长久存在于美国华人心中的身份认同问题提供借鉴,他们笔下犹太人的形象也顺其自然成为自身族裔身份的代表与体现。

(二)新移民:自我选择之定居者的"冷静"

相较于20世纪60—80年代北美留学生文学中作为楷模的单一犹太人形象,北美新移民文学,特别是90年代后的北美新移民文学中的犹太人形象则显得更加多元。与留学生作家一味推崇犹太人的族裔属性不同,新移民作家开始以平等的笔触书写犹太人与中国人"去国"生活的方方面面,全面展现同为身处北美的少数族裔的优点与缺点,无论是周励笔下狡猾的犹太佬,还是郁秀笔下逐渐"美国化"的犹太爸爸,犹太人形象表现得更加客观与全面。北美新移民作家之所以在犹太人书写中呈现不再回避的态度,与其中国大陆"新移民"身份与心态变化同样有着直接的联系。

我们知道,北美华文文学在 20 世纪八九十年代出现转折,其写作主体从五六十年代的中国台湾留学生转变为 80 年代后的中国大陆新移民作家,新移民文学也因此得以命名。写作主体的变化导致文学命名的变化,同样也代表着这一时期文学趋势的变化,而这种变化首先是建立在外部环境的改善之上的。1949 年中华人民共和国的成立,彻底结束了美国与半殖民地中国的不平等关系,同时也使中美关系达到了历史的冰点而彻底隔绝。1971 年,尼克松总统特使亨利·基辛格秘密访华,实现了 20 年后中美间的首次跨越性接触。1979 年 1 月 1 日,中美正式建立外交关系,结束了两国近 30 年的敌对关系与隔绝状态。与此同时,随着"文化大革命"的结束中国大陆正逐步走入以经济建设为中心,解放思想、实事求是的改革开放"新时期"。国门的打开加之外界对中国大陆封锁的解除,促使两国间的政治经济文化交流日益频繁,表现在教育方面便是北美出国留学政策的放松,加之中国家庭经济状况的好转,大批大陆留学生及其眷属开始选择自费出国,其年龄层次也呈下降的趋势。可见,与五六十年代台湾留学生"双重放逐"的留学状态不同,80 年代后的大陆留学生留学北美更多是自我选择的过程。

从"双重放逐"到"自我选择",代表了台湾与大陆留学生留学北美动机的变化,这种动机也直接影响到两个时期,不同区域留学生去国心态的变化。不同于台湾留学生北美生存漂泊无依的迷茫与彷徨,这一时期的大陆留学生在经历了大陆封闭的环境后,好不容易盼来改革开放的春风,便迫不及待投入"美国热"的狂潮里,加入寻求"美国梦"的大军中。此时,北美的生存环境已较 20 世纪 50—70 年代大为改善,中国国力的强大,中美关系的缓和使文化冲突与种族歧视的压力相对减小,华人族裔在北美社会中的地位也随之发生重大变化。无论是在科技、教育还是政治方面,华人都占有一席之地。因此,大陆留学生从"留学"到"移民",成为实实在在的定居者。在情感上,已由早期的"落叶归根"变成了"落地生根",如何获得"永久居留权"是这一时期大陆"新移民"的普遍心态。这种"落地生根"的定居者心态从侧面表现了大陆"新移民"对美国社会的相对"认同",他们不再将北美视为地狱一般的异域大陆,而是将其视为一个与中国相同的新的舞台,不抵触、不急于融入的同时也正在寻找正确的融合方式,是"新移民"普遍的做法。表现在文学作品中便是不同于台湾留学生文学里对融入北美的"艰难"状态的书写,换之则是对融入与否保持着一种平等与冷静的书写心理与状态。

具体到这一时期北美新移民文学对"犹太人"的书写我们不难发现,特别是在20世纪90年代后的北美新移民文学中,作家笔下的犹太人不再如留学生文学中的百龙、赖微而、巴比等形象一样正直、乐于助人,具有浓厚的犹太民族属性,在北美留学生文学寻求身份认同的过程中提供模范的参考,这一时期的新移民作家开始重塑犹太人形象,使其更加立体与多元,周励《曼哈顿的中国女人》、王蕤《闯荡美国》中的犹太富商狡猾、吝啬,成为中国人鄙夷的对象,郁秀《美国旅店》中的犹太人形象中融入了丰富的美国元素,是真正的美国犹太人,而严歌苓的《寄居者》更是着眼于历史长河中的犹太受难者,在不同文化背景中寻找不同身份、不同族群间的人性共通点。从北美新移民作家对犹太人形象的书写变化我们不难看出,80年代后的大陆新移民作家,比台湾留学生作家更能从容应对异族,并开始与北美社会各个阶层寻求平等的沟通与理解。在他们眼中,北美仅仅只是一个与中国在生活方式、文化传统方面相异的另一个国家系统,而犹太人虽然在某些方面曾被华人称为"楷模",但随着时间的流逝,随着更多的大陆新移民自我选择移民北美,曾经两个族群间"双重放逐"的共同点已经不复存在,作家笔下固有的范例模式随之被打破。这些变化均是建立在华人地位在北美的提升之上的,新移民有足够的底气面对异国生活的种种困难,他们冷静地认为留学、移民美国只是全球化背景下聚居地的一个变迁,而生活于其中的犹太人、黑人、白人并没有以往意识中的高低之分,同为异族,同有不同文化间的优点与缺点,没有了"楷模",有的只是族群间的逐步接纳与适度融合。

除此之外,我们还需注意另外一个影响新移民作家犹太人书写呈现多元化特质的原因。北美留学生文学阶段华人与犹太人建立的同盟关系在北美新移民阶段已不复存在,作为一个已经淡化的共同体,前期因共同利益的驱使而掩盖的族群间本就存在的深层矛盾在新移民文学阶段逐渐显露。大陆"新移民"去国之初便是美国社会的底层,而犹太人此时已是美国社会的"精英",阶层的区别、贫富的差距、工作关系的不平等,加之大陆"新移民"对阶级区别的敏感心态,使此时的新移民作家不再如台湾留学生作家一样对犹太人具有充分的好感。相反,矛盾的升级使他们与犹太人之间产生了巨大的隔膜,这样的心理情感无疑会潜伏于新移民作家心中，时时伴随着大陆"新移民"的身份与心态变化而影响到作家对犹太人形象的书写。

斯图亚特·霍尔（Stuart Hall）曾就文化身份提出了这样的立场："文化身份既是'存在'又是'变化'的问题。它属于过去也同样属于未来。它不是已经存在的、超越时间、地点、历史和文化的东西……它们决不是永恒地固定在某一本质化的过去，而是屈从于历史、文化和权利的不断'嬉戏'。"① 笔者认为特别是在 20 世纪 90 年代后的北美新移民文学中，作家已经开始建立霍尔所言的"文化认同"立场，他们认为自身的"文化身份"并不存在一个永恒的定位，而是随着社会历史发展而不断变化的，因此在他们笔下族群形象的认同危机也就不如北美留学生文学那么强烈了。在全球经济与文化一体化的今天，"文化身份"呈现出一种全新的变化趋势，一种对"'杂交倾向'的'拼合'的认可"②，正是这种新的观念的建立，使得北美新移民文学中的犹太人形象比以往更加鲜活与具体，从而更加客观。

四　犹太人书写的理论反思

形象学的观点认为，对"他者"的言说，便是对"自我"族裔心态及文化空间的言说。文学书写中，"他者"形象的变化往往伴随着作家文化身份的变迁，因此，我们看到了北美华文文学作家笔下的"犹太人"作为"他者"身份在不同时期所呈现的形象嬗变趋势。在北美留学生文学时期，他们是正义的工作伙伴，忠实的族群护卫者，优秀的族群楷模；在北美新移民文学时期，他们则以狡猾、自大的犹太富商，温文尔雅的犹太爸爸，宏大历史中的受难者形象出现。从单一的族裔模范到多元的社会人，犹太人形象在北美留学生文学及新移民文学作家笔下犹如多面镜一般折射出不同时期特殊的审美特质。从某种意义上说，这种对北美华文文学中犹太人书写所进行的历史性梳理，将有助于我们在重新认识北美华文文学中不同阶段作家群体创作心态、文化身份变化的基础上，对北美华文学，乃至世界华文文学的百年发展脉络及其理论基础进行新的反思与

---

①　[英] 斯图亚特·霍尔：《文化身份和族裔散居》，罗钢、刘象愚主编《文化研究读本》，中国社会科学出版社 2000 年版，第 211 页。

②　刘俊：《"他者"的存在和"身份"的追寻——美国华文文学的一种解读》，《南京大学学报》2003 年第 5 期。

探讨。

　　笔者之所以在北美华文文学众多"他者"形象中选择以犹太人形象为窗口，来呈现海外华人在中西方异质文化冲突中对自我文化身份体认的变迁，是因为犹太人作为少数族裔的代表在北美的生存状态与华人族裔有着极多的共性，华人对犹太人也有着极为复杂的情感。在20世纪60—80年代，台湾留学生与犹太人一样作为"双重放逐"的流浪者散居于北美大陆，他们受到主流社会的排斥，无根的彷徨感使他们与犹太人具有同病相怜的"亲切感"，但是犹太人深厚的族群意识使作为"离散"族裔的他们在北美地位迅速拥有了一席之地，这便使这一时期的北美留学生于正不知所措之时找到了指路的明灯。但到了80年代后，这时的北美华人在经济条件、身份地位等方面早已大有改善，他们与犹太人一道被称为"金钱的动物"。随着族裔间交往的加深，犹太人狡猾、自大等负面形象正在逐渐暴露，即便曾经的"同病相怜"依然存在，但北美华人对犹太人的态度已经可谓是又爱又恨了。

　　从台湾留学生到大陆新移民，这只是百年北美华文文学中一个还在延续的片段，但由对犹太人形象从推崇到反观的书写变迁中，我们不难看出20世纪60年代台湾留学生作家在身份建构过程中作为边缘人"无根"的彷徨感及80年代后大陆新移民作家更加从容与平等的身份寻求心态。这一文化身份与创作心态嬗变的过程无疑为海外华文文学的诗学体系的建构提供了参考依据。在百年海外华文文学的理论诉求中，犹太人文化诗学的"离散"理论一直是学者们普遍运用的潜在参照系。如果说北美留学生文学中"双重放逐"的悲情感与犹太人历史相似而具有"离散"的本质，那么到了北美新移民文学时期，特别是"后留学时代"的北美新移民文学中，作家们更加平和的融合心态早已不再具有早期的"悲情意识"，而与"离散"形成理论的差异性。那么，犹太诗学中的"离散"理论是否还适用于新时期的海外华文文学，我们是否应该警惕"离散"理论在海外华文文学发展过程中"可能蕴藏的追随性错误"[1]，这些问题便是对犹太人形象及其书写进行探讨所带给我们的启示。在跨文化语境中重新思考海外华文文学的新的理论意义，建立海外华文文学诗学体系中新的理论基础，或许可成为新时期海外华文文学发展所应该重点关注与商榷的议题。

---

[1] 颜敏:《"离散"的意义"流散"——兼论我国内地海外华文文学研究的独特理论话语》，《汕头大学学报》2007年第2期。

第四节　东西语境中的"混血儿"书写

北美第一位华裔女作家水仙花在她的自传体散文《一个欧亚裔人的回忆拾零》中曾这样写道："欧亚裔的十字架压垮了我稚嫩的肩膀。"① 水仙花父亲是英国人，母亲是中国人，身为一个具有一半华人血统的欧亚裔混血儿，中西混杂的民族身份让水仙花从出生就面临着尴尬的处境。对"我是谁"的困惑成为水仙花痛楚的根源，两种不同的血液在体内流淌，两种相异的文化在脑中碰撞，何处才是真正的归属。无论是如水仙花般生活在种族意识强烈的年代，抑或是身处全球化愈演愈烈的"地球村"时代，与"身份"有关的思考和诘问都是混血儿这个少数群体从出生那日起就不得不面对的挑战。

华人作家移居海外，生活在不同种族移民聚居的异域土地上，在以汉语为表达工具的跨域书写中不约而同地把目光聚焦到混血儿这一特殊群体身上。究其原因，除了移居地多元的社会、文化环境影响之外，对混血儿形象的阐释更是这批作家以"他者"为映射所进行的自我身份建构。而混血儿与生俱来的混杂文化气质也映射出海外华文作家在面对认同困境时的身份选择和趋于开放的文化身份定位。跨族裔的混血儿书写，在东南亚地区的马华文学和北美地区的加拿大新移民华文文学中比较明显，本节将以两者为中心展开论述。

一　去污名化

华人移民马来西亚历史久远，信而有征的记录可追溯到 15 世纪马六甲王朝时期。② 19 世纪中期以后，随着殖民者对东南亚的开发，加上国内天灾人祸频繁，大批华人涌入马来西亚讨生活。华人与当地土著接触日多，多元种族混居现象在东马两州尤为突出。由于传统观念束缚以及清政府对妇女移民的限制，华人移民中男性远多过女性，男女比例失调的自然后果是造成华人与土著通婚相当多，通常是华人男性与海达雅及陆达雅妇女间的结合。华人与土著通婚的另一个原因是为了生存和发展。在砂拉越

---

① 吴冰、王立礼主编：《华裔美国作家研究》，南开大学出版社 2009 年版，第 45 页。
② 林水檺、何启良等编：《马来西亚华人史新编》（第一册），吉隆坡：马来西亚中华大会堂总会出版 1998 年版，第 6 页。

(Sarawak)①，很多华人从事商业活动。华族商贩往往是买卖的中间人，他们从土著手中收购土产，然后售卖给上游的大商贩，再把批发买进的日常用品推销给土著。19世纪的砂拉越是个经常为争夺土地或文化因素冲突而发生争战或猎人头事件而出名的地方。② 占少数的华人不得不融合于占多数的土著中，因此早期的商贩必须凭借着智慧与勇气，与广大土著社会建立亲善关系。通婚是一种近便而有效的方式。

这种多少以利益相求的婚姻，随着华人站稳脚跟、经济实力的大增而变得有些脆弱。加上马来西亚从被殖民前至独立后，由政策造成的社会不平等之结构体系导致严重的种族分层情况，少数民族处在国家"最低等级"的位置，遭受支配族群的歧视、奴役、操控，甚至迫害已是"不言自明"的事实。③ 在阶级地位低下和种族主义教条的双重压力下，华异结合留下的混血儿处境非常尴尬。在马华文学的跨族裔书写文本中，常用"半菜番""半唐半拉"来称呼华人与马来人、原住民结合生下的混血儿。这些指称常含涉着文化意旨，符码背后是一种种族与文化优越的意识，鲜明地体现了华人以"开化""文明之人"自居，将异族看作"化外之人""异己"分子的文化心态。在很长时期，混血儿身份在经济、种族、文化等多重压力下被污名化，被视为"怪胎""麻烦""孽种"。这从李永平20世纪五六十年代的"拉子系列"小说和梁放80年代的异族书写小说可以窥见一斑。

（一）从"无名"/污名到重新命名

在李永平的《婆罗洲之子》中，主人公"大禄士"是半个支那人，他与达雅族母亲由于华裔父亲突然返回唐山与原配团聚而遭遗弃。混血身份被当众揭穿后，大禄士备受长屋族人的鄙夷与排斥，因为达雅人认为"支那不好做朋友，石头不好做枕头"，他们将对华人的愤恨转移到无辜的弱者身上——流着华族血统的"半个支那人"，就像小说中一位达雅人说的"支那拼命在刮达雅的钱，玩了达雅女人又把她丢掉，留下可怜的半个支那给达雅人出几口鸟气……"大禄士自伤在两个族群之间，"是个

---

① 亦称砂捞越，旧译作砂罗越、砂勝越，本书根据引文采用不同称呼。
② 周丹尼：《砂拉越华族—土著的关系：一个历史的探析》，蔡增聪主编《砂拉越华人研究译文集》，砂拉越华族文化协会2003年版，第129页。英文原发表于2000年台湾"中研院"第三届国际汉学会议上。
③ 庄薏洁：《论马华文学的少数民族书写》，硕士学位论文，（马来西亚）拉曼大学，2011年，第86页。

彷徨的孤儿"。林开忠指出,砂劳越从布洛克家族王朝开始,就意图理出砂劳越混杂的群体,而建构了海达雅（Sea Dayaks）、陆达雅（Land Dayaks）、马来人、华人等族群范畴。并且颁布命令：所有的砂劳越人民不能同时拥有两种族群身份,这就造成许多混血的后裔,尤其是华人—达雅人通婚的后裔,无法在法律上同时保有双重的族群身份,而必须在华人或达雅人之中二择一。英国殖民政府及后来参组大马的砂拉越联盟政府接手后,并没有改变这样的政策。这才是造成"半个支那人"身份认同困惑的主要殖民/后殖民统治背景。①小说中另一位达雅族女子姑纳与华人头家结婚生女,但华人丈夫娶她是为了利用她哄骗族人以牟取商业利益,在计谋败露后,母女俩被遣回长屋。重返长屋的姑纳和混血女儿遭到族人的欺凌、侮辱。"半个支那人"被华人抛弃,又不见容于达雅族人,成为华人与达雅人之间种族恩怨的牺牲品。

　　高嘉谦指出,华人对异族的排斥,对"纯种"的血缘坚持,源于对中国性的坚守。这样的思考脉络早在近代中国遭遇西方文化是就已显现。毕竟在近代中国的中西文化遭遇的情境中,循着"制夷—悉夷—师夷"思路建立起来的种族观念就一直是中国性的坚持和妥协的过程,中国人漂洋过海落脚"番邦",自然也延续了中国性的坚持与矛盾。因此,《拉子妇》中,拉子婶成功嫁入华人家庭生下的混血儿却始终只能是"她的孩子"。②小说描述拉子妇跟三叔所生的孩子是："一式的大眼睛,扁鼻子,褐色皮肤",明显带有拉子的相貌特征。三叔对待孩子的态度开口就是骂："蠢东西！爬开去,看见了就发火。""半唐半拉,人家见了就吐口水,×妈的。"孩子们提到,父亲喝了酒就打骂他们,甚至抱着小狗仔（最小的孩子）要摔死他。骨肉亲情本是人类最可贵、最无私、最自然的情感。但是,种族偏见却使一些华人失去了这种最基本的情感,变得冷血、不近人情。

　　梁放《龙吐珠》的主人公古达也是一个"半唐半拉"的混血儿,从小就感到父亲对自己的冷漠与歧视,吃饭时,父亲高高在上坐桌子,"我"只能和伊班母亲缩在一角。后来父亲带着"全屋子"家当回了唐

---

① 林开忠：《异族的再现？从李永平的〈婆罗洲之子〉与〈拉子妇〉谈起》,《星洲日报·文艺春秋》2003年7月13日。
② 高嘉谦：《谁的南洋？谁的中国？——试论〈拉子妇〉的女性与书写位置》,《中外文学》第29卷第4期（2000年9月）。

山，打发古达和母亲回长屋。古达时时刻刻意识到身上的伊班人血统给他带来耻辱：

  在学校里，我不可以稍微发脾气，不可以打架，怕的是给指责"拉子性情""拉仔种"，就连阿爸也不承认我的血统，从不跟我说福建话，华语更不必说了。①

  更可怕的是，深受种族歧视迫害的混血儿自己都沾染上了这些偏见，不断地将强势文化的种族观点"内化"。古达在学校受伤后，面对风尘仆仆赶来看望自己的母亲表现得极度冷漠和鄙夷，生怕同学知道自己有一个伊班母亲。成家立业后也斩断了跟长屋的联系，试图彻底清除自己身上的拉子烙印。
  有意思的是，这些受歧视、被华人父亲抛弃的混血儿都没有正式的华人姓名。《婆罗洲之子》中的大禄士是达雅人的称呼，姑纳的混血女儿简略交代叫小香。《拉子妇》直到小说末尾才提到三叔和拉子婶的孩子叫"龙仔""虾仔""狗仔"，这些称呼不过是华人民间随口叫的贱称名字。《龙吐珠》中的古达是伊班名字，作者并没有告诉我们他的华人姓名。据钱杭考察，从中国的史前传说时代开始，"姓"就被人们作为一种与血缘有关的标志来使用。《左传·隐公八年》载："天子建德，因生以赐姓"。许慎《说文解字》卷二四"女部"云："姓，人所生也，从女、生，生亦声。"班固《白虎通德论》卷九曰："姓者，生也，人禀天气所以生者也。"这都说出了"姓"的本义是"生"。由于"姓"以"生"为本义，因此可以作为一个血缘团体的符号，来标志一种共同的、与"生"俱来的血缘联系。②"名"则是每个人的代号，人名所内涵的意义，往往是中国传统文化的反映与折射。没有姓名的半唐半拉，实际是被华人父亲视为没有血缘联系的存在，喻示他们被父亲所代表的龙族文化所否定，"无名无姓"的他们被父亲抛弃自然不难理解。
  1957年马来西亚建国后，马来族成为主导民族，特别是1969年"五一三"种族暴动后，国家大力扶持马来人的发展，马来人在各个领域的

---

 ① 梁放：《龙吐珠》，吴奕锜选编《海外华文文学读本·短篇小说卷》，暨南大学出版社2009年版，第81页。
 ② 钱杭：《论中国古史上的"姓"与"氏"》，《学术月刊》1999年第10期。

势力大增，因此，华人对马来人的书写较为谨慎与隐晦，对华马混血儿的态度不同于"半唐半拉"。在驼铃的《可可园的黄昏》（1980）中，马来青年阿旺和华人少女阿华相爱，阿旺让姨母上门提亲，汉叔（阿华的父亲）只简单地答复了一句"这是不可能的"。小说没有细说汉叔拒绝的原因，但在地的读者一看便知，宗教是华巫通婚难以逾越的高墙。在家庭的阻挠下，两个年轻人只好选择私奔。几年后，阿旺勇敢地回来帮助老人，寻求老人的谅解，但老人一直不肯正式表示宽恕对方，后来阿旺突然生病离世。如果将文本当一则寓言来看，阿旺的死去隐喻了华巫两族掩藏在日常温情之下的"你死我活"的宗教信仰冲突。小说中有写到老人和外孙罗希（阿旺与阿华的混血儿子）的隔阂。罗希懂事又勤劳，是个不可多得的少年。按照常理，老人应该心满意足，喜形于色。作为晚辈，也该是无所顾忌，谈笑自若。然而，事实并非如此，祖孙俩的交往始终是那么拘谨。老人心里明白，这并不为别的，只因为这孙儿不是自己华人。小说没有明白交代为什么老人认为外孙是非我族类，但接下来的几个细节透露了老人的秘密。一是罗希用手抓饭吃，还有就是当罗希问老人肉吃完没有时，老人掩饰说，那块猪肉是用来祭奠罗希外婆的，实际上它还好好地藏在菜橱里。这些细节暗示，外孙的伊斯兰信仰使祖孙俩在生活中相处也不能那么亲密无间。但不管怎样，罗希不再像《拉子妇》中"三叔"的孩子一样，被亲生父亲骂为"半唐半拉"。他的生活习性和宗教信仰已经受到华人外祖父的尊重。

20 世纪 90 年代后，世界格局的变动和多元文化思潮的兴起使人们对跨种族交往有了更包容的态度。混血儿作为跨种族婚恋的结晶亦不再是带有侮辱性的"杂种"，而是融合了不同种族优点的完美结合体，这一转变体现在对他们的命名中。

《风华正茂花亭亭》（1995）中的周承安执意要迎娶印度女孩玛妮，遭到父亲的反对。其中一个很重要的理由就是："我们的家不要杂种孩子！"但承安马上纠正父亲："不是杂种，是混血儿。"父亲在承安的劝说下坦然地接受了这桩婚事。玛妮生下女儿后，一家人欢天喜地，并且父亲早就替孙女想好了名字叫"淑贤"，还说"咱们中国人，女子最重要便是贤能淑善"。可见，承安一家从心底里将混血孩子视为周家后代，是名正言顺的华人后裔。玛妮后来因为家庭矛盾与承安离婚，极力争取女儿的抚养权。但在承安看来，她一定要争取的女儿毕竟是姓周的，是"我们周家的人"。即使离婚后淑贤归了母亲玛妮，承安一家还是割舍不下，给淑贤无微不至的照顾。

庄魂的《梦过澹台》（1991）中，主人公邓达顺是华人与伊班人的混血儿，因为华族父亲在他年幼时离开母子俩，邓达顺对父亲充满怨恨，遂去掉父姓，改名澹台舜，以示与父亲和华族文化的决裂。成年后，父亲多次过来看望他，但他毫不领情，声称："我是个伊班人，哪来的华族爸爸？"澹台舜的父亲去世后留给他一封信，其中道出了他身世的真相：他一直怨恨的父亲只是他的养父。信中也交代了他名字的由来："名"是母亲取的，"姓"是随了养父。尽管出于对父亲生而不养的怨恨，邓达顺不承认自己是华裔后代，不肯姓邓，但他刻意改名后的"澹台"也是中国的复姓，似乎冥冥中早有安排，无论如何他都逃不开体内流淌着华族血液的事实。

养父在信中透露了没能尽心抚育儿子，为他铺就似锦前程的愧疚，以及自己离世后，对如浮萍般漂泊的儿子的担心：

> 我缠绵病榻时最放心不下的是你，我担心你在这飘渺无根的世界里不知会流变成甚么东西。但最后终于也想通了，你敢爱敢恨；你秉承着你母亲倨傲坚强的精神；你体内涵流着半数伊班血，一定也承继着伊班族人坚韧的生命力；你一定会好好活着的。我实在没什么好担忧的。①

澹台舜被养父的赤诚和深情深深打动了，重新拾起对华族文化的热爱，并将自己投稿的笔名改为邓·澹台泰山，不仅再次冠上养父的姓氏，而且似有意以泰山喻养父。"泰山"在汉语词典里有"靠山""比喻值得敬仰的人""比喻安定稳固"等义，从中可见出澹台舜对养父的敬仰、孺慕之情。

此外，廖宏强短篇小说《被遗忘的武士》（写于1991年，修订于2000年）里塑造了一位名叫查东年的混血儿形象。查东年不仅有名有姓，而且被作者尊称为"武士"。而在颜健富《人人需要博士夏》（2005）中，南安镇的华人直接把华巫混血儿称为博士夏，以强调他是华夏人的后

---

① 庄魂：《梦过澹台》，萧依钊主编《花踪文汇1》，吉隆坡：星洲日报出版1993年版，第76—77页。

裔。名字的故事见证了混血儿身份沉浮的历史轨迹。从无名无姓到包蕴中国传统文化寓意的名字，我们看到了马来西亚族群关系的转化和华族文化心理的调试。

（二）由"从父"到"审父"

早期的混血儿有的被自己的父亲骂为"半唐半拉"，却连父亲的脸都不敢看；有的甚至将绝情父亲的种族偏见内化，试图摒弃自己身上的异族印记，表现出"内化为纯正华族"的强烈愿望。与早期这些表现出浓厚"从父"意识的混血儿不同，20世纪90年代以后马华小说中的混血儿呈现出时代的新面目。他们不再将父亲视为顶礼膜拜的对象，表现出清醒的审视意识以及对"父辈"文化的再思考。"父亲"形象，是马华文学异族题材作品中反复述说的对象，具有多重含义。诚如有的学者所指出：

> 东南亚华文文学中的"父亲"，往往具有多重含意：既象征着、甚至是代表着华人祖辈及其子孙身上携带着和心灵中流淌着的中国血缘与文化基因；同时，也蕴含着不同时期的作者对"父亲"所象征、所代表的思想内涵的种种看法、立场与心态。因此，从某种程度上看，华人文学中的"父亲"叙事，既是作者对"这一位父亲"具体、生动的描述和言说，更蕴含着作者对"这一位父亲"所代表的"父辈"文化的一种观察和态度。①

庄魂《梦过澹台》中的混血儿邓达顺，年幼时目睹父亲被其原配妻子打上门来，伊班母亲无力对抗的闹剧。父亲最终选择回归华人妻儿家庭，邓达顺在一次次期盼父亲出现，又一次次失望之余，不由心生怨恨，于是将自己的名字改为澹台舜。当母亲接替父亲督促他好好修习华文，以继承爸爸的文化时，他把满腔的怨恨发泄出来：

> "爸爸？我只知道我有个伊班母亲，不知道还有个华族爸爸。"顺仔也喊得响响的，"你知道吗？我多希望能够将体内的血肉还一半给他，那样倒爽快干净。他是甚么？欺骗你，吞掉你的青春；生下我，毁灭我的童年。他是一头狼，你怎么会对他这么忠心？你怎么会

---

① 王列耀等：《趋异与共生——东南亚华文文学新镜像》，中国社会科学出版社2011年版，第63页。

苦苦要我去承继他的文化？狼的文化？以后也好去害人骗人？"[1]

把抛弃妻儿的父亲比作残忍的狼，把父亲的文化视为害人骗人的狼的文化，"暗哑"的异族终于发出了自己的声音，让我们看到了处于弱势的混血儿眼中的华人形象，也表现了海外华人作家对自身文化传统的反思。不仅如此，澹台舜还在学校组织的现场创作比赛中，提交了一篇名为《黑白鼠》的寓言。文中的白鼠高高在上，黑鼠却由于毛色不同，只能食其残羹，缩身角落，还得提心吊胆躲避白鼠的驱逐劈打。同为鼠类，命运却有惊人之别，黑鼠不由愤愤地质疑：是什么划定黑白二鼠之间的距离？澹台舜原本是借寓言来写母亲和自己受尽委屈的故事，寓寄他内心的愤懑与不甘。不承想文章被老师戴上各种高帽子，曲解为对社会不公的伟大概括、对时代的轰烈讽刺。对文章的过度阐释也反证了马来西亚种族问题的积弊之深。

澹台舜的作品获得了比赛的第一名，当他捧着奖牌回母亲工作的餐馆时，母亲送外卖遇车祸的噩耗当头淋下。巧合的是，失踪多年的父亲在母亲火化之前赶到，面容哀戚，并要儿子跟他回去，澹台舜回复给父亲两眼睚恨，如避鬼魅般逃离父亲。澹台舜不再是以往小说中常出现的那个亟待父亲及"父亲"所象征的华族文化承认的可怜混血儿，相反，父亲却在茫茫人海中寻找悄然离去的儿子，当他终于在码头找到已当上水手的儿子，又几次三番前去寻求儿子的谅解。这时的父亲不再是高高在上、颐指气使的大家长，而是开始衰老、渴望子辈亲近的老人。

> 老人的身影嗦嗦地伫立码头，在蒙蒙然亮起来的天色中显得有点猥琐。澹台舜装着没看见，两臂硕实的肌肉贲张，用力的将船缆捆在铁墩上。
> ……
> "顺！"老人来到他身边，声音俯向他身际。"过几天过节，爸爸烧猪，回去吃一餐？"他照旧不抬头……老人已走远，一层雾气包着

---

[1] 庄魂：《梦过澹台》，萧依钊主编《花踪文汇1》，吉隆坡：星洲日报出版1993年版，第72—73页。

他蹒跚的背影。①

"嗦嗦地""蹒跚的"写出了父亲的老去;"猥琐"则是儿子审视下的父亲形象;"俯向"写出了父亲放低身段,试图亲近儿子的努力。与之形成鲜明对比的是儿子两臂硕实的肌肉、充满力量的青春身段,以及对父亲的冷淡。对父亲的老化和矮化喻示着父辈文化权威的式微。

杨锦扬的《纸月》(1994)同样对父辈文化有着清醒的认识。此文曾获马来西亚第八届大专文学奖散文组首奖。这是一篇故事性非常强的散文。《纸月》的前半部分情节类似李永平的《拉子妇》,写"我"的父亲年轻时娶了拉子妹做老婆并生下了"我",但父亲骨子里看不起伊班人,连带嫌恶有着伊班血统的"我",骂"我"是野种,父亲后来勾搭上黄阿姨,从此不再回家,彻底抛妻弃子。与《拉子妇》不同的是故事的结局,"我"在外婆家长大成人,考到吉隆坡上大学,远赴吉隆坡前,"我"到镇上找到父亲,此时他已贫病交加,孤独地蜷缩在简陋龌龊的木屋里,言谈中父亲流露出对过往生活"朦胧的倦和憾",不久后父亲就去世了。

"我"作为混血儿,自小耳濡目染父亲代表的华族文化和母亲代表的伊班文化,对两个族群之间在欲望、文化、习俗及其价值观念、生活方式层面的矛盾冲突有切身的体会,由此处于一个特殊的观察位置:当"我"以"他者"的眼光审视华族的历史与文化,就是"双重视域"的融合过程,更能看清异质文化之间的差异。借助"我"的回忆,文章以两种文化作比较,勾勒出一个贪婪、堕落、偏狭的华族父亲形象。小时候随父亲和舅舅进森林狩猎,父亲寻着地上飞溅的血迹,暴虐地砍倒沿途的莽草,在树丛中钻来钻去,一心要寻获受伤的野猪。舅舅却拉着我的手缓缓走在后头,他猎到一只瘦小的鼠鹿,就放弃追那头野猪。在舅舅看来,"一切来自大自然,一切也归于大自然,取了多余的东西就是浪费,上苍会照顾知足常乐的人"②,因此,舅舅对大自然的馈赠非常感恩和珍惜,从不贪心。

以华人身份自傲的父亲对自己与拉子婆结婚生子非常不满,常借酒浇愁。那时"我"还年幼,不懂父亲的心思,整天和一群伊班族小孩嬉戏

---

① 庄魂:《梦过澹台》,萧依钊主编《花踪文汇1》,吉隆坡:星洲日报出版1993年版,第70页。
② 杨锦扬:《纸月》,《星洲日报·文艺春秋》1994年3月5日。

打闹，惹得父亲站在高脚屋上对着"我们"撒尿，大骂"滚，都是一群野种，滚！"大伯也不喜欢母亲，时不时数落父亲的荒唐："你当初是怎么搞的，娶拉仔妹做老婆，八成是中了降，还生出了个野种。"① 父亲的境遇表明当华人背井离乡来到马来西亚这样一个多种族、多肤色、多语言的陌生国度，华人不再占有绝对优势的位置，甚至不得不接受与异族的通婚，但妥协的背后是内心的不甘与精神的焦虑，于是"中国"（文化中国或政治中国）就成了使他们获得身份认同与精神依靠的最后堡垒。由此不难理解父亲身上"超乎寻常的本质主义（比中国人更坚持自己是中国人）"②，时常宣称"华族是优秀的龙裔"，"可以飞黄腾达，可以荣华富贵"。当"我"怯怯地问伊班人是不是也可以，假使阿爸发达了阿妈是不是也可以一样过好日子时，父亲怒气冲冲一巴掌把"我"打翻在地。

当"政治中国"的所在已成为不可回归之地，"文化中国"便得以相当牢固地存在于大马华人，甚至是世界各地华族的国族想象与族群认同之中。"中国传统由血缘定国籍的前现代身份认同也早已改为出生地主义：由出生地替代没有地域、时间限制的血缘。在这种情况下，当（海外）华人坚持把中文华语视为文化属性的标准，语言文字仿佛就象征了民族的血缘。"③ 于是，传承中国文化便具有了捍卫"龙族血脉"的象征意义。所以，父亲会执着藤鞭教"我"写书法，想用每一下狠狠的抽打来烙下"我"往后对华人文化的敬仰，强烈地展示出他对这种血统的执着。对华族文化近乎偏执的坚守使父亲变得性情暴虐缺乏温情、行为乖张不近人情，他顽固地抵制异族文化，妄图以华族文化来消除"我"身上的伊班族印记：

> 有一次在炎炎的太阳天下父亲赤裸胳膊，手握毛笔写下斗大的"人"和"猴"，父亲说："人，走路和做事情都要挺起胸膛，正气凛然。"然后指着沼泽地里嬉戏胡闹的小孩："猴，就像他们一样，无所事事，浑浑噩噩度日子。"父亲把藤鞭抽在我身上："你要做人还

---

① 杨锦扬：《纸月》，《星洲日报·文艺春秋》1994年3月5日。
② 黄锦树：《流离的婆罗洲之子和他的母亲、父亲——论李永平的"文字修行"》，《马华文学与中国性》，台北：麦田出版2012年版，第203页。
③ 黄锦树：《流离的婆罗洲之子和他的母亲、父亲——论李永平的"文字修行"》，《马华文学与中国性》，台北：麦田出版2012年版，第205页。

是做猴,随你选择。"①

父亲对中国文化的刻意强化,让"我"心生恐惧,感觉父亲离"我"越来越远,当父亲背弃母亲,与一个华族女人同栖同宿,"我"感觉无比恶心,好似有一团腥恶的苍蝇隔开"我"和父亲。相反,伊班母亲的家一直是"我"温暖的避风港。母亲教会"我"煮伊班族的竹筒饭,让一家人把肚子吃到圆胀胀,用这种最质朴、最家常的方式来传达对家人的关爱。外婆用黄色卡纸剪出一轮圆圆的月亮贴在墙上,并对"我"说,月亮会永远保佑"我"平安。伊班人的善良淳朴滋润了"我"的心灵,纸月亮是"我"成长的守护神。

如果说"父亲"象征着中国血缘与文化基因,那么"纸月亮"就隐喻着本土文化。当华人选择马来西亚作为他们的家园,其文化观念、价值规范就不可避免地要做出调整,才能更好地融入当地。一味抱残守缺、故步自封不利于华人的本土化进程,只会惨遭失败。父亲晚年的困窘潦倒,还有他必然的死去,就是很好的注解。小说结尾,"我"考上了大学,在一次暑假下乡活动中重新体会到了早年生活的意义。"我"的成长再次见证了混血儿身份的逆转。

20世纪90年代至今是马来西亚由"后'五一三'架构"转向"发展+开放"的社会转型期。马来西亚政府在90年代实行淡化意识形态,加强经济建设的开放政策,对华人社会及其文化采取了较为温和的态度,成功地消解了族群之间的对峙。进入21世纪,随着全球化进程的推进,族群、文化、语言的边界也日益模糊,多元文化之间的沟通与互动更为频繁。日益繁多的跨文化交流使人们对跨种族接触也有了更大的接受度。整个社会思潮的改变以及人们的国际化视野,使人们对异族和异族文化有更宽容的态度,对年轻一辈尤其如此。此外,随着华人在这片土地的深植,他们对这片土地产生的"地理虔诚"开始冲淡虚幻的"原生感情";即便是老一代华人,时间和现实的利益也可以有效地使他们由"落叶归根"转为"落地生根",从而调整和修订自己的文化心态和价值理念,重新认识异族文化。在此背景下,混血儿的身份出现了逆转。而在现实生活中,砂拉越有越来越多的华异混血儿欲申请成为原住民。林开忠在其文章中

---

① 杨锦扬:《纸月》,《星洲日报·文艺春秋》1994年3月5日。

说:"根据一位权威人士的说法,在砂劳越高等法庭有上千的案例等待判决,这些都是半唐半拉欲申请成为拉子或达雅人的案例。根据砂劳越相关法律规定,成为达雅人必须符合在生活方式上达雅化的规定,比如住在长屋,说达雅话等。根据一些人的说法,半唐半拉申请成为达雅个案增加的原因,在于晚近土著优惠政策的影响。这些还需要进行深入的分析。在沙巴有一种中间族群叫作 Sino-Kadazan,但砂劳越却没有相应的 Sino-Dayak 的族群,这可能跟两地的政治历史有密切的关系。"① 混血儿境遇的戏剧性转变展现了马来西亚族群权力关系的变化以及华族心理的调试,亦见证了时代思想的巨大变迁。这样的转变历程,亦证明了"种族"理论的非科学性和可构建性。

二 游离的身份迷宫

加拿大新移民华文作家大多是从中国大陆移居至加拿大的华人,他们身处与中华文化迥然不同的文化环境,在经历了跨文化生存体验后,以"混血儿"这一"他者"为参照进行自我文化身份探索与想象,其笔下的"混血儿"呈现出"亦此亦彼"的游离气质。

(一) 二元对立下的认同困境

"身份"在英文中与"认同"相同,"identity"强调的是个人或群体的自我认识,实质上是对"我是谁"或"我们是谁"的理解与回答。人们在自我认知的过程中,往往把与自身具有同一性的事物或群体视为同类,而把那些具有差异性的事物或群体视为对立的他者。在这种非此即彼的二元对立意识下,那些夹杂在两种或多种文化之间的个人或群体,自然成为不被任何一方所接纳的"边缘人",并产生认同的危机。混血儿天生是"边缘人"中的一元,他们所经历的认同困境也在加拿大新移民华文小说中有突出的表现。

陈河小说《布偶》中的华侨纺织厂厂医裴达峰便是一个处在认同困境中的角色。裴达峰是中德混血儿,从出生便被父母抛弃并在德国的孤儿院度过童年,五岁后跟随父亲回到中国。无论在中国还是德国,裴达峰都如此的"与众不同"。他是中国人眼中的"番人":"他的眼睛和那张照片

---

① 林开忠:《"异族"的再现?——从李永平的〈婆罗洲之子〉与〈拉子妇〉谈起》,《星洲日报·文艺春秋》2003 年 7 月 20 日。

里他母亲的眼睛一样,典型德国人的刀鹰眼睛。"① 又是德国人眼中的"黄猴":"他的皮肤不是白色的,眼睛也不一样,随着他慢慢长大,他的黄种人的特征越来越明显了。以致孤儿院里的孩子也会用一种大人的话来骂他是'黄猴'。"② 裴达峰有着中德两个民族的血统,但他既具有黄种人特征又具有欧洲白人特征的混杂外貌却不被任何一方所接纳,外貌的同一性被忽略,最终因差异性而成为被歧视的异类。

除了外貌上的格格不入,对于有着中国和德国双重生活经历且接触过中西两种文化的裴达峰来说,双重的文化身份也让他处于尴尬的境地。在德国他的名字是"特克",在中国他的名字是"裴达峰"。从小说德语的裴达峰到了中国后只能说中国话,而且是极为难懂的方言青田话。名字与语言的改变意味着文化身份的转变,但受德国生活经历的影响裴达峰始终无法把自己认定为中国人,这造成了他面对"我是谁"这个问题时的疑惑甚至矛盾:"在这里,他偶尔会看到他的同类,一些欧洲白人会在这里出现,他们的皮肤鼻子和他是一个类型的。那些外国人有时会主动找他说话,可他一点也不懂。"③ 在裴达峰眼中,他把那些与自己在外貌上存在同一性的欧洲白人视为"同类",但悖论的是,由于长期不讲德语,他已无法与"同类"进行沟通,只会讲中国话的他因语言上的隔阂只能将这些"同类"视为"外国人"。如裴达峰这般不知该将自己归类为何种人的焦虑和困惑也出现在《阳光》中的米约翰神父身上。

米约翰神父是北洋军阀时期出生在中国福建一个英国传教士家庭的中英混血儿,在加拿大是所谓的"Half",即"两边都不讨好的一种人物"。尽管神父的身份使他无论在唐人街还是白人社交圈都颇受尊敬,但夹杂在白人和黄种人之间的神父仍常常处于一种呆然若失的状态,"他面对哪一种人都不好说'我们''你们''他们'一类的字眼。如果他在黄种人堆里说白种人是'他们',那么,黄种人就会问他,你是'哪一们'?如果说'我们',黄种人们当然高兴啦!但是,高兴之余,有些人又会怀疑他究竟是不是跟定了黄种人?反之,他在白种人中间的处境亦然。"④ 若要突破这种"两边都不讨好"的双重他者身份的桎梏,就不得不做出偏向

---

① 陈河:《布偶》,北京十月文艺出版社2011年版,第46页。
② 陈河:《布偶》,北京十月文艺出版社2011年版,第53页。
③ 陈河:《布偶》,北京十月文艺出版社2011年版,第95—96页。
④ 川沙:《阳光》,台北:台湾商务印书馆2004年版,第124页。

其中一方的身份选择,可惜无论是面对黄种人还是白种人,米约翰神父都无法将自己定义为任何一方,因为所谓的"我们"也只是基于对神父身上一半血统的认同,而另一半仍然被排斥在认同的范围之外。可见,二元对立之下选择其一并不能成为混血儿获得自我认同的方式,选择的结果并不是帮助混血儿走出认同困境的钥匙。

张翎《金山》中的混血儿艾米从小就被母亲方延龄灌输"你不是中国人"的观念,然而当她了解到外公家那些奇奇怪怪的食物源于中国时,一直受西方文化熏陶的小艾米终于好奇地发出了为什么外公是中国人而自己不是的疑问,当了解到自己有一半是中国人时,艾米不禁又问:"为什么我只有一半是?另外一半呢?"[①] 纵然方延龄为女儿做出了选择,艾米的混血身份仍然既没有获得白人的认同,也没有得到自我的确认,华人那一半血统在她身上留下了挥之不去的印记。与米约翰神父和裴达峰一样,艾米选择两种血统中的任何一方都是徒劳,获得自我认同的路径建立在对"非此即彼"的超越之上,需要逃离界限的束缚,寻求新的身份空间。

(二) 跨越性的生存空间

在以移民生活为主要叙述对象的北美华文文学中,对移民前后的生存图景进行参照描写已成为司空见惯的主题模式。在北美留学生文学阶段,留学生作家们在遭遇西方主流文化的排斥、冲突中纷纷表达了对去国现状的不满和焦虑,通过对移居国生存状态的哀伤揭露来抒发对故国的思念。这批作家虽然经历了地理空间的跨越,但其笔下的文化空间依然趋于封闭,在非中即西的二元困境中迷茫失落,在精神空间上也停留在对故国的依恋感怀之中。到了新移民文学阶段,新移民作家们开始寻求与西方社会的双向沟通,更多的将移居国与故国的生存经验以"对话"的形式呈现,注重不同空间之间的呼应与平衡,这在加拿大新移民华文文学中表现得尤为明显。对于加拿大新移民华文文学,"跨界"是重要的气质和内涵。作家们的创作空间从中国转移到加拿大,从故土转移到新居,地域、文化、情感都随着空间的位移发生了相应的变化,这种变化被投射到小说人物身上,最突出的特征就是文本中人物不断变换的生存空间。

以陈河小说《沙捞越战事》中的主人公周天化为例,小说从周天化

---

① 张翎:《金山》,北京十月文艺出版社2009年版,第437页。

骑马出走远行参军开始叙述，以此为界点，在这之前他从未离开过温哥华地区，在这之后则漂泊于加拿大、中国、马来西亚沙捞越丛林。温哥华的经历在时间上属于过去式，以记忆的形式存在，是周天化中日混血身份的起点，虽然在地理空间上处于加拿大，却是他记忆中接触中日文化的原乡，是既封闭又开放的生存空间。在卡尔加利参军后，周天化参加了河湾训练营，去往战场的路上，他搭乘的美军飞机在中国昆明停留了三个小时。这位一直以为自己是华裔的加拿大军人第一次也是唯一一次来到中国，对中国的印象永远镌刻在那个烽烟中勇敢坚守岗位的士兵身上。这是他离开温哥华后进入的第一个异国空间，且是与他的族裔身份息息相关的地方，站岗士兵所传递出的勇敢与坚韧实际上已经在周天化心中建立起对中国从想象到感知的情感空间。随后被空降到马来亚沙捞越丛林的周天化，先后去过隐藏在丛林中的日军司令部、英军指挥部、共产党游击队营地、依班族部落等区域。他在日军司令部伪装成日本人，被日本人控制为卧底；在英军指挥部是巴里上尉包围计划的重要拼图；在"神鹰"所在的共产党游击队营地是英军派来的联络员；在依班人领地是促成结盟的人质，同时还是依班族少女猜兰腹中孩子的父亲。周天化的每一次跨越都伴随着地域、文化、身份、情感认同的变化，频繁变换的生存空间已经弱化了周天化的族裔与身份属性，而记忆空间中斯蒂斯通小镇上的熊本、藤原香子和现实空间中的巴里上尉、麦克上校、神鹰、猜兰等相互映照，形成以周天化为中心的既联系又独立的生存空间，展示了周天化突破局限跨越边界的动态延伸。

  人物生存空间的跨越还隐喻了作者对混杂文化生存状态的想象和描述。《布偶》中的华侨纺织厂前身是城西天主教堂，在"文化大革命"特殊时期，这座高耸入云的哥特式天主大教堂变成了布满纺织机器的纺织工厂，耶稣基督的权力被具有华侨身份的特殊人群所取代，以至于主人公莫丘多年后栖身美国小镇回想起记忆中这座沉默而庄严的建筑之时，想起的不是教堂主教傅西科而是纺织厂厂医裴达峰。与莫丘一样，在华侨纺织厂所有人的眼中，裴达峰都是一个神一样的人物，在这个封闭的空间里，裴达峰异族的外貌以及医生的身份在那些渴望移民国外的华侨子弟眼中正是权力的象征，甚至因此被笼罩上"神性"的光环。然而，一旦走出教堂这个特殊的空间，无论是在德国还是青田，裴达峰光环不再，反而成为不被认同的边缘人。列斐伏尔认为："空间不仅仅是社会关系演变的静止的

'容器'或'平台'。"① 人们的认知往往会随着空间中内隐的权力变化而发生改变，华侨纺织厂这一生存空间隐含了作者对异质空间的想象与建构，裴达峰的混血身份在教堂内与教堂外所反映出的不同权力大小正是在不同空间中建构自我身份的自觉性宣言。

在加拿大新移民华文文学中，这种具有跨越性的空间对话模式还体现在作品章节的编排上。《金山》中艾米·史密斯从加拿大来到中国"寻根"，那些发生在加拿大与中国两个国度中早已封存的家族故事也伴随她的脚步逐渐展开，其中就包含了多重的空间跨越与对话：从艾米的角度出发，是跨越了她记忆中的加拿大与现实中国；现实中的艾米寻根又与存在于历史中的方家故事互相映照；方家故事中的方得法、方锦山、方锦河等人物也跨越了中国与加拿大两个国度。在章节编排上，《金山》正式章节共八章，故事主要围绕中国开平自勉村和加拿大卑诗省这两个地方展开，小说对这两个空间内所发生故事的叙述各占据了一半篇幅。无独有偶，在张翎小说《邮购新娘》包括引子、尾声和八个章节的篇章结构中，历史中温州城的故事与现实中多伦多城的故事平行交错叙述，在结构比例上趋于对称。

在全球化愈演愈烈的今天，人们早已习惯了穿梭于不同国度，感受不一样的文化天空。当个体身处新的生存空间，面对异质文化的冲击、碰撞之时，单一的趋同或排斥已成为旧课题，寻求对话和共融才是当下的交往准则。加拿大新移民华文小说中对人物身处跨越性生存空间的想象和建构正寄托了创作群体寻求对话的渴望与探索，是作家们以混血儿为窗口，对游离于多重空间，建构多元身份的殷切探寻。

（三）在游离中追寻

海外华文文学是具有"混血"气质的文学形态，与"混血儿"在文化气质上具有共通性。混血儿与生俱来的双重"他者"身份也是加拿大新移民华文作家在异域写作所遭受的困境，他们离开中国移居至加拿大，在本土以外从事汉语写作的特殊性使他们成为西方主流文学中的"他者"，而异域写作所带来的差异性又造成他们相对于本土文学的"他者"性质。双重"他者"属性使他们在进行书写时最直接的问题就是在作品中表达对"身份"的困惑与思考。文本中混血儿所遭遇的二元对立下的

---

① 包亚明、王宏图、朱生坚等：《上海酒吧：空间、消费与想象》，江苏人民出版社2001年版，第91页。

认同困境，以及跨越性的生存空间，实质上都折射出加拿大新移民华文作家群在"身份"问题上的表达与建构。因此，加拿大新移民华文小说中混血儿在游离中追寻自我身份的特殊姿态，也相应地传递出加拿大新移民华文作家在追寻"身份"时与众不同的开放姿态。

对于如混血儿这样不知归依何处的"边缘人"，"游离"是无法逃脱的宿命，同时也意味着"无根"的漂泊。因此，对"身份"的追寻就成为他们摆脱"永远在路上"的状态以寻求归宿的执着尝试。按照斯图亚特·霍尔（Stuart Hall）的观点，他认为"文化身份"至少有两种不同的思维方式：第一种把"文化身份"定义为一种共有的文化，体现了集体的身份和特征，反映共同的历史经验和共有的文化符码，是稳定而持久的；第二种则认为"文化身份"既是存在又是变化，它属于过去也同样属于未来，说到底，"文化身份"不是"本质"而是"定位"。[①] 站在第一种立场，混血儿夹杂两种或以上的文化身份便意味着不同文化对立之下的困惑与焦虑，在文化身份的追寻上，也逃离不出非此即彼的单一、恒定选择。北美留学生文学代表作家白先勇小说《TEA FOR TWO》中，那个拥有西方人的英挺和东方人的蕴秀的中美混血儿安弟就在"无根"的焦虑和无措中执着地寻找着自己的另一半身份："他觉得他身体里中国那一半总好像一直在漂泊、在寻觅、在找依归。"[②] 强烈的文化认同危机和对文化身份的本质主义恒定桎梏了处于游离状态的群体在文化身份上的突破和建构。进入霍尔所说的第二种立场，文化身份则被视为一种随历史发展和看取角度变化而变化的"定位"，站在这样的角度，游离状态的困惑和焦虑便不是表达的重点，目标直指适应全球性的混杂的文化身份定位，以混杂对抗单一。

加拿大新移民华文文学借助"混血儿"表现出了对新的文化身份定位的探索与追寻。除了表达人物身处认同危机的痛苦和焦灼之外，作者的笔墨更多的集中于探索人物游离在多元文化中，建构亦此亦彼的混杂文化身份的可能性。首先，在混血儿形象的选择上，选择的视野已从华人与白人混血儿扩大至不含华人血统的异族混血儿，如《邮购新娘》中的塔米是爱尔兰和牙买加混血；《睡吧，芙洛，睡吧》中的裘德貌似白人的外表

[①] ［英］斯图亚特·霍尔：《文化身份与族裔散居》，罗钢、刘象愚主编《文化研究读本》，中国社会科学出版社 2000 年版，第 209—211 页。

[②] 白先勇：《TEA FOR TWO》，作家出版社 2011 年版，第 345 页。

之下流动着黑人的血液;《遣送》中的本杰明是白人和墨西哥混血;《香火》中的黛安是德国和印第安混血。此外,还有如《金山》中的桑丹丝和《向北方》中的尼尔这样从上一辈开始就是混血儿的多元混血。其次,特意突出了人物的游离状态,将其设定在多重空间中游走,在游离中衍生出疏离本质文化的新身份定位。《沙捞越战事》中的周天化出生长大于加拿大,有中国和日本血统,游走在加拿大人、日本人、中国人三重身份之间,与中国文化、日本文化、西方文化、原住民文化都有着不同程度的接触。他一直问自己:"我要去哪里?我为什么要去?"对周天化来说,"游离"既是起点也是终点。他中日混血的身份不被白色人种当道的加拿大社会所认同;自身的中国血统亦无法帮助他理解信仰共产主义的神鹰和游击队员;即使对日本人心存好感,也无法阻止他成为日本人拴在手中的一条狗。由此看来,关于"我要去哪里?我为什么要去?"这个问题的答案实际是无解。不知从何而来也不知去往何处,作者为周天化建构出不依附于任何单一文化属性的游离的身份迷宫。

不知从何而来也不知去往何处,这也是陈河《布偶》中裴达峰一生都在追寻的秘密。这个秘密既是造成他与中国人所不同的另一半德国血统的来源,更是作为主体的"人"的生命诞生的源头。换句话说,裴达峰追寻自己的来历,实质上是对自然生命起源的关注与好奇,是对人为界定的族裔属性的疏离。追寻生命的源头是裴达峰一切行为的驱动力,无论是转行学医、假扮妇产科医生被当作流氓,还是暗自策划了莫丘与柯依丽的爱情悲剧,最终都是为了追寻生育的秘密,要回到生命最初的地方。"在1939年7月31日,在德国莱茵河边的一个小城市医院里,一个叫玛格丽特的女人像眼前的柯依丽一样,张开两腿在痛苦的号叫中把他生了下来。"[1] 身处中国的裴达峰,虽然与德国母亲素未谋面,却终于在一个中国女人的身上追寻到了自己诞生的秘密。这是一个颇具深意的情节,暗示着裴达峰无论是哪个族群的人,他首先是一个"人",他身上所混杂的中西文化也最终在以寻求生命起源为出发点的追寻中实现了共通,是具有世界性的身份定位。

在加拿大新移民华文文学中,创作群体通过混血儿形象所建构出的游离的身份迷宫,已经呈现出一种对"杂交倾向"的认可。对于"我是谁"

---

[1] 陈河:《布偶》,北京十月文艺出版社2011年版,第238页。

的回答不再束缚于单一的二元选择困境之中,而是着力于寻求多元文化身份的可能性。在加拿大多元的文化天空下,这批新移民作家不再一味沉浸在故国怀想与思乡哀愁之中,而是以重构的姿态,在断裂与延续中追寻混杂文化的突围路径。

第二章 "再留学"作家的越界书写

第一节 "再留学"——海外华文作家的回流

一 留学、游学和再留学

"再留学"作家特指海外华人作家（或留学海外作家）取得外国国籍（或绿卡），获得外国学位（或教职），又重新返回国内"留学"（或任教），并较长时间、较稳定地居留国内，同时进行创作的作家。由于他们以"外人"的身份重新"回归"中国，他们的创作呈现出一种错综复杂的文化交汇及再跨界景观。因此，本书的"再留学"概念不只停留于知识层面或学位的获得，更强调以一种"在而不属于"的第三空间的超然身份，以及历史亲历者的再介入意识，对世界性的变动、中国社会的现实情境进行重新审视。

由于"再留学"作家身份以及经历的复杂性，很难在一个层面上进行统一论述。它涉及对论述对象的留学方式、留学经历以及"再留学"方式的理解。为了更有效、更严谨地论述"再留学"的概念，下文对"留学"进行精神溯源，梳理晚清以来中国官方从"游学"一词的使用到对"留学"一词的接受过程。

留学，旧称留洋，指一个人去母国以外的国家接受各类教育，时间可长可短。现在一般的社会认知往往将留学局限于留学生长期居留留学国度，并以取得学位为目的的学习行为。在本书的界定中，留学人员的身份既相对宽泛（除了狭义的留学人员，还包括访学人员），又严格限定为以追求知识为目的。这样的界定可以追溯到"留学生"这一名词的起源。"留学生"一词最初出现在唐代,是日本人首先使用的。日本遣唐使的构成包括四等官员,以及其他四等官以下的构成人员。"四等官以下的遣唐使构成人员在《延喜式》的大藏省式中有详细记载。第四类是学问、文化的传达人员,包括留学生(长期留学生)、学问僧(长期留学僧)、请益生(短期留学生)、还学僧(短期留学僧)。"① 作为优秀的贵族青年被选拔赴中国留学的留学生,被日本政府高度期待,而且留学生和留学僧所享受的政府津贴与副使的待遇基本相同,相当于大使的三分之二。②

尽管留学、留学生是从唐代始由日本人首先使用的概念,但是"近年研究结论,日本派出的遣唐使在唐朝始终都被认为是朝贡使,起着日本向唐朝皇帝进贡,并与唐缔结外交关系这一政治作用。而唐之法典、制度、文化以及文物的输入则是次要的"③。而自认为是天下文化中心的中华帝国历史上并未向外国派遣留学生,民间的宗教留学教育虽可算是久远,但只是民间自发的行为,留学的影响非常有限,"留学结果也未从根本上触动传统中华帝国的社会文化结构"④。因此,"留学"这一概念的内涵在中国人的观念中并非古已有之的,在晚清,"留学"的概念被接受有一个较为复杂的过程,而这一过程则折射出晚清政府官员与民间社会对时势变化的心理反应。洋务运动时期主要使用"出洋肄业"一词。戊戌变法以来,"游学"一词逐渐成为官方使用的专有名词。同时,民间受留日学界的影响,更多使用"留学"一词。20 世纪初出现"游学""留学"二词普遍混用的情形,但"留学"一词更受欢迎,影响及于官方。⑤ 较为普遍使用"留学"一词是 20 世纪以后的事情,此前一般对留学生的称谓有"出洋幼童"(专门针对 1872 年的留美幼童),以及后来的"出洋生""出洋生徒"。19 世纪末 20 世纪初,国内对出国留学生的正式用语或书面用语为"游学生",官方政府公文对出国留学则普遍使用"出洋游历"

---

① [日]古濑奈津子:《遣唐使眼里的中国》,郑威译,武汉大学出版社 2007 年版,第 10—11 页。
② 王建新:《唐代的日本留学生与遣唐使》,《西北大学学报》(哲学社会科学版)2004 年第 6 期。
③ [日]古濑奈津子:《遣唐使眼里的中国》,郑威译,武汉大学出版社 2007 年版,第 1 页。
④ 李喜所主编:《中国留学通史·晚清卷》,广东教育出版社 2010 年版,第 1 页。
⑤ 刘集林:《从"出洋"、"游学"到"留学"——晚清"留学"词源考》,《广东社会科学》2007 年第 6 期。

"出洋游学""游学",比如奕䜣等于1866年上的《奏请派斌椿等随赫德出国往泰西游历折》、外务部1902年上的《奏议复派赴出洋游学办法章程折》,以及1901年《清帝广派游学谕》、1905年《清帝多派学生分赴欧美游学谕》,等等。① 由于晚清洋务重臣张之洞作于1895年的《劝学篇》"外篇"之"游学第二"的广泛影响,"游学""游学生"开始得到朝廷官员和民间士子的认可和接受。1905年,晚清学部成立,"游学二字,乃学部所奏定",从此官方正式确定了使用"游学"二字作为对留学国外的专称。②

尽管从"游学""游学生"一词的开始使用和后来成为官方确定的正式用语的过程,显得郑重其事,但民间社会最终还是认可了"留学""留学生"的称谓,从民间出版物用语的变化中可见一斑。如前所述,"留学""留学生"本来就是源于日本,而且近代日本也经历了向西方学习的过程,他们将赴海外学习的学生称为海外留学生,相应地,将清朝赴日学习的学生称为"清国留学生"或"留学生"。随着甲午战败后国内掀起的留日高潮,日本的官方政策或是报刊都以"留学"指称中国人赴日学习的受教育形式,将学生称为"留学生"。"游学""游学生"的官方用语,经过"游学""留学"混杂使用的过程,最后被源于日本的"留学""留学生"取代。"留学生"这一称谓的接受与转变过程可以视为20世纪初中日之间一场命名权、文化影响力的争夺。在这场命名权的争夺中,清政府的失败也透露出形势比人强的无奈。

结果已然形成,但在确定"游学"为官方用语的过程中,清政府及其官员的心态是值得探究的。张之洞借传统的旧词"游学"指称对中国人而言是全新的教育方式——"留学",并且能为朝廷与士子接受,除了张之洞自身的地位以及《劝学篇》的影响,不可否认的是"游学"一词的传统意涵符合晚清士大夫普遍的自卑又自尊的矛盾心理。

鉴于"留学"的复杂多义性、内涵的广泛性,本书将刘再复、北岛等人纳入"留学"中的"游学"意义范畴,而赵毅衡、王瑞芸等人返回国内高校的人生规划则视为"再游学"的范畴。

"留学"是中国百年现代化方案中的重要举措,它标志着中国教育的

---

① 参见陈学恂、田正平《中国近代教育史资料汇编》(上海教育出版社2007年版)目录"留学政策的制定"。

② 李喜所主编:《中国留学通史·晚清卷》,广东教育出版社2010年版,第3—5页。

现代转向,是中国在现代世界格局中自我定位后的教育政策调整。尽管百年留学潮至今还未停止,但随着中国知识分子融入世界的脚步,以及对西方现代文化认识的深入,他们反观本土文化,对母国文化传统进行重新认识与定位,"再留学"现象悄然兴起。"再留学"现象体现在新移民作家身上具有多重的研究向度。首先,他们自身是"留学"与"再留学"的亲历者。其次,他们的作品不同程度地书写这一特殊群体的域外体验和国内经历。再次,他们既是写作者又是研究者,他们的书写延续了近代以降,尤其是20世纪80年代以来中国在走向现代化过程中的审美体验与理性反思。因而,他们笔下的中国故事及其故事讲述的立场和方式都值得认真考察。

二 "再留学"作家群体构成

一个世纪以前,胡适愤然作《非留学篇》,直言"留学者,吾国之大耻也!留学者,过渡之舟楫而非敲门之砖也;留学者,废时伤财而功半者也;留学者,救急之计而非久远之图也"。此文作于1912年,原载《留美学生年报》第三年本(1914年1月出版),距离胡适赴美留学才过去两年。胡适作为第二批庚款留美生,实际上是留学政策的受益者,但他却如此非议"留学"——晚清自强政策的重要组成部分。原因在于:"此新文明之势力,方挟风鼓浪,蔽天而来,叩吾关而窥吾室。以吾数千年之旧文明当之,乃如败叶之遇疾风,无往而不败。"中国"以数千年之古国,东亚文明之领袖,曾几何时,乃一变而北面受学,称弟子国。天下之大耻,孰有过于此者乎"!只有"忍辱蒙耻,派遣学子,留学异邦"[①]。总之,留学以"不再"留学为目的。

视"留学"为全球化过程中跨国学习的常态是20世纪以来逐渐发展出的新的社会认知。美国圣约翰大学终身教授、美国华美族研究会会长李又宁教授认为,留学不是出洋去读几年洋书,去拿一个洋学位,虽然这是重要的一部分,"留学不是国耻,不是目的,而是一种学习另类文化以期融合和创新的过程和方式"[②],而且知识、学术没有主奴之分、洋土之别,

---

[①] 姜文华、曹伯言主编:《胡适学术文集 教育》,中华书局1998年版,第3—4页。
[②] 李又宁:《中国留学生的历史使命与贡献》,《徐州师范大学学报》(哲学社会科学版)2004年第2期。

知识本是没有界限的，自己参加这次研讨会①，就是一种留学。

从留学之"重"到留学之"轻"的观念转换并不是轻易达成。事实上，时至今日，国人和社会仍然持胡适的观点为多，只是程度有所变化，情绪性的色彩淡化了而已。"留学生从一开始就被赋予或寄予了各式各样超越于学业的重任。这一早期的思路在不知不觉中成为有力的传统，要到20世纪中叶，留学才向以科技为主的'学术'倾斜；但直到今天，从政府到媒体，也都把'回国创业'作为留学生的一个主要职能、出路甚或责任。"②李又宁教授对"留学"内涵的理解是理想式的，我们理解并接受这样的观念，但是也必须面对这种观念转换后面，当前国际文化格局和中国国家处境的变化这一事实。追溯留学观念的历史形成过程，探寻知识与国家意识形态的关系，是为了历史地理解知识的意识形态影响，国家行为与个体选择之间的关系以及20世纪以来的新变化。"再留学"的提出，就是以"再留学"的新移民作家——曾经的留学者为研究对象，关注他们重返祖籍国进一步学习深造，或从事学术研究的经历，探寻他们在"留学"身份与"留学"国度转换过程中所反映出的心理调适和文化态度。对这一特殊作家群体的研究就是审思他们以亲历者、书写者和批判者三种身份介入这一文化变动的历史过程。

赵毅衡分析认为，大中国心理是导致20世纪中期之前，文化人很少侨居的原因。③这也是近现代的留学生基本上不以移民为目标的深层文化心理。20世纪下半叶开始，中国知识分子侨居海外的现象日趋明显。由于世界范围内中国政治经济中心、文化中心地位长期的丧失，20世纪六七十年代开始出现的台湾留学生，70年代末开始涌现的中国大陆留学生慢慢地转变成"学留"的新移民，"中国（性）执念"（夏志清）渐渐淡化了。正是在此意义上，留学生文学被新移民文学稀释了。较为例外的是阎真、陈希我，他们放弃"学留"返回中国反而成了少数派，但他们同样加入了"再留学"的行列中，在中国高校成为学者型作家（作家型学者）。

---

① 2003年12月17—18日，香港历史博物馆、中国国家博物馆、香港浸会大学近代史研究中心和相关中国近代史学会在香港合办了"近代中国留学生国际学术研讨会"。

② 罗志田：《中国留美学生史·序言》，史黛西·比勒《中国留美学生史》，张艳译，生活·读书·新知三联书店2010年版。

③ 赵毅衡：《为什么没有新留学生文学——海外中国大陆文学研究提纲》，《花城》1995年第2期。

经过多年的海外拼搏，新移民作家都已步入了中年，从经济地位到价值观念都逐渐中产化了。伴随中产化而来的是心灵的平庸化，新移民作家的创作冲动以及后来的"再留学"既是源于反抗平庸，也与他们出国前的整体社会氛围，以及曾经的文艺青年的理想主义激情与作家梦有很大的关系。陈希我（陈曦）、施雨（林雯）、林祁、庄伟杰的文学梦都在福州的高校萌芽，与 20 世纪 80 年代福建文化场域（以文学期刊《福建文学》、福建师范大学中文系为中心的文化环境、文学教育、文学风潮）有着密切的联系。林祁、庄伟杰都是 80 年代南方校园诗人的代表，陈希我以叛逆写作闻名，他们都曾经是围聚在著名评论家谢冕、孙绍振身边的文学青年。林祁早期诗集《唇边》《情结》记录了她的文学梦。无论是作为《福建日报》的编辑记者，还是福建师范大学中文系的教师，诗是林祁的青春生命。他们都选择在 80 年代末去国离乡，各自在异国延续文学梦。在日本，林祁开始了"荒岛"求生，完成学业之余，继续创作。获日本立命馆大学文学硕士后，林祁曾任教于日本独协大学，名古屋商科大学。庄伟杰则在澳洲开启文化事业，他工诗文，善书画，作品发表于海内外100 多家报刊。同时，作为编辑家，他与友人合作创办过《满江红》《唐人商报》《国际华文诗人》等报刊，策划主编"澳华文学三部曲"，完成《澳洲华文文学丛书》的编辑。作为澳大利亚国际华文出版社社长和总编辑，澳洲华文诗人笔会会长，中外散文诗学会副主席，他还为许多的华文作家提供了许多出版的机会。"可以说，庄伟杰为澳洲华文文学的发展做出了富有建设性的贡献。"[1] 施雨高中时正值伤痕文学风靡一时，同学中就有诗人舒婷的弟弟，但文艺青年的作家梦却由于父母希望她延续医学世家的期待而落空。毕业于福建医科大学的施雨在福建协和医院做了一年的临床医生，随即与丈夫赴美留学。由于施雨和丈夫都有很好的专业背景，他们从留学到成为新移民的过程都很顺利。施雨后来考取了美国西医执照，做了 11 年的医生，家庭生活美满而惬意，精神状态却在不知不觉中陷入空虚。刚刚兴起的中文网站因而成为施雨排遣抑郁的地方，她决定弃医从文，重拾文学梦。这个文学梦施雨做得很大气，她不仅为自己，也要为很多海外华文写作的群体实现文学梦。"大概是医生出身的缘故，任何时候我都很能为对方着想。……在文心社这些年经营过程中，我常想，怎

---

[1] 杨匡汉：《"边缘人"的来去家园——澳华作家庄伟杰其人其诗》，《世界华文文学论坛》2010 年第 1 期。

么做才是作家们最需要的，怎样才能更好地服务海内外不同背景、不同层次、不同性格的作家，要不断改革创新，力求文心社成为一个国际性的，作家热爱的交流平台。"①

出生军旅之家的少君少年得志，北大求学，《经济日报》做记者，曾参与政府重大经济政策的研究工作，但赴美攻读经济学博士的强烈愿望改变了他之后的人生轨迹。事业有成的少君钟情于学术，快意于写作。2000年，40岁盛年的少君宣告退休，专事游历写作，退隐于美国凤凰城南山之下。也正是这一年，少君成为刘登翰教授的博士生。文学博士的学术生活是一次内省的机会，少君执着于追寻"漂泊的奥义"，实际是借他人之酒杯浇自己之块垒，研究诗人洛夫也是少君对自我人生的关照。

少君、施雨、陈希我、江岚、秋尘、林祁、庄伟杰、吕红、祁放是新移民作家"再留学"的先行者。"再留学"选择的背后有现实的需要，更多是身处海外多年之后的文化再认同。当年匆匆忙忙的追寻无意中遗弃了的美好，如今他们通过"再留学"慢慢地寻找、思考。从"留学"到"再留学"，从留学生文学到"再留学"写作，作家的人生轨迹既是他们个体的，也属于整个时代，是逐步融入世界格局的当代中国四十年改革开放历程具体而微的缩影。建立在这种特殊经历之上的文学书写和历史反思是"再留学"作家文学创作独特的价值所在。

以上这些作家都再次在国内高校获得更高的学历，他们的"再留学"属于传统认知上的狭义的留学。而"回归"潮中的另一个知识群体却因其身份的特殊而别具意义，比如赵毅衡、刘再复、北岛等人。他们与以上新移民作家不同之处不仅包括因"世代"不同产生的时代心理距离，更主要是因为他们"在西方"的经验与其他新移民作家存在巨大的差距。赵毅衡彻底放弃了海外的一切（包括职位、身份），恢复为纯粹的中国学者。刘再复、北岛"出洋"前的身份引人瞩目，一位是身居学界要津已获盛名的学者，一位是影响一代青年的诗人。刘再复、北岛长期"游学"于世界，21世纪初，两人都选择香港作为驻足之所。香港中文大学教师是北岛的新身份，刘再复则陆续客座于香港城市大学，香港科技大学。如果按照香港文艺界的惯例，刘再复、北岛在香港很容易被划分到"南来作家"的阵营当中。说他们是"南来"作家确实会陷入界定的尴尬，一

---

① 《施雨：弃医从文，美国女医师的华丽转身》，《世界华人周刊》2010年11月29日。

方面，他们流亡海外多年，或已入籍美国，或是持美国绿卡的中国人。并且，他们曾在中国北方建立起来的荣耀早已不再，也没有从北方中心携带使命而来的动机。但另一方面，他们都没有"归化"香港的意愿，他们暂居香港，心理上始终是"向北方"，就这一点而言，似乎又符合历史上南来作家的某些特性。他们从世界归来，以普世的文学尺度、文明标准进行系列文学/文化活动。香港——恢复中国属地身份又具有世界性影响的城市给予了他们安放尴尬身份的居所。

同样栖身学院，北岛、刘再复的心境却大有不同。北岛的启蒙意识依旧，甚至较20世纪80年代更强烈。北岛要以自己的方式完成21世纪中国的文艺复兴，他一方面与世界诗人对话，推动中国诗歌成为世界诗坛的重要成员，另一方面，他与青年、青少年对话，试图让诗歌进入他们的日常生活，成为生活的必需。刘再复则时时提醒自己要放下唤醒大众的妄念，自认当不了启蒙者，以自知、自明、自救、面壁沉思自励。归来的刘再复颇怀感恩之心，他郑重宣告"第三旅程"的开始，告示的写作日期特别选择在2008年的感恩节（《明报月刊》2009年1月号）。但这样的低姿态生活并不意味着他放弃对当下世界性的社会问题的思考。将自己定位为一个纯粹的知识人，刘再复主张"第三空间"。刘再复的"第三空间"不同于后殖民混杂的"第三空间"，也不同于文化地理学意义上的"第三空间"。基于20世纪中国知识分子的境遇，他将"第三空间"界定为"第三话语空间"：一个价值中立的文化空间，一个非党派空间、非集团空间，非权力操作空间让知识分子免于"站队"的自由，克服二元对立思维的理性空间。得益于香港广阔的第三地带，刘再复以客座教授身份在香港大学讲学，或以报刊媒体为公共空间理性探讨社会问题、学术问题。

"再留学"的另类视野是返归文学生命或自然生命的起始点，进行生命的再教育。虹影、严歌苓是其中最具代表性的作家。"留学"是一种生命教育，对于在幼年时期有特殊成长经历的作家而言，生命教育比知识性的获得显得异常的重要。从"留学"到"再留学"，虹影、严歌苓的创伤性写作也是心理治愈的过程。虹影是重庆南岸贫民窟的一个私生女，她的生命以极不堪的方式打开。她于80年代以"先锋"诗歌写作起步，以叛逆的近乎疯狂的"舞女"形象做自我的描绘。成名后的她曾自述："我是一个夹在生与死之间的人，太多的空白跨过时间与悲伤袭击我。"《饥饿的女儿》是虹影自我身份确认的开始，尽管她持有英国护照。虹影诉求的是长江边，一个曾经在细雨中呼喊的无助的小女子的合法身份，她要的是一个"完整"的自我。已摆脱生活梦魇的虹影开始面向过去，此时写作是生存的必须，而非面对生活的策略。《饥饿的女儿》集向饥饿的年代、向历史讨说法和向父母忏悔两种复杂的情感于一体。长江、三峡是蕴藏着无数神秘的故事的地方。这些故事被讲述是虹影35岁以后开始的。从《饥饿的女儿》到《好儿女花》《53种离别》，虹影离开长江、离开三峡又不断重返，不再玩心跳、玩技巧，不再追求先锋，她的写作开始"返回原始"（刘再复）。这种"返回原始"包括她回到长江边，面对母亲的写作。虹影舍弃一切炫技式的写作技巧，以残酷现实主义进行自我疗伤。

严歌苓12岁进入成都军区，成为一名跳红色芭蕾舞的文艺兵，19岁奔赴对越自卫反击战前线，成为战地记者。青少年时期的军中记忆和舞台经验使严歌苓早慧，对成人世界有更多的洞察"机遇"，她的小说创作几乎都离不开各种类型女性的成长与自我教育。《雌性的草地》《少女小渔》《花儿与少年》《谁家有女初长成》《一个女人的史诗》《小姨多鹤》《妈阁是座城》……2004年的严歌苓常常身处非洲与中国之间，开始《一个女人的史诗》写作，它对严歌苓的写作是一个重要的转折。《一个女人的史诗》以母亲的经历为写作蓝本。母亲成年后的性格的养成，以及痛苦的境遇都与新中国成立后历次的政治事件紧紧关联。严歌苓处理母亲题材的写作非常谨慎，它涉及的不仅仅是母亲个人的生活史，也是共和国的成长史。只有在她去国多年已从情感的纷扰中抽身而出，"再留学"重返中国，才能以宏阔的历史意识审视个人的，也是集体的历史经验，同时，弥补因长居海外，"缺席"巨变中的当下中国而造成的断裂。从自我经验式的写作进入中国百年历史沧桑，由"精致"走向"大气"[1]，继而超越"大气"走向"厚重与丰腴"[2]，走向更深广的创作领域。

"再留学"是中国现代化历史过程的继续，也是中国在全球化时代出现的新的文化景观。它既是中国走向世界的进程，也是世界走进中国的过程。在此双向或者说是多向的文化互动中，"再留学"作家以文学书写开辟了新的写作空间。全球化时代也是"留学"意涵扩大与泛化的时代，

---

[1] 陈思和：《严歌苓从精致走向大气》，《严歌苓文集》，当代世界出版社2003年版。
[2] 熊岩、万涛：《超越"大气"，走向厚重与丰腴——严歌苓新世纪十年小说创作论》，《南昌大学学报》（人文社会科学版）2013年第3期。

"再留学"作为一种知识获得、生命经验获得的新途径逐渐为海外作家所接受。然而,"再留学"作家是一个身份驳杂,思想主张差异很大的新兴知识群体,他们的文学书写呈现出怎样的文学经验以及伦理诉求,如何透过他们的文学书写拓展中国读者的阅读空间,他们基于全球经验的文学书写为中国故事的世界传播提供了哪些可参照的价值。在统一的"再留学"概念之下实现差异化的比较研究是可行的,也是必须的。

三 "再留学"写作的文化心理分析

(一) 变动的"故园"

对"再留学"作家而言,流动与回归构成一组反向互动的张力,"变"与"故"在作家的情感结构中始终平行共存。从留学出发,"再留学"作家以"流动的生活"为常态,改变了传统中国知识分子对乡土、故园、根的认识和理解。但这种改变只是一种生存与思考形式的变化,而非对这些构成作家的"情感结构"因素的根本性颠覆。尽管对不少"再留学"作家而言,世界性的流动与生存在经济范畴内已经成为可能。现代社会的行业分工虽然已经切断了知识分子与土地的依附关系,现代科技的发展也削弱了离乡、还乡对情感与知觉的冲击,但建立在传统土地伦理制度上的价值观念依旧影响着远行至海外的知识分子。"游必有方"内在地影响着他们远行的方向、轨迹与对始发地的认知。尽管多年的现代性启蒙改造了"再留学"作家的语言词汇以及表达方式,但他们绝无可能做到西方式的将"纯流浪"视为绝对的自由与权利。"总体上说,在传统的农业伦理和制度之下,一般的'无目标'的行游会被赋予贬毁性的评价。"[①] 无目标的行游是无价值的,这一观念依旧根深蒂固。中国传统文人的价值认定也与土地伦理制度密切相关,落叶归根不止于生物意义,它以具体的形式载体呈现了归来的"游士"的最终价值。在此意义上,新移民作家"再留学"是明确当年出洋的目标与意义,也是对自我实现的检视——经过"故乡"——另一个"他者"的眼睛的检视。

"留学"是一种空间的流动,一般而言,是从现代化程度比较低的区域朝现代化程度比较高的区域移动。对现代中国学子来说,从东方走向西方是留学的基本走向。"再留学"则是回返"东方","西方"成为作家

---

① 彭兆荣:《旅游人类学》,民族出版社 2004 年版,第 144 页。

的知识结构和情感结构的另一侧面。而回返"东方"并不是拥抱东方，而是以西方为方法，建立新的"东方意识""中国意识"。

国内时期的刘再复是一个乡土意识、启蒙意识非常强烈的典型中国知识分子，曾出版散文诗集《寻找的悲歌》《深海的追寻》《太阳·土地·人》。作为20世纪80年代文化界的青年导师之一，刘再复的"主体"意识不仅体现在学术论述，也体现于散文诗的字里行间，凸显出一个大写的抒情写意自我。这个大写的自我把深沉的情感深深扎根于生养他的土地，"在故乡的黄土地上，我就觉得根扎得太深，深得喘不过气"（《漂流手记》）。"我的早期散文诗几乎都是从'故乡'那里找到灵感"，"故乡，我今生今世的归宿"。刘再复的第二人生从漂流之后开始，故国已不可回，"西寻故乡"成为刘再复自救的方式。"漂泊使我分解了故乡并改变了故乡的意义，地理之乡，权力之乡，文化之乡，心理之乡，情感之乡，何处才是我的归程？不知道，我只是不断前行着，不断地接近那生命的永恒之海，那一可容纳自由情思的伟大家园。"作为一个东方漫游的思想者，刘再复反观过去四十多年的生活方式——在族群与集体中取暖的生活方式，领悟《红楼梦》"无立足境，方是干净"奥义，思考美国神话后面把漂泊当作改变命运寻求实现生命本质的精神，比较流浪对于犹太人与吉普赛人的不同意义。他不断叩问故乡的意义和生命存在的意义，在叩问中告别了"乡愁"的模式和族群的土地观念，而寻求生命最后的实在。[①] 受惠于中外先贤，超越地理的祖国，刘再复有时从自己身上寻找祖国和故乡，感受住在自己之中的天涯体验；有时站在芝加哥大学东亚系的图书馆布满中国文字的书架前，这站满四壁的书籍就是他的家园。克服前所未有的迷惘和大虚空，体验第三次生命（阅读）饥渴带来的持续思索。

陈希我的"流乡"意识是全球移民时代的生命意识，萌发于作者本人早期的留学体验。但作为理性的系统审视，"流乡"意识可以说是陈希我"再留学"之后的作为"学术"的文学的产物。以"学术"意识观照文学，回望作者本人的20世纪80年代留学经历，比较父子两代迥异的留学心理及时代境遇，由此，溯及一个特殊的历史中的"流乡"——"侨乡"的集体无意识与逃离自觉。陈希我的写作资产是独特的，他将个人的偶然的人生选择放置到特定的侨乡历史去反思。而一旦建立这种历史的

[①] 刘再复：《西寻故乡》，《漂流手记》（第3卷），香港：天地图书有限公司1997年版，第11—14页。

联结，陈希我的流乡书写就不再浮于对全球化现象的轻描淡写的描述，而是深入一个地域性的传统"社群"，乃至一个民族的"前"全球化的命运，与作为一种"风尚""潮流"的肤浅的全球化展开对视。由此也上升为对一个生命的哲理性叩问：人，要逃亡到哪里，才是一个尽头？离去或是回归，都不是一个终极的选择。"人是不能从自己国家金蝉脱壳的"，陈希我讲述一个海归的悖论。

阎真视自己留学加拿大的经历为"曾在天涯"。对于一个深受中国文学传统滋养的留学精英来说，语言就是他的根，中国文学就是他的精神故乡。域外他乡对于阎真来说无法成为他安身立命的家园，但以"他乡"确证"故乡"，完成一种精神自我观照，也是他"再留学"之路的必要驿站。在绝对的孤独当中，他与浩渺的时空对话。目睹学院知识分子的堕落是阎真回国重返国内高校后持续创作的动力。文学的故乡、知识的故乡早已经千疮百孔。阎真试图在批判中复苏知识分子传统，苦苦维系传统知识分子与当代知识分子之间岌岌可危的精神联系。

总而言之，经历从"留学"到"再留学"，作家心中和笔下的"故园"已不具有同质性，他们的知识结构和海外经历的差异性给定了"故园"不同的内涵，对"故园"做了非政治性的诠释，而凝定为永恒的汉语书写的文学家园。而流动的故园也意味着一个变动不居的立足点、参照系，它不断投射给"原乡"以批判的活力。

(二) 记忆的政治

"再留学"作家留学前已经成年，甚至是中年。这是一个经历大时代的知识群体，他们的离去是带着强烈的历史经验离开。以写作发声的个人记忆就是集体记忆、历史记忆，如何反省自己也就是反省历史。曾经被大历史洪流深度裹挟，他们经历过与别的群体不一样的风景，不一样的情感，以及不一样的反思角度。让亲历者保留在场的见证，在众生喧嚣的时代保存一份个人历史的档案。某种程度上，海外知识分子在重启"八十年代"研究学术工程的立场与方法上与国内知识界形成互补的格局。

国内知识界将"八十年代"作为方法，集体重返"八十年代"，重新将"八十年代"陌生化、问题化，更重要的是"八十年代"知识系统、知识档案的重新梳理与反思。程光炜、李杨等从国家文学的内部视角反思，认为"八十年代文学"被放置在"改革开放"的认识装置中，以"历史性的超越"作为断裂的依据，告别"十七年文学"。这种壁垒分明的断裂分期并不完全符合事实,建立在此基础上形成固化的关于"八十年代文学"的历史认知逻辑更是对研究造成巨大的障碍。贺桂梅从知识社会学的文化研究视角,试图重构"新启蒙"知识档案。

在这个"八十年代"研究的工程中,海外知识分子也身居其列。查建英《八十年代访谈》是抛砖引玉之作。如果从时间上来看,查建英在中国的"八十年代"很短,只有4年,其余时间在美国留学,但那个属于人文知识分子的浪漫而"悲壮"的年代却吸引她投入对"八十年代人"——被历史戏剧化,不断调整、分化、流变的一代人的研究。"八十年代"意味着激情的理想主义、激进的自我批判,以及走向世界的思想路径。李陀认为,"八十年代"问题之复杂、之重要,应该有一门"八十年代学"。李陀、北岛对"八十年代"研究的深入不是在"八十年代热"上继续,而是回溯到"七十年代"——大历史的"夹缝",组织编写"七十年代"的回忆文集。2008年,《今天》秋冬两期开辟"七十年代"专号,目的在于挑战历史记忆,用"昨天"与"今天"对话。历史记忆不仅要克服权力对历史的控制和垄断,同时面临更严重的问题——历史记忆本身被贬值化,被无意义化,被游戏化,历史研究正在被压缩到"学科"的象牙塔中。对抗一个失去历史记忆的时代,让今天的人从直观和经验层面去思考这类问题是《今天》"七十年代"专号试图完成的历史修复工程。"七十年代"的回忆和写作将在此修复基础上继续,成为大型历史写作——一种不被裁剪、不被同一化的历史写作。海外知识分子口述下的历史是个人的,也是集体的,与海外知识分子仍然保留着的启蒙意识有关,而与社会上的怀旧热无涉。

北岛的逆向追溯,从"八十年代"的表现期到"七十年代"的潜伏期,然后抵达"六十年代"——另一个解放的,更为狂热而动荡的青春期。北岛曾经很深入地卷入"文化大革命"的派系冲突中,北京四中是这个历史风暴的中心。《暴风雨中的记忆:1965—1970年的北京四中》是北岛对"七十年代"思考的延伸。高干子弟的四中和平民子弟的四中存在着分化,"血统论"的讨论从学校延伸到社会,引发"笔杆子"和"枪杆子"的对抗。暴风雨是没有边界的,四中的风暴也是全国风暴的校园版本,或预演。这本回忆文集的作者几乎全部是"老三届"(只有一位是1970级),即1966年、1967年和1968年初中和高中毕业生。这些"文化大革命"与上山下乡的亲历者提供了历史现场的多种叙述线索,让争议回归争议是最好的叙述正义。（海外）民间知识分子在体制之外，他们重建现场的努力是对国内体制化的知识界无暇叙事的补充。

"八十年代"在此前的历史（包括文学史）的处理上以"新时期"来命名。"新"必然对应"旧"，这是一种断裂的告别的文学史书写方式。新时期的"文学"与新时期的"政治"是一种同构共谋的关系，新时期的政治以告别"十年浩劫"作为新的政治合法性的开端，新时期文学也是如此。然而，"文化大革命"时期的地下文学活动和创作的发掘又显示出作家理念及其创作之间的某种连续性。"文革学"研究没有全盘推进之前，这种历史连续性的研究要全盘启动难度很大。海外作家绝大部分都在"文化大革命"中渡过青少年，又在新时期成为时代骄子，他们的回忆工程有意无意中开始介入"文化大革命"研究，至少是资料的重建方面做了不少的工作。与内地"八十年代"的知识理性、学术谱系梳理与传承的考察思路不同，海外知识分子以亲历者的姿态重建从"八十年代"到"七十年代"，继而上溯"六十年代"的社会场景。"访谈""对话""私人记忆"成为主要的文本表达形式。这些看似非学术性的表达与知识性的学术考察相比自有一番不同的功能。记忆研究认为，"在传承过去的过程中，传达行为和生动想象行为这两者的感情方面所起的作用，比它们代表的认知知识所起的作用还要大"。"容易得到传承的似乎更多的是所述故事的感情方面和气氛情调，它们的环境场合、因果关系、过程等内容要素却可任人随意改变——这恰恰也是让听者和再叙述者觉得最'有意义'之处。"[1]

北岛喜欢引用瑞典诗人特朗斯特罗姆的诗句"我受雇于一个伟大的记忆"，他认为，"伟大的记忆"比"历史的真相"可靠得多。一个人对自己的认知是在记忆中进行的，北岛是作为历史现象的"北岛"的旁观者。

如何将个人回忆、集体回忆纳入历史叙述当中，或者各自为阵？历史与记忆之间的复杂辩证关系说明大陆"八十年代"研究与海外知识分子的"八十年代"记忆工程的不同价值取向与实践方式。然而，历史学家绍尔·弗里德伦德尔认为，"在历史和回忆之间有一个灰色地带，或者说在两种过去之间有一个灰色地带。前一种过去是科学的可靠地报告，它面临着各种冷峻的检验；而后一种过去，则是我们自己生活的部分或背

---

[1] ［德］哈拉尔德·韦尔策：《在谈话中共同制作过去》，哈拉尔德·韦尔策编《社会记忆：历史·回忆·传承》，季斌、王立君、白锡堃译，北京大学出版社2007年版，第119页。

景"。理论上，集体记忆与撰写历史不同，甚至是对立的。"不过从原则上说，我们必须把一种尚属新近的、很有意义的过去的代表想象为连续体：它的一端是集体记忆的构造物，另一端是冷峻的历史研究，可是我们越是接近这个连续体的中间区域，以便获得对一个群体的历史的前后关联的解释，那么它的两端就越是融会贯通起来，并且显得可以同原来的两个极端明白地区分开来。"①

（三）汉语的"原风景"

"原风景"是日文词，指第一记忆，一个人记忆中最早的印象，最原始的一幅画儿。迁衍到本书，指影响"再留学"作家创作的记忆中最深刻的生活场景或细节。它是根植于汉语，建立在"原体验"基础之上的心象，是一个作家最初的美学启蒙，美学体验的开端，它往往奠定了一位作家作品的意象原型。即便经过多年海外生活的再塑造，"原风景"依然作为他们作品的底色或隐或现地出现，影响着作家的表述策略、价值导向。"再留学"意味着成年、成名后的作家对"原风景"的介入与重新调度，这种介入与调度增加了变迁中的当代中国（话语）对作家叙事的潜在影响和干预。

故乡的"土地""沧海""太阳"是刘再复生命的原风景，"没有故乡，就没有我的散文诗"。漂泊19年之后，刘再复"故乡"的内涵早已发生变化，海外创作仍然始终不离故土故园。"尽管我一再重新定义故乡，把故土的乡愁伸延为良知的乡愁与情感的乡愁，但仍然与故乡有关。"进入第三人生之后，刘再复回望三重人生，致谢散文诗。"散文诗是我少年时代的伴侣"，散文诗"正是帮助我走出黑暗的行吟"。"半是人文学者，半是行吟散文诗人，这大约正是笔者的'本质'。"② 刘再复经历1949年后的许多政治运动，又身处20世纪80年代文化场域的核心，阅尽各种复杂的社会与人事，但最终进入他的散文诗世界的并非那些有"历史价值"的人与事。90年代以后，刘再复久居美国，又到香港，游历世界，发达资本主义的都市风情也无缘进入他的散文诗。对比人生的三种生命状态，行吟、独语、叩问始终是刘再复面对人生的姿态。由故乡的原

---

① ［美］詹姆斯·E. 扬：《在历史与回忆之间——论将回忆之声重新纳入历史叙述》，哈拉尔德·韦尔策编《社会记忆：历史·回忆·传承》，季斌、王立君、白锡堃译，北京大学出版社2007年版，第17页。

② 刘再复：《散文诗华·作者后记》，生活·读书·新知三联书店2013年版。

风景出发的自然宇宙的哲思在异域继续深化,独语天涯,面壁沉思,漫步高原,对话苍穹宇宙。

在学术思考上,重新定义、回返、复归传统经典——"我的六经"(《山海经》《道德经》《南华经》《六祖坛经》《金刚经》和文化圣经《红楼梦》),中华文化"原风景"的再发现是刘再复转徙于东西方文化之间的创造性思考。刘再复将传统文化分为"原形文化"与"伪形文化",所谓"原形文化,就是本真自然的文化,没有被后来残酷的生活经验所歪曲所变形所变质的文化"。《红楼梦》《山海经》属于原形文化,是永恒的天真,也是生命的本真形态,是美与自由的栖身之所。反之,《水浒传》《三国演义》则是伪形文化,充满了斗争与权谋,是生命的扭曲和变形,是丑与禁锢的收容所。

"任何时候拿起笔来写作,我都是长江南岸那个贫民窟的小女孩。""向黑"写作、"向黑"而生是虹影的创作自白,"我一直在黑中生长,我本是黑中最美的英雄"。"黑首先是一片,那是我的出生地——重庆南岸;黑有时也是黑板,我从未真正从黑板上学到的任何知识和本领;黑有时也是一座城市,我从未像一个诗人或者作家,在那儿受到应得到的尊敬;黑有时也是地球上的某一个国家……"虹影的"黑"色体验,还包括阶级斗争的年代看长江边常常浮起的死尸,在没有任何娱乐活动的"饥饿"生活中,这是当地人最大的乐趣。由"黑"到摆脱"黑"转向七彩的"虹"的写作,再到"自黑"——不惜对抗被指责为自曝隐私博取声名的舆论压力,虹影经历"53 种离别"后,完成一种自我教育。[①] 对虹影来说,"再留学"是一种生命的再教育,无关知识和学历。《饥饿的女儿》与《好儿女花》《53 种离别》是虹影自传性书写,面向"长江南岸"是它们的共性,记忆中的重庆长江边的苦难风景不仅触发她的写作,也成为她成名之后不断重临的写作现场。《饥饿的女儿》为自己而写,《好儿女花》为母亲而作,《53 种离别》是告别前的心理重建。《孔雀的呐喊》是虹影对"长江南岸"——作为作家的虹影的母亲河最现实的关注。这种关注不同于即时新闻的浮光掠影,也不是社会新闻的深度调查,它来自作家生命底色与三峡历史文化奇异结合的多重投射。

[①] 虹影:《53 种离别》,江苏文艺出版社 2013 年版。

严歌苓"军中"文艺生活与其创作中的"舞台"意识对其创作的影响是多方面的。首先，严歌苓小说有很好的"戏剧感""镜头感""节奏感"，多镜头切换手法运用自如。这些因素是她成为一个成功的编剧的重要原因，同时也在一定程度上制约了她的创作，以至于如何"抗拍"成为严歌苓创作的自我突破口。其次，严歌苓小说的主人公往往角色意识鲜明，小说角色与严歌苓对语言的调度都有一定的表演性。"白洋淀"是北岛作为诗人精神生命开始的地方。从探访知青生活到漂泊海外，"白洋淀"的诗意风景、自由精神一直潜伏在北岛诗歌的最深处。

当我们在讨论"原风景"时，我们同时在谈论作家的"少作"，它关系到一个作家的美学启蒙，以及与美学关联的伦理价值。美感本身就具有道德性，追述"再留学"作家写作伦理的价值在于从变迁中理解中国文化的恒常，以及当代中国文学书写在全球化时代的演变轨迹。

第二节　学者"再留学"的批判与重建

汪晖认为，"20世纪90年代中国知识界的声音并不都来自国内，而且也来自国外"。"从知识主体方面说，这两代中国知识分子基于不同的经验，得到了深入了解西方社会和西方学术的机会，并把他们对西方社会的观察带入对中国问题的思考之中，从而也形成了与国内知识分子看待问题的差异。从知识制度方面说，中国教育和学术制度正在逐渐地与西方，尤其是美国体制接轨，成为跨越国界的学术体制的一个独特方面。在这一条件下，中国的知识生产和学术活动已经成为全球化过程的一个部分。"[①]

从留洋动机来看，纯粹留学，以追求学业为主，余力作文的作家，他们往往都保留了很明确的回归意愿。公费派出留学的赵毅衡、王瑞芸更是如此，他们没有因远离而脱离了原来的"圈子"，更多地保留着与国内文艺界、学界的联系。他们出国后，依然视自己为留学国、留居国的"外国人"，赵毅衡说自己是"住在伦敦的中国人"。王瑞芸觉得美国生活"实在没有什么问题"，因而没有意思，"只有中国人和中国人在一起，才会有'会心'可言"。

[①] 汪晖：《当代中国的思想状况与现代性问题》，《去政治的政治化》，生活·读书·新知三联书店2008年版，第59页。

一 赵毅衡：当说者被说

以年龄和辈分来看，赵毅衡无疑都是属于"前辈"，作为一名资深学者兼作家。20世纪90年代初，他率先提出海外大陆文学的总体研究框架和理论建设方案。不遗余力地收集整理海外大陆文学，并为作品的出版多方奔走，有意识地将大陆海外作家军团介绍给国内的作者，赵毅衡对大陆海外作家作品的回流做了很多卓有成效的工作。

赵毅衡首先是著名的符号学专家、文学文化理论家，其次才是"新海外文学"创作与研究的先行者。赵毅衡虽然不以写作名世，但也颇有成就，主要涉及小说和散文。赵毅衡早年有写诗的经历，但后来并无迹象表明他热衷于诗歌创作，即使有创作，估计也是沦为"抽屉文学"至今无缘面世。在回流作家中，赵毅衡的留学资历最老，文学创作意识却较晚才产生，这与他的经历和自我定位有关。无论是国家认同还是文化认同对他来说并没有一般新移民作家那样的纠结，尽管他曾经加入了英国国籍，作为英国公民长达16年（1994—2010年）。赵毅衡属于改革开放后最早出国的"官派"留学生，此前他师从卞之琳先生，对西方学术有了相当的研究积累，因此，他没有其他留学生在异国遭冷遇的经历以及求生存的意识。赵毅衡早期写作以学术随笔散文为主，他将自己与20世纪初的留学欧美的民国文化人一道，定位在中西文化交流史上。

对文学的热情使赵毅衡将更多的精力用于中西诗学的比较研究以及"海外大陆诗"的编选、阐释和推广。1992年起开始他写起了小说，从1992年到1995年写完了他全部的小说，于1996年结集为《居士林的阿辽沙》，此后不见赵毅衡的小说问世。至于为何年过不惑后才开始写作小说，赵毅衡解释说是面临进入学术界15年后的真正危机——学术界太拥挤的缘故使然。这一时期，他虽然持英国护照，但他的生活重心也已然发生了挪移，他的意愿是能在北京找个大学，能长期在国内大学做学术研究。在创作同时，研究还在继续，论文也在合集，著作也在出版，因为"那基本上是惯性，是职业的最低要求。我若想回北京，就得有所不为"。[①] 可见，赵毅衡写小说是为回北京而选择的迂回战略，但结果却是

---

① 赵毅衡：《我怎么会写小说》，《文学自由谈》1995年第4期。

意外收获。迄今为止，赵毅衡主要的文学创作包括小说卷《居士林的阿辽沙》，1998年出版的第一部散文集《豌豆三笑》是对中国文化的体认与反思。同年出版的《西出洋关》着眼于中西文化交流，也汇集了他学术生涯的另一个领域——"海外大陆文学"的研究与思考。2002年《伦敦浪了起来》出版，作者近距离观察伦敦，用文化比较的视野给读者描述一个生活时尚、文化前卫的绿色伦敦。2004年赵毅衡主编"海外流散文学"文丛出版，他的随笔散文集《握过元首的手的手的手》是该文丛之一。2012年出版《好一双中国眼睛》，其中大部分篇目为赵毅衡对中国当下文化现象的思考。

赵毅衡创作关注点随学术兴趣发生转移，这与他对自身的认识与定位有关。20世纪90年代初，赵毅衡一方面以文化批评的立场，参与有关"后学"的论争。另一方面以形式试验的姿态介入先锋小说的创作。学界对赵毅衡小说研究非常有限。冷川的《赵毅衡小说论》是作者提交"第十三届世界华文文学国际学术研讨会"的论文，被收入《多元文化语境中的华文文学》，归入"传统的现代转型和海外华文文学"研究。[①] 方志红的《被历史"谋杀"了的意义——海外华人学者作家赵毅衡小说〈沙漠与沙〉的叙述学阅读》[②] 专门就赵毅衡的小说进行叙事学分析，"整个集子仿佛是'叙述'的狂欢和交响"。对赵毅衡小说创作进行精当速评的当属四川文艺出版社"仲夏夜丛书"主编木弓（该丛书收录赵毅衡小说集《居士林的阿辽沙》）。1996年，他在丛书总序中指出："赵毅衡是一位很独特的学者作家，学者气质能带来很多东西，尤其是一种不可多得的高远气象。""这不能不使他成为当代文坛一道别致而亮丽的风景。"

研究赵毅衡的小说因此必然要与他这一时期的学术立场进行关联。"舆论界对先锋派的某些说法有失公道，'填平沟壑，越过界限'正是这样一种观点。事实上，先锋文学与通俗文学之间的鸿沟是无法填平的，跨越界限更属无稽之谈。先锋文学恢复了'文本是分层的'传统，即掌握困难的文本便可跻身于精神贵族阶层。从这个意义上说，先锋文学不是反

[①] 冷川：《赵毅衡小说论》，黄万华主编《多元文化语境中的华文文学之》，山东文艺出版社2004年版，第725—732页。
[②] 方志红：《被历史"谋杀"了的意义——海外华人学者作家赵毅衡小说〈沙漠与沙〉的叙述学阅读》，《当代文坛》2007年第6期。

传统，而是承袭了传统中相当重要的部分。"① 赵毅衡指出，先锋派创作的最初趋势相当不错，但接续下来的第二批逊色许多，显得后劲不足。主要缺陷是：题材的重复，主要集中在内战和童年两领域，以及语言表达方式的模式化。赵毅衡呼吁批评家保持热情的同时，用文学创作的实践推动先锋精神。赵毅衡是在20世纪90年代文艺市场化、庸俗化的文化环境中提倡先锋文学的，着眼的是先锋文学对中国语言的救赎。"这样的社会可能也真需要一个关注语言，不计代价保持语言生命力的文学，不然广告与书摊在几年之内就能把一个有几千年历史的语言糟蹋得不成样子。"② 这个问题赵毅衡以小说的形式在《市场街的诗人们》中继续反思。曾经的天府诗国沦为市场街，"语言污染犯罪群"作为一个有异常品格的亚文化群，与社会的冲突正在加剧。因而，"语言革命势不可当，决不因流氓暴力挑衅改变它天鹅绒的质地"。③

在批判"后学"于中国演变为"顺应主流文化"的新保守主义之余，赵毅衡建议："中国文化批判的主体性建立，并不一定单以西方为它者，更有必要以本国的体制文化（官式文化、俗文化、国粹文化）为它者，这样可避免以主体单一面对文化多元的窘境，也可避开西方中心主义的陷阱。现在是应该在各种顺应理论之外，重建文化批判的时候了；这个文化正在被无情地牵上媚俗之路。"④

正是在以上的先锋精神与文化批判立场上，赵毅衡开始自己的小说创作。一方面，注重现代小说技巧与传统文化意境的融合。另一方面，侧重对文化、历史的质疑。小说集《居士林的阿辽沙》一共有19篇小说，包括长篇《沙漠与沙》、中篇《居士林的阿辽沙》，其余皆为短篇小说。1996年版收入"仲夏夜丛书"的与2003年版收入《赵毅衡文集》的小说集《居士林的阿辽沙》，篇目没有任何增减，只是第一篇《开局》与第三篇《妓与侠》互换位置，《极短历史小说五则》改为《在历史的背后》。作为形式论的学者，这样的变动必然是有意义的。作为文学作品，《开局》的形式痕迹太重了，它开宗明义这是"一个精心构筑的伪造"，"这

---

① 戴青：《中国先锋小说的命运及其未来：吕新北村先锋派作家作品研讨会综述》，《小说评论》1993年第5期。
② 赵毅衡：《小议先锋小说》，《文学自由谈》1994年第1期。
③ 以下凡有关赵毅衡的小说引文，均引自四川文艺出版社2013年出版的《赵毅衡文集·居士林的阿辽沙》（小说集）。
④ 赵毅衡：《"后学"，新保守主义与文化批判》，《花城》1995年第5期。

永恒不变的历史之流现在却需要你来作一点修改。你不得不沿街耐心寻找，找一种精心养育的情调，一种兴味，一种不落言筌不具形体的感受，一种在万千具象之后流泻的精神"。《开局》就是关于小说家设置的迷局，女人、信物，真实还是虚构，或只是小说家之言。作者制造一个恍惚迷离的氛围，也为《开局》之后的小说创造了走入历史，进入文化的特定方式——中国的历史与文化向来有许多不可触摸的灰暗地带，真相永远都是叙述者话语权的书面形式。似真还假，似假又真，能看到多少的真相全在阅读者的能力。

赵毅衡的小说不是写给大众读者看的，但"传奇""志异"的传统写法又给读者以非常亲近之感。《妓与侠》《夜与港湾》《绛衣人》俨然戏仿唐传奇、笔记小说、志怪小说的情节结构，甚至语言，但对"传奇"与"异"的解读却完全是现代的：追逐复原过去，重续旧情必然是可笑的，正如以文学虚构抵达历史的现场。但赵毅衡看似荒诞的叙事中依然保持着对古代文化场景的回味，依稀传统文人的审美情趣。

重写民间耳熟能详的演义故事是赵毅衡小说创作的另一个聚焦点。《晁盖之死》《在历史背后》都强调历史"真相"的非经典解读，揭穿经权威阐释形成的集体"共识"背后的真实动机。把经典叙述下放为民间文本，加以世俗化的解读，在原作品的裂缝处，在逻辑推演中展示现代知识分子的批判性。对约定俗成的传统政治教化与道德原则进行"从来如此，并对的吗"的质疑。在《晁盖之死》中，赵毅衡以戏谑、反讽为能事，尤其是阵亡梁山好汉的回生祭典，展示其学者严谨面目之下的狡黠与可爱。这场关于复活的诡异的闹剧影射现实非常大胆，"医术""道术""谋术"都丧失拯救的能力，梁山好汉只是政治权术的牺牲品。晁盖回生失败的过程既揭示无产无私、均贫富等政治话语的虚妄，以及表忠心、思想改造话语的虚伪，也寓言均质化的纯粹集团精神最后必然面临自我瓦解。

其他如《山河寂寞》《少将与中尉》影射历史政治与个体命运之间的荒诞与吊诡——"历史就在那五分钟里翻了个儿"。《敌档》透视政治的非道德性，人性经不起审查，理解人性才真正重要，与信仰、主义无关。《芜城》《注视三章》《〈易经〉与考夫曼先生》涉及中西文化的互视或误读都具有高度的象征意味。中篇《居士林的阿辽沙》从民国历史之外的异族之间的杀戮故事，迁延到"西方不是菩萨应该去的"佛学界的争议，作者最后以元叙述的手法，安排自己现身，通过四两拨千斤的手法，发出一声沉重的叹息。

长篇小说《沙漠与沙》是赵毅衡小说的压箱之作，既是作者叙述学理论的大规模演示，也是当代文坛边疆叙事的难得佳作。"在对环境、人物、事件的评论中，叙述者有意识地、不遗余力地向读者传达了他的意识形态立场和价值规范以及他叙述的虚构世界的意义：历史、政治、革命、信仰、忠诚、人生的意义等重大主题在情节的铺展中不断被提出，腐朽的政治最终酿成了一个纯洁、忠诚的共产主义革命者的悲剧，而这又被历史无情地抹杀。""在这个文学越来越沉醉于书写琐碎、平庸、淫靡，崇高、信念、意义快速淡出，生命轻浮在繁华和虚无中的时代，和赵毅衡一起再次思考人生最严肃、最重大的问题，我们不禁痛感'生命中不能承受之重'。"[1]

学术一生，赵毅衡认为："学问家是思维艺术家，这一生能做学问，应当庆幸。"有一种怪异的小说叫"自小说"，"小说主人公名字叫赵毅衡，他自以为是作者，其实只是个人物，把手中的小事当作大事的小人物"。[2] 赵毅衡的文学创作是其学术的注脚，但又因其深邃的文化批判性，叙事技巧的圆熟，而溢出了学术的疆界，获得独立的艺术生命，在先锋小说的实验创作中占有一席之地。赵毅衡近年来专注于广义符号叙述学，它"试图囊括一切叙述方式，只要能够用来讲故事的都要进入，包括梦，包括幻想、表演、比赛、赌博、电子游戏等，凡描述了一个故事情节的符号文本全包括在内"，这是赵毅衡自我期许的学术使命。他的小说当然是符号文本，甚至"赵毅衡"三个字也是。

二 北岛：在漂泊中诗意栖居

北岛与香港的渊源基本上就是《今天》与香港的渊源，可以追溯到《今天》海外复刊的第二期——1990年即移到香港印行。此后除其间三年（1997—2000年）一度在台北印行外，《今天》从总第11期至第112

---

[1] 方志红：《被历史"谋杀"了的意义——海外华人学者作家赵毅衡小说〈沙漠与沙〉的叙述学阅读》，《当代文坛》2007年第6期。

[2] 邓艮、赵毅衡：《一个符号学者的"自小说"——赵毅衡教授学术生涯访谈》，《社会科学家》2013年第11期。

（2016年）都在香港印行。①

《今天》复刊之初，北岛就秉持这样的信念："由于舞台的转换，许多中国作家已经处于国际文学的涡流之中。多种文化的撞击与交错构成了20世纪文学的背景之一；在此背景下，第三世界文学的兴起正在改变国际文学的格局。我们应从某种封闭的流亡心态中解脱出来，对国际上文学的重大变化作出回应，并关注港台等地区华语文学的发展。"②

2007年8月，海外漂泊18年的北岛带着全家从美国移居香港，在香港中文大学任教。这象征着《今天》真正落户香港。在香港，北岛开始了策划新的计划，实践着与诗歌有关的使命。《今天》在香港正式注册为合法团体"今天文学社"，正式以"今天文学社"名义出版。以香港为基地，《今天》重新调整各编委的工作，欧阳江河出任社长。《今天》在香港组织起文学沙龙，北岛、李陀、欧阳江河、刘禾、翟永明、西川等志同道合，一个文学流派似乎再次塑型起来。《今天》跟香港愈来愈密切，除了1995年委托也斯策划"香港文化专辑"，北岛再次委托叶辉策划"香港十年"（总77期）和黄爱玲策划"回归十五年：香港电影专号"（总99期），北岛本人策划"香港国际诗歌之夜"专辑（总87期）。

为什么是香港？北岛对香港是有准备的。香港为北岛提供了什么，北岛为香港做了什么？究其心志，北岛最终是要向世界发声，心向中国北方。北岛选择香港虽是权宜，但也是感恩的。与大中华区的许多城市相比，香港拥有众多优势，作为国际文化都市，香港具备基本条件：多民族多语种多文化的混杂与共存；历史悠久，传统资源充沛；经济与金融的国际地位；高等教育的中心。③

北岛对自己被视为香港南来作家感到困惑。南来作家就概念的含义已经带着强烈的北方中心意识。经历了"在西方"的漫长游历/流亡，北岛的中心意识不可能只是北方，或者是被西方涂抹过的北方。西方，从"使馆区戒备森严的铁栏杆后面一个相当抽象的概念"变成18年来每天面对的漂泊的生活。将近20年的海外生活，北岛追寻诗歌的足迹遍及世

---

① 2016年11月，北岛推出《此刻》（001），接替其前身《今天》文学杂志，印行地点改在内地。《此刻》首期栏目与《今天》相比有很大的调整，在关注传统诗歌、小说、评论外，视野触及科技（科幻）、艺术（影视）等。编有AlphaGo与AI研究小辑、沈诞琦小说选、联合文学课堂·科幻文学专题、焦波和《乡村里的中国》。
② 北岛：《编者的话》，《今天》1991年第3、4期合刊。
③ 北岛：《古老的敌意》，香港：牛津大学出版社2012年版，第168—169页。

界。他以教学或朗诵为生,与世界诗人为伍。同时,以《今天》杂志为平台,与海外中国知识分子相互砥砺,保持着对中国内地的关注与思考。客观而言,北岛及其《今天》的世界性某种程度上是生活所迫,但也成为思考当下中国的坐标。北岛经历了世界的远征走出了狭隘的"东—西"视野,也时时反思当下全球化潜在的危险。"我们意识到,在与西方作家或学者对话时,难免会落入西方的语言陷阱中。为了走出西方话语的阴影,必须找到别的参照系。""全球话语是以西方为代表的话语体系,这后面有一种潜在的危险,如同当年的革命话语。中国一直对西方有一种情结,什么事都和西方去比,其实这里有很多不可比。在探讨现代性转型,我们不应简单把西方作为一个参照系。现在我们受到西方话语的影响太大,比如我们在文学批评中,都受到西方的影响,变成了一种情结,而且是悖论式的,你要批评他,也要用他的话语。我们正通过《今天》和非西方文明建立一种对话关系,现在《今天》在做和印度的对话,接下来会是埃及、土耳其。我想中国文化应该走出去,脱离这个怪圈,而只有民间才能真正做到这点。"①

北岛对自己以及《今天》同人的期许是"持灯的使者"——文化英雄的自我定位,推动民族文化的复兴。这种努力一旦从世界落足到香港,便产生了一系列的诗歌行动。"香港国际诗歌节""国际诗人在香港"平行交错,相辅相成。既寻求诗歌节影响的聚焦,又借国际诗人的访港持续诗歌在香港,乃至大众化地区的深耕工作。并借此衍生出诗歌出版与翻译的另一种方式。② 以《今天》为联结纽带,北岛的文化行动把中国当代作家融入世界文学的视野,出版"今天文学丛书"。《今天》跟牛津大学出版社签署合约,出版"今天文学丛书"五种,分别为:刘禾主编《持灯的使者》,柏桦著《左边:毛泽东时代的抒情诗人》,张枣、宋琳主编《空白练习曲:今天十年诗选》,李陀主编《昨天的故事》,欧阳江河主编《中国独立电影:访谈录》。复刊十年后的 2000 年,"今天文学丛书"面世。

---

① 北岛:《古老的敌意》,香港:牛津大学出版社 2012 年版,第 47、17 页。
② "香港国际诗歌之夜"每两年一次。"国际诗人在香港"一年两次,每次请一位世界级的诗人。每位诗人在香港住十天到两周,举办一系列的诗歌活动。在到访前先由牛津大学出版社出一本精美的双语对照诗选,译者的选择也是一流的,追求从诗歌到翻译的经典意义。此外,出版这种袖珍本诗选也试图建立诗歌与年轻人以及纸媒——反信息时代的联系。

"住"在香港的作家与知识分子的责任，一方面固然是"向北方"，从香港对中国的意义上理解香港。另一方面则是担忧香港年轻一代，思考如何诗意地栖居在香港，和现代教育抢时间。北岛认为，现代教育制造太多的不平等，教育有时也与商业化的时代同谋，而拥有诗歌、诗意的生活应该是人人平等的。长期大学任教，北岛有机会了解香港年轻人被注定的"安全可靠"——以创造性与想象力被资本、被父辈、被媒体、被网络劫持为代价的生活。文化复兴，北岛更寄希望于下一代。他到香港的中小学贯彻诗歌教育理念，这样的做法也扩展到内地。"为孩子留下一部作品"是北岛的宿愿，《给孩子的诗》是北岛的心血之作。他甄别、挑选57位不同国别的诗人、101首不同风格的新诗，将适于孩子诵读、领悟的短诗集结成一册，重绘了新诗版图，确立了经典标准，携带着思想、文学、文明的火种，照亮下一代的阅读空间。《给孩子的诗》作为开放性的经典诗歌选本，体现北岛的眼光与热忱，品质的独特和优异。一个人发蒙阶段读过的诗，很可能影响到一生的文学观念，因此北岛编《给孩子的诗》，"不仅仅是一个诗歌的问题，不仅仅是一个文学的问题，还是一个教育的问题，意义怎么放大都不为过"（《东方早报》）。

归来的北岛基本无诗，一方面是诗歌尖锐的"异端性"——非生活性，诗歌无法"交代"频繁辗转的复杂的生活。另一方面是作者的中年心态使然，从行色匆匆的赶路人变成厕身边缘的旁观者。归来的北岛无诗却有散文，散文与漂泊之间有着互文的关系：散文是在文字中的漂泊，而漂泊是地理与社会意义上的书写。更何况，散文更符合中国国情——博学广知、知书达理、堂堂正正。"经历无边的虚无才知道存在有限的意义"，北岛在香港忙碌于"有限的意义"。就北岛在香港期间的创作而言，《城门开》应该算是分量比较特殊的。他要用文字重建"我的"北京，拒绝如今的北京。这种"拒绝"的书写是归来的陌生人北岛的文化态度："我打开城门，欢迎四海漂泊的游子，欢迎无家可归的孤魂，欢迎所有好奇的客人们。"记忆才是城市的主人，从内部打开城门才能真正进入城市的血脉，像老舍一样在北京的神经末梢中生活。北岛曾经将海外散文写作定名为"失败之书"："在一个追求物质化全球化的完美之夜里，我的书是一种沉沦，一种堕落，在其中留下了对完美之夜显得多余的动作与阴影。"在发展主义的凯歌中，北岛以漂泊者的眼光挽留那些已经破坏，或者即将遭受更大的破坏的生活。《城门开》不乏伤感的挽歌氛围，消失的气味、声音和光线，旧时的胡同巷弄，躁动的青春。尽管如此，北岛的文化英雄情结使《城门开》不陷溺于过去，北岛的"北京"召唤回忆的细节的同时召唤生命。生命的过去时也是现在时，这种"共时性"构成《城门开》的张力。

　　除了作为记忆之城的北京，北岛在《城门开》中不回避自己以及父亲在"文化大革命"中的作为。《父亲》是《城门开》的压轴之卷。"你召唤我成为儿子/我追随你成为父亲"（《给父亲》）。说出真相，不管这真相是否会伤害我们自己，北岛替父亲说出的是他在"文化大革命"中的角色。北岛劝父亲把这一切写下来，对自己对历史都有一个交代——这绝非个案，涉及一段非常特殊的历史时期，涉及知识分子与革命错综复杂的关系。对于中国式父子关系，北岛从文化深处进行反省。中国的父子从来不会有真正的平等关系，父子关系从父亲主宰转换到儿子主宰，是生理的变化，更是权势的转移，传统文化心理使然。回望父亲的人生道路，就是辨认自己生命的完成过程，必要时，北岛也是"北岛"的旁观者。由造反出身到造自己的反，归来的北岛多了一份道德勇气和历史承担。

　　北岛始终生活在过去与当下的两条平行线之间，他的海外写作以交错的记忆连缀着两个世界。北岛在香港，一生中终于有了自己的书房。"写诗写久了，诗人和语言的关系变得紧张，就像琴弦越拧越紧，一断，诗人就疯了。而写散文对诗人是一种平衡。"（台湾版《蓝房子》后记）北岛以反抗形象出道并立身，漂泊海外则反抗虚无，现在他继续反抗全球化背后的资本与权力的逻辑。北岛的文艺复兴之梦以世界性与国际性为参照体系，对抗现代性"工具理性"。他常引用帕斯《另一种声音》中的话："今天，艺术和文学面临一种不同的危险：不是一种学说或一个无所不知的政党在威胁着它，而是一种没有面孔、没有灵魂、没有方向的经济进程在威胁着它们。……它的审查不是思想性，它没有思想。它只知价格，而不知价值。"作为一个诗人，最本质的反抗在于语言的反抗。20世纪七八十年代的北岛，反抗的姿态胜于语言的反抗，漂泊回归的北岛，更意识到语言反抗的沉重。文学民主化、媒体化、网络化的危险并不亚于专制体制。社会以及教育的精细化专业分工使行话盛行，语言僵化，词与物的关系严重脱节，意义世界与现实世界各自运行。文学尤其是诗歌能否承担语言的冒险功能，反抗的不仅仅是专制，而是语言的暴力、审美的平庸和生活的猥琐。从"诗"的异端反抗到"散文"温和的反抗，反抗的对象和策略都发生了改变，北岛以重建替代反抗，这种反抗之路更漫长也更艰难。

三 刘再复：两度人生中守护学术生命

刘再复漂流多年，梦里已知身是客。对"客"的理解从鲁迅的"过客"扩大为《红楼梦》"无立足境，是方干净"的境界。

刘再复海外"游学"的际遇，以及由此展开思考的广度和深度应该是漂泊者中少有的。得益于海外友人的知遇，刘再复20世纪90年代先后在美国的芝加哥大学、科罗拉多大学、瑞典的斯德哥尔摩大学、加拿大的卑诗大学任访问学人和客座教授，在海外也拥有新的学术环境和一张平静的书桌。海外漂泊19年后，刘再复2008年第一次回到北京，给自己的第二人生（流亡人生）画了个句号。回归之后，刘再复开始了第三人生，自许成为世界公民："既拒绝帝国主义话语，也拒绝民族主义话语。"[①] 2000年刘再复离开美国到香港城市大学客座两年三个月，随后，刘再复在香港科技大学客座讲学。此后，刘再复很大一部分生活重心在香港，他对香港的认识、思考总是联结在对内地现状的思考当中。

香港既是刘再复海外言说的"公共空间"，也是他"自己的园地"。香港天地图书几乎包揽了刘再复海外写作的绝大部分著作，从《漂流手记》到《告别革命》（与李泽厚合著）、《放逐诸神》等近20本。天地有情，"帮助我们从禁锢与封锁中突围，让我们的声音依然存活在天地广宇之间"。十卷本《漂流手记》完整记录他在海外19年（1989—2008）的心路历程。余英时将刘再复及其漂流书写放到中国漂流文学传统当中，并指出其所处的境遇又是现代知识人的大流放，因此漂流的终点指向并非回归地理意义上的故乡。[②]

刘再复境外言论的公共空间基本上集中在香港。对作为国际大都市的香港，以及作为特区的香港，他也颇多"近观"和"远看"。远看香港，或以北京为观察点，或以美国为参照对象，宏观比较。"九七"前后，刘再复对香港有相对密集的关注，对香港的特殊意义，以及香港的未来提供自己的思考。这些言论主要集中在《明报》《明报月刊》《二十一世纪》。

[①] 刘再复：《第三旅程告示》，《大观心得》，香港：天地图书有限公司2010年版，第173页。

[②] 余英时：《西寻故乡·序》，香港：天地图书有限公司1997年版。

"自己的园地"除了漂流独语之外，还包括刘再复与女儿刘剑梅的通讯、对话集《共悟人间》，以及在《亚洲周刊》开辟的对话性专栏文章。与刘剑梅对话是他海外精神生活的一部分，20世纪90年代的"父女两地书"以亲情交流为主，由天地图书公司出版，很受香港的师生欢迎，连印5版。经金庸推荐，《共悟人间》被特区政府康文署评为"二〇〇二年十本好书"。2000年刘再复客座香港城市大学中国文化中心，与女儿在《亚洲周刊》专栏对话，续作《共悟人间》。与90年代的通信内容相比，专栏对话的内容以及父女两人的文风都有明显的变化。《亚洲周刊》上的对话包括刘再复的《二十一世纪"柔与刚"的选择》《香港大都市的隐喻》《世俗之城与精神之城》《寻求生存的"第三空间"》《牛仔惊醒之后》《劫火重铸英雄观念》《别心理上先打垮自己》《两种时髦：语狂和语障》《没有灵魂的泡沫文化》，刘剑梅的《轻与重选择的困境》《命运交织的香港》《世俗化喧嚣中的孤寂思索》《浮华都市的永恒动力》《"芝加哥学群"的精神取向》《重新定义美国》《劫后美国文化的转机》《忧患中的人性呼唤》《身体书写的末世景象》《主宰语言还是被语言主宰》《阿富汗女人的面纱》《历史记忆的消费与提升》。信件往来之间，父女的关爱依旧，但更多呈现为际遇不同、学术训练和背景各异的两代学者之间的对话，学术性与严谨性更强。话题涉及香港、美国和中国大陆的社会现状。告别20世纪是刘再复首先的定调。[①]

刘再复与刘剑梅父女两代学人的对话从对21世纪的期待开始。反省于20世纪的"刚"，刘再复向往"柔"——和平、协商、妥协、让步、悲悯、教育、建设。作为一个启蒙时期的旗手，哪怕浪迹天涯，刘再复对文学（拯救生命）依旧是有所寄寓。刘剑梅则深谙后现代、消费时代的颓废所导致的"轻"的可怕，对未来的期待更多渺茫。长期在美国大学求学、任教的刘剑梅意识到美国学生常犯"失重感"的毛病。"学生们的失重感揭示了后资本主义工业社会的文化转向，正如弗雷德里克·詹姆逊在他的《文化转向》一书所论述的，如果说现代性还拥有崇高的美学的话，那么后现代性则完全抛弃了崇高、抛弃了美的自律状态，转而推崇美所带来的快感和满足。""后现代文学充斥着许多戏仿，对现代主义的经典著作的戏仿，对历史的戏仿，对崇高的戏仿，这些戏仿有时并不带有尖

---

① 刘再复：《大观心得》，香港：天地图书有限公司2010年版。

锐的讽刺意味，只是一种拼贴——用詹姆逊的话说，是一种空洞的拼贴。再者，以往现代主义中私人性的惊世骇俗的、警世般的语言也已经被大众化的后现代式的媒体语言所代替，视像文化的盛行已在不知不觉中改变了我们看现实的眼光，我们消费着文化，也被文化所消费。在被幻象所取代的生活里，甚么是真的呢，甚么是虚假的？这时，我反倒感到'轻'的可怕了。"[①] 父女在"柔"的理解上继续对话"香港"。刘再复的香港是"柔"的城市。"刚的城市成为战争和革命的中心。负载着人类的历史抉择，显得沉重。柔的城市则离生死搏斗较远，人们走到城里，总是轻松些，柔和的感觉总是大于沉重的感觉。"香港对中国知识分子来说是一个隐喻，"香港这一国际大都市所暗示的香港原理，就是日常生活天然合乎人性的原理，就是'生活无罪'的原理"[②]。

　　刘氏父女对于"轻"与"重"的讨论延续到"9·11"之后的美国及其文化走向。美国社会因浮华的喜剧化、虚拟化而"轻"而"失重"会不会因"9·11"而转向悲剧带来的"重"。经历"9·11"劫难的美国，能否重铸新的"真"英雄观（崇尚建设性、救治性的英雄，非杀人的英雄），取代"扮演"的虚幻的影视英雄，拯救正在大众消费文化中沉沦的文化精神。"轻"与"重"还延续到女性的身体写作的议题上。刘剑梅认为，20世纪的女性身体从世纪初承载着民族国家的解放意义，到新时期演变为反叛秩序的文本策略，以此揭示女性身体与社会、与世界的关系。然而，世纪末的女性身体写作看似疯狂的反抗，实际上却是媚俗的，商品化的，是"以妖娆的姿态迎合男性社会对女性的规定"，肆无忌惮的女性身体写作已经构成了末世的一大景观。身体可以是"重"的——女性解放的出路，也可能是"轻"的——女性解放的陷阱。女性解放在世界呈现出另一种面向，"阿富汗女人的面纱"检验出世界政治的复杂性。揭开"阿富汗女人的面纱"是女性真正意义上的解放，还是沦为美国政治的装饰品，成为西方扶持的"新国家神话"的载体。政治意识形态符号的"轻"与伊斯兰世界女性解放之"重"辩证共存。刘再复将大众消费文化的"轻"文化、速朽的文化称为浮在地表的"泡沫文化"。"轻"

[①] 刘剑梅：《轻与重选择的困境》，刘再复《大观心得》，香港：天地图书有限公司2010年，第182—183页。

[②] 刘再复：《香港大都市的隐喻》，刘再复《大观心得》，香港：天地图书有限公司2010年，第186页。

与"重"关系还体现在历史记忆的书写当中。影视界消费"历史"、戏说历史，不断复制、生产，历史不再与人类的命运相关，只与感官相连。过渡的消费历史最终使历史失去厚重，只剩轻松与愉悦，历史失去主体性，彻底空洞化了。而历史书写以"故事新编"的方式出现在香港则不然，香港作家的"故事新编"无关历史的真实，却暗藏着政治与权力的交涉，模糊暧昧的历史恰恰是香港历史和文化的身份隐喻。台湾的文化记忆则关乎前世今生的身份寻找。

漂泊中的刘再复转徙于世界大都市，都市文化的影响使刘再复的文学批评完成个体的文化转向——从之前的乡土文化思维到漂流海外的现代都市文化思维。乡土文化是单一、厚重、而稳定的，现代都市文化则是多元、变化、而流动的。刘再复反思20世纪中国文学"有罪的"都市与"纯洁的"乡村的道德化论述，革命追求极端圣洁化，导致"生活有罪"，世俗之城的沉沦，精神之城的扭曲。刘再复都市思维的价值参照主要是美国和中国香港。刘再复肯定香港世俗化的合理性，也期待香港多一些精神之城的维度。对香港文明批评与社会批评高度赞赏的同时，检视香港新闻媒体在社会国民心理上的作用。香港媒体资源丰富，但地方小媒体资源不足，因而容易膨胀新闻，小题大做，对港人心理容易产生负面的影响。至于香港人，则在快节奏、商品化的社会中丧失主体性，无力承担"重"的国家使命。刘剑梅通过对王安忆城市书写伦理的分析，认为浮华都市的永恒动力是日常生活所体现出的"生活肌理""心灵景观"。

对知识分子角色的历史反省、对当下学界研究弊端的批评，是刘氏父女两代学人富有建设性的对话。知识分子尤其是海外知识分子该如何立身。刘再复以倡导"第三空间"反思个体独立空间的丧失。20世纪中国长期处于两大阵营对立，知识分子要么"入仕"，要么"入伙"，生存状态侥幸的如韦小宝，不幸的如阿Q。刘剑梅以"芝加哥学群"的精神取向，肯定了海外知识分子不畏孤绝、走进精神深处的重要。反省大众文化消费浪潮中知识分子的角色，刘剑梅更赞赏李欧梵以知识漫游者的角色阅读香港——命运交织的城市，既要自在地、不清高自诩地漫游于都市，又要不迷失自我。刘剑梅对后殖民理论影响下的当下"香港学""香港意识"有理解，但也保持理性的批判——学院派让人觉得"香港意识"只是美国后殖民主义理论话语的附属产品。

对"语狂""语障"的揭示是父女两代学人的共识。"语狂"是自我膨胀,是语言暴力,是20世纪语言危机的一个重要现象,必须如美国一样,用法制约束、惩治。"语障"是为观念、主义等概念遮蔽,以"概念"凌驾、取代生活,完全忽视了生活本真和人的生命价值。"语障"在当下学界泛滥,严重影响了学院派的思维。对"文学现代性"怀有"恋物癖"情结,以"现代性"为核心大概念不断进行学术生产——"翻译现代性""压抑现代性""半殖民地现代性"等,其他如"现代主义""后现代主义""后结构主义""后殖民主义"等大概念都构成了"语障",学术研究为概念所隔,反而难以进入"真问题"。推而广之到社会,20世纪语言的解放危机导致人类是主宰了语言,还是被语言所主宰?

刘再复客居香港,以香港的言论空间为平台,以香港、美国的都市文明为参照,对当代文化现象,尤其是联结内地当下的文化现象,同时溯及历史维度展开辩证思考。他的域外反思是包括自己在内的精神忏悔录。由于具有国际学术背景的女儿刘剑梅的加入,刘再复对当下和历史(包括当代中国内地思想史和个人思想史)的反思不是封闭性的检讨,不至于因为立场、处境的变化而矫枉过正。

第三节 两栖者的超越与融入

在持有外国国籍而常居国内,并与国内文坛保持高密度互动的知名华文作家中,以严歌苓、虹影、施雨比较令人瞩目,她们的写作保持着双轨路线。

严歌苓与虹影是在海外坚持参加中国当代文学主流创作的作家。严歌苓的小说家与虹影的诗人身份是在大陆时期确立的。虹影1983年出版了诗集《天堂鸟》。严歌苓则是早慧而高产的女作家,出国前已经加入了中国作协,成为当时最年轻且小有名气的作家。从1979年完成处女作《七个战士和一个零》开始,严歌苓在小说和剧本创作两个领域表现亮眼,并多次在国内获奖,这种创作状态一直持续到1989年严歌苓赴美。严歌苓为当代文坛贡献《女兵的悄悄话》《雌性的草地》等早期代表作。

严歌苓与虹影在离开中国后分赴美国和英国,但她们的创作都以中文核心区之一——台湾作为施展文学才华的场域。严歌苓有《少女小渔》(到美国后的第一部作品,获"第三届中央日报文学奖"小说类第二名,1995年由严歌苓担纲编剧改编的同名电影获"亚太地区国际电视节最佳影片奖"）、《扶桑》（1995年获"联合报""文学奖""长篇小说奖"）、《人寰》（1996年获"中国时报（台湾）百万小说奖"）、《倒淌河》《谁家有女初长成》（1996年，三民书局）、《密语者》（2004年，三民书局）。虹影有长篇小说《背叛之夏》（1992年，文化新知出版社），中短篇集《戴鞍的鹿》（1996年，三民书局）、《女子有行》《饥饿的女儿》，中短篇集《风信子女郎》（1997年，尔雅出版社）、《K》（1999年，尔雅出版社）、中短篇集《神交者说》（2000年，三民书局）。以上罗列的是不完成的统计，仅以影响较大的为例，但足以说明两位女作家走向名作家的"台湾模式"。

  随着两位作家生活重心逐渐移至北京，她们作品的出版或以大陆出版社为主（严歌苓），或以两岸同时分别出版简、繁体版（虹影）。她们的作品，以及与她们相关的文学、文化现象更多地被纳入中国当代文学、文化批评的范畴。2006年严歌苓在国内出版长篇小说《第九个寡妇》《一个女人的史诗》，后者被认为是"2006年中国文坛最重要的收获之一"。回流后，严歌苓与主流影视圈关系密切。《梅兰芳》《金陵十三钗》《归来》等都与名导合作，并成为年度大制作。影视剧的宣传、热播，引发相关社会话题让严歌苓长期处于媒体与文坛的中心。虹影对中国内地产生影响主要是2000年以后，用虹影风暴来袭形容并不过分。这种影响（争议和官司）主要是由虹影海外创作的代表作《饥饿的女儿》和《K》带来的。因自爆家丑惹起争议，因版权、侵犯名誉权虹影被卷入官司。就创作而言，虹影2000年长居北京以后的作品主要是：《阿难》《孔雀的叫喊》《上海王》《绿袖子》《上海之死》《上海魔术师》。近年来出版的有《好儿女花》《53种离别》及诗集《我也叫萨朗波》。①

  施雨在北美华文文坛颇有号召力，是早期北美网络小说的研究者。施雨（林雯）攻读博士期间研究的论题是《论北美华文网络文学的第一个

---

① 以下虹影作品的出版情况皆是就在中国内地首次出版情况而言，这一期间，虹影作品被各家出版社重新编选结集，以不同的书名出版的不计算在内。2000年4月，《饥饿的女儿》，四川文艺出版社；2002年1月，《K》，花山文艺出版社（2003年11月更名为《英国情人》，由春风文艺出版社出版）；2002年2月，《阿难》，湖南文艺出版社；2003年1月，《孔雀的叫喊》，知识出版社；2003年12月，《上海王》，长江文艺出版社；2004年7月，《绿袖子》，上海文艺出版社；2005年2月，重写笔记小说集《鹤止步》，山东文艺出版社；2005年3月，《上海之死》，山东文艺出版社；2006年12月，《上海魔术师》，上海人民出版社；2009年9月，《好儿女花》，江苏人民出版社；2011年10月，《小小姑娘》，译林出版社；2013年7月，《53种离别：一种自我教育》，江苏文艺出版社；2014年1月，诗集《我也叫萨朗波》，江苏文艺出版社。

十年》，这既是对自身文学之路的回顾，更是以严谨的思维对新媒体时代的北美华文文学现象进行历史性的总结，把北美华文网络文学放入世界文学格局与中华文化概念中，对全球语境下的跨文化写作现象进行分析、总结。《上海"海归"》将一群海归创业的知识群体去神秘化，"去"与"留"，"区隔"或"融入"之间形成矛盾的张力。这一"边缘"群体于在地的情感与创业的机会理性之间徘徊，成为独特的书写与阅读对象。

伴随频繁的双向越境而来的文化优势因此而转化成为写作优势却是不容置疑的。本节主要以前此三位作家作为论述的对象，主要基于作家在本土的居留以及与中国当代文坛的互动情况而论。"双栖"是事实的落地，而非不定期的、短暂性、偶然性的停留、过境。

一 严歌苓：从中心走向"中心"

严歌苓将自己的写作定位为个人对历史的印象派版本。因此，她的小说不仅提供了大历史的景深，也呈现小人物的表情与温度。有温度的历史感和有表情的艺术感是严歌苓小说感动读者的力量。感动的对象可以超越年龄、知识结构以及地域界限。

严歌苓小说的阶段性特征非常的突出，其小说的选材、视角，乃至情感投入方式都与作家本人创作当下所处的空间地域、文化身份相契合。家学熏染，非常态的军旅生涯，早慧，都使严歌苓的文学旅程显得非常的漫长。在此期间经历了自传写作、军旅写作、"文化大革命"写作、移民写作，然后抵达"中国"——"大历史"中的中国、民间乡土中国、当下中国。每一段她都看似非常轻易地在喝彩中完成自我突破。

严歌苓的早期创作具有鲜明的"职务"特征，以文职军人和女性的视角写部队或准部队（知青）的生活，具有一定的封闭性，当然也因此获得时代性——在20世纪七八十年代的准军事集团式的生活中。《雌性的草地》《一个女兵的悄悄话》是这一阶段的代表作。从军事化、体制化的生活到海外"自由"的生活形态转换过程中，严歌苓的移民过程比其他留学生更艰难，但她努力适应。适应的能力来自军旅生活馈赠的对未知的艰难的抗压能力，而其艰难则来源于从一个体制到另一个体制的转制之痛。在此过程中，严歌苓看到了西方自由体制之恶。在西方，她身历体制之恶，回望故国的"现代"史，她反思百年来历次的"运动"。由此，严歌苓完成了写作观念的蜕变，体制外的"人"——永恒的人性成为严歌苓的写作信仰。任何体制都改变不了人的危机。此外，严歌苓——曾经的体制内的军旅作家，其深入体制之深，到达中国腹地之远是一般作家很难具备的资历，通过写作，它们转化成为严歌苓独有的文化资本。

严歌苓的海外创作以1989年出国留学开始，为求学而练笔，为生存而写作。由于机缘巧合，严歌苓将台湾作为小说发表地点的首选，而后无往而不利，将20世纪90年代台湾的文学奖几乎拿遍了。1991年《少女小渔》获台湾"第三届中央日报文学奖"短篇小说一等奖，1993年《女房东》获台湾"第五届中央日报文学奖"短篇小说一等奖，1994年《海那边》台湾"第十六届联合报文学奖"短篇小说类一等奖，《红罗裙》获台湾"中国时报文学奖"短篇小说评审奖。

1989—1995年是严歌苓从经验型作家向学者型作家转变的关键期。1989年严歌苓考入芝加哥哥伦比亚艺术学院，1995年她获得艺术硕士学位。系统的"大补"文学营养，"攻读学位，我才真正进入成长期"。她的成功主要归因于其良好的文学天赋与研究式的创作模式。1995年长篇小说《扶桑》发表于台湾"联合报"，并获"联合报"文学奖"长篇小说奖"，1996年由台湾联经出版公司，香港天地出版公司，北京华侨出版社出版。1997年《扶桑》在美国出版，2001年《扶桑》英译本入选为美国最佳畅销书排行榜第十名，2002年进入《纽约时报》年度十大畅销书之一。1996年《倒淌河》《谁家有女初长成》由台北三民书局股份有限公司出版。1998年长篇小说《人寰》获"中国时报（台湾）百万小说奖"，由台湾时报有限公司出版，同时发表于《小说界》，后由上海文艺出版社出版，收入"小说界文库·旅外作家长篇小说系列"，2000年获上海文学奖。《谁家有女初长成》在国内发表于《当代》《小说月报》，获2000年《北京文学》下半年"中国当代文学作品排行榜"中篇小说第一名，中国小说学会"2000年度中国小说排行榜"中篇小说第四名。1999年出版英文中篇小说集《白蛇》，受到美国报刊好评，获2001年第七届《十月》中篇小说文学奖。1999年与陈冲合作，根据《天浴》改编的同名电影获得台湾金马奖七项大奖，严歌苓获编剧奖，同时被美国《时代》周刊评为十佳电影，获美国影评人协会奖。2000年严歌苓开始用英文创作剧本，2002年被好莱坞剧作家协会延揽，正式成为好莱坞的专业编剧。2001年半自传体小说《无出路咖啡馆》由台北九歌出版有限公司、天津百花文艺出版社出版，同时发表于《小说家》。2002年当代文学出版社出版《严歌苓文集》，随着《严歌苓文集》的出版，严歌苓的创作进入了一个相对停滞的阶段。

纵观这一阶段的海外创作，严歌苓的走红经由中国台湾，转入美国，转进中国大陆，可谓风光无限。但仔细考察却可以发现，同样的走红，原因却各有不同。在美国受好评的《扶桑》《天浴》不乏题材因素，批评者指责严歌苓创作中的自我东方化倾向，尤其是《扶桑》，在国内出版的严歌苓作品中，争议性算是比较强的。"它的第一版，1996年2月由中国华侨出版社出版，文瀚阁创作丛书之一，是制作成本最低的那种图书，一本8元4角，首次印刷仅8000册。精薄精薄的一本，不知为何脱离了从那套丛书孤零零地立在书架上，夹在一本一本的书里，像极了一枚书签，普通得让人很难看到它。1996年到1998年整整两年，发行量本来就不大，可我还能买到第一版，可见，它是多么的受人冷落。"[1] 这种冷落与接受视角有关，也与严歌苓海外走红的过程中，大陆关注的相对滞后有关。比较而言，台湾更关注的是中国移民在海外的生存故事以及大陆"文化大革命"生活。中国大陆首先是上海文艺界对严歌苓的上海人身份与海外写作感兴趣。20世纪80年代末，严歌苓就曾以留学生写作者被《小说界》推介。海外写作的严歌苓在国内获得的最早的奖项就是"上海文学奖"，严歌苓1999年、2000年两次分别以《拉斯维加斯的谜语》《人寰》获得此奖。

尽管这一阶段的作品走红，但海外创作终究有其局限，尤其是作家寻求脱离本人经验之外的突破之时。学者型作家、图书馆型作家有可取之长处，也有其硬伤——以才情学问补"生活"之不足。"我读史料，读《华人移民史》，研究了两三年，翻阅了一百多本书。《扶桑》是看到史料中的一张照片刺激灵感的，《谁家有女初长成》是看到一篇报道引发构思的。写《人寰》，我研究心理学，看弗洛伊德、看荣格自述等心理学书，看穿了，又批判。"[2] 几年后，严歌苓承认："过去写《白蛇》《扶桑》等小说的时候，每每在写作前挖空心思地去思考结构，非常艰难地想一个作品的形式，希望有所创新，然后呕心沥血地去写。结果作品出来，除了专

---

[1] 羽白冰蓝：《红透的〈扶桑〉，不红的严歌苓》，努努书坊网站，https：//www.ka-nunu8.com/files/chinese/201103/2010/46385.html

[2] 江少川：《走近大洋彼岸的缪斯——严歌苓访谈录》，《世界华文文学论坛》2006年第3期。

家认可外，读者并不买账，还常被人讥笑为'雅不可耐，高不胜寒'。"①以《谁家有女初长成》来看，这是严歌苓一篇在海外试图解读当下中国之怪现状的中篇。尽管有其成就，也有获奖作为品质保证，②但该作显示了作家不了解当下中国，以才情、传言外加过去的中国经验"想象"中国的局限。替角色发言是该小说最严重的致命伤。

  2004年开始，严歌苓随美国丈夫出使非洲，远离美国的非洲生活给予严歌苓难得的自我沉淀的空间。另外，也正是这一时期开始，严歌苓频繁回国居留。她认为，理想的生活状态是在国外待一个月，国内呆两个月。不断的越境栖居，尤其是随着她居留国内的时间的增多，与中国文化以及国内的文艺界重新亲密接触，"再中国化"成为她新的选择与思考对象。她也自觉地将自己定义为一个中国作家，积极参与当代文坛、国内高校的各种研讨会、座谈会。而后的几年间，严歌苓的写作实现成功的转型，小说的题材和体裁方面均有很大的突破。其小说主要的首次出版地点也由中国台湾，或者美国，转移到中国大陆：2004年《花儿与少年》在昆仑出版社，2005年《穗子物语》在广西师范大学出版社，2006年《第九个寡妇》在作家出版社，《一个女人的史诗》在湖南文艺出版社，英文长篇小说 The Banquet Bug（《赴宴者》）在美国出版，2008年《小姨多鹤》在作家出版社，2009年《寄居者》在新星出版社。严歌苓以为，写作至今，现在的状态是最惬意、最从容的。她说："当我不去考虑那些复杂的东西，平铺直叙地去讲故事时，反而受到读者喜爱，就像我最近一些年写的《小姨多鹤》《一个女人的史诗》《第九个寡妇》这样的小说，写得舒畅极了，根本没有觉得有任何难度。"③

  "没有难度"的《一个女人的史诗》完成于非洲，以母亲的经历为写作蓝本。母亲成年后的性格的养成，以及痛苦的境遇都与新中国成立后历次的政治事件紧紧关联。但历史的烟尘落尽后，个人必须承担来自生活的遗赠。严歌苓处理母亲的题材的写作是非常谨慎的，只有在她去国多年从情感的纷扰中抽身而出，才能以平和理性而不乏温情的语态去重新书写。

---

① 卜昌伟：《新作〈赴宴者〉讽刺虚伪浮华，严歌苓两瓶啤酒吐真言》，《京华时报》2009年11月20日。

② 《谁家有女初长成》曾获2000年《北京文学》下半年"中国当代文学作品排行榜"中篇小说第一名，中国小说学会"2000年度中国小说排行榜"中篇小说第四名。

③ 卜昌伟：《新作〈赴宴者〉讽刺虚伪浮华，严歌苓两瓶啤酒吐真言》，《京华时报》2009年11月20日。

"移民也是最怀旧的人,怀旧使故国发生的一切往事,无论多狰狞,都显出一种特殊的情感价值。他使政治理想斗争,无论多血腥,都成为遥远的一种氛围,一种特定的环境,有时荒诞,有时却很凄美。"①

在严歌苓21世纪初以来的写作中,《一个女人的史诗》是非常重要的开端。它奠定了严歌苓"历史中国"(对严歌苓而言,改革开放前的中国往事都已成为她个体书写中的历史)的写作姿态,和基本的情感态度。关键词就是"女人"和"史诗"。经过生活和创作的双重积累,摒弃功利化的创作动机,严歌苓开始具备写"史诗"的条件,她深刻省思:在"男人"的大历史中,"女人"何为?当男人都被历史、革命"去势"后,只有女人还维系着生活和生产,包括基本的生活伦理或民间价值伦理的维系。《一个女人的史诗》中的欧阳萸,《第九个寡妇》中的孙怀清、孙少勇,《小姨多鹤》中的张俭,《金陵十三钗》中的神父或国军,无论他们形象多么高大,或在家庭中地位多么中心,他们都在严歌苓书写的历史之外。主流精英的大传统失效之后,中国民间社会的小传统承担着疗伤、修复的重要功能。

《一个女人的史诗》(2006)、《第九个寡妇》(2006)、《小姨多鹤》(2008)、《金陵十三钗》(2006)、《陆犯焉识》(2011)都可以视为是严歌苓民间视角的历史写作。作为一个写新移民小说风头正健的作家,回流长居中国的严歌苓将书写聚焦到"民间",重述有关家族、国族的复线历史。"那个时候的语言,那个时候的服装,那个时候的生活状态,我都觉得很自信。"

然而,与其他新移民作家一样,严歌苓写作也有要面对一个"命门"——很想但不敢写"当代"中国生活,譬如进城、出国、下乡等。原因之一是"错过了它的一大段发展和演变",把握不住当代中国人生活状况和心态,特别是现在的年轻人。此外,距离也造成了她对自己写当代缺乏底气。重新调动新的文学话语以解释中国的现状,她寄希望于长住中国,再使自己和中国产生一个自信,那时候就可以写了。②要严歌苓定居中国很困难,因为她不想放弃一个女人的权利和义务,2012年由于丈夫劳伦斯工作的缘故,她又一次迁居,这一站是德国柏林,但她依然将工作

---

① 严歌苓:《呆下来,活下去》,《北京文学》2002年第11期。
② 李洪华、邱苗:《把脉时代,关注民生——"中国当代小说高峰论坛"综述》,《小说评论》2010年第4期。

重心放在中国。最近几年的创作已显示严歌苓从"历史"中挣脱出来，开始面对当代中国。2011年《陆犯焉识》而后，严歌苓相继推出《补玉山居》（2012），《妈阁是座城》《老师好美》（2014）。无论是城乡接合部的黑旅馆，还是澳门赌城的"叠码仔"，或是最贴近国人日常生活的校园畸恋与情杀，严歌苓试图挑战魔幻现实的创作野心是不言而喻的。如果加上2000年的《谁家有女初长成》和2006年以英文创作，首发于美国的《赴宴者》，以上5部小说共同构成了严歌苓描绘当代中国的写作地图，严歌苓基本无视盛世中国的经济繁荣与国力强盛，执着于社会边缘人是作家感受中国式疼痛的方法。建立在盛世上的"痛感"来源多样，光怪陆离。

  作为享誉世界的华文女作家，严歌苓以"雌性"写作自许。严歌苓并非偏执的女性主义的信奉者，她不接受女性的"第二性"观念。以"雌性"取代"女性主义"，严歌苓从本质上取消了重述女性历史，建构女性历史主体的创作焦虑。"雌性"书写虽看似以《雌性的草地》开始，但此时严歌苓"雌性"写作的真正自我意识并未建立。但早期无意识的命名无意中，或者是内在地决定了严歌苓写作的大格局。"把女性写成雌性，这个容纳是大得多，也本质得多了。雌性包含女性的社会学层次的意义，但雌性更涵有的是生物学、生态学，以及人类学的意义。"[①] 而"雌性"写作具有自觉意识是她离开中国内地以后，移民经历提供了异质环境，让她重新思考女性与男性的关系。《少女小渔》作为"弱者的宣言"是严歌苓写作生涯再出发的重要作品。小渔"古典式的善良"（心甘情愿、自我牺牲式的输）[②]，以及作者在之后的小说文本中对"输"的存在主义式的理解，都成为严歌苓笔下女人们的重要特质。

  这是一群在中国内地男权语境中生存的女人，也是严歌苓在经历长期海外生活，辗转于欧美、远行至非洲，频繁返归中国内地之间的再创作。严歌苓在海内外，以"弱者的胜利"为这一群体塑像，这一女性系列包含：扶桑（《扶桑》）、田苏菲（《一个女人的史诗》）、王葡萄（《第九个寡妇》）、秦淮河的妓女们（《金陵十三钗》）、冯婉喻与恩娘（《陆犯焉识》）等。

[①] 严歌苓：《雌性之地》，《波西米亚楼》，陕西师范大学出版社2009年版，第100页。
[②] 严歌苓：《弱者的宣言——写在影片〈少女小渔〉获奖之际》，《波西米亚楼》，陕西师范大学出版社2009年版，第94页。

在成就这些女人的身后，男人们往往成为被遗忘的存在。这些或面貌模糊，或缺乏主体性存在的悲剧性的群体事实上构成了严歌苓"雌性写作"不可或缺的"那一个"。"那一个"在严歌苓表现海外移民小说中大量存在，这与海外生活中男性的生存条件更严酷有关。男性在国内社会生活中的强势地位受到颠覆性的逆转，同时，巨大的文化差异也增加了男性海外生存的复杂因素。海外男性与女性关系中两者权力与地位关系的逆转，这一逆转过程是微妙的。严歌苓的雌性书写走出女性主义的边界，她对百年中国男性的海外生存史的书写，与其说是性别书写，不如说是族裔书写。她以女性异域生存的同理心观照中国百年现代化过程中"西行"中的创伤。严歌苓笔下，女性主义与民族主义结盟，以弱者的小而终成其大的写作格局。

"再留学"的严歌苓钟情于"民间"写作。严歌苓的"民间"是只属于自己的民间，只能从她的小说中寻求内在的诠释的合理性。这样接地气的写作必须与作家本人近年来接地气的生活状况相关。严歌苓的"民间"之所以能以在非潮流的写作中被高度评价与她对民间长期而具体的储备有关。"细节之核"在叙述、描写的关键之处，不由自主地复活了严歌苓的民间。这些"细节之核"封存在旧日深沉的情感体验中，也得益于社会调查性的实地采风。严歌苓曾经在第一段婚姻中，与婆婆董冰——作家李准的夫人共同生活了八年。在此期间，她无意中学习了豫西方言，婆母——"从更深广的意义上来说，她永远是我的母亲"从对细节之核的领悟能力，以及行文与行事风格都影响了严歌苓。婆母《老家旧事》中"宣扬的人文精神、女性精神，滋养了我小说中一系列女主人公形象，从《少女小渔》到《扶桑》，再到我刚刚出版的长篇小说《第九个寡妇》中的王葡萄"。"应该说我写《第九个寡妇》和读《老家旧事》有关。豫西大地通过李准夫妇把深厚的民间文化营养输送给了我，使我在创造王葡萄这个角色时不至于捉襟见肘，能够比较宽绰地完成《第九个寡妇》这部小说。"[①]

2012年以后，严歌苓连续推出《补玉山居》《妈阁是座城》《老师好美》，造成一个严歌苓转写当代中国的强烈印象。从不敢写到尖锐以对，严歌苓笔下的当代中国能多大程度上被认可还需要时间检验。从"革命"

[①] 严歌苓:《〈老家旧事〉与我》,《波西米亚楼》,陕西师范大学出版社2009年版,第244—246页。

到"发展",中国始终被束缚在进化论的时间链条上。"革命"已经远去,"发展"的"狰狞"逐步显现,且渐趋极端化。"中国又变了,很多过去没有的生活方式在诞生。我们容易失去度,东方人的理性比较差,感性比较强。一失去度,就变得恶形恶状,吃、赌、喝酒、情杀……很多很多的现象。肯定会有很多魔幻性的人物出现,我现在对中国的社会特别着迷,现实比我们能够创造的魔幻世界更魔幻。"① 然而严歌苓的"魔幻中国"走的太极端了,她的体验生活还不足以让她的小说体现出中国千万考生这一庞大群体的真实的情感状态。但如果不以"写实"标准要求的话,严歌苓的"魔幻"现实主义还是有它的价值的。

严歌苓的当代演绎有其对自我突破的期许,甚至可以说是写"魔幻中国"的野心,毕竟中国现实的魔幻世界给作家提供了未来前景的无限可能。"魔幻中国"也是世界的中国,从这一点而言,严歌苓是有着超常的艺术敏锐度的。但如何读懂当下中国,确实是个问题,尽管严歌苓采取了调研式的写作姿态。《老师好美》离现实太近,容易露出破绽,《妈阁是座城》离现实太远,依旧走回到严氏传奇的写作路线。《赴宴者》和《补玉山居》,包括早些年的《谁家有女初长成》,都存在作家对现实的远近拿捏不当,对中国当下民间话语的隔膜等问题。当然这样要求严歌苓有些苛责,即使天天生活在中国的作家也不一定真"懂"当下的中国,因而,"读懂"中国的魔幻现实是一个对所有作家都有效敞开的课题。"她将自己对生活的理解渗透在创作中,直面时代困境和社会真实,扩展了小说题材的丰富性,传递出作家触摸时代脉搏的勇气和良知。当然,在此过程中也有弱点流露,特定时段内历史沉淀的不足以及想象空间的偏于促狭,一定程度上限制了小说的精神探索及其深刻性。或许,如何在呈现社会现实的同时保持文学作品高质量的艺术水准和想象力,是严歌苓未来写作中面临的挑战。"②

作为一线的当红作家,严歌苓著作在当今的出版市场的地位非同寻常,图书报价最低是首印 100 万册。这样的出版盛况,很大程度上得益于影视媒介对她的小说的推广,并且为她带来丰厚的收入。一些出版社、导演和影视公司对她作品版权的追逐有时到了非理性的程度。"她的小说作

---

① 《严歌苓四入赌场体验"赌博"》,《北京晚报》2014 年 1 月 13 日。
② 乔以钢、景欣悦:《"魔幻"现实中的灰色人生——严歌苓小说近作一瞥》,《红杉林》2014 年秋季号。

品影视剧版权卖出的最高价将近 2000 万元，其他作品影视版权的出售起步价也达到 1000 万元。严歌苓小说版权资源是出版企业和影视企业的财富之源。"北京新华先锋出版科技有限公司是严歌苓非常信任的版权经纪公司，"为严歌苓提供的服务不仅仅是在版权代理上，严歌苓的形象代言活动、媒体公关宣传和其他商业活动，我们都会尽心尽力去做"。尽管严歌苓在文坛的成就已经被认可，但"2008 年之后，经由新华先锋系列包装和商业化运作，严歌苓迅速成为一线知名作家"[1]。小说版权资源的全媒体互动是新华先锋包装严歌苓的重要策略。国内大导演几乎都从新华先锋购买过严歌苓小说的影视改编权，陈凯歌买了《白蛇》，姜文属意《灰舞鞋》，张艺谋看上《陆犯焉识》，蒋雯丽则中意《上海舞男》。

除了消费时代必要的行销手段，严歌苓好莱坞签约编剧的身份，她的作品在美国有相当的知名度与认可度，在国内，则有电视剧收视的成功带来的庞大的观众群体，这些都是走国际化道路的大导演青睐严歌苓的重要原因。以 2011 年张艺谋导演的《金陵十三钗》为例，主创人员和投资方在采用国际化商业大片的运作模式上是有共识的，从拍摄题材与作家编剧的选择，到国际化创作团队的组建，以及高科技手段的运用到市场的定位与宣传。此前，严歌苓长篇英文小说《赴宴者》获得美国《纽约时报》《时代周刊》及英国《观察者报》好评，已经为《金陵十三钗》的宣传进行了暖场。在国际影视视野中，南京大屠杀题材足以调动足够的关注，在国内则足以激荡国人的民族主义情绪和知识界的批评热情。高额巨资保证了《金陵十三钗》的视听效果，影片中，最重要的拍摄场景天主教教堂由意大利设计师设计，战争特效由英国著名的乔斯·威廉姆斯团队完成。再辅以偶像演员佟大为、奥斯卡金像影帝贝尔的票房号召，《金陵十三钗》取得商业上的成功是必然的。

当然，严歌苓首先是一个非常优秀的作家，严歌苓的"热"与她和她自身的创作调整有关。2004 年开始，严歌苓远离美国，频繁往来于宁静的非洲大陆与喧嚣的中国内地。她的创作开始真正冲击中国内地的"主流创作""主旋律"（早期的身份、经历使得严歌苓血液中深藏着那支"主旋律"），且逐渐被国内的读者、观众接纳认可。以她的小说改编的《天浴》《少女小渔》获得国内外的好评，这些早期的影视经验为严歌苓

---

[1]　毛俊玉：《严歌苓作品版权运营幕后故事》，《中国文化报》2013 年 4 月 6 日。

现在与影视传媒的互动提供了合理的铺垫。随着《梅兰芳》《一个女人的史诗》《小姨多鹤》《金陵十三钗》《归来》的热播，作家严歌苓逐渐被著名编剧的身份所压迫，她面临两难：做编剧还是写小说，要观众还是要读者。

即便如此，对于作家和编剧两种身份，严歌苓有严格区分。虽然严歌苓是好莱坞的签约编剧，"有时我爱电影甚至超过爱小说，因为电影在很多艺术手段上是优越于小说的。视觉上它给你那种刹那间的震动，不是文字能够达到的。……电影只会让你的文字更色彩，更画面，更动感，这也是我这么多年的写作生涯中一直所努力追求的。这也是我为什么会爱电影，色彩哇，然后跟电影走得很近的原因呢。我非常喜欢小说里能够有嗅觉，有声响，有色彩，有大量的动作。"① 然而，"作家长期做编剧，每个情节都要完成一个任务，这样才能把剧情飞快地往前推进。所有这些对写小说有负面作用的，因为小说的叙事通常是缓慢的，富有张力的。因此，经常看到一些原本小说写得很好的作家，一旦当久了编剧，就写不出好小说了"②。严歌苓的文学理想使她不会轻易地被商业利益所牵制，她常常自我警醒，要写出"抗拍性"的作品。消费时代，拒绝大众、抵制市场是不可能的，走纯文学之路的冷遇严歌苓早就尝到过了。何况，如今的中国影视生产确实需要优秀的文学编剧助其突破发展的瓶颈，文学生产需要借助影视传媒拓展其日趋狭小的生存空间和话语空间。

与影视作品商业化的成功相比，文坛和批评界的声音着眼的还是严歌苓小说的文学性。对严歌苓为保持文学作品能见度的无奈之举，以及商业环境下作家的生存之道，学界还是有一定的理解和包容的。严歌苓本人也意识到这个问题，并能适时调整。一定程度上可以说，严歌苓目前的创作实现的是"以剧养文"的写作模式。在《金陵十三钗》商业化成功的同年，严歌苓推出《陆犯焉识》，应该说这是严歌苓背对影视化的一部"抗拍性"作品。尽管后来还是被改编成《归来》，但《归来》与《陆犯焉识》完全可以分属于文学和影视两个不同的批评范畴，《归来》只是借用了严歌苓的名气和局部构思。

严歌苓曾认为自己是"中国文学的游牧民族"，生存的形式决定着文学的表达风格，决定她的语言是"带有异国风情的中国语言"。将近三十

---

① 沿华：《严歌苓在写作中保持高贵》，《中国文化报》2002 年 7 月 24 日。
② 《严歌苓：要观众，还是要读者，还真是个问题》，《人民公安》2013 年第 8 期。

年的创作生涯，严歌苓为中国文坛、中国的影视界提供了全球化时代中国文学的传播路径与影响方式，一个中国文化全球化研究的范本，一个写作人的"爱与哀愁"。

2014 年 5 月 8 日严歌苓获得北京市首届"京华奖"。"京华奖"由北京市官方设立，旨在表彰和奖励在首都建设发展中做出突出贡献的华侨华人、归侨侨眷和港澳同胞，是北京市授予侨界人士和港澳同胞的最高荣誉。严歌苓谈及她的获奖感受时说："这个奖是除了电影和小说之外，我获得的唯一的一个政府行为的奖。它给了我一种除了文学艺术肯定之外的肯定。"①

二 虹影：创伤书写的跨界疗救

虹影以女性主义的文学主张与创作实践成为世界文坛女性主义作家最旗帜鲜明的中国代表。据相关研究机构的调查，将 1970—2013 年欧美世界翻译出版的中国现当代女作家（1949—2013 年）作品的图书馆收藏情况进行检索和统计，并按照馆藏量多少排名，得出"中国现当代女作家之欧美影响力"的榜单，虹影位列第五。虹影作品的影响力的形成得益于两个方面的因素：首先从学术研究的角度来看，欧美声势浩大的女性主义运动影响了欧美世界对于中国当代女性作家作品的翻译出版；其次是欧美大众出版社出于商业利润考量，选择出版了对西方普通读者具有吸引力的作品。这种吸引力可能是意识形态原因造成的，也可能是迥异于西方文化的东方爱情、两性体验所形成的吸引力。② 虹影作品的影响力很显然主要来自后者，当然，也不排除意识形态的因素，比如《饥饿的女儿》由于涉及"文化大革命"、饥荒的题材而被西方读者更多的关注。

以上两个因素说明虹影特定的女性写作与文化的地域差异对于虹影影响力的重要意义。如果说天赋与出身是上天赐予虹影女性写作天然的礼物，那么"越界"对虹影来说就是她自造传奇的必要途径。王德威就认

---

① 《北京市侨务工作会议举行首届"京华奖"颁奖》，中国新闻网，2014 年 5 月 8 日，http://www.bjqb.gov.cn/web/static/articles/catalog_ff80808145a738750145fa27985200d9/article_ff80808146121c8d0146126cc2de0008/ff80808146121c8d0146126cc2de0008.html

② 何明星：《披露中国现当代女作家作品之欧美影响力》，《中国图书商报》2014 年 3 月 14 日。

为，虹影一定要到英国去，她在英国那个经历对她非常重要。

虹影主要以小说获得声誉，但是要追索她创作的精神轨迹，"诗"才是虹影的灵魂寄居之所在——那里曾经住着一个疯狂而美丽的"巫女"，虹影也常以诗人自许。虹影在早期诗中已经完成了自我形象塑造，也由此规定着她后来的小说创作。

虹影被定位为小说家、中国后朦胧诗的重要代表人物、著名女性主义写作者，以小说扬名后，她再度回归诗歌写作，2014年年初推出最新诗歌集《我也叫萨朗波》。她自述："我是一个夹在生与死之间的人，太多的空白跨过时间与悲伤袭击我，小说不能填充心里的空白，只有诗。"从诗出发回到诗，重审虹影的创作，以及加诸虹影身上的概念、术语，不难察觉，反叛才是虹影其人其文最根本的精神内核。

虹影的早期写作被视为先锋写作，但综观虹影的整体诗歌创作，有关虹影写作的"先锋"命名是不恰当的，或者说这样的命名是对"先锋"这一术语学术内涵的片面理解与窄化。论者以为虹影的"先锋"其实只是一种下意识的反叛，而非基于对先锋精神的先行理解和充分把握。她的反叛与北京诗歌圈内曾经的地下诗人，以及重庆诗歌圈内学院诗人群体的先锋意识是有差距的。她的反叛是基于身份、境遇的反叛，而非文学的反叛，甚至可以说，她是主动迎合了文学潮流，文学是她拒绝命运给定的人生的反叛方式。虹影本人喜欢被称为先锋作家，但她自己标榜的"先锋"也主要指其惊世骇俗的生存行为。[1]

虹影的文学梦从诗歌开始起步。在20世纪80年代的重庆诗人圈内，流浪是一种生活方式。虹影的诗歌写作从时间来判断已经属于"后朦胧

---

[1] 彭苏：《"苦难的女儿"虹影》，《南方人物周刊》2009年12月18日。20世纪80年代中期，重庆老诗人梁上泉发现常来拜访求教的，中专毕业在化工公司当会计的女孩陈红英（虹影），"她不是'写点'，而是太爱写诗。她本来并不很了解文学，但她读书简直到了发狂的程度。我书架上的诗歌、小说，她全都借去过"。梁上泉向她建议："你迟早会独立发表作品，但你这个名字太一般，我给你取个笔名吧，就叫你——虹影。" 1988年年末，虹影给好友梅菁写信："这个地方不一定有人赏识我们的才华，但是一定有一个地方，有一群人会欣赏我们。如果这里不能留住我们，我们就应该离开……""我对她说，想走出去就要下功夫，光靠我们是出不了头的。"虹影北上前，梁上泉曾带她去拜访沙鸥。虹影北上后，1989年5月21日，老诗人沙鸥在重庆给儿子止庵写信："虹影如参见着，招待她，她的诗的确很好。"在情感方面，与赵毅衡相识后，虹影说："我告诉他，我成长的过程中，从没人敢说恋爱……爱是罪过，性更是丑恶，长久政治高压，伪善道德，导致我们这一代人身心压抑，精神空虚，渴望得到解放，叛逆世俗和传统。我们开黑灯舞会，沉醉烟酒，朗读外国诗歌，辩论尼采、萨特哲学……我们跳裸体舞，随便找男友，第二天，可能就投向另一个人的怀抱。"

诗"时期的写作。"1985 年或者更早，朦胧诗已经式微。与此同时，出现了更多被称为'新生代'的诗歌写作者，他们组织了名目繁多的，存在或者不存在的诗歌社团体。"① 这些存在或不存在的诗歌社、文学青年的交往圈成了虹影叛逃的第一个驿站。

从虹影的教育背景来看，虹影虽然有过学院的教育经历，但这一过程非常的短暂，而且没有系统性。② 她的文学梦既产生于她的文学天赋，也来自反叛命运的强烈的生命欲求。虹影属于后朦胧诗那一代，但与其他诗人走向明显不同，她的诗更为朦胧。有评者认为她的诗意太难捉摸，"我个人却认为她的一些诗是真正难得的珍品。"（比利时 Tan de 麦约翰）③ 虹影的诗，结构通常是虚线相接，因而句子之间会产生一种似接非接的特殊语境。在大多情况下，虹影的诗有如蝶式游泳，一句在水面，一句在水中。"读者只宜在耀眼的浪花中欣赏她那一伏一跃的泳姿，而不必去细究她水下动作的含义。"（台湾 洛夫）④

评论家王宏图认为，艾米莉·勃朗特《我是唯一的人》是通向虹影诗歌王国的密码，尽管两者在风格上有着天壤之别。⑤

　　我是唯一的人
　　我是唯一的人，命中已注定
　　无人过问，也无人流泪哀悼，
　　自从我生下来，从未引起过
　　一线忧虑，一个快乐的微笑。

这样的身世之感体现在虹影这一阶段的诗歌创作中是非常明显的。因此，她要反叛，反叛的一种方式就是"疯狂""毁灭"，成为"坏女人"。⑥

---

① 洪子诚：《中国当代文学史》，北京大学出版社 2002 年版，第 110 页。
② 1989 年 2 月，虹影在鲁迅文学院读书，由于北京当时环境的动荡，1989 年 10 月起，虹影开始在复旦大学中文系读书，而 1991 年 2 月，她就离开了中国。
③ 虹影：《白色海岸》封底语，春风文艺出版社 1998 年版。
④ 虹影：《白色海岸》封底语，春风文艺出版社 1998 年版。
⑤ 王宏图：《危险的幽会·沸腾的夜·幸存者——虹影诗歌小札》，《当代作家评论》1994 年第 5 期。
⑥ 王宏图：《震动不已的竖琴——虹影诗歌论》，虹影《白色海岸》，春风文艺出版社 1998 年版。

只有石榴发疯　撕开自己
准备裹起破碎的等待
　　　　——《发疯的石榴》
是你教会我成为一个最坏的女人
你说女人就是这样
　　　　——《琴声》

在国内居无定所，不断的流浪中，虹影燃烧自己去做一个美好的文学梦。在诗中，虹影并未直接呈现苦难，而是用尖锐的自我形象表达决绝的态度，那是一个疯狂而美丽的"妖女"的形象：有高而尖利的笑声，有飞蛾扑火的绚丽与壮美。

有时我是易燃物
是场罕见的大火　你
看到我的笑声比火苗还高
直到我化为灰烬
布满你的每个角落
　　　　——《外省回忆》

苦难是诗歌的滋养，虹影要以诗歌战胜苦难，要成为一个与狰狞的命运抗争的现代女诗人。从跨过长江到飞越国境，安定生活在伦敦南温布尔顿的虹影要为自己的写作生命定位。"中国女诗人未能在异性或同性的诱惑中找到诗的力量。""中国女诗人受苦最多的是蔡文姬与李清照，但她们的颠沛流离也在整个民族的受难水平之下。我想了很久，结论是：中国妇女从古保持到今天的地位是与诱惑隔绝的地位——安全、本分、平和、贤良——既无诱惑之欲，也无被诱之险。这种安全地位，既是非性的，也是非诗的，既与死的狰狞保持安全距离，也与生的真切绝缘。"应该说，在伦敦的生活本身已经让虹影摆脱了"生存"和"死亡"的阴影，某种意义上，她已经战胜了苦难。"我的'大隐隐于市'的生活方式，使我快乐地活着，孤独地写诗。"她也可以与国内文坛拉开距离，抗拒国内风靡的无病呻吟的"自白体"。"我的诗主角是'我'也不是我，我不是诗的主体，我不冒充，不模仿。"① 可以以后现代的姿态写诗:"庸俗文化与官办文化借助信息爆炸而麻木了每个语言的味蕾,正是这种局面需要后现代诗。""我庆幸我似乎触摸到了一点后现代——我在用语言和死亡幽会,而且静静地将语言进入后现代那微启的帘幕,等候并加入这不是开始也不是结束的一剧,最恐怖的一剧。"②

成就虹影列身世界文坛的作品是自传体小说《饥饿的女儿》。《饥饿的女儿》1997年由台北的尔雅出版社首次出版,不久(1998年)即由美国著名的汉学家葛浩文翻译成英文。《饥饿的女儿》迄今已有十几个国家的版本,英译本由英国著名的布鲁姆斯伯利出版社出版。《饥饿的女儿》及其书中人"母亲""六六"并不孤独,也不是横空出世,"饥饿的女人"已成现代中国文学的原型人物。王德威教授将《饥饿的女儿》放置到中国现代小说"饥饿的女人"谱系中,并予以高度的评价:"一个世纪长的饥饿女人行列,因为虹影新作《饥饿的女儿》出现,另创高峰。"③《饥饿的女儿》是绝对的自传,虹影说,"你可以沿着我书中描写的每一个地方每一个细节找到我的家"。沿着《饥饿的女儿》《好儿女花》《53种离别》,虹影的自传写作一直在持续中,间杂在其他虚构性作品中,显现出虹影人生与写作的一条基本的轨迹,同时,也隐含着一种变化在发生中。

1996年对虹影的写作来说是个蜕变期,这一年她开始写作《饥饿的女儿》。正视、拷问自己以及不光彩的出身和过去,虹影作为一个成熟的作家出现在世界文坛。从《饥饿的女儿》到续篇《好儿女花》写作的时间跨度是十年,作者从35岁写到了45岁。《饥饿的女儿》"在伦敦开了个头,就回南岸老家继续写",《好儿女花》则完成于2009年的北京。2013年虹影继续推出自传体散文集《53种离别》。在虹影前两部自传体小说中,母女关系始终是她的情意结,而母亲的男女关系则是最让读者好奇也最充满想象力的部分。当作者"重口味"的自我暴露使读者进一步期待从《53种别离》中获得更多的满足时,《53种离别》也许让部分读者失望。因为这里没有提供走出前两本小说所布下的叙事迷宫的路径,甚至丧失了"自传"的"真实感",连"53"这个数字也是信手拈来的。诉求真实的自传体散文反

---

① 虹影:《拒绝萨福的诱惑》,《白色海岸》,春风文艺出版社1998年版。
② 虹影:《拒绝萨福的诱惑》,《白色海岸》,春风文艺出版社1998年版。
③ 王德威:《三个饥饿的女人》,《如何现代,怎样文学?》,台北:麦田出版社2007年版,第242页。

而没有"虚构"的自传体小说更具有"真实感",虹影的故事讲完了,她必须寻找一个合适的时间宣布告别"自传写作"。

"在'新生代'作家中,虹影的小说题材宽,场面大,人物的调度,时空的腾挪,都朝大处走。一句话,自传因素最少。"而虹影也常自豪地说,"要比生活经验,我比大部分作家丰富"。因此她"至今"(1996年)拒绝写"体验"。① 这话如今看来似乎是为虹影即将开始,并且延续了十几年的自传体写作提前张目。虹影早期写作追求现代感,移民海外初期追求先锋性,这些早期写作与20世纪80年代的文学青年,甚至整个中国社会"向西看"的现代追求是同步的,他们都迫切需要寻求想象中的"他者"的认同,从《饥饿的女儿》开始虹影要"讲自己的故事"。《饥饿的女儿》被西方推崇本身已经是她无视西方"他者"的眼光进行的写作。在这一点上,《饥饿的女儿》与虹影1999年写作的《K》是有非常大的区别的。此时的虹影还无法预期到一个曾经"被侮辱被损害的"女子自我疗伤的写作可以带来世界性的声名以及市场的巨大利益。

《饥饿的女儿》是虹影自我身份确认的开始,与绝大部分海外华文作家的身份认同问题不同。有研究者认为,虹影的小说最没有"海外气息"的,这与虹影写作的初衷与自我认知有非常大的关系。移民海外的作家往往是面对未来,寻求"将来"的身份。因此,他们的过去往往成为走向未来求得"合法身份"的包袱,对过去投入过多的情感反而会造成自我的分裂。虹影则不同,她对自己的身份没有任何怀疑,尽管她持有的是英国护照。没有过多的家国情怀,她诉求的是长江边,一个曾经在细雨中呼喊的无助的小女子的合法身份,她要的是一个"完整"的自我。已摆脱生活的梦魇的虹影开始面向过去,此时写作是生存的必须,而非面对生活的策略。《饥饿的女儿》集向饥饿的年代,向历史讨说法和向父母忏悔两种复杂的情感于一体。"在文本分析上,《饥饿的女儿》深受玛格丽特·杜拉斯的《情人》的影响",但"在文化上,《饥饿的女儿》却属于中国,属于地地道道的60年代出生的一代人"②。由此论之,《饥饿的女儿》想象的读者是中国读者,她要面向中国社会为几代人讨公平,包括父母亲和自己。《饥饿的女儿》诉求中国社会和读者却意外地受到了世界性的欢

---

① 赵毅衡:《虹影打伞》,《文学自由谈》1996年第1期。
② 李洁非:《生于60年代》,《南方周末》2000年4月21日。

迎，这是虹影始料未及的。

被完全忽视的存在导致这个在细雨中呼喊的"我"讲述欲望长期被压抑。《饥饿的女儿》是"献给我的母亲"，替失语的母亲讲述，因为"我"才明白，比我更需要听众的是母亲。我把一切的愤恨留给了母亲、生父，母亲把一腔委屈和悲痛留给自己，她的孤独，她的心事，只能向佛诉说，她没有一个听众。此时虹影在母亲身边，面对南山，用笔重新讲述母亲，而母亲则在酷夏为"我"做稀饭和每天都不一样的川味凉菜，并且照顾刚刚做完流产手术的"我"。《饥饿的女儿》治疗了作家童年的伤痛，但只是属于虹影的独语，有一吐为快的酣畅淋漓，痛得过瘾。母亲的形象由"我"有记忆后的那个又老又丑的形象，变得坚忍而伟大。虹影通过写作自我拯救而重新建立了母亲的形象，小说最后以回视的角度表达深深的忏悔，此时，"我挂满雨水的脸露出了笑容"。

当一个人的现实人生比小说还精彩的时候，要压制她的讲述是不可能的，只是时间、时机是否成熟决定了她的讲述内容与讲述方式。当然，这种讲述要建立在作者足够强大、自信，足以面对外界压力的基础上，另外，也要有此讲述的价值与必要。因为十几年前的逃离与十几年来的漂泊都是一种"病"，"我知道自己患有一种怎样的精神疾病——只有弱者才有的逃离病……只有逃离，我才会安宁"。只有回到母亲身边，面对长江，虹影才能讲述母亲，同时也是清理自己的过去。

虹影在多次接受采访时强调《饥饿的女儿》是百分百真实的自传，当然这个百分百是对作家的写作态度而言，它对读者无法构成百分百的真实。小说是一种虚构的文体，自传体小说所谓的"真实"是一种基于作家经验的感受的"真实"。一个经验的"我"在写作，希望与母亲精神和解，而身体则可以借此重新回到母亲子宫。追寻自我，达成和解只是对过去的伤口的修复，一个作家的成长达到一个新的阶段，必然要继续出发。当读者理解了虹影，准备释怀于她的"恶"时，《好儿女花》又带来了另一股更强劲的冲击：不堪的亲情与背叛的情爱。

然而，女性作家的"体验式"写作可以成为她的资产，也会成为她自我突破的障碍，诚如王安忆所言，"假如我们已经保持了自我的真实性，接下来的问题则是对自我的提高。真实的自我与提高的自我之间，我认为应该有一个理性的距离，也就是审美的距离，或者说是批判的距离",①从而到达智性写作的可能。不可否认的是，无论是作家独立写作的意识，理解现实的方式，还是写作技巧的变化，《好儿女花》相较于《饥饿的儿女》都有新的突破，然而，作者力求理性，结果却一定程度上背离了其本人对作品的期待，因为"一女侍二夫"惹起的更大的争议。

如果从单一的自传文本中跳脱出来，将《好儿女花》置于作者的生命历程以及整体写作的阶段性思考，虹影的"自传体"写作已经离对象远了一些了。《好儿女花》还继续讲亲情伦理，但是作者的生父、养父、母亲都已相继离开，她渐渐摆脱了赎罪意识，重新理性面对母亲的秘密。在此，虹影调整了写作姿态，从《饥饿的女儿》的独语转变成《好儿女花》的众声。当"我"渐渐退出时，姐妹、兄弟、街坊王眼镜、马妈妈、莫孃孃、王孃孃……的声音逐渐入场，尽管这种入场依旧是以让我和母亲同样不堪的方式进入。

相比于《饥饿的女儿》与《好儿女花》的轰动效应，《53种离别》则显得过于平和。虹影不再需要身携利刃，不再需要一种反抗的姿态，是绚烂归于沉静，也是自我教育的结果，真正的离别往往是悄无声息的，《53种离别》淡化了讲述故事的欲望。

因为有《饥饿的女儿》与《好儿女花》作参照，读者在《53种离别》中看到了许多故事的延续，这一部分主要集中在前10种离别中，文字仍然以写实为主，注重细节与心理表现。在众多离别中，与母亲的离别依旧最痛。"新书《53种离别》虽不是全部文字写的母亲，但没有母亲的世界，我才意识到以前经历的所有别离，所以将其写下来。"②而大部分的离别都是一个人生片段，一种难以追寻的经历与感受，这些片段的文字更多是非写实的诗性的笔法。

当离别不再伤痛欲绝，不再暴烈，不再倾诉，虹影的文字变得柔软而富有诗性。虹影懂得了在沉甸甸的丰富的人生中过滤"恶"的情绪，她的文字就变得富有诗的韵律与弹性。《53种离别》是一种情绪、一种氛围。那些让生命行经在一条危险的钢丝上，变着花样，做着各种让别人让自己惊险的杂技，一切曾经的无心无肺的经历在《53种离别》中都转化为一种平淡的书写。放下恩怨与伤痛，淡忘苦难，虹影思考更多的是人生

---

① 王安忆：《王安忆自选集：漂泊的语言》，作家出版社1996年版，第418页。
② 《别人再好，都不如母亲的"坏"》，《重庆晚报》2013年8月7日。

的存在意义。写离别，虹影说："我不有意为之，我的内心非常柔软非常诗性，本质上我是一个诗人，当我回忆起那些与死亡相关，或者是一些精神上的死亡，一些很震撼的事件的时候，我本能地就会用诗的语言去表达，也由因此写就了很多诗。面对离别，最不能度过时就写诗，就能度过。"①

在一次校园讲座中，虹影被问到下一部作品，她的回答是，她喜欢不同颜色，就像自己的名字，下一部作品应该会是未来世界的中国，也许是孩子问题。

虹影借"故"事与自传要完成一个面向自身的自我（尽管这个为自我的写作事实上造成了当代女作家域外写作的"奇观"）——"身体"之"重"，而想象与虚构则是她要完成的另一个自我——白日梦之"轻"。

虚构类的作品占虹影创作的比例高，主要有如下几类：虹影离境不久创作的乌托邦想象之作，如《女子有行》等；以史料为因由，肆意点染创作，此类作品以《K》和《阿难》为典型；改写古典笔记小说，此类作品以《鹤止步》与《孔雀的呐喊》为代表；以女性视角重现的现代传奇故事，包括"上海三部曲"（《上海王》《上海之死》《上海魔术师》），以及抗战末期围绕满铁映画在东北最后的电影制作《绿衣》而发生的跨国恋情——《绿袖子》。这众多的作品足够证明虹影的善于取材，想象力惊人，但也同时暴露出虹影创作力逐渐下滑的趋势。《饥饿的女儿》《K》成了虹影纪实与虚构写作的两个高峰，其余的都似乎只能成为平庸的"山丘"。

《女子有行》阶段，虹影的写作尽管有其稚嫩之处，但她同时引起读者对这个奇女子足够的期待。虹影在女权主义的强烈诉求中其实已经将全球化的西方放置在东方的视野中进行任意驱遣，但此时的写作仍然有戏谑的成分。"虹影的写作一开始就定位在相当复杂的叙述结构层面上，同时着力去揭示那些纯粹而怪异的女性经验和人性隐秘而复杂的内心世界。通观虹影的小说，你不得不惊异她把女性的内心经验——更彻底地说——女性的白日梦，发挥到极端的境地。她的长篇小说《女子有行》是女性白日梦的全景式的表达，毫无疑问也是汉语写作迄今为止最具叛逆性的一次女性写作。作为虹影写作的一次概括，它当然也是当代中国女性写作的一个奇观。"②

---

① 《虹影：诗样的文字述说别离》，《贵州都市报》2013年7月8日。
② 陈晓明：《女性白日梦与历史寓言》，《山花》1999年第8期。

这样"飞扬"的写作与虹影到伦敦的方式和在伦敦的生活状态有密切关系。与一般初到异国他乡的留学生或流亡作家相比，1991年离境的虹影既没有为生存而必须做出的妥协，也没有乍离故土的失重感，没有"文化震撼"后的适应期。相反的，在伦敦她如鱼得水。她几乎没有因为生活空间的巨大改变而出现创作的停顿或终止，而是表现出一个创作的高峰。这一点从她此时作品出版以及获奖的情况可见一斑。正是在告别生活、记忆的梦魇之后，虹影开始在文学上出现另一番景观，做起了女性主义的白日梦。这一期间，虹影的诗歌虽然在境外频频获奖，但在中国，她主要是凭借"超现实"小说出现在读者的阅读视野中：《玄机之桥》《红蜻蜓》《你一直对温柔妥协》以及《女子有行》第一部《康乃馨俱乐部》、第二部《来自古国的女人》（《那年纽约咖啡红》）、第三部《千年之末义和团》。这些作品乍一看，似乎是虹影的"游戏"之作，是虹影恢复轻松的写作姿态，以一个聪明美丽而又古灵精怪的现代中国女子之身，只身闯入全球化时代的西方世界，是虹影释放了"身世之重""生活之重"之后的"轻"。赵毅衡评价《那年纽约咖啡红》是一篇"有意逗奇斗怪想象狂飞的'未来小说'。这种乌托邦小说是中国所稀有的"，而"虹影别具一格的实验，或许是在出产《格列佛游记》的民族中，渐渐熏陶所得"①。

对此一时期虹影小说价值的发现莫以陈晓明为甚。"虹影有那么多的奇思妙想，有极好的语言感觉，有设置结构和玄机的足够智商，她放平实些，她能保持全球化的叙事视野，关注那些敏感的后现代时代的难题，更多的回到直接的现实经验，回到现实的生存和对人实际命运的关注，她肯定会有更大的作为。"② 这种奇思妙想、天马行空、逞才使气的"任性"写作一直持续到1996年。如陈晓明所期待的，虹影1997年完成了《饥饿的女儿》的写作。

虹影在海外写就的重要作品还有《K》，1999年由尔雅出版社首次出版，简体版2002年由花山文艺出版社出版。从时间来看，《K》与《饥饿的女儿》写作是相衔接的。但两篇小说在题材、风格上却相去甚远，创作的初衷也很不相同。《饥饿的女儿》可以说是无欲无为之作，这里的

---

① 虹影：《那年纽约咖啡红·序》（赵毅衡主编"海外流散文学丛书"），百花文艺出版社2004年版。
② 陈晓明：《女性白日梦与历史寓言》，《山花》1999年第8期。

"无为"是指作者创作的最终极目的是指向自我,创作的手法是颇具自然主义倾向的残酷写实。《饥饿的女儿》以其深层的历史意蕴和人性自剖令读者无法不正襟危坐,它很难让人发现任何"炫技"的意图。而《K》无论是题材还是技巧都可以看到作者的精心,这种精心被陈晓明教授赞美为"专业化"。专业化小说是既"好看又具有相当艺术水准的小说"。但这种"专业"必须是达到足以以文谋生的地步。"作者在当今跨文化语境中对历史所作的全面改写。一个柔弱而美丽的东方女子,用她的神秘气质,用她东方房中术降服了一位西洋的花花公子。这毫无疑问是一种带有意识形态色彩的文化想象——这些观念的虚妄,并不能掩饰小说在创建一种思想的映射系统。那种浪漫主义的情怀,早期中产阶级的知识趣味,一些介于真实虚构之间的文化背景,这些都使这部小说有着特殊的文化趣味蕴含。"[1]

《K》是虹影真正意义上的跨文化写作文本。《女子有行》等小说虽然也有域外题材,也触及全球化的问题,但只是浮光掠影的表现,以展现作家的想象力和表达观念为主。《K》在艺术上集合了虹影早期想象与虚构和《饥饿的女儿》的身体写作,可能还受到《饥饿的女儿》的成功的启发。

以东西方"性"差异作为跨文化交流的路径并非自虹影开始,"西方文化几乎毫无例外地将东方和性编织在一起"(萨义德),形成西方读者想象中的性模式。于是,"'东方的性'像大众文化中其他类型的商品一样被标准化了,其结果是读者和作家们不必前往东方就可以得到它"[2]。虹影在西方,在伦敦的图书馆,用西方的书信史料,制造了一个跨文化写作的传奇。《K》无疑也是大众文化商业运作机制下的成品,但它并非一个西方"定制"的标准产品,《K》有效地调整了西方一贯以来对东方的"猎艳"兼"猎奇"的阅读心理定势。

"双性同体"原是英国女权主义文学先驱弗吉尼亚·伍尔夫,在《一间自己的屋子》中提出的,一种淡化性别意识,消除社会不平衡的理想的人格模式。"双性同体"的虹影最懂得在合适的时候进行性别的转换。有时她以女性代言人亮相,以女性身体、性征吸引东西方读者的窥视或以东方女性特质博得同情,争取权益。有时以激进的女权主义者的身份对男

---

[1] 陈晓明:《专业化小说的可能性——关于虹影〈英国情人〉的断想》,《南方文坛》2002年第3期。

[2] [美]萨义德:《东方学》,王宇根译,生活·读书·新知三联书店1999年,第246页。

性社会进攻，此时，她更像一个有视野懂谋略，指挥若定的男子，她曾说过从不把自己当女人。她出入于双性之间，将自我戏剧化——是为表演的女性主义。

为虹影自我戏剧化的人生提供舞台的是出版界、大众传媒，以及网络。演出从1998年《饥饿的女儿》在中国大陆出版开始，媒体所谓的"一女二嫁"侵权案。①《K》在大陆更是未出版先轰动，可谓声势浩大、旷日持久。1999年《K》在台湾首版，但英籍的陈小滢女士以"侵犯先人名誉"为由，2001年4月向北京海淀人民法院起诉。这场官司开创了不少纪录：《K》成为我国第一部由法院判决禁售的小说，第一次以非政治性的原因禁止一部文学作品的发行，中国大陆法院第一次以诽谤罪判决一部文学作品。虹影也成为最有出版票房、最有媒体版面的"有争议"的女作家。此后，关于《绿袖子》涉及抄袭的争议，《好儿女花》涉及"两女伺一夫"自曝家丑，虹影"话题女王"的地位始终不变。在消费时代文化场域诸因素的集体合谋中，虹影有其不得已之处，但毋庸置疑作家本人才是事件绝对的核心，只有她有能力决定表演的走向，或是终止这种演出。然而，过度的表演使虹影忘记了作家本位的思考，忽视了作家的写作伦理。在处理小说中的历史人物之时，缺乏一个严肃作家应有的自律。

此外，过度的没有约束的表演，媚俗因此不可避免。米兰·昆德拉曾犀利地指出："大众传播媒介的美学意识到必须讨人高兴，和赢得最大多数人的注意，它不可避免地变成媚俗的美学。随着大众传播媒介对我们整个生活的包围和深入，媚俗成为我们日常的美学观与道德观。直到最近的年代，现代主义还意味着反对随波逐流，和对既成思想与媚俗的反叛。然而今天，现代性与大众传播媒介的巨大活力混在一起，做现代派意味着疯狂地努力地出现，随波逐流。比最为随波逐流者更随波逐流。现代性穿上媚俗的长袍。"②

"性"首先成为虹影写作媚俗的利器。这种媚俗倾向并不是虹影创作的初衷，然而，她走着走着就走到这里了。在虹影来说，性、身体首先是她抗争的文化符号。《饥饿的女儿》时期，虹影对"身体"的运用与理解

---

① 虹影：《就〈饥饿的女儿〉官司与张子清教授对谈》，《饥饿的女儿》，漓江出版社2001年版。
② [捷克]米兰·昆德拉：《小说的艺术》，孟湄译，生活·读书·新知三联书店1992年版，第17页。

确实如波伏娃所言:"对于女性而言,身体不是把握世界的纯粹工具,而是不透明的自然存在;它不是快乐的源泉,而是造成了难以忍受的痛苦;它潜伏着危险;女人觉得受她'内部'的威胁。它是个'歇斯底里的'身体……它是她最熟悉的真实,但也是她处处要遮掩的真实。"① 然而,随着虹影作品在国内受关注度的提升,她越来越善于运用"性"与"身体",包括小说和现实生活中的。她利用媒体和网络平台进行自我形象塑造,刻意营造戏如人生、人生如戏的诱导性的阅读氛围。并且以此配合出版市场的营销,使其成为消费时代大众文化机制中的合理部件。此时,"性的确是被夸大了,人们把它与市场机制联系起来,使它与工业生产的非人格技术挂起钩来"②。

　　虹影早期的极端可以理解为弱者反抗的无奈,在她的小说中女性的声音成为主旋律,凌驾于男性之上,从而形成新的女性话语霸权。虹影以写作告别了"底层",然而,她渐渐尝到了"女性权力"的滋味,后来写作出现了过度伸张女性的权利,有滥用弱势、底层身份的嫌疑,她下意识中将其小说中的男性集体沦为"底层",构成另一种性别压迫。挟着社会知名度和文化影响力过度滥权,反而是对女性合法权利的损伤,对女性主义的理性传播产生反作用。它容易造成社会对女性主义的错误理解,似乎女性主义仅仅是性别权力之争,导致另一种极端的女性的自我张扬,甚至恶性膨胀。虹影昔日惹人怜惜的"弱女子"形象难免被为一个张牙舞爪的非理性的女子形象取代,有时竟成"双面夏娃"。而且,以女性的身体作为旗帜的女性主义至少是尴尬的。这说明,除此之外,虹影难以有顺手的兵器,尽管她自称要像男人一样,虹影以男人一样的姿态使用女性的性别优势。造成虹影创作以及言行偏颇的另一种可能原因或许可以理解为她对女性的使命感。但从主义出发难有成功之作早已为不胜枚举的文学实践所证实。从这个角度来说,虹影要提升自己在文学、文化批评界的声名,就应该放下她高高举起的女性主义大旗,离舞台、离市场远一些,离生活近一些。

　　虹影说过,18 岁时一心想离开自己的家乡,28 岁时一心想离开中国,38 岁时一心想离开西方。每个人的命运里面有好几个关键的时刻,知道

---

① [法] 西蒙·波伏娃:《第二性》,陶铁柱译,中国书籍出版社 1998 年版,第 221 页。
② [加] 埃里克·麦克卢汉:《麦克卢汉精粹》,何道宽译,南京大学出版社 2000 年版,第 52 页。

自己要什么不要什么。在每一个人生的渡口,虹影都成功地完成身份的转换,转换的幅度之大有时往往伴随着血淋淋的伤痛,得失之间的沉思或反思决定虹影的创作可期待的可能性。在身份归属上,要定义虹影非常的困难,她是20世纪80年代追求先锋、现代的文学青年,是90年代以后的享誉世界的海外华文女作家,是中国当代文坛的备受瞩目的名作家,是长江南岸贫民窟的女儿,也是重庆的形象代言人。她往来于伦敦、北京、重庆、上海,在新的城市中寻找新的写作冲动。伦敦是一座可以让人写作的城市,但是她可以走近城市伦敦,却难以走近伦敦的人。2000年虹影定居北京,虹影直言,北京是她的丈夫,因为那里寄寓了贫民窟孩子的家国梦,而重庆是她的母亲,与她的生命相始终的地方。

三 施雨:世华文坛的文心

施雨没有串联、插队乃至"洋插队"的苦难史,这是难得的幸运,但对于一个新移民作家来说却是一个遗憾,某种程度上也算得上是缺陷。那些广阔天地大有作为的记忆是一个可以不断开掘的宝藏,施雨错过了。宋晓英从代际划分的角度将施雨归属为"65后"海外华人女作家:"既摒弃了'50后'与'60'前期出生的一代女作家对'大历史'的纠缠,那种传统对个人存在的规约,又不像'70后'女作家那样将社会背景虚拟且只提纯出自我的生活镜像。……'65后'华人女作家既非被'逼迫'与家园隔绝的无根的'50后',也不似'60初'那般决绝,'70后'那样虚无。她们走向世界的脚步是自觉的,其叙事尚没有消解历史的记忆,却穿越了文化的疆界。在时间的纵切轴上,她们把过去、现在与未来衔接得恰到好处。"[①] 从文学青年到温婉独立的女医生,再到知性的学者型作家,大气利落的"文坛阿庆嫂",施雨一路走来,的确将人生的每个阶段都衔接得自然而不留遗憾。无论是远行还是海归,做医生还是作家,施雨的每一次选择和转型都因顺势而为,遵从内心,而显得理所当然。这不只是幸运,还需要智慧。

(一)上海"海归"

施雨的先生施林2005年年底回上海创业,在先生回国创业四年之后,

[①] 宋晓英:《施雨:海外华人女作家创作初探》,《文心评论·台港澳暨海外华文文学评论》,2015年2月16日,http://wxs.hi2net.com/home/news_read.asp?NewsID=87642。

施雨决定全家海归。《上海"海归"》①写于她定居上海之后，是对有鲜明的群体共性，又有着独特个性的聚居的海归群体进行的群像扫描。其时，她投身福建师范大学孙绍振教授门下，攻读"比较文学与世界文学"博士。

由于施雨小说的专业化背景以及小说文体本身的虚构性还不足以多侧面、直接地呈现新移民对海外生存状况与现实利益考量的最新思考，那么《上海"海归"》回答了这样的难题。"以留学生为主的大批中年中产阶级分子，生活逐步安定下来之后又出现了前途危机，尤其是近来美国经济陷入低谷，归与不归便成为最热门的话题。这群新移民，当年经过一番奋斗，'3P'（3P：Ph. D 博士；Permanent Resident 永久居民；Permanent Job 正式工作）到手的喜悦已经渐渐淡去，归与不归的谈兴却越来越浓。""回中国的话，还有许多事可以做，只要你想折腾。人间烟火有的是南征北战、爱恨情仇、七情六欲。""毕竟对这一代人来说，追求事业上的开拓创新和精神上的满足快乐高过物质享受。"

在这群定居于上海的"海归"来说，专业背景之外的写作者身份也很受赞许。他们在海外虽然没能与中国发展完全同步，但他们却有着共同的 20 世纪 80 年代的"历史记忆"。"有时候我觉得我们那帮去美国的人，就像到那里建立了一块文化保留地，没有跟着中国这 20 年快速发展，所以还保持着 80 年代的一些特点，喜欢文学，喜欢和艺术有关的东西。"

除了非专业出身的写作，中年写作也是他们的共性。"人生在世，五子登科是经济基础，写书译书是上层建筑。"他们的经历与中国改革开放以后的社会心理是同步的。当年的现代化追求现在都到眼前来，他们反而患得患失。这是一个个人的成长，也是一个国家的成长。写作是重拾当年急于"赶路"而造成的"丢失"。

80 年代的"朦胧诗"影响整整一代人，正在福建医科大学读书却热爱诗歌的施雨也不例外，受到这股现代主义诗歌潮流的影响，她开始了文学的初体验。对施雨来说，"朦胧诗"给她带来的最大影响，是对诗歌纯粹性的认识。对诗歌的美和纯粹性的接受也与她的家庭成长环境和生活经历有关。60 年代出生的施雨，没有直接遭受"文化大革命"对她的"破坏力"。斗争、暴力和对人性的扭曲，没有在她身上留下什么痕迹。施雨

---

① 以下《上海"海归"》引文均出自施雨《上海"海归"》，文汇出版社 2010 年版。

的文学"口味"相对于"文革一代"来得比较纯正。追求诗歌本身的纯净和美感。施雨的个体经验与写作的关系颇有些类似于冰心。冰心故居坐落于福州三坊七巷,这里也曾留下施雨的童年记忆。"爱梦想的自由主义者"不只体现在她的诗歌和散文当中,也体现在她的小说当中。长篇小说《下城急诊室》《刀锋下的盲点》的女主角虽屡遭意外,甚至厄运,但绝不乱了方寸。天性中的善良与美好结合医学专业训练的冷静,施雨总是为读者呈现一个可以去理性面对的人生,不因国度、制度、职业的不同而决然对立,文明总是可以沟通的,尽管有盲点。

(二) 刀锋下的"盲点"

中国经验和中国记忆的单纯、美好,对于施雨而言不仅体现在她的创作题材和主观感受上,也体现在她阅人知事时温柔敦厚、光明敞亮的心态上。到美国后,在文化心理和观念上并没有太大的不适应感,她"轻松地呼吸异域的灵魂"。尽管如此,施雨在长篇小说中借女主人公的美国经验,传达出复杂的心理转变。

《下城急诊室》(《纽约情人》) 与《刀锋下的盲点》[①] 这两部长篇小说可以说是施雨长篇小说创作的姊妹篇,分别完成于 2004 年和 2010 年。从题材来看,二者都是美国医院生活题材,都以一个年轻的优秀的女医生,也是一个中国新移民为主人公,展示美国医疗体系相关的方方面面。从情节主线来看,二者都是新移民文化适应的故事,但《下城急诊室》更偏向融合,《刀锋下的盲点》更凸显出冲突的一面。《下城急诊室》已经预示了中国文化环境、医疗教育体系培养的医生与美国医疗体系和法律体系可能产生的冲突,但还没成为作品的主线,更多展示的是美国医院的"风景"。中国篇幅与美国篇幅交叉叙述,以比较的视角追求平衡的书写。比如,两种不同医院文化下的医生的交往模式;医生面对死亡面对病患家属时不同的态度选择。《刀锋下的盲点》则以紧张的司法程序的进行为主线,穿插了在中国的生活。《下城急诊室》中"在美国,医生要懂得救人,更要懂得保护自己"的何小寒"被灌输的"法律意识在《刀锋下的盲点》中激化为核心问题。"现在你要保持沉默、沉默。一切都让律师来替你说话。你还不懂这个国家,你要学会保护自己。"叶桑面对官司产生了对美国梦的质疑:一个弱势的少数族裔,作为第一代移民来到这个国

[①] 《下城急诊室》《刀锋下的盲点》均在 2011 年由中国华侨出版社出版。

家，她一心求"同化"，不仅是在"族群"层面，甚至是在"阶级"层面的同化。眼看着一步步地打入美国社会的主流，在竞争最激烈的行业占一席地位，却要在一个意外中有可能被驱逐出来，成为耻辱的局外人。医院里亚裔医生对她的困境反映出的是疏离、躲避、怀疑。他们在白人世界里安分守己、勤奋刻苦，希望靠成功取得认同，他们经不起同伴中有人失足、有人失败。那样的话，他们整体的品质和能力都会被质疑，这将使整个群体、整个族裔落得坏名声。叶桑由此明白了中国城、唐人街、汉语和中餐对海外中国人的意义。它们不只是一种身份标志，更是血脉相连的生死相依。这是一场输不起的官司。

《下城急诊室》有大量的何小寒与其他族裔医生朋友的交流，甚至是与同为移民的中国医生交流过程中，谈话的话题往往是西方的电影、音乐、舞蹈，而基本不涉及中国文化。这样不对称的交流有可能是作者本人的文化趣味，但更可能是华裔新移民无意识的反应。他们渴望以自己对西方文化的熟悉尽快缩短与美国主流人群的距离，并且获得接纳。

《刀锋下的盲点》中不断被唤醒的是"华裔意识"，无论几代以前的移民，都还是一样的思维、一样的感情，被称为"永不同化的族群"。即使归化，黄种人宣誓做美国公民的心情也与其他族裔截然不同。第一代移民应该是最艰难、最顽强，也是最脆弱的一群。《刀锋下的盲点》借第二代华裔律师王大卫的亚裔成长之痛，将对移民的心理做了深刻的剖析，将自己的过去与将来放在族裔的共同命运中做了重新思考。

《下城急诊室》中的中美叙述的平衡是初来乍到的移民借过去写移民的合理性，中国的叙述强化了新移民生存在美国的强烈意愿。而《刀锋下的盲点》中有关中国回忆比例很少，这是作者在深入美国以后，对美国梦的理性化思考：中国回忆不足以疗伤、拯救，要在美国生存必须用美国式的生存之道。华人女医生叶桑由于患者——市长夫人在手术台上的意外死亡而染上官司，为此不得不与医院、媒体、政府、司法等机构展开抗争，最终在华裔律师王大卫等帮助下查出事故真相、讨回公道的故事。小说不仅为我们展现了美国社会医疗、司法、媒体等各个方面生活，而且全面探询了美国社会各族裔间的文化冲突和融合。这种多文化的冲突和融合不仅是故事的背景，也是这个故事一个本质：这是一个美国故事，而不仅仅是一个移民的故事。我们清楚地看到华裔美国女性作家的走向，从隐忍顺从到愤怒抗争，从痛苦困惑到自信表达。

尽管《下城急诊室》与《刀锋下的盲点》都隐约可见医生施雨自传的色调，都对知识女性的海外命运给予极大的关注，但二者从立意到境界的差距却是不容忽视的。《下城急诊室》的小寒在"寻爱"的路上永远向后退，性格的缺陷是致命的。一个走出国门，进入美国主流社会的新移民知识女性，却无力走出自己的内心。《下城急诊室》的世界是"小寒们"的世界，也一定程度上体现施雨本人曾经经历的抑郁的心理困境。海归多年，在写作中重新找回自己后，施雨不仅走出了心理困境，从较为封闭的家庭空间走到"文心"的中心，也开始新的学术生活。（施雨 2003 年开始担任文心社社长至今，"文心社在创作（双语）、发表、出版、影视、文学评论各方面都有长足的进步和发展，堪称目前北美，甚至海外，规模最大、创作最活跃、活动最频繁、影响最广、最富有潜力的，以大陆新移民作家为主的民间文学社团之一"。①）

施雨攻读博士期间研究的论题是《论北美华文网络文学的第一个十年》，这既是对自身文学之路的回顾，更是以严谨的思维对新媒体时代的北美华文文学现象进行历史性的总结，把北美华文网络文学放入世界文学格局与中华文化概念中，对全球语境下的跨文化写作现象进行分析、总结。生活视野的拓展与理论思维的训练直接影响了施雨同时期的创作，《刀锋下的盲点》展现出完全不同于《下城急诊室》的格局与气度。"在这部小说里，我试图摆脱华裔文化的窠臼，以全球化这样更高、更大的视域来处理小说中的人和事。很多新移民作家会在本土文化或本民族文化上大做文章，即使有些对他国文化谨小慎微的尝试性窥探，也是为了给本土提供正或反的参照。我在《刀锋下的盲点》里则花很大的笔墨大胆、细腻地描写本民族之外的西方文化，譬如美国的医疗制度和法律。""海外小说中，我们经常只看到是华裔在中西文化冲突中焦虑、迷惘、痛苦与挣扎，流露出一种无根的漂泊感。其实，美国是个移民的国家，也应该反映其他族裔的生存状态。西方文化的重要构成部分——其他少数族裔，这是一个非常重要的群体，正是他们才使得以欧洲族裔为主流的美国文化变得多元和丰富多彩。因此，我在小说中将其他少数族裔引入了与华人文化的冲突中。这样就让小说更加真实，更加丰富，也更加深刻。"

正是在这样的创作意识主导下，《刀锋下的盲点》中的叶桑与华裔律

---

① 江少川：《弃医从文，用母语坚守精神家园——施雨访谈录》，《世界文学评论》2012 年第 1 期。

师王大卫被塑造为更有普遍意义的"新纽约客",更加具备全球化时代世界公民的精神气质:告别悲情,更为独立、自由、阳光,人性在他们身上没有遭到压抑和扭曲。当然,读者不应该忘记,这种独立的世界公民意识与中国国力上升、东西方文明势差在互动中逐渐调整平衡的世界格局有关。而且"不管是哪个国家,都会存在正义之下的盲点,警惕你手中的刀和剑"。① "个人的历史从来都不是个人的,而国家和民族的历史,从来都属于个人。"②

第四节 海归作家的"内"与"外"

"留学海归"作家的地位和成就已经写在现代文学史上,"移民"并不是现代知识分子的普遍选择。反之,将移民作为留学的目标要承受很大的社会道德压力。这种状况在当代,尤其是 21 世纪以来却形成一个翻转——留学海归反而要承受质疑。"后留学"的选择虽然受时代思潮、价值观念变化的影响,更与个人的留学际遇相关。无论是在当下文坛有影响的作家当中,还是在新移民作家群体当中,阎真和陈希我留学多年,重返国内高校,却以"海归"作为特殊"身份"进行写作,实属例外。

留学生涯对阎真、陈希我的文学选择与书写方式都有深刻的影响,他们由于曾经的"异在"建立了"内在"的批判视野,追溯他们的留学与海归后的书写具有独特的分析价值。留学经历都曾令他们不堪回首。但他们都将留学的"残酷"经历与海归作家的独特视角成功地转化为写作资本。

阎真 1984 年毕业于北京大学中文系,1988 年获硕士学位,同年 8 月赴加拿大留学,在圣约翰大学社会系学习,1992 年回国,现为中南大学文学院教授。1992 年是阎真人生重要的节点,他放弃加拿大绿卡,回国任教,同年开始写作《曾在天涯》。先后出版四部长篇小说:《曾在天涯》(1996)、《沧浪之水》(2001)、《因为女人》(2007)、《活着之上》(2014)。前两部小说均被译成外文在海外出版发行,《曾在天涯》海外版

---

① 江少川:《弃医从文,用母语坚守精神家园——施雨访谈录》,《世界文学评论》2012 年第 1 期。

② 严歌苓:《穗子物语·自序》,广西师范大学出版社 2005 年版,第 2 页。

由加拿大明镜出版社 1996 年出版。《沧浪之水》因当代知识分子问题引起较大的反响，获得《当代》年度文学大奖。《活着之上》直击高校学术腐败与生活潜规，"语言朴实，结构严谨，人物鲜活，叙事富有张力，以绝对的真实书写中国大学精神全面崩塌的现实，展现强大的批判现实主义文学精神"，获首届路遥文学奖。

陈希我，本名陈曦，1983 年毕业于福建师范大学中文系，曾任中学教员、文学编辑。1989 年赴日本留学，1994 年归国后攻读比较文学与世界文学博士，任教于福建师范大学。20 世纪 80 年代开始写作，90 年代末受到关注，引起极大争议，被冠以"极限写作""后先锋""新生代""性作家"等头衔，毁誉参半。主要作品有长篇小说《放逐，放逐》《抓痒》《大势》《移民》，小说集《我们的苟且》《冒犯书》。2014 年出版中短篇小说集《我疼》，以 10 年前的短篇《我疼》为总标题，汇集了 9 个有关疼痛的故事。曾获福建省优秀文学作品奖，"华语文学传媒大奖"提名。中篇小说《上邪》获 2006 年度"人民文学奖"。部分作品被介绍到法、英、日以及港、台等国家或地区。

阎真以对留学生活刻骨之痛的书写成为当代留学生写作的代表，但又超越了留学生写作，成为当代中国文坛的重要作家。陈希我对留学国度日本始终无法放下，从个人的目睹、亲历漫延到家族的移民痛史，不断批判审视他国、我国及其国民性。二者在个性气质上截然不同，阎真书生之气十足，其创作无论是留学题材还是国内题材，始终以当代知识分子作为对象，不断进行灵魂的自我剖析。从体制内部出发，阎真写作题材不广但挖掘深刻，且执着而持续。陈希我则"野性"十足，狼一样的生存。无论日本还是中国社会的各阶层都成为他巡视的对象，尤其是阳光照不到的底层，那些阴冷、黑暗、欲望横流之处。二者的创作体现了两种写作的艰难，阎真的写作体现向上求索的"精神叙事"之难，陈希我则向下体验"现实沉沦"之痛。评论家李敬泽认为，"《活着之上》是艰巨的精神叙事。阎真小说一直是与地心引力的斗争，他一而再、再而三地力图证明：人不是注定如此的动物，人的光荣是不可能中探求可能"[①]。学者陈晓明对陈希我了解颇深："陈希我就是一个不折不扣的'另类'作家，他不玩弄叙述技巧，也不从事晦涩的语言实验，但他的小说就是怪模怪样……他

[①] 参见阎真《活着之上》（封底），湖南文艺出版社 2014 年版。

敏锐而执著,只关注生活最根本的问题,他的写作纯粹而彻底。"①

阎真是古典的,他试图复苏知识分子传统,苦苦维系传统知识分子与当代知识分子之间岌岌可危的联系。陈希我是一个"坏孩子",他更多的享受破坏的乐趣,他对笔下平庸的人们、沉沦的世界绝不怜悯,甚至是刻薄,他不愿意读者快乐。阎真要挽留逝去的精神传统,唱一曲知识分子的挽歌。陈希我要穿过遍布废墟的生活,走向不可知的将来,在此过程中,必须保持着"痛感",以"疼痛"挽救"沉沦"。"这个时代充满了疼痛,必须靠文学去揭示它,这种揭示必然造成对我们慵懒本能的冒犯,但是只有冒犯,我们才不浑浑噩噩,才有存在感。冒犯是为了感受疼痛,引起治疗。所以他说:我们疼痛,我们冒犯;我们写作,我们疗伤。"尽管阎真和陈希我如此不同,但他们的痛苦之源都居住着一个"他者",即留学生涯给予的馈赠。

一 曾在天涯

诗人洛夫曾经历"二次流放",定居加拿大温哥华。出于反抗"孤绝",他全心创作长诗《漂木》,同时思考"建立一个特殊的、超越个人的象征系统与美学思想"——"天涯美学"。"我所谓的'天涯',其实不只是指'海外',也不只是指'世界',它不仅是空间的含义,也是时间的,更是精神和心灵上的。一个诗人身处海外,骤然割断了与血缘母体和文化母体的脐带,如果仅有择地而居的寓公心态,缺乏一种大寂寞大失落的飘零感受,它只能写出一般无关痛痒的泛泛之作,难怪某些从事海外华文文学的评论家与学者都有一种成见,认为海外华文作家的创作虽有成就,但鲜有可以传之久远的伟大作品。"②

洛夫"天涯美学"的主要内涵同时也是伟大作品通常都具备的两项因素:一项是悲剧精神,它是个人悲剧经验与民族集体悲剧精神的结合;另一项是宇宙境界。诗人都具有超越时空的想象力,故诗人往往能摆脱狭隘的民族主义和本土意识的羁绊,直游太虚。摆脱成见,一个严肃的海外作家的创作更具备滋养"悲剧精神"与"宇宙境界"的条件。对一个具有悠久的安土重迁的民族来说,流落异域他乡就是悲剧。由一个以优等文

---

① 《作家陈希我小说〈我疼〉首发 称疼痛需靠文学揭示》,中国新闻网,5月27日,https://www.chinanews.com.cn/cul/2014/05-27/6218923.shtml.

② 洛夫:《天涯美学——海外华文诗思发展的一种倾向》,《文学界》2006年第12期。

明自诩的国民沦落为弱国子民,这种悲怆意识是个人的悲剧,也是民族集体的悲剧。一个民族的精英知识分子蜕变成"赚一把钱就跑"的物欲追随者,现代世界的人力工具,就连"我来是看世界来的"的初衷最后也变成自欺欺人的诳语而走向荒诞,这种景况当然更是文明的悲剧。

"宇宙境界"是海外知识分子作家容易患的"病症",他们无法"忘了我是谁",无法不思考。当他们被抛掷(自抛)到海外时,思考的疆域也被拓展到天涯。域外痛苦的生活经验成为海外作家的不可回避的生命体验而进入表现视野,阎真"曾在天涯"的感受是他们无须翻译,也无法翻译的共同语言。"曾在"和"天涯"作为一种时空结构也是小说的基本精神倾向,界定了"自我"与"世界"的关系,传达"一个现代知识者在生命眺望中对于时空的情感化体验,这种体验是小说主人公意义追寻的原始起点"[①]。"曾在"是一种回望的姿态,是一个重新体验与咀嚼的过程。过去的情感体验成为被审视的对象,转化成理性与思辨的书写。小说主人公往往包孕着两个"自我":亲历的"我"与自省的"我"。以自省之"我"审视亲历之"我",灵魂的分裂与痛苦的挣扎就成为必然,进而体现为小说的叙述节奏与叙事结构。

阎真的加拿大不是洛夫先生的加拿大,作为小说家的阎真与诗人洛夫的艺术表现方式也迥然不同,但作为中国知识分子在域外的体验与思考却非常相似。《曾在天涯》是阎真返回中国以后的创作,它以"回望"的姿态重新体验域外生活。尽管时间已经过去多年,作者的生活空间也发生了变化,但《曾在天涯》对域外生活细节的描写达到了自然主义式的真实。这种对细节的记忆能力固然是作家的敏锐,但更是记忆之痛苦、痛苦之深刻所致。"我当时明确意识到了这是这个生命的一次挣扎,挣扎的唯一意义就是不挣扎更没有意义,它至少给这个生命的存在一个暂时的渺小证明。"[②] 阎真的自我"再现"写作,除了在虚无的生命中刻下清浅的印痕之外,也是告别的仪式。回国后,阎真以过去的死亡体验作为"再生"的母体,而再生形式的完成是放弃绿卡——放弃域外生根的机会是怕断了在中国的根。对于将"回国"或"不回国"等同于"爱国"与"不爱国",阎真多次辩白,回国只是为了自己,是一种情感本能——在母语文

[①] 阎真:《追寻我们生命的意义空间——〈曾在天涯〉写作随感》,《阎真文集》第5卷,人民文学出版社2012年版,第217页。

[②] 阎真:《曾在天涯·引子》,人民文学出版社2012年版。

化中存在。世外桃源即使有也不可能在没有中文报纸,没有中国话,没有中国字的海外。中国文化对阎真已经成为血缘和本能。[①] 经历了域外的墓地之思,死亡之思,理解了人在时间中的存在,回国后的阎真不再是出国前的阎真。

《曾在天涯》成为阎真人生思索的拐点。《曾在天涯》在国内反响一般,虽然是回国后完成,但它的题材和精神结构都是域外的,在加拿大发行的海外版——《白雪红尘》,则受到留学生的热烈欢迎。《沧浪之水》的成功,媒体重新"发掘"了《白雪红尘》,在弄混了二者的创作先后次序的基础上做出了正确的评价:"这部小说在精神深度和艺术气质上都使世纪之交的海外题材作品进入了一个新的层次!"(《中国文化报》)《人民日报》的评论是:"《曾在天涯》为北美留学生活题材的创作带来了新的气息,也为历史留下了真相。浪漫的异域传奇不再是作品的精神重心,而对文化品位的追求则在情节进展和形象完成的过程中强烈地凸现。"在美学风格上,《曾在天涯》也更符合"天涯美学"的特质,阎真自认为,"《曾在天涯》怎么说也是海外文学作品中最好的作品之一"。在此意义上,将《曾在天涯》视为留学生创作更合理些。回国后,阎真要"为当代知识分子写心"。《沧浪之水》《因为女人》《活着之上》是阎真经历文化"再体验"的重新出发。

阎真笔下知识分子要反抗虚无,还要对抗中国社会世俗化后的价值崩解。深入中国社会体制、高校体制之后,知识分子如何在体制内双向反抗成为阎真探索的精神内核。《沧浪之水》《活着之上》反映"士"与"大夫"与"生存"——知识分子的精神传统与现代官场文化,以及世俗生活的合法性的冲突、妥协、坚守的问题。阎真笔下的知识分子不是普世意义的抽象的知识分子,而是特定转型时期的中国知识分子。中国传统知识分子有过生存与精神信仰对立的处境,但从未经历过市场化、全球化对他们坚守的价值的整体性冲击。"世俗化过程对中国知识分子来说有群体意义上的必然性,市场太厉害了,太具有解构性了,一个人很难反抗,特别是,反抗了也没有什么意义。世俗化和形而上追求的矛盾,是我小说主人

[①] 阎真、赵树勤、龙其林:《还原知识分子的精神原生态——阎真长篇小说创作谈》,《南方文坛》2009 年第 4 期。

公精神世界中的一对基本矛盾,三部小说的最后一节都集中地表现了这一点。"①(《沧浪之水》)"这是一部令人惊骇的小说,生活以无可抗拒的合法性、合理性和真实性逼迫着每一个人,我们在把自己交给生活的时候,是否找到了一块坚实的立足之地?"②

  回国且进入体制的阎真不回避体制内的困境,在写作的视角和立场上彻底回归,对历史大变局中的当代中国知识分子的群体焦虑做出回应。《沧浪之水》《活着之上》赋予主人公两重身份:知识分子和官员。这两种身份在传统中国可以合二为一为"士大夫","士"的风骨、道德优越性具有自我拯救的向度。然而,现代化的专业分工与科层制度的建立使知识分子与行政官员往往处于对立的阵营。知识分子可能丧失独立性和批判性,或被权力吸纳成为功成名就的社会精英,或已然沦为权力的附庸,共同完成"士人精神的时代性陷落"。③ 知识分子的身份尊严与社会尊严往往无法两全,非此即彼,选择知识分子的尊严就意味着与体制形成对抗,最后是丧失社会尊严。"自己就是终极,就是唯一的意义之源。过程与终极已经合流,这是破译,这是底牌,这是真相,这是这个时代最大的觉悟,也是最大的悲哀。"曾在天涯的高力伟也有过大彻大悟,尽管平凡人没有历史,在时间的后面,是一片浩渺的空空荡荡,但他还有心灵的故乡,还有"家"。而池大为们已经从内部瓦解了"家",中国知识分子面对精神的废墟、世纪末的荒原,他们真正无家可归了。但在"活着之上",阎真仍然努力为"士人精神"寻找栖所。

  从创作渊源上看,现代中国知识分子的精神谱系中,影响阎真最深远的是鲁迅。尽管阅读过许多西方文学作品,也曾留学西方,但阎真回国后的创作直接继承鲁迅的精神传统,毫无"海外文学气"。"孔子死了"之后,池大为们——失败的反抗者以自己对"权和钱"的投诚在实践"孔子死后"的世俗生活。如果说,"五四"时期孔子之死是愤激成分多,策略性运用的成分多,那么,中国知识分子20世纪90年代以来的集体溃败,伦理价值崩解才真正在精神上扼杀了孔子。《沧浪之水》以父亲之死

---

① 阎真、赵树勤、龙其林:《还原知识分子的精神原生态——阎真长篇小说创作谈》,《南方文坛》2009年第4期。
② 《〈沧浪之水〉再现知识分子的时代困境》,《北京晚报》2003年4月29日。
③ 汤晨光:《士人精神的时代性陷落——论阎真〈沧浪之水〉》,《南方文坛》2003年第6期。

开篇充满了象征意义,父亲的遗物——《中国历代文化名人素描》,展示一个未曾真正断裂的精神传统,而今终于无人继续了。小说的最后,池大为厅长将《中国历代文化名人素描》付之一炬。当代知识分子没有了身份、没有了灵魂,生存才是唯一的真实。"《沧浪之水》是一部描述和揭示现实生活中知识分子沉痛的投降史,也是一部展示知识分子无奈而悲凉的心史。"① 当代知识分子死了,成为中华文化精神的终结者?这是每一个知识分子都无法承受之痛。鲁迅发现"历史吃人",阎真的小说揭示了"现实吃人"。知识分子在现实中堕落,在堕落中解放自己,"我不必再坚守什么,我解放了我自己,我感到了一种堕落的快意和恐惧"。

而阎真对这些堕落的知识分子保留了一些理解和宽容,这归因于他对中国知识分子生存现状的深度了解。他不像一些从西方回来的知识分子一样喜欢用西方的知识分子概念和价值简单的加诸于挣扎着的知识分子,"因为懂得,所以慈悲"是阎真对中国当代知识分子的态度。这种理解的同情并非对包含自己在内的当代中国知识分子立场的弃守,阎真以为:"对当代中国知识分子予以嘲讽以至批判是容易的,但予以解析,却有相当难度。这也是我为自己的小说定下的一个目标。在我的体验中,知识分子的历史处境有了根本性的改变,我们在精神上遭到了严峻的挑战,这种挑战动摇我们的生存根基,使我们在不觉之中失去了身份。这是历史的大变局。转折是陡峭的,却又是平静的。如果不对新的历史处境作出说明,不回应这种挑战,却只是展开道德上的批判,那不但是苍白的,而且是在逃避。"②

《因为女人》看似为知识女性发声,实则是男性知识分子的集体堕落导致了知识女性的不幸,是男性的信仰虚无主义使女性成为"被迫的爱情虚无主义"。《因为女人》揭示了女性解放的伪命题。从《曾在天涯》到《沧浪之水》《因为女人》《活着之上》,阎真从主人公的"出走—回归—出走"的生命历程验证了一个循环逻辑:知识分子永远在路上。阎真在大西洋两岸的写作呈现出延续了一个世纪的现代知识分子问题的两种视角。无论在加拿大还是中国,阎真的思索都具有历史的延续性,他始终

---

① 王吉鹏、董毛毛:《池大为:一个当代中国的知识分子"孤独者"——阎真小说人物塑造鲁迅因子试论》,《湖南工业大学学报》(社会科学版) 2008 年第 4 期。

② 阎真:《为当代知识分子写心——〈沧浪之水〉写作随想》,《文艺报》2001 年 12 月 11 日第 2 版。

将自己视为中国知识分子在亲历、在反思。

二 何以"金蝉脱壳"

作为一个曾有5年侨居日本经验的留学生，现在教授日本文学的高校教师，陈希我后来的写作屡屡回首他"痛感"出发之处——日本体验：是留学日本使他亲历弱国子民的屈辱与愤激，深刻思考作家与祖国的关系，同时也获得了写作的原动力和批判力。在新的历史起点上，陈希我成了继鲁迅、郁达夫之后，在日本完成精神裂变的中国作家。陈希我涉及日本题材的小说有《风吕》（2005）、《罪恶》（2008）、《大势》（2009）、《移民》（2013）。20世纪80年代末，陈希我就开始想写关于移民日本的书，5年的日本生活也累积了许多的素材。1994年陈希我受写作的感召力排众议回国，发表了最早的长篇小说《放逐，放逐》。《放逐，放逐》是《移民》多个连续版本的最初版本。"当时觉得已经看够移民这种事了，可以写了，不料后来移民这事的路线也诡异了。"[①] 持续性地思考移民，不仅因为地域关系——福州的移民文化，家族历史——基本的姿势是"跑路"，不仅因为留学体验，更是因为，移民牵动着当代社会的敏感神经。为什么移民？从因为穷困到因为不安全感，从劳工移民到技术移民，再到投资移民，形成移民奇观。从现实逻辑层面，陈希我理解移民，甚至将儿子送出国，但作为一个作家，从文学逻辑层面，他写的是逃离，自己却必须回到"此处"。[②] 超越个体经验，思考当代移民问题，以及作家个体与国家之间的关系是陈希我写作的一个很重要的侧面。

一个人可以从自己国家金蝉脱壳吗？陈希我问自己，也为当代海外知识分子发问。陈希我认为，没有出过国的人是有缺陷的。"出国之后，最大的好处就是看世界、看中国以外的世界。一个没有出过国的人，他的故事完全不一样，出国后，我的知识体系受到极大挑战，特别能感受到世界文化的美妙和璀璨，我突然发现自己的精神群体在我面前出现了。出国前，我们只能从鲁迅文章中的一个概念去理解所谓的'国民性'，但到了日本之后才会真正用亲身经历、所见所闻所感去明白它是什么，更何况这一名词也是鲁迅从日本带回来的。"[③] 陈希我反思汉语文学传统——缺乏

[①] 陈希我：《退稿记》，《南方都市报》2014年2月25日。
[②] 陈希我：《为什么移民？》，《晨报周刊》2013年12月9日。
[③] 陈希我：《中国作家写作"场"还是在国内》，《南方日报》2013年10月19日第12版。

富有思想含量、丰富宏大、对世界及对人深刻追问的作品,"五四"以来的中国知识分子最高的品格只是"清议"。他的写作要致敬鲁迅深刻追问的精神,"只有鲁迅,恰恰就是这个现在要被放逐的鲁迅是例外,其灵魂的痛苦,思维的乖戾,语言的诡谲,似乎还真是中国文学的活路"。①

陈希我有关日本体验的书写延续鲁迅开始的国民性思考与民族性批判。中篇小说《风吕》是陈希我持续思考移民问题过程中的意外收获,也是陈希我此类写作中最好的作品。② 尽管《移民》的野心,以及对当代世界性的命题,在思考的广度和深度上都超越了《风吕》,但就艺术性而言,《风吕》却更胜一筹。对中日民族性的对照性开掘不仅见微知著,而且被赋予了第三方视角的审视,在重返历史现场中昭示世界的荒谬。《风吕》由两条既交叉又分离的线索构成,主线为"她"在七年前通过就读语言学校来到东京,七年后"她"把"你"——她的丈夫办到日本。日本经济泡沫化导致高失业率,"她"又有了新计划:去美国,把孩子生在美国,把"她"和"你"以孩子"世民"("世界公民"之意)监护人的身份留在美国。《风吕》的副线是"我"——一个叫 D. K. 劳伦斯的五十年前的美国占领军,重返日本调查当年 PAA(特殊慰安设施协会)的真相。无论是图书馆资料,还是"我"个人的切身经历都确证"慰安妇"与"特殊安慰设施"的设置是日本政府行为。PAA 仅存在半年,由于随军牧师拍摄的美军在慰安所前排队的照片曝光,引起美国舆论哗然。在联合国军司令部的干预下,1946 年 3 月 27 日 PAA 解散。慰安所撤销后,美国的强奸案件增加了无数倍。面对这样的真相,"我"放弃了探究,返回美国。

《风吕》融互视、对视、审视于一文,将局部视角与全知视角相互穿插,小说的结构与写作技巧都颇具匠心。"风吕"日文的意思是"洗澡",洗澡是中国人的隐私,于日本却体现一种寓日常习俗中的深层文化心理。中国人视女人身上的性污点为不可饶恕之过,永远不可能重获洁净之身,它镌刻在中国男人的灵魂。日本人对洗澡非常重视,且可以混浴、裸浴、露天浴。他们认为,洗澡并不只是为了身体的清洁,裸体容易建立起彼此的信任,甚至恩怨也可以在裸体中相互谅解。更为重要的是,"在洗澡

---

① 陈希我:《我们的文学真缺什么(自序)》,《我们的苟且》,时代文艺出版社 2002 年版。

② 姜广平:《写作,首先是自己需要——与陈希我对话》,《莽原》2006 年 5 月。

中，新陈代谢加快，细胞更新，所有的细胞更新过了，这身体又变成新的身体了。一个有着很强再生力的民族，必定是个强调洗澡的民族"①。

小说副线的存在使《风吕》没有停留在简单的中日双方的文化认知之上。"我"（前美国占领军、现在的 PAA 调查员）的第三方视角分别对中日之间的文化差异、历史态度，甚至民族生存、发展的"隐私"做了更深层次的揭蔽。最后，在确凿的证据面前，"我"不能不将美国也拉入到了这一场围绕"慰安妇"问题的历史审判当中。"一个落后民族的问题，几乎都可以归结到女人问题。女人牵动着他们的耻的神经。"② 华仔由于异国生存的发展压抑了男人的"耻感"，在追求"发展"不断移民的过程中，以丧失尊严为代价。日本人的发展历史也始终与女人和性有关，那是一个民族难以摆在台面上的"潜文化"。大和民族并不是不以女性身体的受羞辱为耻，这也在某种程度上导致了日本人在对待朝鲜、韩国、中国人在慰安妇问题上的诉求的轻慢态度。

《风吕》在一对移民夫妻的故事中，衍生出更复杂的历史思考。日本政府对慰安妇的制度安排是理性化的社会治理措施，日本社会对慰安妇的事实存在的接受是大和民族性观念的产物？而对于现代世界文明准则的制定者、仲裁者——当年的联合国军，现在的国际社会所谓的"性"的文明准则到底是对还是错？或者，此慰安妇与彼慰安妇的问题并不是同一个问题，日本政府将解决自身社会问题的慰安妇故意混淆为战争期间的强征慰安妇问题。站在非日本立场的观点来看，如本尼迪克特所言，日本这个建立在所谓的耻感文化之上的民族有着自己的思考逻辑，只要罪恶（性犯罪）没有暴露在社会上，就不必懊丧，坦白忏悔只是自寻烦恼。最后，主人公离开日本去美国既是移民目标的新的开拓，是遗忘，是摆脱，同时也是新问题的开始。这一结局的处理已初显作者的写作格局和野心：对全球性问题，以及人类普遍性问题的关注——它留待《移民》来完成。

《移民》确实是陈希我颇具野心的大手笔，从旅居日本时期的酝酿到 2013 年的出版，前后经历了超过 20 年的时间。《移民》也是陈希我返国之初最早萌发的写作冲动，这股写作冲动与阎真写作《白雪红尘》时的状况极其相似。20 年磨一剑，是要慎重对待这种极致生命体验之作。但力求实录、见证、直击社会现实，也使得《移民》不同于陈希我其他小

---

① 陈希我：《风吕》，《我疼》，人民文学出版社 2014 年版，第 255 页。
② 陈希我：《风吕》，《我疼》，人民文学出版社 2014 年版，第 248 页。

说常常刻写的心理现实、人性现实，《移民》因距离现实太近而付出了想象力丧失的代价，留下不少遗憾。尽管如此，《移民》仍有其不可替代的价值。《移民》的故事发展逻辑与《风吕》相近，在《移民》中，陈希我将《风吕》中的个体选择推进到更广大的社会群体，更广阔的历史传统当中。这个叫"流乡"的地方有着移民的传统，最初，流乡人从中原移民到南方，后来又移民到海外，下南洋，闯东洋，入西洋……生命不息，流动不已。陈希我试图将《移民》描绘的当代中国移民之怪现状写成中华民族的历史寓言。"从我本人来讲，一个作家是跟一个社会、一块土地紧紧地结合在一起的，他不能不在'场'，一个不在'场'的作家绝对不是好作家，离开中国的还能写得好的作家，我觉得没有。……至少离开了这个'场'，作为作家的我就不存在了。"陈希我的书写与实际生活处境形成悖论：写的是出走，人却回到此处。他的家族历史的基本姿势都是"跑路"，源源不断上演着"胜利大逃亡"的戏剧。这使陈希我具备"直击第三波中国海外移民潮"的合法身份。也正是家族无数的移民、千姿百态的移民景观使他洞穿了移民的荒谬：一个人无法从自己国家金蝉脱壳。

完成于2009年的《大势》是陈希我正面思考中日关系的长篇小说。《大势》和《移民》都来源于一个母体："这两个小说各有切入的角度，《大势》主要对外，中华民族如何与外民族相处？《移民》主要对内，中国人为什么无法在自己的国家待下去？"[1] 无论是小说题材、主题，乃至篇名、小说人物的命名，《大势》都充满了国族寓言的色彩。"势"是关系国家民族发展未来之大势，也是身体与民族历史情感之关系的隐喻。"失势""去势"意味着曾经的残缺，但面对残缺是要强势但失效的还击，还是"顺势""借势"而为，后者理智，但必须以屈辱为代价。与激越的政治正确相比，"《大势》更乐意于召唤一种理性的个人民族史。每个心智健全、成熟的国民，都应当凭借自己的大脑理性地回应和思考曾经的历史，借此营构一种健康的民族情感与态度。这样，才能形成一种微观政治学，也才能真正探测到历史厚实、坚冷的岩层"[2]。

解读陈希我小说很难离开虐恋题材，以及其强烈的男性身体叙事本能。他拒绝认可与郁达夫的身体写作、身体批判之间的承继关系，接受卡

---

[1] 郭洪雷、徐阿兵、陈希我等：《近观陈希我》，《当代文坛》2014年第4期。
[2] 廖述务：《评陈希我长篇新作〈大势〉》，《小说评论》2011年第4期。

夫卡、陀思妥耶夫斯基、残雪，更主要是直接师承鲁迅。① 他不愿意将写"性"的初衷被束缚于"性"的年龄属性（青春病），或者特殊的异域处境（时代病）。他不愿意自伤自怜，他自己从来就是一个"流氓"。他更不愿意将痛苦发诸"祖国呀，你快点强大起来"这样的抒情话语。他对于身体写作乐此不疲，但绝不让读者享受性快乐，他对"性"的理解是："性是最被遮蔽的东西。文学的目的，就是要撕开遮蔽，让人们看看我们的生命的本质到底是什么？……性和死是文学的两大基点，变态是基本形式。"② 拒绝郁达夫，不意味着没有受郁达夫的启发。长期身处日本性文化开放的环境，与郁达夫一样受日本私小说的影响。有感于"苦是日本文学的基点"，日本压抑的民族性，陈希我的写作注重向内开掘初始人性、隐蔽的人性，走出一条另类的写作之路。陈希我对性的日常化处理就是他对性以及由性引发的问题的正视与回应。小说中的性扭曲、性变态都是发生在正常人身上，如同抓痒一般自然。从写作技巧方面而言，陈希我小说尤其是中短篇小说，推理性强，善于制造悬疑。这种写作手法是作者从日本推理小说中借鉴而来，并普遍运用于《又见小芳》《罪恶》《飞机》等小说中。

无论是阎真还是陈希我，作为留学"海归"的代表性作家，他们往返不同文化之间，出入于体制内外。感受过天涯美学，也纠结于沉沦的现实，他们以对异文化的批判性思考重思中国当代发展之"痒"及"痛"，拓展当代文坛思考的疆域。

本章结语

"再留学"是一个再学习的过程，毋庸讳言，也是一个特殊的丰厚的资产。它虽然一定范围一定程度上成为一个新潮流，但它的主体却是特定的具有相当"文化资本"的群体。齐格蒙特·鲍曼将"流动程度"视为后现代全球化社会权力再分配的重要指标，一种新兴等级体系中阶层划分依据。入境签证在全球被逐步取消，拥有"全球流动权"即全球化特

---

① 姜广平：《写作，首先是自己需要——与陈希我对话》，《莽原》2006年5月。
② 《用冒犯对抗遮蔽——陈希我新书〈抓痒〉访谈》，《南方都市报》2005年3月4日。

权。[①] 安德森认为，护照已"不能成为国民身份的证明，更不用说显示对提供保护的民族国家的忠诚，而更多的是劳动力市场的准入许可"。为回应全球资本主义的需求，附着于护照上的国家权力已经逐渐被它的虚假使用所替代。[②] 拥有特殊"文化资本"——自由游走于祖籍国与移居国"不即不离"的"间性"，决定了他们的跨文化交流和书写具有"第三空间"的优越性，以及"双重视域的跨界书写"（刘登翰）的优势。当然"再留学"不排除国际化生存的功利性、策略性选择。

"再留学"作家笔下的"第三空间"可以是文化地理学上的概念——爱德华·索亚所谓的"异质空间"——第一空间（经验空间）和第二空间（想象空间）融合而成的特殊空间，就是在真实和想象之外又融构了真实和想象的"差异空间"，一种"第三化"以及"他者化"的空间。严歌苓的上海，虹影的长江三峡，北岛的北京，阎真的天涯，陈希我的流乡……沉痛反省20世纪中国学术界、思想界的斗争思维，刘再复主张的"第三空间"指向非二元对立的公共批评空间。

"第三空间"也可以是后现代文化政治意义上的混杂性空间。从"留学"到"再留学"作家亲历中国"前现代性""反现代的现代性"（汪晖）、西方现代性，以及当下中国正在实践的多元（"混杂"）现代性。"再留学"作家属于学者型作家，系统的学术训练、多年留居获得的海外经验，使他们了解西方学术生产与传播的特点，对西方的文化政治、西方文化借现代性论述进行的"精神殖民"有比较清醒的意识。"再留学"在一定程度上使他们有进一步认识复杂的中国问题及其产生的现实土壤。他们可以将更多的理论资源运用于文学书写，以批判现代性介入中国的历史叙事以及当下的现代变革实践。出入于当代中国，"再留学"作家以新认识和新问题对自身的写作姿态和立场进行适时的自我调整。在知识形态上，于国际化思维中增加中国化思维的向度。在跨文化、跨地域书写中，探索中华文化传播的多元路径。

然而，不可否认的是，海外作家拥有位居"第三空间"超然写作优势的同时，往往也可能因为"超然"而导致他们对异文化和当下中国都

[①] ［英］齐格蒙特·鲍曼：《全球化：人类的后果》，郭国良、徐建华译，商务印书馆2013年版。
[②] ［美］尹晓煌：《全球化与跨国民族主义经典文论》，南京大学出版社2014年版，第192页。

缺乏深度的体验，流于片面或肤浅，甚至存在以想象虚构现实的可能，这是海外作家需要自我警示的地方。强调"第三空间"的超越性并不意味着舍弃"地方"对作家文学书写的重要性，以及文学作品所反映的地方情感的价值。"再留学"使海外作家有更多的机会"再中国化"，这种"再中国化"缩短了海外作家对远离 30 多年快速发展的当代中国而造成的认知距离，与本土文化的重新接触，使他们的写作更具有针对性和当下性，重新以"在地人"的情感理解中国，同时，以"外来者"的理性思考中国与世界的关系。

  从交织着学习和超越之复杂情结的世纪留学热转向理性自主的常态生活，海外华文作家从"留学"的国家行为到"再留学"的个人选择是一个民族及其知识分子逐渐摆脱"创伤"后遗症的表征。"洋插队"的留学正在逐渐成为遥远的过去，"以家国为己任的正统的留学生像和传统的移民像的破灭，预示着一个新时代的到来。那就是比起时代、民族、家族的沉重的历史包袱，个人有权利以自身为考量，在全球化背景下寻求多样化的生活和价值，也有权利为自身开拓更为宽松的心灵空间"①。

---

  ① ［日］廖赤阳、王维：《"日华文学"：一座漂泊中的孤岛》，《多元文化语境中的华文学》，山东文艺出版社 2004 年版，第 92 页。

第三章　海外华文文学中的跨语言书写

在百年海外华人文学史中，中国海外华人作家的跨语言书写引人注目，如林语堂（Lin Yutang，1895—1976）、熊式一（S. I. Hsiung，1902—1991）、黎锦扬（C. Y. Lee，1917—2018）的英语作品，以及北美华人作家严歌苓（Geling Yan，1958— ）、李彦（Yan Li，1955— ）、赵廉（Lien Chao，1950— ）、闵安琪（Anchee Min，1957— ）、俞淳（Chun Yu，1966— ）等的双语创作。这些作家的创作在语言上跨越中、英文的藩篱，在中国文化和历史的再现上表现其特有的美学追求和政治诉求。本章聚焦于北美和欧洲在跨语言写作上卓有建树的华人作家的英语作品，分析其双语创作的不同类型及特色，其英语作品对中国语言、文化和历史资源的创造性使用，以及这种创造对于世界文学和中国文学的意义。

第一节　北美与欧华作家的跨语言书写

在中西方思想史上，语言之于民族文化、之于日常思维的重要性，多有论及。《说文解字》记载"直言曰言，论难曰语"[1]，表明语言自古以来运用于表达和交流的本质。海德格尔（Martin Heidegger，1889—1976）认为："一旦人有所运思地寻视于存在之物，他便立即遇到语言……深思语言意味着：以某种方式通达语言之说，从而说便发生而为那种允诺终有一死的人的本质以居留之所的东西。"[2] 在海德格尔看来，语言是人存在的家园和思维的方式。法国华人学者和作家程抱一对语言作出如下论述：

---

[1] （汉）许慎：《说文解字》（上），中华书局2012年版，第3页。
[2] ［德］海德格尔：《在通向语言的途中》，孙周兴译，商务印书馆1997年版，第3页。

"通过不同的民族语,我们每个人都形成了各自的性格、思想、灵魂以及充满丰富情感、欲望和梦幻的内心世界。语言承载了我们的心灵和情感,而在一个更高层次上,语言还是人类超越自我进入某种形式的创作的途径。"① 作为中法双语创作和研究的实践者,中国对程抱一而言是"一片古老的沃土",而西方则是他在这片沃土上栽下的"新植物"②。

语言在人类生存、交流、思维、创作等方面起着至关重要的作用,而在海外华人作家的创作中,语言的表现突破传统单一稳定的界限,表现为中英对照的显性跨界、英汉杂糅的混杂书写和异质的英语表达。他们独特的语言表达和创作形式具有怎样重要的意义?

一 显性的跨语言书写

显性的跨语言书写,顾名思义,从母语写作跨越到非母语写作,作品中出现多种语言的身影,是显著的"越界"写作。新加坡华裔文学家和文学批评家王润华认为:"越界不单指跨越民族国家区域的界限,也指跨越学科、文化、方法、视野的边界,同时也跨越文本,进入社会及历史现场,回到文化/文学产生的场域,有时也有必要打通古今,进出现代与古代之间。"③ 加拿大作家和批评家赵廉的《枫溪情》(*Maples and the Stream*,1999)和《切肤之痛》(*More Than Skin Deep*,2004)为英汉双语诗集(Text in English and Chinese),欧华作家杨允达的《三重奏》和《异乡人吟》为中英法三种语言的作品集,都是显著地跨越"民族国家区域"、语言和文化界限的作品。

首先,英汉对照的双语写作是"文化沟通的范例",如赵廉的英汉双语诗集《枫溪情》和《切肤之痛》。与双语对照的翻译文学不一样,这两部诗集的英汉两语都是作者的原创。在《切肤之痛》的前言《用两语写文化》中,赵廉写道:"在创作过程中,我最初使用英语构思起草,之后,再翻译或重写成汉语。这样的创作经历本身就是一个文化沟通的范例。"④ 以《枫溪情》中重要的枫树意象为例,枫树是加拿大的国树,也

---

① [法]程抱一:《对法语的一份激情——〈对话〉节选》,张彤译,《跨文化对话》第17辑,上海三联书店2005年版,第114页。
② 牛竞凡:《对话与融合:程抱一创作实践研究》,上海社会科学院出版社2008年版,第43页。
③ 王润华:《越界跨国文学解读》,台北:万卷楼图书股份有限公司2004年版,第1页。
④ Lien Chao, *More Than Skin Deep*, Toronto:TSAR publications, 2004, p. viii.

是中国诗人笔下常见的意象:"停车坐爱枫林晚,霜叶红于二月花";"月落乌啼霜满天,江枫渔火对愁眠"。在该诗集的标题诗中,一个木制镜框里的一片枫叶是诗人艺术梦想的寄托:

  摘起一片红叶   Picking up a maple leaf
  溪水凝情   nourished by the stream
  我寻找,我的溪流   I search for my own stream
  我的激情   my passionate vision[①]

  诗中主角从一片溪水润泽的枫叶中寻找她的溪流和激情,这溪流是一条从祖国到异乡绵延不绝的文化溪流,这激情正是她以诗言志的激情。历尽故国劫波之后的诗人走在红枫夹道、霜叶飘零的异国大道,构思发表这样一本中英对照的诗集,既是对过去的祭奠,也有对现实的思考,这种交流不仅体现在语言文字上,更深植于历史文化中。赵廉在《枫溪情》序言中如是说:"英、汉两语成为缺一不可的表达形式,希望这两种语言相互映衬,和我们跨文化的族裔经历形成共鸣。"[②]
  此外,赵廉的双语对照不是简单的翻译,诗人很多时候不求一一对应,而是努力展现两种语言的特色。如《枫溪情》中《画家的诗》("A Painter's Poem"),其双语特色在形式和内容,语言和文化上一一体现:

  东方的神韵   Eastern rhythm
  西方的神采   Western vigour
  缪斯下凡   the Muse transcends
  隐喻与色彩同源   metaphor shares an origin with colour[③]

  一位画家,很可能是旅居西方的华人画家,将东方的神韵和西方的神采相结合,正如诗人自己将母国语言和居住国语言相对照,将母国文化和

---

 ① Lien Chao, *Maples and the Stream*: *A Narrative Poem*＝*Feng his ch'ing*: *hsushu shih*, Toronto: TSAR publications, 1999, pp. 2-3.
 ② Lien Chao, "Preface", in *Maples and the Stream*: *A Narrative Poem*＝*Feng his ch'ing*: *hsushu shih*, Toronto: TSAR publications, 1999, p. 1.
 ③ Lien Chao, *Maples and the Stream*: *A Narrative Poem*＝*Feng his ch'ing*: *hsushu shih*, Toronto: TSAR publications, 1999, pp. 14-15.

居住国文化相融合。

在另一首名为《永恒》("*Eternity*")的诗中，诗人更加不追求中英文逐句逐字对照的效果：

一滴水	A drop of water
顺势而流	born to migrate
永不休止	never ceases flowing
以白云为翼	ascending with the clouds
以大海为床	Descending into the sea[①]

"以白云为翼/以大海为床"突出的是中国诗歌语言以比喻和意象出奇的特性，而与其对应的英文则更加写实，但"ascending"和"descending"二词恰好形成尾韵，以韵律制胜。更重要的是，该诗既是诗人对永恒、对变化的思考，也是对移民生活"心无定所"的比拟。正如赵廉自己所言，"英、汉双语对照的重要性在于形成文化对话意识"，因此，她采用"英、汉双语相互映衬的版面来体现我们的身份、思维和跨越两种文化体系的背景对我们人生的影响"[②]。赵廉的另一部诗集《切肤之痛》同样采取英、汉双语相互映衬的形式，但《枫溪情》以抒写思乡情怀和回忆大陆故事为主，而《切肤之痛》侧重描绘北美华人生活，书写两种文化剧烈碰撞所带来的"切肤之痛"。

海外华人创作中还有一种值得关注的跨语言书写现象，那就是自译原本由异国语言创作发表的作品。例如，熊式一将其英语创作《王宝川》《大学教授》《天桥》等自译成中文在香港发表，加拿大华人女作家李彦的《红浮萍》和《雪百合》也有先后发表的英汉两种版本。对读之下，读者发现双语作家的自译通常尊重中西语言、文化、历史的差异，并不强求内容的一一对应。针对这一现象，李彦在 2014 年的首届世界华文文学大会上现身说法：

---

① Lien Chao, *Maples and the Stream: A Narrative Poem = Feng hsi ch'ing: hsushu shih*, Toronto: TSAR publications, 1999, pp. 18–19.

② Lien Chao, *More Than Skin Deep*, Toronto: TSAR publications, 2004, p. viii.

在中文小说中，有时运用得恰到好处的只言片语，也能传达出深厚的意蕴，在中文读者心灵中撞击出火花……反过来，当我把英文小说译写为中文版时，则采取了适合中文读者的剪裁和重新创作。原著中对中国历史背景和文化习俗的解说和介绍已不再必要，自然全部做了删除、简化或改写。①

海外华人作家双语创作的实践与体悟也对翻译工作者、文化交流传播者提供了借鉴，用李彦的话说："培养大批至少精通一门外语、具备扎实的中华文化功底的高素质人才，能用跨文化双语写作，将会大大增强中华民族在各个领域与世界交流的能力和话语权。"②

总而言之，双/多语写作不仅跨越汉语和英语等其他语言的界限，更跨越地域空间和历史文化的界限，为不同语言、不同文化、不同地域、不同诗学体系之间的沟通提供平台。这些双/多语作品不仅传承华文文学和文化传统，更在世界文学和文化领地获得一席之地，开辟多元文化直接对话的平台，在世界文学中独树一帜。

二　中西文化思维的碰撞与融合

除了海外华人作家的双/多语书写，其英语创作也交织着中西文化思维的碰撞与融合，通过语言的越界实现多元文化间的对话，从而孕育出融合汉语思维的"异质英语"。林语堂的《京华烟云》(*Moment in Peking*, 1939)、《风声鹤唳》(*A Leaf in the Storm*, 1940)，熊式一的《王宝川》(*Lady Precious Stream*, 1934)、《天桥》(*The Bridge of Heaven*, 1943)，黎锦扬的《花鼓歌》(*The Flower Drum Song*, 1957) 和严歌苓等新移民作家的英语创作中多是中西文化思维交织的"异质英语"。

首先，其语言表达打破了英语表达习惯，挑战英语读者的阅读舒适度，造成语言的"陌生化"效果，如：《王宝川》中姐妹间互称姐姐（my eldest sister）、妹妹（my younger sister）（22），姻亲之间互称亲家（my dear relative）、女婿（my honorable sons-in-law）、岳父（my dear

---

① 李彦：《双语创作的一些感悟》，王列耀主编《文化传承与时代担当：首届世界华文文学大会文选》，花城出版社 2016 年版，第 228 页。

② 李彦：《双语创作的一些感悟》，王列耀主编《文化传承与时代担当：首届世界华文文学大会文选》，花城出版社 2016 年版，第 229 页。

father-in-law)（21）①等；《天桥》中的大少爷（Ta-Shiao-Ya）、二少年（Erh-Shiao-Ya）②称呼的发音甚至保留赣地方言特色。此外，《花鼓歌》中诸多名词的发音多来自粤语方言，如杂酱面（tsa-chiang-mein）、饺子（chiao-tze）、烙饼（lao-ping）（75），而香火钱（incense money）（31）、冰箱（icebox）（39）③等则由汉语思维直译而来。这种"混杂化"一定程度上是作者表明自己民族身份和文化属性的自觉追求，如高行健所说："我既然要用法语写作，就也要让法语'出格'，写出一种有一定'陌生化'的法语，也和我在中文写作的做法相同。"④

其次，海外华人作家作品中富含中国民间集体智慧的俚俗语，虽套上英语的外衣，却保留着中华文化内核，如：

耳听为虚，眼见为实！（Hearing isn't believing; seeing is believing!）⑤

生命如风中残烛。（The reminder of my declining years may be compared to a candle exposed to the wind, which is very soon extinguished.）⑥

砸饭碗：I would have become his subordinate if my father didn't smash the rice bowl for me.⑦

福如东海，寿比南山：Wish you a longevity comparable to that of the South Mountain, and a fortune as wide as the East Sea.⑧

海外华人作家将原汁原味的中国成语、俗语、谚语等嵌入英语，主要面对的是西方读者，起到文化沟通的作用，同时也在丰富英语的表现能力，正如黄万华认为："中文的混杂化"是"海外华人作家丰富、发展母

---

① 熊式一：《王宝川（中英对照本）》，商务印书馆，2006年版。（页码在文内标注）
② S. I. Hsiung, *The Bridge of Heaven*, Beijing: Foreign Language Teaching and Research Press, 2013, p. 19.
③ C. Y. Lee, *The Flower Drum Song*, New York and London: Penguin Books, 2002.（页码在文内标注）
④ 高行健：《没有主义》，香港天地图书有限公司2000年版，第153页。
⑤ 熊式一：《王宝川（中英对照本）》，商务印书馆2006年版，第68页。
⑥ 熊式一：《王宝川（中英对照本）》，商务印书馆2006年版，第68页。
⑦ C. Y. Lee, *The Flower Drum Song*, New York and London: Penguin Books, 2002, p. 20.
⑧ C. Y. Lee, *The Flower Drum Song*, New York and London: Penguin Books, 2002, p. 89.

语的一种努力。"① 这些异质的表达看似闯入主流西方话语中的一股乱流，实则悄悄改变着主流话语中的某些既定规则，用叶维廉的话说："这些所谓主流外的文学，代表了相异文化争战下的弓张弦紧的对话。这些异花受精的繁殖，其实提供了主流意识里所看不到，可能也无法达到，却可能大大丰富主流意识的空间。"②

此外，黎锦扬和严歌苓等作家更加刻意凸显中式英语的异质性，比如他们作品中破碎的短句和模拟口语的不规范表达：

"你们来磋日子啦，"查理说："今天是海带汤。味道很好。请随我来这个黄间。这是最好的黄间——就像特地为你们里的。"（"You've come the wlongday，"Charlie said. "Seaweed soup for today. It is good. Come to thisloom, please. The bestloom——like it is leserved for you."）③

"原来先生是个大记者呀！"④
"So, Mister is a journalist?"⑤

"跳出我农民出身的格局"⑥
"get beyond my peasant limitations"⑦

这样的表达带给西方读者佶屈聱牙的异化和疏离感，而海外华人作家借此挑战英语的主导地位和欧美主流文化的霸权地位的同时，更追求一种异质的语言和文化平等，正如韦斯科（Gina Wisker）所言："混杂化包含

---

① 黄万华：《越界与整合：从 20 世纪中国文学史到 20 世纪汉语文学史》，《越界与整合：黄万华选集》，花城出版社 2014 年版，第 114 页。
② 叶维廉：《异花受精的繁殖：华裔文学中文化对话的张力》，《世界华文文学论坛》2004 年第 4 期。
③ C. Y. Lee, *The Flower Drum Song*. New York and London: Penguin Books, 2002, p. 106.
④ 严歌苓：《赴宴者》，郭强生译，陕西师范大学出版社 2009 年版，第 139 页。
⑤ Geling Yan, *The Banquet Bug*, New York: Hyperion East, 2006, p. 138.
⑥ 严歌苓：《赴宴者》，郭强生译，陕西师范大学出版社 2009 年版，第 279 页。
⑦ Geling Yan, *The Banquet Bug*, New York: Hyperion East, 2006, p. 272.

语言的、文化的、政治的和种族的观念与形式之全新混合。……混杂从多种表达方式中识别出声音、观点和叙事手法的复调。通过声音的多元化，混杂搁置差异，与一种文化公正感结盟。"①

正是这些在地理、语言、文化、精神上跨越边界的移民作家，站在两种或多种文化的交汇处，客观地审视其身后的母语文化和面前的居住国文化，从而实现多元文化之交流、渗透和混杂，"以非主流的方式对主流文化表征系统进行抵抗和颠覆，纠正其中的曲解和误读，努力以自己有效的表征系统进行自身的文化诉求，由此也逐渐获取文化上的平等权利"②。

三 "语言嬉戏"与"离散"身份追寻

与赵廉中英对照的显性跨界不同，海外华人作家英中有汉的混杂书写模糊两种语言、两种文化的界限，让符号化汉字或汉语拼音在英语为主体的叙述中获得新生，与他们的"离散"身份相呼应。

《红杜鹃》③讲述"文化大革命"中家庭和个人所受之迫害，在封底的英文介绍中，读者可以了解到，尽管闵安琪于1984年离开中国时运用英语的能力有限，但她无法用母语书写那段历史，只有用一种新的语言才能自由表达；不仅如此，书中的人名皆为意译，而非汉语拼音音译，作者显然试图与过去保持距离。但汉语之书名"红杜鹃"却频繁出现在文中，作为每个章节的开始，作为片段之间的间隔，前后共计22次，似乎是漫山遍野红杜鹃在书中的视觉化，体现那一段历史对作者挥之不去的影响，同时带给外国读者一种异化的东方色彩。

《小青》虽然是一部业余创作，但汤亭亭称赞说："《小青》是部奇书——于'文革'的混乱中诞生的奇迹。"（封底）其作者俞淳出生于"文化大革命"开始的1966年，她作为一名科学工作者，难得地以孩子的视角回忆"文化大革命"中她以及家人或温情、或惨痛的经历。作为

---

① Gina Wisker, *Key Concepts in Postcolonial Literature*, New York: Palgrave Macmillan, 2007, p.190.
原文如下："Hybridisation involves new mixes of linguistic, cultural, political and racial beliefs and forms. .... Hybridity recognisesa polyphony of voices, narrative forms and viewpoints underlying forms of expression. Hybridity aligns itself with a sense of a cultural equity despite difference, through varieties of voices."

② 丰云：《新移民文学：融合与疏离》，中国社会科学出版社2009年版，第176页。

③ Anchee Min, *Red Azalea: Life and Love in China*, London: Indigo, 1993.

一部"文化大革命"的叙事诗，诗人以汉语拼音的形式保留原汁原味的亲属称谓语和"破四旧""打倒"等特色名词，将其列于卷首的家谱和卷尾的词库，例如：

> 太爷 *Taiye*（great-grandfather）
> 外婆 *Waipo* or *Nainai*（grandmother）①
> 破四旧（Destroy the Four Olds 〈*Po Si Jiu*〉）
> 打倒（Down with 〈*Da Dao*〉：To denounce, criticize, and overthrow）②

用英语书写"文化大革命"历史，混杂汉字和拼音则是对英语权威的解构。诗人的语言选择和语言混杂体现其混杂的文化认同观："出入于多种文化而不属于任何一种。"（萨义德）这种混杂（hybridity）化的语言是霍米·巴巴（Homi K. Bhabha）所谓："以英语'民族'权威作为熟悉象征到以殖民挪用作为差异性符号的变置，从而引起主导话语沿其权利主轴分裂，不再具有代表性和权威。"③ 同时，在贝尔·胡克斯（bell hooks）看来，这种语言还"为另类的文化生产和另类的认知——对于创造反统识的世界观至关重要的各种歧异的思考和认知方式——开创空间"④。因此，多元文化的混杂与融合不仅为作家提供新的语言、文化资源，也为世界文学的繁荣多元作出贡献。

如果说《小青》的作者保留亲属称谓的拼音出于浓烈的亲情，而频繁出现的其他拼音似乎带有对那一段荒唐历史的嘲讽，例如：

> 乡下人（a *xiang-xia-ren*, a country folk）（59）
> 读书人（*du-shu-ren*, one who reads books）（62）
> 大串联（*Da ChuanLian*, / a revolutionary mass rally）（65）⑤

---

① Chun Yu, *Little Green*, NY：A Paula Wiseman Book, 2005.（引文参见卷首"家庭树"）
② Chun Yu, *Little Green*, NY：A Paula Wiseman Book, 2005.（引文参见卷末"词库"）
③ Homi K. Bhabha, *The Location of Culture*, London and New York：Routledge, 2004, p. 24.
④ [美] 贝尔·胡克斯：《语言，斗争之场》，许宝强、袁伟选编《语言与翻译的政治》，中央编译出版社 2001 年版，第 112 页。
⑤ Chun Yu, *Little Green*, NY：A Paula Wiseman Book, 2005.（页码参见文内标注）

插入汉字和拼音有助于营造逼真的故事情节,增加语言的陌生化效果和作品的艺术魅力。另外,汉字和拼音嵌入从一定程度上消解英语的纯洁性,挑战标准英语的权威,正如秀尔(Brigitte Wallinger-Schorn)所言:"所有在语言上体现出混杂特点的诗都拒绝无声地默许美国种族主义金字塔,塔顶是主导的英美族群及其语言。"① 或如贝尔·胡克斯所言:"在词语的不正当使用中,在词语的不正确放置中,有一种要把语言变成反抗场所的精神。"②

在赵廉的诗集《枫溪情》和《切肤之痛》中,赵廉通过英汉双语的相互映衬,与跨文化的族裔经历形成共鸣,而在她的自传小说《虎女》中,则展现出与俞淳《小青》类似的英汉杂糅的特点:第一,封面汉字、英语、拼音共存;第二,文中不时出现拼音:

多子多福
(*duo-zi-duo-fu*, "more sons more happiness")(13)
恭喜啊,又一位千金
(Congratulations, another *thousand jin*)(26)
中国老话说:不要放虎归山
(... the ancient Chinese saying, *buyao fang huguishan*, "Do not let the tiger return to the mountain")(42)③

同样,赵廉选择用英语书写传记也许是为了获得历史评判的自由,但文中频繁出现的汉字或拼音体现了深植其中的母居国语言、文化之影响。在语言文化的选择上,作者表面上倾向于居住国的"工具语言",但主导着她的创作思维的依然是她的"灵魂语言"④ 汉语。

海外华人作家跨越两种文化的文字嬉戏,一方面代表母国的文化记

---

① Brigitte Wallinger-Schorn, *So There It Is*: *An Exploration of Cultural Hybridity in Contemporary Asian American Poetry*, Amsterdam and New York: Editions Rodopi B. V., 2011, p. 101. 原文如下:" all linguistically hybrid poems refuse to quietly acquiesce to a racist American power pyramid with a dominating Anglo-American group and its language at the top."

② [美]贝尔·胡克斯:《语言,斗争之场》,许宝强、袁伟选编《语言与翻译的政治》,中央编译出版社 2001 年版,第 111 页。

③ Lien Chao, *Tiger Girl*(*Hu Nü*):*A Creative Memoir*, Toronto: TSAR publications, 2001. (页码参见文内标注)

④ "工具语言"和"灵魂语言"的概念,参见黄万华《越界与整合:黄万华选集》,花城出版社 2014 年版,第 117 页。

忆，另一方面反映"在异质文化语境中错置的生活现实"，从而构建"既源于文化记忆和本土经验同时又两者交集的离散主体身份"①。其意义是显见的：通过汉字符码和汉语拼音"与英语之间的巨大张力，赋予并强化其符号象征功能，将它们的象征意义辐射整个文本，以此来构建一种整体印象，有意无意地以这种印象来影响文本的文化身份"②。

从中英对照的显性跨界，到体现双语思维的文化翻译，再到边界模糊的英汉杂糅，海外华人作家的叙事中充斥着语言、文化、时空和思维的跨界，极大地丰富了作品的美学价值和文化内涵；而从业余创作的自传体文字到林语堂、严歌苓等专业作家的作品，读者也愈加感受到跨文化的身份和跨语言的能力在艺术创作中的力量。在黄万华看来，"双语写作"形式意义重大：它"既自觉抗衡于后殖民语境中的话语'一体化'，又开放、沟通于其他语言的诗性世界，守护语言的诗性尊严，自觉避免诗本身的'一体化'"③。因此，无论运用双语书写过去，还是描绘现实，实现的不仅仅是"文化对话"的作用，更是在后殖民语境下跨国、跨文化、跨语言诗学发展的需要。比起故步自封，一心维护本国语言的纯洁性，这样一种"双语诗学"更能发挥维护文化和文学之根的作用。

第二节　海外华人作家非母语书写的意向性与特殊性

交流产生新知，碰撞引发变革。双/多语写作等跨语言写作由20世纪兴起以来，已经成为世界文学一瞩目的现象，其原因正如有论者所言："尽管双语文学绝不是一种新鲜的现象，但20世纪持续增长的人口迁移，殖民主义带来的社会政治后果，扩大的军事冲突以及后殖民主义，为相当多的双语作家运用其第二语言创意地自我表达创造了绝佳的环境"④。

---

① 蒲若茜、宋阳：《跨文化的语言嬉戏与离散身份书写——论华裔美国英语诗歌中的汉语语码嵌入》，《学术研究》2011年第9期。
② 胡勇：《龙纹：美国华裔文学的叙事艺术》，《宁夏大学学报》2004年第5期。
③ 黄万华：《回报母语滋养的生命方式——华人新生代和新移民作家创作的语言追求》，《中山大学学报》（社会科学版）2008年第1期。
④ Julia Stakhnevick, "A Total Embrace of Being: A Bilingual Journey of Joseph Brodsky", *South Atlantic Review*, Vol. 71, No. 2, 2006, p. 11. 原文如下："Although literary bilingualism is by no means a new phenomenon, the twentieth century with its migration of population, the sociopolitical consequences of colonialism, extended military conflicts, and post-modernism, has created the perfect climate for a significant number of bilingual writers to utilize their second language for creative self-expression."

19 世纪末 20 世纪初，西方列强的船坚炮利迫使中国打开国门，从此不断有中国学生前往欧美国家学习语言文化和科学制度，作家林语堂、熊式一、黎锦扬都在其列。1949 年至 20 世纪 70 年代，中国大陆与欧美国家的人文交往几乎中止。直到 1978 年前后，尤其改革开放以后，才陆续恢复人文交流，并逐渐形成新移民作家群，其中加拿大有赵廉、李彦等，美国有闵安琪、严歌苓、俞淳等。他们不仅学习西方语言文化，也用东西方语言书写和传播中国故事，形成跨国界、跨文化、跨语言的创作特色。

一 跨语言创作实践的发生：时代背景与作家选择

跨语言创作的发生，通常与作者本人的家庭背景、教育经历息息相关，同时与作家所生活的社会历史背景有密切关系，读者对作品的接受同样因作家作品和时代背景而异。

林语堂 1895 年出生于福建漳州一个群山包围的山村，父亲是当时鲜见的中国山村牧师（传教士），他热衷于西方新学和现代事物，坚持让自己的孩子学习英文和接受西方教育。在父亲的影响下，林语堂从小在基督信仰中长大，十岁起在厦门一所教会学校上学，其后考入上海圣约翰大学，主修英语，并广泛涉猎神学、科学和哲学等。此时，他开始对基督教义产生怀疑。从圣约翰大学毕业后，他在清华大学任教三年，开始认识到中国文化、历史的广博精深，沉浸于书海，以期弥补自己以往所接受的"西式"教育之不足。此后，他辗转于美、欧国家学习语言学和现代语言等。[①]

林语堂的家庭环境和教育背景为他的英语写作打下坚实的基础。他的英语创作从在中国杂志上写作英语专栏和翻译中国古典文学《浮生六记》开始。1935 年发表《吾国与吾民》（*My Country and My People*），在西方世界引起强烈轰动。Fanny Butcher 称此书"对中国的过去和现在进行的剖析与综合，是我所读过最为机智和有趣的"[②]。1938 年，林语堂在美国出版《生活的艺术》（*The Art of Living*），一举成为当年的畅销书，并被译成 12 种语言在世界各国流传，奠定其"在西方的中国代言人"之位置，

[①] See Lin Taiyi, "Foreword to Moment in Peking", in Lin Yutang, *Moment in Peking*, Beijing: Foreign Language Teaching and Research Press, 2009, pp. I-V.

[②] Lin Taiyi, "Foreword to Moment in Peking", in Lin Yutang, *Moment in Peking*, Beijing: Foreign Language Teaching and Research Press, 2009, p. VI.

美国《文学周刊》评价道:"林博士提取中国历代圣贤之哲思并将其展现在现代背景之下,做了不可估量的工作,从而使中国哲学可读可懂。"①美国以及其他国家对林语堂英语作品的广泛接受,一方面体现林写作艺术和英语表达的成功,另一方面体现当时西方国家对当时正抵抗日本侵略的中国土地和人民的好奇和关心。

《京华烟云》发表于中日战争紧张激烈的 1940 年,林语堂将他创作的第一本小说作品献给"为炎黄子孙的延续牺牲性命的中国勇士"②,大有以笔代剑,作为书生为抗战尽一份力的意图。与《生活的艺术》一样,此书入选"每月一书"俱乐部,《时代周刊》称为"旧时代背景下现代中国的写照"③。林语堂在序言中写道:

> (此书)既非为旧式生活进赞词,亦非为新式生活作辩解。只是叙述当代男女如何成长,如何过活,如何爱,如何恨,如何争吵,如何宽恕,如何受难,如何享乐,如何养成某些生活习惯,如何形成某些思维方式,尤其是,在此谋事在人、成事在天的尘世生活里,如何适应其生活环境而已。④

《京华烟云》的发表和流传一定程度上向当时袖手观战的美国发出捍卫人道和正义的呼吁。据说正是因为此书,林语堂于 1975 年在维也纳举行的国际笔会上被推选为副会长,大大提升了华人作家在世界的影响力。

熊式一同样是 20 世纪为中西文化交流作出重要贡献的文化使者。与熊式一有同乡之谊的陈寅恪先生读罢《天桥》后以绝句写道:

> 海外林熊各擅场,卢前王后费评量。

---

① Lin Taiyi, "Foreword to Moment in Peking", in Lin Yutang, *Moment in Peking*, Beijing: Foreign Language Teaching and Research Press, 2009, p. VII.
② 参见林语堂《京华烟云》,陕西师范大学出版社 2002 年版,第 1 页。
英文版原文为:"To the brave soldiers of China who are laying down their lives that our children and grandchildren shall be free men and women."
通常被译作:"全书写罢泪涔涔,献予奸倭抗日人。不是英雄流热血,神州谁是自由民。"
③ See Lin Taiyi, "Foreword to Moment in Peking", in Lin Yutang, *Moment in Peking*, Beijing: Foreign Language Teaching and Research Press, 2009, p. VII.
④ 林语堂:《京华烟云》,陕西师范大学出版社 2002 年版,第 2 页。

北都旧俗非吾识，爱听天桥话故乡。①

诗中"林"指林语堂，"熊"即熊式一，陈寅恪将林、熊并置，对他们在海外传播中国文化所作的贡献予以同等赞赏。而与林语堂不同的是，熊式一从小熟读四书五经、春秋左传、古文辞类等中国古文经典，因为其青年守寡的母亲对他的期望是"状元及第，官拜翰林"②。据熊式一《八十回忆》，他从小爱填词、赋诗、写文章（3），1912年中华民国成立后，亦开始追随维新的潮流，学习英文（9）；其后在北京高等师范专修英文，毕业之后除了在北京、上海、南昌各地公私大专学院任教，还"以文言翻译佛兰克林自传，以白话翻译哈代、萧伯纳、巴蕾等人的著作"（24）；后又因当时社会风气追捧留英留美洋学生，熊先生（式一）虽学贯中西，却处处碰壁，便于1932年年底"冒险跑到英国"（23）③。

1934年，熊式一的英文处女作——由中国古典戏剧《薛平贵与王宝钏》改编的话剧《王宝川》——经历初期出版和出演的挫折后，由英国麦勋书局出版，一举成功，好评如潮。据熊式一回忆，"这本书一经出版，备受批评界的欢迎。当初出书的时候的书评，后来舞台上演时的剧评，称赞备至，立刻把它捧成一出全世界上处处一落地就成功的作品"④。陈子善记道："同年（1934年）冬天，熊式一又亲自执导，把《王宝川》搬上英伦舞台，更是雅俗共赏，久演不衰。不久，瑞士、爱尔兰、德国及欧洲其他国家相继上演《王宝川》。次年秋，《王宝川》又移师纽约百老汇，美国剧坛也为之轰动。"⑤ 而熊式一在1943年战火笼罩的伦敦出版的《天桥》，在读者看来，"为熊式一英文创作的第二个，也更为引人注目的高峰，是熊式一更具代表性的作品"⑥。英国文豪威尔斯（H. G. Wells）盛赞《天桥》："我觉得熊式一的《天桥》是一本比任何关于目前中国趋

---

① 燕遯符：《〈王宝川〉代序》，熊式一《王宝川（中英对照本）》，商务印书馆2006年版，第4页。
② 燕遯符：《〈王宝川〉代序》，熊式一《王宝川（中英对照本）》，商务印书馆2006年版，第1页。
③ 参见熊式一《八十回忆》，海豚出版社2010年版，第23页。
④ 熊式一：《八十回忆》，海豚出版社2010年版，第99页。
⑤ 陈子善：《大陆版序：关于熊式一〈天桥〉的断想》，熊式一《天桥》，外语教学与研究出版社2012年版，第4页。
⑥ 陈子善：《大陆版序：关于熊式一〈天桥〉的断想》，熊式一《天桥》，外语教学与研究出版社2012年版，第4页。

势的论著式报告更启发的小说，从前他写了《王宝川》使全伦敦的人士为之一快，但是这本书却是绝不相同的一种戏剧，是一幅完整的、动人心弦的、呼之欲出的画图，描述一个大国家的革命过程。"① 可见，熊式一在将中国文化和历史，人民和故事介绍给西方读者和观众所做的巨大努力和贡献。

熊式一和林语堂二人所处的时代背景相同，他们的创作意图也似乎不谋而合。熊式一之子熊德輗在论及其父和林语堂时写道："他们二位是值得尊敬的，因为在他们之前，还没有人在海外以小说的方式将真实的中国介绍给西方读者。外国人笔下的中国和中国人，大多数都是落后、无知、神奇甚至是邪恶的。"② 并说他的父亲看到赛珍珠（Pearl S. Buck）所写的关于普通中国农民的故事竟然获得诺贝尔文学奖，于是"暗下决心要写书改变西方人对中国的偏见"③。熊式一自称：有感于"西洋出版关于中国的东西……无非是把中国说成一个稀奇古怪的国家，把中国人写成荒谬绝伦的民族，好来骗骗外国读者的钱。……所以我决定了要写一本以历史事实、社会背景为重的小说，把中国人表现得入情入理，大家都是完完全全有理性的动物，虽然其中有智有愚，有贤有不肖，这也和世界各国的人一样。"④ 对于熊式一的杰出贡献，燕遯符如是说："只要人人都奉献出真心诚意，文化背景的差异不会导致相互排斥和敌视，反能促进不同国家不同民族相互尊重友好交往，一起走进大同世界。熊式一先生的功绩正在于他向全世界献上了中国人的真心诚意，从而成功地进行了一次中西文明对话。"⑤ 老一辈的移民作家正是在祖国内忧外患的境况下，以笔为剑，为中国文化之传承和传播尽最大和最真诚的努力。

黎锦扬（1917—2018）出生于湖南湘潭一个书香家庭，著名的"黎氏八骏"中最小且仅存的一个。1940 年毕业于西南联大，1943 年赴美，

---

① ［英］威尔斯：《近年回忆录》（*A Contemporary Memoir*），第 84 页，转引自熊式一《八十回忆》，陈子善编，海豚出版社 2010 年版，第 77 页。
② 熊德輗：《台湾版序：为没有经历大革命时代的人而写》，熊式一《天桥》，外语教学与研究出版社 2012 年版，第 8 页。
③ 熊德輗：《台湾版序：为没有经历大革命时代的人而写》，熊式一《天桥》，外语教学与研究出版社 2012 年版，第 8 页。
④ 熊式一：《〈天桥〉香港版序》，熊式一《天桥》，外语教学与研究出版社 2012 年版，第 14 页。
⑤ 燕遯符：《〈王宝川〉代序》，熊式一《王宝川（中英对照本）》，商务印书馆 2006 年版，第 4 页。

1947年获耶鲁大学艺术硕士学位。春秋代序,日换时移,在他开始以英语创作,并获得美国"永久居留证",以写作为生的年代,中美关系日渐紧张,随后开始长达二十多年的"冷战"。他用英语撰写中国人题材故事,并成功打入欧美社会,但也不可避免受到冷战气氛的影响,已与当时的中国现实脱节,描写的是旧中国和美国唐人街的人和事,因此被一些评论者认为"深化了主流社会对华人的刻板印象,助长了美国人的偏见"[1]。华裔美国剧作家黄哲伦则认为《花鼓歌》是华裔美国文学经典之作,他在其中读到"耳熟能详的人物、文化、环境",认为是根据小说《花鼓歌》改编的音乐剧和电影歪曲原著,歪曲亚裔美国人形象,带累黎氏原著[2]。不可否认的是,黎锦扬的作品是中国大陆社会以及唐人街社会特定时代文化生活的载体,其作品的意义同样不容忽视,如有论者所言:"作为中西文化的边缘人,黎锦扬以个人的经历和体会,颇具艺术魅力的文学作品,深刻的文化内涵,征服了英语世界的读者,也给其后以英语写作的华裔作家带来意义深远的影响。他对中美文化交流中'中学西渐'所起的作用不言而喻。"[3]

诞生于新中国改革开放后移民潮中的新移民文学,历经20世纪80年代的酝酿积淀期、90年代的纵深发展期,与21世纪初的反思阶段,涌现出大批优秀作家和作品。正如江少川所指出的:与世界著名移民作家康拉德、纳博科夫、昆德拉、奈保尔等一样,新移民作家以其"边缘化的跨界生存""双重人生经验与视野""文学创作的自由度"以及"双语思维和创作能力",为新移民文学提供"孕育文学经典的文化土壤"[4]。除了大量杰出的华文作品,严歌苓、哈金、闵安琪、赵廉、李彦等作家跨越语言边界的双语创作也逐渐成为新移民文学中一道亮丽的风景:她们不仅在语言上跨越中文和英文的藩篱,且无论用哪一种语言都体现出一种混杂、互融的"双语诗学"。

---

[1] 薛玉凤:《黎锦扬》,刘葵兰编《华裔美国文学名著精选》,南开大学出版社2015年版,第106页。

[2] 薛玉凤:《黎锦扬》,刘葵兰编《华裔美国文学名著精选》,南开大学出版社2015年版,第107页。

[3] 薛玉凤:《黎锦扬》,刘葵兰编《华裔美国文学名著精选》,南开大学出版社2015年版,第112页。

[4] 江少川:《新移民文学的"经典"与"经典化"》,《南昌大学学报》(人文社会科学版)2015年第1期。

纵观新移民作家的跨语言书写，其创作的发生大致可以归为两类：非专业作家倾诉沉重的过去、怀乡的忧郁、生存的艰难和表达文化冲击带来的震撼等的需要；专业作家有意识地再现其跨文化的离散经历，向西方读者讲述中国故事，渗透居住国文学市场等。

俞淳的诗集《小青》是一部杰出的业余创作，俞淳在美国获得科学博士学位，此后留在美国加州从事科学工作，出生于"文化大革命"开始的1966年的她，以孩子的视角回忆"文化大革命"中她以及家人或温情、或惨痛的经历，从诗集前稚气感人的献词——"献给赋予我生命的妈妈和爸爸，献给将我养大的奶奶，献给和我一起长大的哥哥和三三"①——可以感受到她写此书更多是为了感恩亲人和缅怀过去。

除了《小青》，闵安琪的《红杜鹃》、赵廉的《虎女》等是讲述"文化大革命"经历的自传作品，并畅销一时。《红杜鹃》以20世纪70年代末至80年代的上海为背景，记叙女主人公"文化大革命"以来之家庭变故、校园生活及下乡的经历等，尤以农场生活为重点。农场的生活艰难而单调，却不乏触目惊心情感风波。例如，小青（Little Green）偷情被抓，男友被判死刑，她从此精神失常；女主人公和一位女战友发生奇妙的暧昧情感。作为一部自传体小说，不管作者的回忆和书写有多大程度的真实性，不可否认全书充斥着压抑的身体欲望，青春的不安、空虚和茫然，以及无法派遣的孤独——这也是《红杜鹃》一书于同类题材中的特色。针对这一现象，有论者评说道："写作者的倾诉欲望与读者的窥视欲望相互绞合，催生了大量的非汉语自传文本。"② 诚哉是言也。

而在相对专业的作家中，赵廉同时在加拿大从事文学研究和教学工作，对于双语创作，她写道："在创作过程中，英、汉两语成为缺一不可的表达形式。我希望这两种语言相互映衬，和我们跨文化的族裔经历形成共鸣。"③ 此外，她还试图通过双语写作争取种族平等和吸引主流社会的关注：

---

① 原文如下：For Mama and Baba, who gave me this gift of life.
　　　　　　　For Nainai, who brought me up.
　　　　　　　For Gege and Sansan, who have shared this life with me.
② 丰云：《新移民文学：融合与疏离》，中国社会科学出版社2009年版，第24页。
③ Lien Chao, "Preface", in Maples and the Stream: A Narrative Poem = Feng his ch'ing: hsushu shih, Toronto: TSAR publications, 1999, p. 1.

我运用诗的形式和语言展示出我们生活中的多个横切面和我们对一些问题的反思。在不同的诗文里,我采用变换说话人和听话人位置的方式,置读者于生活的匆匆片刻之中,让他/她体验一个少数民族社会成员的经历,并参与为我们的身份的呼吁。广义地说,通过奉献这本诗集,我愿意看到更多的读者直接参与到加拿大社会文化的研讨中,关心语言、身份、平等、家庭、理想、文化适应和文化同化等重要的社会课题以及我们的情感和责任。①

赵廉是众多海外华人作家中进行双语写作探索的一员,她适应时代和社会需要的写作追求值得借鉴。无独有偶,另一位加拿大华人新移民作家郑南川提出过类似的倡议:"移民文学的创作和生活过程,感受和时间的不同,也有各自不同的变化,跳出移民圈子的写作,把自己放在'公民'意义上的思考,写共同命运和不同差别,写出自己新的生活,会给写作带来一个进步。"②

此外,加拿大华人作家李彦以双语出版了诸多作品,她先后发表的英汉两版《红浮萍》③依然以"文化大革命"为背景,讲述两代人的人生经历和情感纠葛,但突破自传体裁,文学性大大提升,引发人生和人性的深思;叙事空间跨越亚、美两大洲,双线并行,是跨越时空、语言、文化界限的成功双语作品。再者,严歌苓作为以华文作品享誉海内外的著名作家,也开始以英语进行文学创作,诞生了《赴宴者》这样一部反映当代中国社会文化生活的作品,在众多书写"文化大革命"记忆的新移民英语作品中独树一帜。

海外华人作家的跨语言书写历经百年,作家选择和读者接受无不受到作家本人经历和时代背景之影响,内容上似乎从相对单一地讲述中国故事,传播中国文化历史,走向更加个人和多元化的社会文化生活再现,作品的体裁和艺术技巧也越来越多样,然而海外华人新移民作家的跨语言书写在挖掘人性之深度和进行有效的多元文化沟通方面所取得的进步仍有待

---

① Lien Chao, *More Than Skin Deep*, Toronto: TSAR publications, 2004, p. vi.
② 郑南川:《写作的多元跨越与"文化认同"——小说〈十三号楼的奇怪声音〉创作谈》,王列耀主编《文化传承与时代担当:首届世界华文文学大会文选》,花城出版社 2016 年版,第 249 页。
③ Yan Li, *Daughters of the Red Land*, Toronto: Sister Vision, 1995.

衡量。在全球化背景下,跨语言的文学书写如何处理本民族传统与居住国现实的关系,如何在多元文化背景中不断突破和成长,如何在跨国、跨文化交流中发挥更有力的作用,是值得跨语言文学创作者及研究者思考的问题。

二 "同"与"异"的呈现:跨语言文学对母国文化的承继与突破

海外华人作家跨语言书写多元、异质、杂糅的语言特色已表明其创作跨越并兼容中西两大语言和文化体系,与作家们跨越两种或多种文化的生命体验相呼应。而在作品的主题内容和艺术技巧方面,海外华人作家的跨语言书写同样对中国文学传统或华文写作传统进行着不同程度的承继和突破。

林语堂的《京华烟云》以儒释道①为思想核心。道家思想是作者的出发点,著作三卷分别引用庄子《大宗师》《齐物论》《知北游》②作为卷首语可见作者试图以道家思想统摄各卷,且小说主角姚木兰其父姚思安以道家自居,对于长子姚体仁挥金如土、不务正业的问题,姚父的意见是:"若是有钱人家的儿子都好,富人不就永远富,穷人不就永远穷了吗?天理循环"③,其淡薄逍遥的为人处世态度正是道家思想的体现。然而,他给长子取的名字"体仁",出自《易经·乾卦第一》"君子体仁,可以长人"④,且"仁"是儒家思想的核心,在为儿子留学英国的饯行宴上,姚父将"世事洞明皆学问,人情练达即文章"⑤送给儿子,也是儒家思想的

---

① 评论者通常认为道家思想为林语堂创作的主导思想,但通观全书,儒释道思想贯穿整部小说,正如儒释道思想为中国传统思想之核心。

② 卷一《道家女儿》卷首语译自《庄子·大宗师》:"夫道……在太极之先而不为高,在六极之下而不为深,先天地生而不为久,长于上古而不为老。"

卷二《庭园悲剧》卷首语译自《庄子·齐物论》:"梦饮酒者,旦而哭泣;梦哭泣者,旦而田猎。……是名也,其名为吊诡。万世之后而一遇大圣知其解者,是旦暮遇之也。"

卷三《秋季歌声》卷首语译自《庄子·知北游》:"故万物一也。是其所美者为神奇,其所恶者为臭腐,神奇复化为臭腐。"

③ Lin Yutang, *Moment in Peking*, Beijing: Foreign Language Teaching and Research Press, 2009, pp. 283-284.

原文为:"If rich men's sons were always good, the rich would be always rich and the poor always poor. Heaven's Way goes round!"

④ 绍南文化编:《易经》,厦门大学出版社2000年版,第3页。

⑤ Lin Yutang, *Moment in Peking*, Beijing: Foreign Language Teaching and Research Press, 2009, p. 268.

处世观；深受父亲影响的木兰一方面随遇而安，是道家女儿，另一方面自强不息，厚德载物，秉承儒家精神之核心；次女姚莫愁更是一位相夫教子的儒家闺秀，她的夫婿孔立夫也是学而不倦、博闻强识的儒家门徒。这些实则说明中国思想发展到清末，已无法以儒释道单方面的思想归类中国学者，他们信奉的是儒释道融合的价值观。

另外，《京华烟云》中的曾氏家族本为官宦人家，基本以儒家思想治家，比如，在曾家三少爷荪亚与姚木兰成婚翌日，曾父给新婚夫妇的训诫是"治家之道，全在两个字：一曰忍，二曰让"①，俨然儒家的忠恕之道。但曾家老太太和守寡的长媳孙曼娘都笃信佛教，从佛家思想中寻找精神依归。小说中另外一大家——财政部长牛家，则是世俗官吏的代表，追名逐利，在他们身上看不到中华民族精神的体现，是现代中国国家衰败、民族精神陷落的根源。

《京华烟云》在人物塑造、细节刻画和叙事技巧上深受中国古典小说《红楼梦》的影响，一些内容几乎是在翻译《红楼梦》，笔者兹称其为"红楼笔法"。例如，曾家服侍曾老太太的李姨妈恃功逞骄的行为似宁国府的焦大（97），孙曼娘父亲的葬礼模拟贾敬及秦可卿的葬礼操办（99），孙曼娘进京到曾家的心理活动与林黛玉进贾府几无二致（117），曼娘在曾家的第一场梦境也与贾宝玉游览太虚幻境有异曲同工之妙（129），孔立夫和姚氏姐妹比赛写信与中秋赏月吃蟹两节（181）② 简直是《红楼梦》第三十八回"林潇湘魁夺菊花诗，薛蘅芜讽和螃蟹咏"的重写，如此种种，不胜枚举。更有意思的是，《京华烟云》的叙事者也和《红楼梦》的叙事者一样，时常借机发表意见。比如，在辛亥革命之后，叙事者列举了革命后的一系列变化之后，跳出来评论道："这些情势，无形之中就影响了本书中人物的生活。历法的改变只是象征而已。今后我们故事之中的日期是用西历，新年是阳历一月一日，而不是依照旧历在二月半过阴历年了。"③ 此外，《京华烟云》对四合院、中国医药、五行相人等中国

---

① Lin Yutang, *Moment in Peking*, Beijing: Foreign Language Teaching and Research Press, 2009, p. 394. 原文如下："The principles of making a home are all contained in the two words *jen* (forbearance) and *jang* (yielding)"。

② See Lin Yutang, *Moment in Peking*, Beijing: Foreign Language Teaching and Research Press, 2009（页码在文内标注）。

③ Lin Yutang, *Moment in Peking*, Beijing: Foreign Language Teaching and Research Press, 2009, p. 409.

传统文化的细致描写也略可与红楼媲美。关于《京华烟云》对《红楼梦》的诸多译写，林语堂之女林如斯道出了个中原委，她说："一九三八年的春天，父亲突然想起翻译《红楼梦》，后来再三考虑而感此非其时也，且《红楼梦》与现代中国距离太远，所以决定写一部小说。"① 这也可以解释林语堂出生于一个山村基督传教士家庭，却能细致地描写姚、曾、牛三大家族的兴衰史的原因。

林语堂的创新和突破在于他的创作与时代背景相呼应，与民族命运同呼吸，虽然他取法乎儒释道思想之精髓和中国古典小说之高峰《红楼梦》，但也融入了西方科学与民主新思想的影响。比如，姚思安热爱西学，倾家财支持辛亥革命；木兰虽有中国传统女性相夫教子、勤俭持家的美德，骨子里却追求男女平等，思想进步；孔立夫也在姚父的影响下，融通中西，开阔视野。林语堂通过《京华烟云》，表达对旧中国女性、对奴仆等弱势群体的深切同情，鼓励他们争取独立、平等之权益，并对新旧交替时代中国教育体系、婚姻制度、家庭伦理建设等发表独到见解。

无论是儒释道思想在全书中的融合贯通，还是《红楼梦》对小说叙事艺术的影响，都体现《京华烟云》思想艺术的中西跨界与融合，也是对西方读者阅读习惯的挑战。因此，《京华烟云》是一枝中西语言、艺术、文化杂交的奇葩，它在西方文坛的绽放不仅丰富英语文学世界，更使中国文化、中国小说艺术、中国作家在世界文坛占有一席之地。在一些评论者看来，林语堂对中国的描写"不仅仅停留在发掘人类生活共同点的层面，而是上升到人类对美的共同追求层次上，从物质世界上升到了精神层面，因而出现在他笔下的是文化的中国，诗意的中国"②。与林语堂毕生的追求相符，其在《京华烟云》中传达的是一种儒释道西学融会贯通的新思想，他试图为中国优秀文明走向世界，为世界文明的发展指一条明路。

熊式一的《天桥》展现出与《京华烟云》类似的特点：《天桥》如中国章回小说似的，每一章都以一句或一段中国经典、成语或俚俗语总领全章；内容上努力展现中国现代社会文化、历史、民风的境况。然而，新

---

① 林如斯：《关于〈京华烟云〉》，林语堂《京华烟云》，陕西师范大学出版社2002年版，第5页。
② 王彦彦、王为群：《族裔文化重建与文化策略——美国华族英文小说与华文小说比较》，中国社会科学出版社2015年版，第30页。

移民作家的跨语言书写在主题内容和叙事风格上则表现出多样化的特点，除了大量以"文化大革命"为题材的自传作品或小说创作，严歌苓的《赴宴者》是新移民英语书写代表作之一。

《赴宴者》"淋漓尽致"地再现了东方饮食文化。《时代》杂志曾这样宣传这部小说："让严歌苓带您进入一场夹杂着欲望与腐化的美食盛宴。……严歌苓娓娓道来现代中国的美食与贪污文化。"《赴宴者》中描绘了各式宴会——煞费苦心的中国文字宴、奢侈靡费的鸽舌宴，乃至纸醉金迷的日式"人体宴"：

> 节目正在采访那家"人体宴"餐馆的女老板。……她谈论食物与裸体结合的感官之美。在古老的中国，这可是很有价值的。……女孩们肌肤的色泽也不可轻视，看上去得是冰清玉洁，细滑如豆腐，吹弹得破，宛如日本河豚中的上品。比起陈列在她们身上的食物，她们更为诱人。这样人们才会理解，最好的美食不是用嘴巴享用，而是用眼睛以及所有的感官。①

正如《儒林外史》《老残游记》等中国历史上著名的批判小说一样，严歌苓对中国饮食文化的描写强烈地批判了中国"上流"社会之奢靡与虚伪，有一定的真实性。严歌苓选择用英语创作，将西方英文读者视为阅读对象，令西方世界更全面地认识中国的同时，也在一定程度上迎合了西方社会对东方世界（中国）的想象和认知，满足了西方读者对中国文化的猎奇心理。

如果说老一代移民作家饱含对中国传统文化的深情，试图向西方世界传播优秀的中国传统文化，努力消除民族间的误解和偏见，而新一代移民作家对中国当代社会黑暗面的描写，不得不引起作家、评论家、广大读者的关注。如何传播正面的中国形象？如何建立中国在世界场域内的话语权？依然在进行创作的新移民作家如何应对"全球化"的挑战，创作出有思想高度、人性深度和文化意义的作品，在世界文学史中占有一席之地，是值得跨语言书写的海外华人作家思考的问题。

---

① 严歌苓：《赴宴者》，郭强生译，陕西师范大学出版社2009年版，第230—231页。

第三节　跨语言书写对比较文学的意义

与成长于异国、母语为居住国语言的华裔作家相比，海外华人作家的跨语言书写对中国文化的描写更加忠实，也有意识地充当中国文化使者的身份，其中神秘的东方色彩更引起西方读者的好奇，这也许是林语堂、熊式一、黎锦扬的小说和戏剧作品在西方世界大受欢迎的原因。另外，海外华人作家对中国的描写受到作者个人成长和教育经历的影响，从不同角度、用不同笔调描绘不同历史时代中国社会文化的侧面。他们跨语言、跨文化的书写范式对世界文学和比较文学有着怎样的意义？他们的英语作品有效地传播了中国文化，抑或加深了"东方主义"之刻板印象？世界文学"全球化"的当今时代将何去何从？这些是本节拟解决的问题。

一　流动与传播：获得语写作与再生华文文学

首先，海外华人作家的英语作品为中国文化提供相对"忠实"的样本，满足西方读者对中国文化猎奇的同时，让中国文化在异国他乡再生。熊式一《王宝川》忠实于中国古典戏曲的舞台布景和艺术特色：保留检场人（Property man）、保持舞台和演员动作的虚构性、剧情上作者自称"尽量不作改变"[1]，以下节选可略表现以上特色：

> 大家得明白：这光赤赤的舞台，便代表着首相王允老大人府里美丽的花园。
>
> 一个穿着深色衣服的人，搬一把椅子放在舞台的右边，椅背上绑一枝竹竿子，上面有略带几片树叶的树枝。另外又有一个也穿深色衣服的人搬一张小小的桌子放在舞台的左边，他们便是中国旧舞台上的检场人，观众们千万不要注意他们的举动。我们认为这相府的花园中，早已由大自然种了奇花异木——有椅子上的竹竿为证——堆砌了花岗崖和太湖石——由那一张小小的桌子代表。我们还要牢记：这两位检场人虽然仍逗留在舞台的后方，我们却要认为这儿并没有人。[2]

---

[1]　熊式一：《王宝川（中英对照本）》，商务印书馆2006年版，第11页。
[2]　熊式一：《王宝川（中英对照本）》，商务印书馆2006年版，第194页。

这段话出自报幕员（Honorable reader）之口，该角色于每一幕的开头，起着承上启下的作用，甚至预告戏剧情节，目的是"使西方观众充分理解此剧舞台演出的特点和有关的戏剧文化背景"[①]。报幕员是熊式一吸收西方话剧的革新，当他不得不作出革新的妥协以迎合西方观众时，熊式一似乎将中国古典戏剧的虚构性当作一个符号，使其深入观众和读者。值得注意的是，熊式一在20世纪30年代的《王宝川》英文舞台剧和剧作本皆比其在1956年自译发表的《王宝川》中文版观赏性和可读性强，一方面《王宝川》白话版很难超越其所本的《武家坡》等中国古典戏曲经典之作，另一方面正说明《王宝川》跨越语言、文化和时空的界限在欧美舞台和文学场域中获得新生。

其次，熊式一在《天桥》中描绘了一幅幅婚丧嫁娶图。他以细致的笔调描写李明的孩子从出生至成长过程中的一系列风俗礼节：算命（20）、Third Bath（三朝）（21）、取名（22）、满月（24）、抓周（25）、定娃娃亲（26）、拜师上学（38）等，此外，李明的葬礼（74）、少明和莲芬的婚礼（162—163）[②] 无不描写得细致入微，甚至不惜损伤小说的艺术，无疑为西方读者甚至研究者了解中国这一历史时代江西南昌地区的民俗风情提供了英语范本。

另外，《花鼓歌》中受到华裔美国批评家指摘[③]的唐人街文化描写从另一方面看是一种行将消逝的文化生活的记录。黎锦扬笔下的唐人街，与诸多华裔美国小说家笔下劳工和苦力的世界不同，他的主角王老爷一家是在中国社会大变革时期移居美国的有钱阶级。王老爷将其在大陆的生活完全复制到唐人街，他感受不到美国这个金钱至上的社会的经济压力，也几乎触碰不到种族歧视和冲突，他受西方文化的影响是缓慢而微小的。据黎锦扬描述，王老爷在唐人街的生活与其在湖南老家的生活别无二致：他喜欢研究对联、练习书法、观赏盆景、订阅唐人街中文报纸；两个佣人和一

[①] 海震：《京剧〈王宝川〉与英语话剧〈宝川夫人〉》，《文艺研究》2014年第8期。

[②] S. I. Hsiung, *The Bridge of Heaven*, Beijing: Foreign Language Teaching and Research Press, 2013（页码在文内标注）。

[③] 《华裔美国文学名著精选》中记叙道："大部分评论家认为黎锦扬深化了主流社会对华人的刻板印象，助长了美国人的偏见；他笔下的唐人街，是美国电影中的布景；他描述的唐人街生活离奇、滑稽、充满异国情调；他的作品是'臣服式'同化的祭品，是对华人移民的'伪叙述'等等，不一而足。"参见薛玉凤《黎锦扬》，刘葵兰编《华裔美国文学名著精选》，南开大学出版社2015年版，第105页。

个厨师是从湖南老家带来的,他说湖南话、吃湖南菜、喝人参茶、抽水烟袋、穿中式长袍;他与唐人街中药铺坐诊中医通过书法进行交流,更体现中国传统知识分子之间的神交。王老爷不乏因循守旧的一面,但从这个角度看,他是在中国大陆社会以及唐人街社会都已然消逝的一种文化生活的载体。

再次,海外华人作家在其英语作品中不失时机地讽刺西方人及其文化,正所谓"以其人之道还治其人之身"。在中国民间流传的薛平贵征西的故事中,"西"指的是西域,或中国西北边界,而在戏剧《王宝川》中,熊式一将男主角薛平贵参加的战役译为"Western Punitive Expedition"——在历史和地域模糊的语境下不难联想到中国对西方世界的征服。在第三幕开头,熊式一细节地描绘西域(Western Regions)风土民情:

> 据说这个古怪的地方所有一切的风俗习惯和我们中国的恰恰相反。比方说罢,女人都穿极长的袍子,而男人反穿短衫长裤子。他们的相貌更是古怪。无论男女都是红头发碧眼睛高鼻子手上生毛。叫人听了实在不相信世界上会有这种地方有这种人。这等于说世界上有某一种人他们忧愁时便会笑,快乐时便会哭,或者是说他们走路时用手,拿东西时用脚是一样的胡说八道呢。[1]

如果中国读者真相信熊式一所描写的是西凉少数民族其地其人,那就被他的"移形换影"法欺骗了。从他所描写的服饰衣着和外貌特征看,熊式一描写的正是中国人眼中的欧洲民族。熊式一风趣幽默却意味深长地暗示西方读者和观众:西方地域和民族在中国人眼中,正如中国和中国人在西方人眼中一样,带着不必要的偏见。借此,熊式一告诫西方读者和观众正视民族差异,消除对中国和中国人的偏见。

此外,在《王宝川》最后一幕中,西域公主与当时已晋升为正宫皇后的王宝川宾主相见的场面则表现了不同民族礼仪和风俗的差异所带来的误解和嘲讽效果。中国的女性见面礼被形象地称为"churn cream"中文俗称("兔二爷捣对"),为西域的代战公主不解;而剧末安排一位曾周游

---

[1] 熊式一:《王宝川(中英对照本)》,商务印书馆 2006 年版,第 246 页。

列国、到过伦敦的外交大臣接见公主,"他走到公主之前,公主伸出她的玉臂,大臣以吻亲之,呷然有声,阖座大惊"①,更加引起遵循"男女授受不亲"礼法的中国一方哗然和鄙视。熊式一在此创造性地加入伦敦礼节的片段,有嘲讽意味,更为了引起西方观众和读者对民族误解的正视。

中西方民族在肤色、相貌、服饰、语言、礼仪、风俗等方面存在巨大差异,地域隔绝和交流障碍一度引起种族间误解和隔阂,而《王宝川》的故事在西方社会盛行一时则说明人性本无差别,对忠贞爱情的向往是人之常情,富贵不能淫、威武不能屈的精神为世界各民族所尊崇。熊式一20世纪30年代在伦敦留学期间用英语改写并导演中国古典戏曲《王宝川》,它在英美舞台上的巨大成功,是中国文化在世界舞台上发出强有力的声音,而剧中人物深入英美观众之心,促进英美观众对中国人性的了解。为此,熊式一向西方世界弘扬中国传统文化的意图是非常明显的,燕遯符如是说:"他(熊式一)……偏要弘扬古老中国文化,让西方人见识中国传统戏剧的风采。那时候世界看中国,除了裹小脚吸烟片,就是三妻四妾,野蛮残暴。为了给同胞正名,塑造美好的中国人形象,他……用英文改写成英美人士能够接受的雅俗共赏的舞台剧《王宝川》"②。

二 跨语言书写对本土文学的反哺和对世界文学的贡献

海外华人作家根植于中国文化中,同时受到西方语言文化的影响,他们的跨语言书写为中西文学精华之碰撞、对话或荟萃提供平台,具体体现在其作品中常常出现的文化投射现象。例如,《王宝川》中王丞相三个女儿的形象塑造与《李尔王》中三公主的形象形成对比和映射。一方面拉近中西方文化的距离,吸引西方读者和观众注目;另一方面与西方读者和观众耳熟能详的《李尔王》对读,促进他们对中国人情和人性的同感和了解。

另外,《天桥》中李明是中国吝啬鬼形象的英语再现:

> Li Ming's economic policy was not to make tea before guests arrived, not to make fire before tea was required and not to chop the firewood before

---

① 熊式一:《王宝川(中英对照本)》,商务印书馆2006年版,第302页。
② 燕遯符:《〈王宝川〉代序》,熊式一《王宝川(中英对照本)》,商务印书馆2006年版,第2页。

the last lot was all gone. This policy might cause a little delay, but it was a definite guarantee against the slightest waste.①

李明的经济原则是铁一般不可改动：不沏茶时不必烧水；不烧水时不必生火；不生火时不必劈柴；耽误一点儿时间不要什么紧，住家过日子总要以省俭为主。②

当李明盼望已久的儿子胎死腹中，情急之中，他盘算着买下几乎同时出生的贫穷渔夫的儿子，他将孩子当作讨价还价的商品，完全不顾孩子亲生父母的心情③；李明的死也是因为他虽然坐拥几乎整个李家村的田产，却舍不得给自己请个正经大夫，而他死前伸着两根手指，眼盯着油灯的情节无疑是对《儒林外史》中吝啬鬼严监生的戏仿④。吝啬鬼的形象在西方亦屡见不鲜，如莎士比亚笔下的夏洛克和巴尔扎克笔下的葛朗台。在笔者看来，李明形象的塑造，不是对中国人性的批判，也不是所谓"东方主义"的描写，而是对普遍人性的描写。

此外，海外华人作家的跨语言书写使生动的中国人物形象登上世界舞台，使他们笔下精心描绘的人物形象大大丰富世界文学图景。《京华烟云》一部鸿篇巨制，像《红楼梦》大观园一样呈现了形形色色的人物形象，而且不乏像姚木兰、姚莫愁、孔立夫这样形象鲜明、深入人心的角色。《王宝川》则塑造了一位坚韧不拔的中国女性。熊式一的《天桥》描绘了19世纪末20世纪初中国社会变革期的各种人物形象：附庸风雅而无所作为的封建官吏魏先生（Mr Wei），不为名利所动、思中国改革药方的知识分子李康，有学贯中西、亲历维新和革命的志士李大同等。正如华裔法兰西院士程抱一在回应他自己法语作品中的中国描写时所言：

中国经历了那么多痛苦的考验。从远处看，那时的中国是个陷入泥沼不能自拔的灾难性民族，好像整个民族都被掐住了喉咙，无法喘

---

① S. I. Hsiung, *The Bridge of Heaven*, Beijing: Foreign Language Teaching and Research Press, 2013, p. 7.
② 熊式一：《天桥》，外语教学与研究出版社2012年版，第20页。
③ S. I. Hsiung, *The Bridge of Heaven*, Beijing: Foreign Language Teaching and Research Press, 2013, p. 15.
④ S. I. Hsiung, *The Bridge of Heaven*, Beijing: Foreign Language Teaching and Research Press, 2013, p. 76.

息。在西方人眼里那是一大群人在蠕动,在残喘,可是你把每个单个的人拉出来看,细细分析,用心倾听,你就会发现貌似麻木不仁的外表下有一颗激越的灵魂,这灵魂虽然受到损伤,但仍然十分敏感。①

海外华人作家选择用英语书写,同时将西方人所忽视,甚至曲解的中国人性直接摆在西方读者面前,这是对西方主导话语权的反抗,也是对"东方主义"的抵抗。

在再现历史的过程中,海外华人作家常常为西方读者提供全新,甚至对立的视角,为西方主流历史话语叙述提供补充和参照。海外华人作家用非母语书写中国故事,主要是20世纪以来的现象,他们的作品经常直接或间接地体现中西文化的碰撞和融合,一则体现在文中人物的个人经历中,二则体现在作品所描写的历史事件中。如林语堂《京华烟云》讲述从1900年义和团运动到抗日战争三十多年间北平姚、曾、牛三大家族的悲欢离合,其中穿插辛亥革命、"五四"运动等一系列历史事件,而熊式一的《天桥》详述主角李大同在教会学校的经历和参与维新变法、辛亥革命等历史事件。

义和团运动发生于清朝末期,是中国社会底层群众面对帝国主义侵略和清政府腐败无能的自发抵抗斗争,动用私刑处死大量天主教信徒、纵火烧毁教堂和教徒房屋,其非理性和破坏性历来遭受批判,但不可否认的是:"它不仅沉重地打击了帝国主义列强瓜分中国的阴谋,显示中国人民反抗外来侵略的坚强意志,而且对中国社会产生了巨大的震动,引起了社会各阶层,尤其是新兴资产阶级在思想上对时局进行的深刻反思。"② 义和团拳民对殖民帝国主义的原始反抗造成西方世界的长期恐慌,并加深西方世界对"黄祸"根深蒂固的刻板印象——"在西方人的想象中,漫山遍野的黄种人在亚洲广阔的天幕下,排山倒海地扑向孤岛似的西方人的据点。那里微弱的文明之光,将被这野蛮残暴的黄色浪潮吞噬。"③

而在《京华烟云》中,10岁的姚木兰在北平往杭州的逃难途中与家

---

① 程抱一、晨枫:《中西合璧:创造性融合——访程抱一先生》,《博览群书》2002年第11期。
② 史革新:《义和团运动与近代思想启蒙》,《北京师范大学学报》(人文社会科学版) 2000年第5期。
③ 周宁:《"义和团"与"傅满楚":二十世纪初西方的"黄祸"恐慌》,《书屋》2003年第4期。

人走散，与从北平溃逃的一小队义和团拳民相遇，林语堂借机还原了"不平而鸣"的义和团普通民众的形象：

> 现在北京城已被洋人占领，皇帝跑了，义和团一心只想回家。大部分村民，即使对义和团不很好，至少也不敌视，因为他们也是本地人，说一样的家乡话。有的把义和团头巾扔掉。他们抱怨朝廷不该始而组织他们，继而剿灭他们，后来又派他们去打洋人。好多人后悔加入了义和团，若在家安分守己种地就好了。①

还刻画了一个平凡、亲和、喜欢小孩的义和团拳民老八（Laopa）形象：

> 那个兵真和气，木兰也就不怕了……胖子问她好多问题，最初木兰很谨慎，一会儿也就全无恐惧了。胖子告诉她名叫老八，她说她叫木兰，她家姓姚。胖子大笑，说："你既然啊是木兰，你一定从军十二年了。"于是问她是不是喜欢在军中当兵。②
>
> 说也奇怪，木兰的第一课英文是从老八这个义和团嘴里学会的。老八向她说了好多亲眼所见洋人的事。还告诉她他学得的一首英文歌。③

可见，中国普通民众对于异质文化，持着好奇、了解、学习的态度，只有当生存受到外来威胁时，才愤起反抗。继而，林语堂借文中人物，直接用英语控诉西方殖民者侵略中国的无耻行径：

> 过去发生过好多教案，西洋传教士被杀，县官也免了职。因为杀了两个德国传教士，不但山东巡抚丢了官，也把青岛割给德国人。这就是那位山东巡抚为什么那么仇视洋人的原因，他也成为影响慈禧太

---

① Lin Yutang, *Moment in Peking*, Beijing: Foreign Language Teaching and Research Press, 2009, p. 41.
② Lin Yutang, *Moment in Peking*, Beijing: Foreign Language Teaching and Research Press, 2009, p. 39.
③ Lin Yutang, *Moment in Peking*, Beijing: Foreign Language Teaching and Research Press, 2009, p. 41.

后的有力人士之一,让她宠信义和团。所以,传教士成了县官的眼中钉、肉中刺。对于涉及传教士与教民的案子,县官怕得赛过五雷轰顶。一出了事,不管县官怎么处理,也是一样丢官。①

林语堂将西方历史所仇视和丑化的义和拳民置于舞台中心,背景是帝国主义对中国土地和人民的侵略,意在揭露淹没在西方主流历史话语中的罪行,为没有话语权的弱小群体翻案。他选用英语创作,面对的主要是西方读者,其对历史的重写是对西方主流话语权的挑战和对华人刻板印象的抵抗。

熊式一的《天桥》则从渔民之子李大同的视角,见证中国近代革命史。一方面,熊式一有意创作一部"以历史事实、社会背景为重"的小说②,并让康有为、谭嗣同、袁世凯、容闳、李提摩太等历史人物穿插其中,增加小说叙事的真实感和时代气息;另一方面,熊式一在《天桥》香港版序言中郑重说明李大同是一个虚构人物,而他作为小说的主角,虽然出身卑微,却好学上进,关心民族命运,热衷中国革命,并在辛亥革命中起着关键作用,体现出新历史主义对小说创作的影响,立足个体生命,探索普遍人性。正如王士仪所言:"熊老是在重塑历史社会环境中,主人翁面对冲突事件的抉择,由抉择中展现一个人的心灵,即品格,也表示思想。"③

《天桥》的成功不仅在于向西方世界解释中国近代革命史,更在于宣扬中国人性和气节。大同是内外交困的半殖民地半封建中国社会中一个小人物,他本为穷苦渔民之子,阴错阳差为"吝啬鬼"李明收养,在接受新思想的"秀才"叔叔李刚的有意栽培下走上革命道路。他承担着民族兴亡的重任,其名字来自《礼运·大同篇》:"大道之行也,天下为公。选贤与能,讲信修睦,故人不独亲其亲,不独子其子……是故谋闭而不兴,盗窃乱贼而不作,故外户而不闭,是谓大同。"④ 李大同是中国近代

---

① Lin Yutang, *Moment in Peking*, Beijing: Foreign Language Teaching and Research Press, 2009, p. 42.
② 熊式一:《〈天桥〉香港版序》,《天桥》,外语教学与研究出版社 2012 年版,第 13 页。
③ 陈子善:《大陆版序:关于熊式一〈天桥〉的断想》,熊式一《天桥》,外语教学与研究出版社 2012 年版,第 7 页。
④ 厦门市绍南文化传播有限公司编:《书礼春秋选》,西泠印出版社 2014 年版,第 65 页。

革命史上无数志士的代表，熊式一面向西方读者，塑造一位敢于承担"天下兴亡"之责任的中国匹夫，正是为中国普通人的精神气节正名。而且，在西方社会普遍认为中国人愚昧迷信、认为中国文化反人道的时代，熊式一和林语堂等知识分子熟练运用西方语言进行创作并大获成功，这一行为本身已经证明中国人在智力和情商方面毫不逊色。

相反，《天桥》对西方传教士的描写试图打破他们借耶稣基督名义博爱救世的神话。李大同所就读的南昌教会学校的校长马克劳总是摆出一副高高在上的姿态，一切向钱看，他的学校所聘用的工作人员亦多阿谀奉承、唯唯诺诺之辈①。马克劳夫妇将中国妇女的"大红百褶绣花裙"和"脚上镶上花边的女裤子"当作艺术品，挂在客厅椅背上供人观赏，以俗为雅，将隐秘示众，讽刺传教士对中国文化的无知。这一类传教士，回到自己的国家却通常自称"中国通"，以兜售东方文化牟利，从而加深西方普通民众对东方的误解和歧见。这样的"中国通"，林语堂在其《吾国与吾民》中极尽幽默之讽刺："汽车的作用不光是代步的工具，它是一座活动的碉堡，从寓所把他载到写字间，沿途庇护着他，使他与中国社会相隔离。他不愿意离开他的汽车，也不愿离开他的文明的自傲。……而在寄给伦敦《泰晤士报》通信中却自署'二十五年侨华老旅居'。"②西方社会对中国之"东方主义"构建和对华人的刻板印象是如何形成的，由此可见一斑。

另一位英国传教士李提摩太（Timothy Richard）是中西历史上的著名人物，据熊式一序言，连中国人所著的《中国近代史》都称赞其"是开明之士，非常的爱护中国，对于中国维新变法，极有帮助，极有影响"③。但熊式一让李大同带领读者看到一位心底狭小、妄自尊大、试图通过宗教殖民中国的传教牧师形象，他改革中国的政见中包括：洋人内阁、洋人顾问和宗教重生，忽略中国国情和人情，"简直把中国变成一个受外国人统治的附庸国家"④。熊式一对历史的重新发掘不仅是对西方传教士博爱救世形象的颠覆，对其充当救世主之盲目自信的打击，更鼓舞中国读者之民族自信和文化自信。

---

① 熊式一：《天桥》，外语教学与研究出版社2012年版，第105—107页。
② 林语堂：《吾国与吾民》，中国戏剧出版社1990年版，第8页。
③ 熊式一：《〈天桥〉香港版序》，《天桥》，外语教学与研究出版社2012年版，第15页。
④ 熊式一：《天桥》，外语教学与研究出版社2012年版，第171—172页。

《天桥》延续熊式一在《王宝川》中对"东方主义"的抵抗策略,一方面试图"写出中国和西方的真貌,而不欲互视对方为稀奇古怪的国家和民族"①,另一方面"把中国人表现得入情入理,大家都是完完全全有理性的动物,虽然其中有智有愚,有贤有不肖,这也和世界各国的人一样"②。这样一种通过语言混杂、文化对话和历史重写实现异质文化间平等对话的跨语言书写范式,与林语堂等双语作家不谋而合,他们的作品在全球化的背景下更加彰显出跨民族、跨文化沟通的魅力。

海外华人作家发挥双语言、双文化的优势,展示出海外华人文学所特有的异质、多元与杂糅的特点,其文学成就得到国内外学者的认同。黄万华认为:"'越界'指向的是'整合',这种'整合'是深入开掘和充分共享民族文化资源,它不抹杀各时期、各地区文学的丰富差异性,相反,它在多元性、差异性中理解中华民族新文学的本质性存在,从而把握其整体性"③。而在亚裔美国文学知名学者张敬珏看来,"双语诗学"("Bilingual Poetics")是一种契合时代潮流的"跨国政治"(Transnational Politics),她说:

> 在快速全球化的当今世界,跨国的共鸣应该被放大,而不是被压抑。……批评家通过检视【作家们】对中国资源的创造性、颠覆性运用反抗东方主义——实际上,对中国资源的使用一方面可以挑战华语语系和英语语系国家的文化统治,另一方面可以置换西方文化遗产在新世界【美国】的霸权。④

在当今全球化的语境中,华裔新移民作家们更应以非常积极的态度看待自己的双语言、双文化传统,应该把这种"混杂"的优势放大,既摆脱"东方主义"的自我操演,又脱离"非亚""非美"的困扰,以独特的方式建构自己独特的族裔文化。在此意义上,北美新移民女作家们的双语创作实践,不仅为海外华人文学的发展提供了典范,更为全球化背景下

---

① 熊式一:《〈天桥〉香港版序》,《天桥》,外语教学与研究出版社2012年版,第6页。
② 熊式一:《〈天桥〉香港版序》,《天桥》,外语教学与研究出版社2012年版,第14页。
③ 黄万华:《越界与整合:从20世纪中国文学史到20世纪汉语文学史》,《越界与整合:黄万华选集》,花城出版社2014年版,第2页。
④ King-Kok Cheung, "Slanted Allusions: Bilingual Poetics and transnational Politics in Marilyn Chin and Russell Leong", *Amerasia Journal*, Vol. 37, No. 1, 2011, pp. 55-56.

多元文化之融合指明了方向。

另外，海外华人作家的英语创作与汤亭亭、赵建秀等华裔作家对中国历史、神话故事或经典的创造性借用不同，前者对中国及其文化有着深度的认识或高度的认同（或两者兼有），将自己当作中国文化的代言人，努力客观、公正地再现中国历史和文化，他们的作品展现出世界文学的双重性：既有本民族的文化灵魂，又有其他民族语言的身影，是本民族语言、文化和历史在另一种语言中的移植和重生。正如约翰·皮泽对翻译的表述，海外华人作家的跨语言书写"使作品的流通模式国际化，并激发跨时代、跨国界、跨种族的阐释学对话"[1]。

海外华人作家的跨语言书写更试图"将中国从被观看、被边缘化的客体转化为表达民族精神的主体"，从而区别于西方主流作家对中国的想象性建构，尤其是"充满偏激、暗示和歧见的中国想象"[2]。在当今全球化的时代，这样的文学追求对传播"正能量"的中国形象，对中国在世界场域内树立话语权，显得尤为重要。中国海外华人作家的跨语言书写为世界文学的发展指出了方向，然而，在文学的美学价值、题材的广度和内容的深度等方面，还有待更深入的探索。

---

[1] ［美］约翰·皮泽：《比较文学与世界文学：构建建设性的跨学科关系》，《中国比较文学》2011年第3期。

[2] 曹霞：《"异域"与"历史"书写：讲述"中国"的方法——论严歌苓的小说及其创作转变》，《文学评论》2016年第5期。

第四章　海外华文文学与华文传媒互动

第一节　华文传媒与海外华文文学的联姻

广义而言，传媒可指包括语言在内的所有传播文化信息的媒介；这里，我们所要关注的是狭义的传媒，即指报章、杂志、影视、网络等承载与传播文学的场域与手段。传媒不但在一定程度上决定着文学生产的思维方式、传播方式和接受方式；同时，传媒要素的增加，还将使我们对文学活动要素之间的结构关系、存在态势的认识发生根本性变化。可以说，传媒作为文学的"第五要素"的观点已经打破了自艾布拉姆斯以来的围绕文学四要素而进行的文学研究范式，借助传媒视野重新思考有关文学的种种问题已经势在必行。在 20 世纪末到 21 世纪初，受到文学研究中传媒研究热度的影响，海外华文文学研究领域也出现了传媒转向，出现了不少研究论文与论著。然而，多数传媒研究仍停留在史料整理和传媒文本研究的实证阶段，对有关传媒与海外华文文学的关系命题仍未形成深入系统的理论论述。我们试图借助传媒作为第五要素的理论视野对此作出初步探索，以促进海外华文文学的发展。

一　华文传媒与海外华文文学的发生

海外华文文学的出现与形成，与华人移民、华文教育与华文报刊关系密切。早期华人移民大多是苦力和商人居多，难以出现自觉意识的华文创作，铭刻在天使岛木屋中的华文诗歌不过是困境中的先民不自觉的控诉和宣泄。华文文学的真正发生还是要等到 19 世纪中期后知识分子群体的出现以及华文教育与华文报刊的蓬勃发展。近现代以来，在数量不断增加的海外华人移民群体中，正是华文报刊的存在促进了想象共同体的形成。一些人通过华文报刊发表见解、关注现实、宣泄情感；另一部分人则通过华文报刊获取信息、解决问题和慰藉思乡之情，对华文报刊的持续阅读促成了共同的文化认同与身份意识的形成与稳固。因此，华文报刊不但提供了作品的发表园地，也培育和稳定了读者群体。从1881年薛有礼创办的《叻报》到以康有为、梁启超和孙中山为首的改良派和革命派以宣扬政治理念、弘扬民族精神为根基，在世界各地办起的一大批以海外华人为受众的现代意义上的报刊[1]，奠定了海外华文文学发生的社会氛围与受众基础[2]。从早期的文言报到"五四"之后的白话报，附设文学副刊的海外华文报纸逐日兴盛，以报纸文学副刊为中心的海外华文文学生产机制开始形成。在很长一段时间内，依赖报纸副刊便成为海外华文文学基本的生存语境，副刊运作模式对海外华文文学发生期的语言选择、题材体裁以及表现手法等方面都有深刻的影响与限定。

海外华文文学在东南亚地区最早形成气候，也较具有代表性。在方修所编撰的《马华新文学史稿》以及《马华新文学大系》中，我们可以看到，滥觞时期马华新文学的整体面貌不但是通过整理副刊为主的报刊资料呈现出来的，同时，马华新文学的特色也是受制于副刊情境而被模塑出来的。李志认为"早期的南洋华文文坛，实际上就是指当时南洋各家报刊的文艺副刊"[3]。早期的副刊运作制度正在形成之中，作为人事因素的编辑往往成为影响其运作的关键所在。在方修的文学史著述中，便着重描摹出副刊的编辑构成与编辑方式对早期马华文学的决定性影响。李志也充分肯定了马华新文学滥觞时期副刊编辑们的作用："内行的评点与介绍，高屋建瓴的分析与评论，往往具有画龙点睛的艺术效力，有力地指引了早期南洋华文新文学的艺术发展方向及审美趣味的流向"[4]；的确，进入文学

---

[1] 世界上第一份华文期刊是1815年由外国传教士米怜主编的宗教刊物《察世俗每月统记传》，世界上第一份华文报纸是1854年在旧金山创刊的《金山日新录》，持续时间很短。从主体性生成和其影响力的角度来看，应从《叻报》开始。

[2] 但这些报刊上为数不多的文学写作仍只能称为中国文学。

[3] 李志：《海外华文报刊对滥觞期海外华文文学建设的贡献》，《学术研究》2002年第10期。

[4] 李志：《海外华文报刊对滥觞期海外华文文学建设的贡献》，《学术研究》2002年第10期。

生产活动流程中的现代媒体不仅是文学信息的传递者,也是文学价值二度创造者,而这一创造过程首先表现为编辑等"把关人"对文学作品的把关选择与内容加工,从而使得文学创作的特点与编辑个人的审美爱好、思想倾向等紧密地连接起来。早期的新马副刊编辑大多是中国南下新马的作家、编辑和文化人,他们将"五四"新文化运动的成果与思路带入新马地区,使新马地区的早期华文创作在形式与内容上都紧跟中国内地的风气。根据李志对南洋地区最早的新文学杂志《新国民日报》的副刊《新国民杂志》的研究,以该刊主编张叔耐为代表的南洋华文新文学倡导者们,积极倡导以白话文创作替代文言创作,刊载作品不但注重以"剪稿"名义发表的大量中国国内著名作家的小说及译作,而且凸显了反封建、平民情怀、社会改良等与内地新思潮相呼应的主题与思潮。① 不过,作为南洋本土的文学副刊,要面向的主要受众是南洋华人,因而这些南下的副刊编辑们,也入乡随俗以适应当地特殊的语境。从张叔耐、许杰、马宁到郁达夫,这些南下的著名编辑不但自觉发现和培养不少当地的文学新人,也多少注意到了文学中的南洋色彩问题,如当地方言土语的渗透、风土人情的描摹以及当地特殊经验与事件的文学再现等都可以在萌芽期的南洋新文学创作中找到大量例证。可以说,本土色彩与中国经验的交织并存也成为南洋新文学的总体特色。

其实,除了通过编辑环节对海外华文创作作出指引与规范外,副刊的出版特点和版面局限,也对海外华文文学的题材体裁、创作手法等产生了直接的影响。我们所能看到的早期海外华文创作多以短小篇制为主,这并非当时的作者没有创作长稿,而是因为副刊容量有限,一般情况之下很难刊载这些长稿。郁达夫 1939 年在主编《星洲日报》的《晨星》副刊时,曾一再向投稿者说明:"因为版面容量的问题不得不舍弃长稿,至于连续刊载长篇的形式,也难以实现,故特别欢迎短小精悍的论文、随笔、小说和独幕剧。"② 在这种副刊运作模式中,短小篇制的作品被肯定、刊载与流播,进而促成作家调整自己的创作策略,致力于短篇创作,最终使之成为存留在文学历史中的主体样式。此外,作为报纸副刊的文学园地,受出版周期和主刊思路影响很大,同时具有新闻性和文学性的双重属性,因而

---

① 李志:《海外华文报刊对滥觞期海外华文文学建设的贡献》,《学术研究》2002 年第 10 期。

② 郁达夫:《郁达夫全集》(第 8 卷),浙江出版社 2007 年版,第 6、14 页。

所刊载的作品不免与现实问题形成或明或暗的呼应关系，甚至在表现手法和主题意旨方面接近于新闻，这样便促成了以现实主义为主的文学创作手法的繁盛。现在看来，早期新马文坛以现实主义为主的创作风格的形成，虽有多方面的成因，但也与其随副刊生成的特殊境域是分不开的。

在东南亚以外的其他海外华人聚集地，当时在北美的夏威夷、旧金山，大洋洲的墨尔本、悉尼，法国的巴黎，日本的东京、神户、横滨等地，当华文文学萌芽时其主要的园地与载体都是当地的华文报刊。根据现有的研究，如陈贤茂等著的《海外华文文学史》的描述，它们基本上也呈现与东南亚华文文学相似的面貌，在整体风格、题材体裁、创作手法、语言表述上的总体特性都与副刊运作水乳交融。

二 华文传媒与海外华文文学的发展

进入20世纪70年代末，尤其是80年代之后，随着国际政治气候的变化、各国文化政策的变动以及世界文化交流的深化，海外华文文学进入了快速发展期。一方面，随着经济力量的介入，传媒商业化趋势的加剧与功能的转向改变了其文学运作的方式，海外华文文学与传媒的关系更加直接和复杂；另一方面，封闭、单一的本土传播模式被打破，本土和本土以外的华语传媒构成了互动性的传播场，它们共同介入海外华文文学的生产之中，并使得这一流播过程成为重塑汉语文学观念的过程。此时，传媒深度介入海外华文文学的文体嬗变、思潮与经典制造之中，产生了全方位的影响。

微型小说在东南亚的崛起与兴盛说明了文体嬗变与传媒功能转向之间的关系。20世纪80年代以来，东南亚华文报刊的数量急剧下降，但作为维系民族文化、提供身份认同感和文化归属感的重要纽带，其重要性仍在保持，主要的文学园地依然是报纸副刊。从新加坡的《联合早报》、马来西亚的《星洲日报》到菲律宾《世界日报》等报刊所设置的各类"文艺副刊"都为当地华文创作留出了发展空间。但随着各国经济发展的加快，传媒的功能也由意识形态宣传为主逐渐走上了商业化的道路，其刊载的作品也力求大众化、趣味性。微型小说的出现与繁盛就与这一转变过程直接相关。人们认可微型小说，最直接与最重要的原因是它的篇幅短小、贴近生活，易于接受与阅读等因素，正如《小小说选刊》的主编所言，微型小说是平民艺术，"是大多数人都能阅读（单纯通俗）、大多数人都能参与创作（贴近生活）、大多数人都能从中直接受益（微言大义）的艺术形式"①。说到底，微型小说是快节奏社会里人们乐于接受的文化快餐形式，它表现的未必都是都市生活题材，却表现出都市的节奏与都市审美文化的价值取向，是商业社会中的宁馨儿。因此，微型小说逐渐成为最适合东南亚商业环境的文学体裁，率先在新加坡和马来西亚崛起，然后蔓延至其他东南亚国家，逐渐成为主打的文学样式。

为了适应变化的时代语境，传媒甚至不惜制造事件、引发轰动效应以拓展生存空间，一些文学报刊也往往会实现角色的转换，从潜伏的幕后操纵者变成前台的演员和导演。在这种情势下，一些由传媒参与制造的海外华文文学思潮就应运而生。20世纪80年代后，前往欧美等发达国家的留学和学留群体的文学创作日益与中国内地传媒一体化，其中具有思潮性的留学生文学和新移民文学热就与《小说界》《作品与争鸣》等期刊的运作难以分离。如《小说界》在80年代末面临市场竞争的压力，选择了世界性作为刊物立场，率先推出留学生文学专栏，策划了一系列的专题座谈会，组织了专门的文学评论，并通过设立海外编辑以及征文评奖等多种方式积极参与了这一文学潮流的建构。从1988年到2004年，该栏先后刊载了百余篇作品，推出和培养了不少新作者，成为"留学生文学"成长壮大的重要园地。90年代在以新生代为主体的马华文学现代主义风潮中，本土意识不断强化的报纸副刊《星洲文艺》和《南洋文艺》不仅是参与者，也是策划者和导演者，这些副刊主动引发"炮火"与"战事"，以带有情绪性和煽动性的方式引发了一系列的文坛论争，诸如断奶论、本土中心论等论断被认定为文学革新的基本起点，从而使得文学创作努力发掘南洋想象资源，努力建构自身主体性和独特性，推动了马华文学审美风格的现代转型。

任何文学现象、作家作品如果不通过大众媒介的传播以及这一过程中的过滤和筛选，是很难形成文学"经典"的。正是通过选择性传播、征文评奖活动等策略，大陆、台湾等地的文学传媒也介入海外华文文学经典化过程之中。由于大陆和台湾等汉语文学传播中心的巨大影响力，从20世纪70年代末开始，它们逐渐成为海外华文文学首选的出版园地，华文作家与媒体也建立了更为频繁密切的交流；文学传媒实现了从引荐平台到

---

① 李永康：《小小说任重道远——访中国微型小说学会副会长杨晓敏》，《南方日报》2003年3月10日。

生长园地的功能转换，因而对海外华文文学的经典化有着越来越重要的作用。大陆的一些权威性文学杂志如《十月》《当代》《收获》《花城》《上海文学》等对"海外华文文学"的选择性传播，为某些作家作品在大陆主流文学评价系统中得到认可，进而成为可能的文学经典，作出了重要贡献。先勇、余光中、严歌苓等就逐渐被大陆文坛认可，正已或有望成为汉语文学的经典。

相比一般的选择性传播，文学评奖是一种更为权威而重要的过滤机制，它是快速而便捷的经典化工序。对于海外作家而言，参与全球性的华文文学评奖活动既是其作品经典化的第一步，也是他们由边缘走向中心，并打破边缘与中心的某些成见的重要途径，尤其是那些具有民间性质和公共领域性质的传媒大奖，能够成为推动海外华文创作的巨大动力。20世纪七八十年代台湾的《联合报》《时报》的一些副刊作为文学组织者，对于海外华文文学的发展起到过不可估量的作用。这些副刊奖项注重专业性和公正性、地域视野灵活宽泛，并设有奖金非常高的各类文学奖，如1988年"联副"的征文比赛活动以"鼓舞全世界中国人，开创文学新纪元"为标杆，奖金最高曾增加到170万元。因此，很多海外作家通过参与此类文学评奖活动脱颖而出，其作品由此获取了示范性和经典意义。如严歌苓《扶桑》和《人寰》分别获得1995年"联合报文学奖"长篇小说奖和1998年第二届"中国时报百万小说奖"，极大地提升了作家及其作品在华人世界的影响力。在中国内地也设立了有关海外华文文学创作的专门奖项，如《四海》的"海峡情"征文与首届"台港澳暨海外华文文学游记征文徐霞客奖"活动、《世界华文文学》的"盘房杯"世界华文文学大赛、《海峡》的"故乡水"征文活动以及《台港文学选刊》的读者推荐奖活动等。通过这些评奖活动，一部分海外华文作家作品被凸显出来，获得了知名度。

世界华语文学传媒对海外华文文学生产的共同介入，营造了交流与碰撞的良好机遇，不但拓展了海外华文文学的生存空间，使其获得快速发展并缩减与主流汉语文学的距离；同时主流汉语文学也遭遇了一次自我反思与前进的绝好机遇，在不断容纳新鲜养分的过程中变得丰富多元。随着交流与传播的深入，单一封闭的主流汉语文学观逐渐转化为整合流动性的世界华文文学观念，边缘与中心界限森严的文学秩序和生态开始遭遇质疑。

三　华文传媒与海外华文文学的转型

20世纪90年代末以来，传统印刷媒介衰落，文学传播向以纸质文本、影像文本、网络文本交互的多元传播方式转变。如今并不只"读"文学，而是在一种由电视、报纸、互联网、移动网、电影、纸质书本等交织构成的泛媒介场中多方面地"体验"文学。这种泛媒介的传媒语境的出现，已经引发了文学发展模式的重新定位。文学单一的语言文本将更多地让位于影视文本和网络文本，文学被动的线性文本将更多地转化为互动的非线性超文本。对于海外华文文学来说，也正是影视和网络的强势力量推动着其发展模式的全面转型，影视化和网络化成为其主要的发展方向。

影视正成为力量强大的大众传播媒介，体现了视觉文化中美学感知方式的转变，它不但培育出了崇拜图像的新型文学消费者，也使得文学文本向数字影像文本转化，或是强化图像与文字的出版模式或是依靠影视改编来获得市场认可。海外华文文学正是借助影视而插上传播的翅膀，超越地域隔阂，从边缘走向中心，不断产生轰动性效应。从20世纪90年代开始，一些作品经过影视改编而风靡一时的现象陆续出现，从《北京人在纽约》到《一个女人的史诗》《玉卿嫂》，从《天浴》《少女小渔》到《唐山大地震》《山楂树之恋》，曹桂林、严歌苓、张翎、艾米其人其文通过影视传播深入千家万户，屡屡成为内地文化领域的中心话题。

然而，更重要的是，由于影视思维的渗透，海外华文文学创作中还出现了跨媒介写作与间接写作等新型写作方式。所谓跨媒介写作，从直观层面来看，是指影视声、画、字同一的思维将渗透写作之中，原有的单一线性的语言表述模式转换成为图片、符号和文字的多媒体写作形式。从深层影响来看，影视强烈的图像思维和蒙太奇手法将成为作家的前思维，其文学创作越来越具有影视性，形成影像性文本。跨媒介写作使得影视与文学两种艺术界限缩小，文学更容易改编成影视作品，这正是张翎、严歌苓等海外作家的文学作品屡屡被影视导演看好的原因之一。所谓间接写作，是指文学写作与影视写作的主次关系的颠倒，文学不再是影视艺术之母，而是影视艺术的"继子"。在以影视传媒为前台和中心的传播语境中，为了追求轰动效应，海外华文写作可能逐渐演变成隐藏在影视屏幕后的"阴影"，它的光芒与价值依附于影视及其传播的成功与否，从而可能催生一大批以屏幕为假想生存空间的文学写手，使得海外华文创作成为一种不与读者直接对话的间接写作。

随着技术的突飞猛进，影视、广播、报刊和互联网开始走向一体化，网络已经成为传媒中的航空母舰。它以迅猛的传播速度，无门槛的阅读与书写模式，强大的渗透力和穿越力量，极大地改写了传统时空观念与认知模式，重新塑造着我们的生活过程和模式。同样，对于海外华文文学而言，网络意味着前所未有的发展自由和广阔天地，不只是新的传播模式、作家读者结构的大洗牌，还催生了全新的语言风格、文体风格和写作模式。

我们看到，20世纪90年代后，海外的华文网站如雨后春笋般出现，如北美早就在90年代初便涌现了《华夏文摘》《新语丝》《橄榄树》等第一批华文网站；一些传统华文报刊如新加坡《联合早报》、马来西亚的《星洲日报》和《南洋商报》、菲律宾的《世界日报》等也相继进入因特网。网络的巨大容量和流浪改写了传统媒介的记录，极大地丰富海外华文作家群体的数量与结构（从民间高手到自弹自唱的"街头艺人"，各形各色的作者应有尽有），造就了不受地域局限的全球性读者，海外华文文学第一次完全具有了大众化传播的模式。例如，1991年第一个华文网络文学园地《华夏文摘》在美国诞生时，盛况空前，"一天的点击量就有几万人"，聚集了五洲四海的华人与留学生，涌现了大量网络文学作者与作品。

依赖网络生存的海外华文文学创作在语言书写、内容表述、文体风格等方面也有独特性。由于很多海外网络平台都供了匿名写作的自由，从而形成了网络写作坦诚、自白的性格，随意而生活化的语言，浅显直白的表述"幽默诙谐"调侃风格成为网络华文文学语言表述的重要特质。这也正是周腓力、吴玲瑶等幽默作家在网络时代持续走红的文化背景。网络无门槛进入机制、纯粹游戏化等特质，从而带来海外华文创作在表现内容上的自由度和多样化。北美地区的华文网络作家就凸显了于文化边际之上获得的自由与深刻，在调侃中实现了对社会全方位的审视，从政府黑幕的揭露、文化忌讳对象的观照到美国新移民的黑暗里程等无所不涉，在笔调和文化精神上明显区别于传统传播体制内的作家。文体风格也受到网络自由散漫性格的影响，走向拼贴化、碎片化，很少刻意经营结构与文风。

网络生存也催生了海外华文文学新的写作思维与写作模式。首先，是互动式写作的出现。这是一种写作主体与受体界限消弭、文本处在未完成状态的开放式写作，它热衷于对写、戏拟、续写、仿作等带有集体性和交互性的写作手法，在娱乐和游戏精神共同完成某一主题或构思，带有狂欢和后现代色彩。其次，是多媒体写作的风行。由于网络具备查找资料、建立链接、容量自由等特点，很多华文作家开始运用粘贴、复制、链接等手段将音乐、图片等多媒体元素与文字一道来完成文学叙述，产生了图像时代的视听文学。最后，是"网纸两栖写作"。也就是说，华文作家充分利用传媒联合传播的优势，先在网络媒体上发表文学作品，迅速引起关注和获得知名度，然后接受纸质媒体的策划编辑、出版发行与营销宣传，获得更丰厚的回报，形成从"虚拟到现实"的完整产业链。

泛媒介的传媒语境极大地拓展了海外华文文学的生存空间和发展空间，使得海外华文文学突破了本地生活的限制，走向一种全球性生存境界，这是一次前所未有的转型。在这样相对开放和自由的生存空间里，地域不再成为限制文学发展的界限，传统的中心与边缘对立的格局被彻底打破，一种有关汉语文学的整合性观念成为主流，海外华文文学也越来越深入地融入世界的文化与交流之中。

当然，新的媒介环境也意味着新的挑战，海外华文文学的发展也不可避免地面临新的命题与问题，如依赖影视网络传媒在获得巨大发展空间的同时，又如何在竞争性环境中异军突起？随着网络时代地域感的消失，海外华文文学个性如何保持？

第二节　内地对海外华文文学的推动

台湾、香港、澳门与海外各国的华文文学，在各种区域文学史的追溯中，其存在历史悠久流长；但它真正发生广泛影响甚至成为一门新兴学科的研究对象，则是从20世纪70年代末期在中国内地的流播开始的。通过各种文学传媒的引荐和传播，这一陌生的文学景观才逐渐被国人所熟悉、认识与研究。然而，传播不是中介，这一现代传播学的标志性口号，已经成为文学研究者重审文学存在的理论视野。传播媒介与传播过程影响的不只是文学功能的纬度，也建构出不同的文学存在。同样，在内地语境中，台港澳暨海外华文文学并非独立自足的存在，而是一种受制于各种传播机制与传播意识形态的文学存在。

事实上，经由传播媒介的选择与过滤，一种内地视野中的台港澳暨海外华文文学不可避免地出现与形成。自 70 年代末以来，内地有关台港澳暨海外华文文学的想象与建构主要遵循以下路径。一是以通俗文学的形象出现，从 80 年代的琼瑶热、金庸热、三毛热、席慕蓉热到 90 年代的尤今热、梁凤仪热、"北京人在纽约"热，部分文本逐渐成为大众文学文化的重要组成。二是以潜在的文学经典的面貌出现，因其深邃的思想、精湛的技艺或影响的广度等，一些作家作品如金庸、白先勇、余光中等被主流文学界容纳与认可，逐渐成为汉语文学的精粹。三是以研究对象的形式存在，不少文本进入学科的规训体系之中获取了经典意义与学术价值。三种想象常处在重叠交错之中，共同呈现出内地语境下台港澳暨海外华文文学的三种存在方式：大众化、经典化与学科化[1]。显然，不同传媒类型在这一过程中的作用是有所区别的，本节尝试以文学期刊为中心来管窥这一问题的复杂性与流变性。

一 "大众化"：影响渐微

台港澳暨海外华文文学在大众化过程中，影视网络等电子媒介显然有着更大的威力；书籍出版等环节亦是关键因素，但作为具备时间上的连续性的传播媒介，文学期刊始终参与了这一进程，但其影响却日渐微弱。

20 世纪 70 年代末至 20 世纪 80 年代初的前媒体时代，文学的影响力绝不逊于新闻，甚至超过了新闻，文学期刊也充当了新闻媒体的角色，其影响力之强和辐射面之广，常让今天处于边缘状态的文学期刊界嘘唏不已。据有关资料显示，这一时期各地文学期刊如雨后春笋般涌现，从 1976 年到 1980 年短短几年间，文学期刊种类就达到了 100 多种[2]。某些文学期刊的订数在这几年达到了历史最高点：《人民文学》达 150 万份，《收获》达 120 万份，广东的《作品》也超过了 100 万份[3]。在 20 世纪 80 年代初，能把诗发表在《诗刊》杂志上，是一件比天还大的事，是千千万万文学青年出人头地、命运转折的捷径。在全民皆看文学期刊的时代，

---

[1] 尽管大众化、经典化、学科化凸显的时间段有所不同，大众化偏于 20 世纪 80 年代到 90 年代初，学科化贯穿始终，经典意识凸显在 20 世纪 90 年代中到 21 世纪初，但本节考察的是 "化"的动态过程，故并未以时间先后为标准来论述三者。

[2] 《中国期刊年鉴》编辑部：《1949—2000 年期刊出版记事》，《中国期刊年鉴》2002 年卷，"创刊号"。

[3] 田志凌：《〈花城〉杂志：以先锋的姿态守望文学高地》，《南方都市报》2004 年 4 月 16 日。

文学期刊在社会传播学上的意义也由此显现。因此，在对外文学文化交流中，文学期刊作为前沿阵地，成为台港澳暨海外华文文学进入大众视野的重要平台。

　　1979年元旦全国人大常委会的《告台湾同胞书》发表后，出现了一股台港与海外华人的回乡潮，这一股回乡热潮，使得一些华文作家能与内地文学界进行交流对话，台港澳暨海外华文文学作品由此能够正式流入内地。1979年3月，《上海文学》刊载了聂华苓的小说《爱国奖券》，创下了台湾文学在内地（也可说是海外华文文学）之先，新华社和中国新闻社都刊发消息报道了这一事件。1979年4月《花城》创刊，创刊号一出来就创造了三次再版的奇迹，第一次印刷的十来万份很快被抢购一空，经过两次加印后创刊号最终卖出了30多万份①。其中，香港作家阮朗的小说《爱情的俯冲》与曾敏之的《港澳及东南亚汉语文学一瞥》一文也随着刊物的热销进入大众视野。1979年6月《当代》创刊号刊发了《永远的尹雪艳》，由于作家身份的敏感性（作者白先勇作为国民党大将白崇禧之子）、作品自身审美价值的高度以及《当代》所占据的特殊地理位置，使得该文的刊载成为出版界的一个新闻事件，得到了普遍关注。《当代》创刊号印行7万份，很快销售一空，人们广为传阅，反响强烈。1981年，内地第一份带有专门性质的期刊《海峡》的创刊，更是使一大批作家作品被源源不断地介绍进来，影响进一步拓展。可以说，在20世纪70年代末80年代初，以文学期刊为首内地掀起了一阵传播/台港澳暨海外华文文学的热潮。据笔者统计，1979年有《当代》《上海文学》《长江》《清明》《十月》《收获》《新苑》《安徽文学》《作品》《花城》《长江文艺》《边疆文艺》《榕树文学丛刊》《广西文艺》《广州文艺》《西湖》《福建文艺》等17种文学期刊刊载相关作品共计55篇，作家20多位；而时至1984年，相关刊物增加到近80种，引荐作家有180多位，以港台文学为主的台港澳暨海外华文文学在内地以"奇观"的形式出现，渐入人心。

　　80年代中期到90年代初，由于国家财政支持力度的减弱和出版市场的竞争等诸多原因，内地文学期刊出现生存困境，总体传播效应有所减弱，但《海峡》等的持续发展、《台港文学选刊》《华文文学》《四海》等专门性期刊的相继创刊，使之在台港澳暨海外华文文学的大众化中仍发

---

① 田志凌：《〈花城〉杂志：以先锋的姿态守望文学高地》，《南方都市报》2004年4月16日。

挥一定的作用，或者说想借用大众化的视野来保持期刊的发展势头。从1984年开始，《海峡》结合出版社的图书出版议题，大量刊载中长篇的言情婚恋小说，以吸引更多的读者，发行量保持在6万—8万份。《华文文学》在1985年创刊后到1987年前，一度向大众刊物倾斜，介绍了较多港台地区的言情小说，赢得了读者市场，其印数在1986年曾达到20万册左右，同年还出现被盗印的现象。《四海》在1990年获得正式刊号后，非常重视各个层次读者的需要，给通俗文学如尤今等人的游记散文、梁凤仪的财经小说以及一些新创作的武侠小说留出较大空间，欲达到雅俗共赏的目标。特别值得重视的是《台港文学选刊》的作用。该刊自1984年创刊以来，一直有自觉的大众定位与强烈的读者意识；其作品有较强的可读性和当下性，其读者包括学者、大中学生、政府公务员、解放军战士、普通工人，还有不少农村读者[①]，具备了大众的典型结构。1985—1988年该刊一直保持很好的发行量，年发行量平均超过10万份，最高达40多万份，产生了广泛的社会影响。为了让更多的人关注本土以外的文学，从20世纪80年代末到1994年《台港文学选刊》举办的4次"选刊之友"活动，可视作大众参与台港澳暨海外华文文学传播与研究的力举。这一活动发动了来自不同阶层与职业的读者对刊物及其所刊载作品进行赏鉴与评论，收到的征文大多短小、灵活、直抒胸臆、个人化（很多文章都是以第一人称的叙述形式，把个人的生活感知和阅读过程的灵动思绪融入评论之中）、形式多样（有信函、随感、评论、日记体、对话体，诗还有以文释文的诗歌、散文诗等，毫无凝滞呆板之感）。显然，通过这一活动，《台港文学选刊》培育发掘了一种媒体化、大众化批评模式，引领出一支潜在的大众化研究队伍，有利于台港澳暨海外华文文学超越学院与学术的小圈子，广泛撒播影响。

90年代中期后，在市场与商业因素的深度介入下，不少文学期刊大众意识更为凸显，读者定位更为宽泛，其传播的文本带有更强的可读性与娱乐性，有意促成台港澳暨海外华文文学的大众化。然而，在思想和文化日趋多元的时代里，试图在不同人群中寻找最大公约数并不容易，尽管不少期刊尤其是专门性期刊不断自我调试，试图赢得市场与更多的读者，形势仍不容乐观。《世界华文文学》《海峡》在新世纪的相继停刊，《台港文

[①] 楚楚：《相期相勉，千里同行》，《台港文学选刊》1987年第5—6期。

学选刊》等的生存困境等都预示着这样一个事实：在电子媒介尤其是网络日盛的时代，包括文学期刊在内的纸质传媒日益蜕变成小众传媒，在台港澳暨海外华文文学大众化传播中的作用日渐微弱，取而代之的是影视和网络。

二　经典化：积极介入

对于文学经典的理解，众说纷纭，未有定论。不同时代、不同民族与不同人群心目中的经典都可能不同，我国封建社会并未登大雅之堂的《红楼梦》《西厢记》，一跃成为当前时代的不朽经典，美国学者哈罗德·布鲁姆心中的某些西方现行经典被亨利·路易斯·盖茨看作体现性别与种族歧视的低劣之作。之所以会出现种种差异的声音，原因在于经典本就是建构的结果（经典化），各种力量交织碰撞，才形成了文学经典。不管是美学意义上的，还是文学史意义上的，都随着时空的变迁，处于解构和重新认可的状态之中，在具体文化语境和历史语境中建构的经典一旦溢出了其得以建构的相应语境，它的合法性将会重新接受审查，它的地位也因此会产生动摇和变化。[①] 于是，经典化中的权力关系和权力机构逐渐成为人们考察经典的重要视角。随着大众传媒的日益发展，作为文化机构的某些文学期刊也逐渐掌握了经典化的巨大权力，它们通过引导文学思潮、参与文学评奖、推出知名作家等方式介入了时代文学的经典化过程。台港澳暨海外华文文学内地流播的过程，也是一些文本在大浪淘沙中被凸显出来，获取可能的经典地位的过程，或者说是台港澳暨海外华文文学被经典化的过程。其中一些文学期刊以其位置的独特性与重要性，主动介入这一进程。

应该说，某些台港澳暨海外华文文学作品在内地被称为经典，当是20世纪90年代末至21世纪初才逐渐浮出的结论，但其经典化的过程，则贯穿了自70年代以降的整个传播历史，因为经典化的过程，从来都不是一蹴而就的。70年代末到90年代中期，非专门性期刊在台港澳暨海外华文文学经典化中有着不容忽视的作用。如《人民文学》《十月》《当代》《收获》《花城》《上海文学》等期刊不但在内地文坛具备某种权威性，在台港与海外也有一定影响力；它们对台港澳暨海外华文文学的选择

---

① 刘晗：《文本分层理论与经典建构问题》，《新疆大学学报》（哲学社会科学版）2007年第2期。

性传播，为某些作家作品在内地主流文学评价系统中得到认可，进而成为可能的文学经典，做出了重要贡献。其中，《收获》的作用尤为凸显。《收获》是70年代末以来内地传播台港澳暨海外华文文学时间最早、力度较大的期刊之一。这本创办于1958年由巴金主编的老牌文学期刊，在内地文坛有着重要地位，被称为中国当代文学史的简写本。因此，它对台港澳暨海外华文文学的传播策略与效应影响深远。如1986—1990年《收获》在引荐台港澳暨海外华文文学的专栏《朝花夕拾》中对艺术技巧的重视，在内地文坛树立和强化了有关台港澳暨海外华文文学的一种主流评价标准——艺术标准，有利于美学经典的凸显。一部分作家作品跨越意识形态和国家区域界限，凭借艺术技巧的魅力，在汉语文学中获得广泛认可，走向经典化里程，如白先勇、余光中、严歌苓等就是在这一选择标准之下逐渐被大陆文坛认可，正已或有望成为汉语文学的美学经典。

然而，随着90年代中期文学期刊的自我裂变与外部语境的变化，非专门性期刊的权威性已经受到挑战，其在经典化中的领军地位也已动摇。此时，一批专门性文学期刊取代了它们的位置，以更为自觉的姿势介入了台港澳暨海外华文文学的经典化进程，其作用逐渐超越了非专门性期刊。专门性期刊介入经典化的方式有三种。

一是设立"名家名作"专栏，突出某些作家作品的重要性，对之加以重点推荐和反复评述，为这些文本进入主流文学评价体系中，成为汉语文学经典制造声势。《台港文学选刊》的"名家名作回顾展""名家新作""名家案卷"等专栏与"20世纪台港及海外华文经典专号"（1999年第12期）推出了近60个作家的相关作品。《四海》的"名篇赏读"与《世界华文文学》的"名作回眸"推出了近10名作家的相关作品。《海峡》的"名家特稿""两岸名人"栏目也不定期地推出了10多名作家的代表作品。尽管各期刊所设定的名家名作名单不尽相同，但白先勇、余光中、陈映真等是出现频率最高的作家，这些作家的经典性也渐渐得到了凸显和确认。

二是通过设立文学奖项来突出某些作家作品。如《四海》的"海峡情"征文与首届"台港澳暨海外华文文学游记征文徐霞客奖"活动、《世界华文文学》的"盘房杯"世界华文文学大赛、《海峡》的"故乡水"征文活动以及《台港文学选刊》的读者推荐奖活动等。通过这些评奖活动，一部分作家作品被凸显出来，获得了一定范围内的知名度。不过，上述运作方式多为调动作者和读者对期刊的关注热度，有一定的局限性，在经典化中的作用不能无限夸大；对于专门性期刊而言，更重要的途径是通过参与文学历史的书写，确定作家作品在文学发展历史中的地位，奠定出一类文学史意义上的经典。在这些刊物的编辑群体中，有不少是台港澳暨海外华文文学研究领域的知名学者，如《华文文学》的陈贤茂、吴奕锜等人，曾是汕头大学海外华文文学研究中心的科研人员，他们或是负责或者直接参与了《海外华文文学史》的撰写，《台港文学选刊》主编杨际岚、《海峡》"台港文学"的责任编辑林承璜参与了《台湾文学史》部分章节的写作。编辑学者化的倾向使得期刊运作中贯穿了强烈的文学史意识，他们在编辑过程中对某些作家作品的青睐与选择，为其进入文学史作出了铺垫和指引。

70年代末至80年代初，内地传媒凸显的主要是引荐平台的作用，尽管介绍了不少作家作品，但作家与传媒之间的互动关系尚未建立。然而，80年代中期以降，特别是90年代中期后，随着传媒主体性的增强，内地出版机构通过文学评奖、文艺批评和参与文学史撰写等方式既增强了其在台港澳暨海外华文文学经典化过程中的影响度，又进一步确立了其在台港澳暨海外华文文学发展中的积极作用，逐渐成为不少台港澳暨海外华文文学作品首选的出版园地，作家与媒体也建立了更为频繁密切的交流。由此，文学传媒实现了从引荐平台到生长园地的功能转换。从文学期刊的层面来看，经典化的传播模式，使它深度介入台港澳暨海外华文文学的再生产过程。

在台港澳暨海外华文文学内地传播过程中，部分作家作品的经典化，不仅逐渐建立起台港澳暨海外华文文学在内地文坛的影响力，拓展了汉语文学的可能疆域，丰富了汉语文学的美学含量；更显现了内地文学传媒与台港澳暨海外华文文学关系的内在化。不过，文学经典化是一个纷争、游弋与变化的场域，其中涉及的不只是文学传媒，还包括了多方面的合力，是处于杂文化系统之内的运动，也需在较长的时间流程中才能得到确认。因此，文学期刊虽始终积极介入文学经典化过程，其效果只是部分地显现出来。

三 学科化：深度卷入

台港澳暨海外华文文学在内地的学科化，是在文学史料的积淀与文学史著述的出现、学科理论基础的成熟与学术成果的凸显、学术团体的建立与学术会议的召开等一系列的制度建设中逐渐成形的，而文学期刊与这些活动交织在一起，成为学科化的重要力量。

从学者们有关学科历史的概述中，文学期刊早期的传播活动已被认定为各种学术研究或学科建设的起点。李娜将1979年第3期《上海文学》发表的张葆莘的《聂华苓二三事》看作内地台湾女性文学研究的发轫之作[1]，刘登翰把《当代》创刊号刊发的《永远的尹雪艳》作为内地台湾文学研究中的第一只报春的燕子[2]；钱虹认为《花城》及其"香港文学作品选载"专栏是香港文学受到内地研究者关注的开始[3]；《花城》创刊号上曾敏之的《港澳及东南亚汉语文学一瞥》被认为是内地海外华文文学研究[4]和世界华文文学研究的滥觞之作[5]，吴奕锜也把《当代》刊载《永远的尹雪艳》和《花城》刊载《港澳与东南亚汉语文学一瞥》两大事件作为台港澳暨海外华文文学进入了内地现当代文学研究者视域的标记[6]。正如2005年版的《二十世纪中国社会科学·文学卷》中提出，台港澳与海外华文文学研究与20世纪中国文学其他一些学科（指二级学科）不同的是，"中国大陆学者对此文学新领域进行接触进而加以研究和论述，几乎是与二十世纪七十年代末文学期刊发表生活在海外或台港澳地区的作家及其作品同时起步的，这构成了二十世纪中国文学其他一些学科所从未有过的奇特景象"[7]。

文学期刊除了最早引荐文学作品，开启一个新的学术研究领域之外，还在学科的发展历程中持续发挥作用。首先，文学期刊在文学史料的积淀与整理方面有着重要地位。80年代中期以前，因读者对于台港澳暨海外华文文学的陌生，几乎所有文学期刊都注重文学史料的发掘。如果说

---

[1] 李娜：《大陆近二十年台湾女性文学研究述评》，《河南教育学院学报》（哲学社会科学版）2000年第1期。
[2] 刘登翰：《走向学术语境：祖国大陆台湾文学研究二十年》，《台湾研究集刊》2000年第3期。
[3] 钱虹：《香港文学研究纵横谈（1979—2003）》，《华文文学》2006年第6期。
[4] 饶芃子：《大陆海外华文文学研究概说》，《广东教育学院学报》2002年第1期。
[5] 古远清：《中国15年来世界华文文学研究的走向》，《南方文坛》1999年第6期。
[6] 吴奕锜：《近20年来台港澳及海外华文文学研究述评：以历届学术年会及其论文集为例》，《汕头大学学报》（人文科学版），2001年第2期。
[7] 王铁仙：《二十世纪中国社会科学·文学卷》，上海人民出版社2005年版，第313—314页。

《收获》《当代》《上海文学》等是在刊载作品时通过附加作家作品简介、标明作品出处，保存了形式简略的大量史料的话，另一些期刊则以作家作品论或专栏形式更为系统地积淀着史料。如《海峡》的"作家之页"与"文学论坛"栏的作家作品评介以及从 1982 年第 3 期一直持续到 2002 年的"台湾文讯"栏；《花城》在 1979—1984 年的区域华文文学综论和作家论；《特区文学》的作家作品论以及在 1983—1984 年由香港评论家彦火主持的"海外华裔作家掠影"专栏等。20 世纪 80 年代中期后，文学史料的整理工作主要由专门性期刊来承担。其中《华文文学》的"文讯"，《台港文学选刊》的"信息窗""文坛春秋""作家素描""人间行履"，《华人世界》的"海外华人动态""作家作品"，《四海》的"四海播音""作家传记""艺海掠影""文坛资料"，《世界华文文学》的"世华沙龙""文坛佳话""香港文苑""华文社团瞭望"等栏目，成为文学史料的重要集装点。

此外，不少文学期刊特别是专门性期刊设置了刊载研究性论文的专栏，积极参与了文学批评和学术论争、展现学术成果，推进了学科建设的进程。如《海峡》的"海峡论坛"、《台港文学选刊》的"文苑纵横"与"争鸣台"、《华文文学》的"海外华文文学研究"与"台港文学述评"、《四海》的"理论评介"与"海上文存"、《世界华文文学》的"百家言论"与"四海笔会"等栏目，都成了重要的学术话语空间。不少论涉及学科建设各阶段的热点、难点问题，具有较高的学术价值。如《海峡》有《论 80 年代台湾小说的新的格局与特点——兼与叶石涛先生商榷》（林承璜，1989 年第 6 期）、《台湾文学研究之价值尺度》（刘登翰等，1990 年第 4 期）；《华文文学》有《研究香港文学的态度与步骤》（黄维樑，试刊号）、《马华独特性的争论及其它》（韩萌，1986 年第 4 期）、《南洋为何没有伟大作品产生——回忆战前新马文坛的一次文艺论争》（林文锦，1988 年第 1 期）、"华夏诗报的报道"（1996 年第 3 期，6 篇）和"大陆的台湾诗学"的争鸣（1995 年第 1 期、1997 年第 1 期、1999 年第 2 期，13 篇）等；《台港文学选刊》有《中国文学的分流和整合》（刘登翰，1993 年第 7 期）、《两岸诗评家关于/大陆的台湾诗学的论争综述》（依闻，1994 年第 12 期）、《世界华文文学研究现状七人谈》（张炯等，1993 年第 10 期）等。其中，《四海——世界华文文学》组织的几次笔会和话题探讨与学科建设关系甚大，值得一书。一是《四海》丛刊第五辑的"海外作家的本土性",《四海》发动邀请了数名海外知名作家畅谈本土性（中国性）与文学创作的关系,切中了学科建设初期的基础理论问题,影响很大。二是1994年第1期由《四海》策划的热门话题,"在京部分专家笔谈——世界华文文学的概念与定义",此次讨论基本厘清了这一概念的内涵及使用规范,该命名的合理可行性得到了认可。三是1999年第4期《世界华文文学》所策划组织的"百家言论"栏的话题——"海外华文文学是不是中国文学的延伸和中华文学的组成部分"。虽有不同意见,但基本达成了"东南亚华文文学不可视为中华文学和中国文学,而北美等地的文学则需要进行区分"的共识。

刊以文传,文学期刊所载作品是期刊价值的集中体现,文学期刊的生命在于所刊载作品的内在含量[①]。期刊中文学史料的丰富多样与学术论文的价值决定了文学期刊在学科建设中不可或缺的地位与影响。而期刊学术性的强度,也是由编辑者来保证的,编辑们多是各地乃至全国性的"台港澳暨海外华文文学"学术团体的成员,主持或频繁参与本专业领域的学术会议及其他活动,这样,通过编辑的中介环节就把期刊与"华文文学"的学科化进程紧密地联系在一起。更重要的是,一些专门性文学期刊所传播的"台港澳与海外华文文学"的内容及其策略的变化,本身就是学术历史的另一种版本,清晰显现了这一学科的发展脉络。如《华文文学》的运作进程与学科发展就有一致性。首先,它作为《海外华文文学史》的潜文本,在文学史写作的视野中对边缘区域与国家的华文文学进行了着力关注,开拓和建构出"海外华文文学"这一新的文学景观,从而使台港澳暨海外华文文学得以较为完整地呈现。其次,它以"文学批评与文学论争"等深度传播方式影响和引领着学术研究的路径与走向——从具体作家作品的赏析整理到宏观整体性的诗学问题的探讨,台港澳暨海外华文文学作为学科的合法性与合理性便逐渐凸显出来。

台港澳暨海外华文文学在内地流播过程中的学科化,使得原本零散自在的文学存在成为一门新生学科的研究对象,一些在主流汉语文学标准下难以被发现和研究的作家作品得到了前所未有的重视,由此,台港澳暨海外华文文学拥有了重要的生长空间与存在方式。但是,我们也要看到,学术传播模式的局限性在于它的自闭性和边缘性,由于从研究者、学术刊物

[①] 李频:《真善美,从个人出版转向市场》,《大众期刊运作》,中国大百科全书出版社2003年版,第328页。

到受众基本上是专业领域的同一群人，无法也未能向大众扩散，造成了孤芳自赏的尴尬局面。有关台港暨海外华文文学的专门性期刊在 21 世纪的生存困境，与其或强或弱的学术定位也有一定无关系。仅仅依赖这种文学传播模式，作为整体的台港澳暨海外华文文学似将成为一种自言自语的学术构想。

仅从文学期刊的视角来看，自 20 世纪 70 年代末以来，中国内地传媒在台港澳暨海外华文文学的大众化、经典化及学科化中的作用，已表现出了复杂多变的性质，但鉴于传媒作为社会关系纽带的定位，上述复杂流变性，正显现了有关台港澳暨海外华文文学的想象与建构，与意义建构和文化语境间的密切联系，并非纯粹的文学问题。

第三节 "世界性"的差异表述

20 世纪 70 年代末以来，随着冷战思维的逐渐解体，交流和对话成为主题，世界各地的文学文化交流开始启动，三大华文中心——中国内地、港台，以及新马等地的文学期刊也逐渐打破各自的壁垒，将视线延伸到本土以外，形成了世界性视野，华文文学（汉语文学）[①] 的世界图景也得以在各区域语境中被呈现出来。在此，期刊的"世界性"视野可理解为其作为交流平台的开放性与包容度，它会集中体现在办刊理念与刊物格调品味等高屋建瓴的层面，也会具体显现在作品选择与刊载形式等细节层面。然而，如果不将期刊看成纯粹的客体，而是作为熔铸了人之生命气息的物我融合体，那么，每一期刊在吐纳共通的时代气息之时，又将受制于此时此地之人事影响，极力张显各自的个性与风貌。从这个意义上来说，虽然"世界性"视野逐渐成为 70 年代末以来各区域华文期刊的共同理念，其演绎"世界性"视野的策略与程度却未必相同，势必受到多种因素的制约影响。那么，其中最为重要的区域语境因素是如何限定其演绎"世界性"的方式，又如何在有关华文文学的传播策略与整体定位这一层面上体现出来？本节试图以个案研究的方式分析在世界性视野中，中国内地、香港，以及新马等地期刊有关华文文学的传播策略与整体定位的差异及其对华文文学发展的影响。

[①] 为避免中心与边缘之争，中国内地学者自觉选择规避汉语文学一词，但我认为，这不过是言语的歧途而已，不必过于执着于词语本身。

一 中心意识制约下的世界性

20世纪70年代末80年代初,中国内地在解放思想、改革开放的大潮中开始关注本土以外的文学文化。鉴于当时电子媒介的不发达不普及,文学期刊仍是本雅明意义上的文学生活的中心,是最为积极和迅捷的文学传媒,文学期刊在文化交流中作为"前沿阵地",成为对外开放的"窗口"。一些文学期刊在积极译介外国文学作品之外,也零散地刊载本土以外的华文文学作品。最初由于获取稿源不易,又难免文化统战思路的影响,刊载作品在主题体裁、创作手法和作家作品数量上都捉襟见肘,有时宣传意义多过文学影响。如聂华苓的《爱国奖券——台湾佚事》1979年3月在《上海文学》刊载后,新华社和中国新闻社都向海外发布消息,已有宣传的性质。然而,其影响远不如同年6月《当代》创刊号刊发的白先勇《永远的尹雪艳》一文,甚至研究者在追溯改革开放后刊载台港澳暨海外华文文学作品的起点时也以《永远的尹雪艳》为起点。原因何在?据该文责任编辑,当时《当代》的副主编孟伟哉回忆,由于作家身份的敏感性——作者白先勇作为国民党大将白崇禧之后、以及《当代》所占据的特殊地理位置,此举被认为是"中共在文艺方面的新动向,海内外反响相当强烈"[①]。可见,最初华文文学(主要是港台文学)在中国内地传播有很强的政治意味,社会价值胜过审美价值,这自然会带来种种局限,但正因此,本土以外的华文创作得以被持续关注和认可。

从80年代中期到90年代初,内地传播过程中的意识形态压力被商业标准和纯文学标准所化解,世界性视野进一步凸显,从台港文学到海外华文文学,本土以外的华文文学空间被一一展现出来,但其位置依然是微妙而尴尬的。一方面,台港通俗文学以其世俗性和趣味性瓦解着内地风行已久的政治文学,开始占据出版市场的很大份额,这诱使《华文文学》《台港文学选刊》《海峡》《华人世界》等一批专门性期刊相继出现并获得可观的经济效应[②];同时,这些专业性期刊将台港澳与海外华文文学并置的

[①] 孟伟哉:《白先勇〈永远的尹雪艳〉刊出始末——关于〈当代〉答博士生颜敏问》,《出版史料》2007年第4期。

[②] 《海峡》《台港文学选刊》和《华文文学》分别在1981、1984、1985年相继创刊。

刊载策略强化了内地有关"台港澳暨海外华文文学"的整体想象①。另一方面，《收获》《花城》等主流期刊（文学场中被认为具有话语权和象征资本的期刊）开始以纯文学标准对"台港澳暨海外华文文学"进行整体的排斥和否定。《收获》是内地的老牌期刊，被认为是"当代文学的简史"，当1985年《收获》树立"纯文学"理念时，它开设了"文苑纵横"和"朝花夕拾"两个专栏②引荐了"台港暨海外华文文学"作品，这些作品的艺术创新程度比内地先锋作家的作品有过之而无不及；但1990年《收获》却以"台港与海外缺乏优秀之作，横行通俗文艺"为由结束了这一专栏，"台港澳暨海外华文文学"被定位为与高雅文学对峙的他者形象。另一本新锐杂志《花城》最先以"海洋特色"为特色，较多地刊载台港澳作品，当80年代中期它逐渐倾向于"先锋"性，"纯文学"立场鲜明起来之后，也同样以"审美性"问题将"台港暨海外华文文学"放逐到了边缘③。商业价值提升之时文学价值下跌，内地对"台港澳暨海外华文文学"这种定位，似乎演绎了布尔迪厄有关文学场的"输者为赢"的颠倒经济学逻辑：文学作品在商业市场越是火爆，它越是在主流文学评价体系内缺乏价值，因为文学价值的体现除了依赖经济资本之外，更重要的是象征资本。④ 然而，如果审美性之高确可成为文学作品之象征资本的话，那么，为何是几年之后内地才得出"台港澳暨海外华文文学"缺乏审美性的结论呢？是内地文学发展迅猛而"台港澳暨海外华文文学"停滞不前，还是这类观感本身就是自我中心的反映呢？80年代中期到90年代初是内地文学文化的转型期，当时文学的雅俗之争颇为热烈，可想而知，"台港澳暨海外华文文学"作为通俗文学被接纳的同时也被排斥，是因为当时的主流话语之中，高雅文学依然占据着道德高地，在与市场的对

---

① 专门性或半专门性的期刊，不管是刊物口号还是刊载文本的实际构成，都涵盖了台湾、香港、澳门文学及海外华文文学，如《海峡》海峡创刊词：它将成为大陆、台湾以及港澳、东南亚、欧美等海外华侨作家百花争妍的园地。此外，非专门性刊物也在强化这样的想象，如《特区文学》的港澳及海外作品，《收获》的"朝花夕拾"宣称主要刊载台港与海外华文文学作品等。
② "文苑纵横"1985年第3期（6月）推出，1986年被"朝花夕拾"所替代。
③ 1980年元旦前后，《花城》在北京和广州两地召开座谈会，座谈会上不少作家和批评家们对台港澳文学的审美性表示了怀疑，认为过多地刊载这类作品，将影响杂志的品味。会议之后，《花城》的"香港文学选载"专栏由第2栏移到第6栏，刊载量和刊载密度也有所减弱。
④ ［法］布尔迪厄：《艺术的法则——文学场的生成与结构》，刘晖译，中央编译出版社2011年版，第99页。

抗中保持着悲怆的英雄形象，可见，主流文学期刊的"台港澳暨海外华文文学"的价值评判虽然无意中形塑了中心与边缘的话语模式，但未必是中心主义的直接反映。

90年代中期后，内地改革开放的力度增大，文学传播领域的开放程度提升，网络等新型媒介的兴起也使得地域意识淡化，世界意识强化。内地文学期刊对"台港澳暨海外华文文学"的传播也进一步强化了世界性视野。专门性文学期刊在意识形态、文学和商业需求之间小心翼翼地寻求支撑点，关注视野不断拓展，尽可能地展现全球华文创作的状况。如1990年创刊《四海》（1998年更名为《世界华文文学》被称为"台港澳暨海外华文文学"领域的四大名旦之一）便打出了"世界性"的鲜明旗帜，强调文本在地理空间分布上的广泛性，力求各区域华文文学在数量与地位上求得均衡。为了给某些区域的海外华文作家提供创作动力和发表园地，该刊还经常刊载一些质量偏低的学生习作，举办各类针对全球华人的征文评奖活动，有意构造出世界华文文学的整体图景。显然，这种培养性的传播使得《四海》/《世界华文文学》上刊载的文本可读性和艺术性都不强，在内地文坛无法获得广泛认可，也难以产生经济效应，失去政府支持后刊物日见艰难，2000年宣告休刊。与之相反的是，内地主流文学期刊则淡化了地理空间逻辑，突出作品中心原则，以可读性或艺术性标准选择性刊载"台港澳暨海外华文文学"作品。虽然也有一部分作家如白先勇、余光中、严歌苓、张翎、钟怡雯等其作品在《收获》《人民文学》《当代》等影响较大的期刊中常见流播，获得了相当大的知名度，但他们往往不是作为"差异的成分"而是作为"回归的同类"被认可和容纳，被整合在中国文学之内或作为中国当地文学的延伸而被关注。在这种作品主义原则中"台港澳暨海外华文文学"还是边缘的存在。

应该说，内地文学期刊在华文文学传播中的世界性，受到意识形态、文学性和商业性的多重规整。当初期的意识形态需求很快转换为商业性和文学性标准时，其传播视野也越来越开放与多元，也显现出了某种局限。专业性期刊坚持地理空间的拓展原则，为世界各地华文创作提供了重要的发表园地，却无意中形成了"台港澳暨海外华文文学"的固化结构，形成了中心与边缘的对立。与此同时，主流文学期刊以纯文学观念和经典意识等为核心的选择意识，又仅仅关注少数作家作品，忽略了多数别具特色与意义的区域华文作品，强化了主流汉语文学标准，同样形成了排斥机制。可见，中国内地文学期刊的"世界性"视野兼顾了地理空间的广度和文学性至上等普遍主义价值标准，却有意无意间呈现了中心对边缘的挤压，未能为汉语文学的多元发展提供更大的舞台与可能。

二 本土性焦虑中的世界性

在新马地区，《蕉风》是历史最为悠久和影响较大的一本期刊，也是特别注重世界性的文学期刊。1955年，脱胎于香港友联出版社的新加坡友联出版社创办了《蕉风》半月刊，另一香港出版社高原出版社社长则是创办人之一[①]，创刊初期编辑也主要由香港来的方天、姚拓、彭子敏、黄思骋、黄崖等担任。可以说，《蕉风》作为马来亚化了的香港式期刊，一开始就有跨越本土放眼世界的视野。然而，马来西亚华裔作为少数族群的特殊境遇始终影响着《蕉风》走向世界的方式与步伐，这集中体现为本土性的焦虑与困扰。

强调"纯马来亚化"是早期《蕉风》的坐标，"蕉风"之名，即意味着椰风蕉雨的本土特质。应该说，在马来亚独立前后，面对波涛汹涌的独立之潮，面临单一国籍的现实选择，华族为适应本土生存必然作出某种文化选择，以求进入国家之内并求得文化身份的合法性，《蕉风》的本土化定位是有其积极意义的。不过几年过后，《蕉风》逐渐发现，仅仅在题材内容层面本土化是远远不够的，因为其文学本土化的实质是要建立马华文学的主体性，而这必然应对作品的艺术水准提出更高要求，如何提升本土华文创作的水平呢？那就是"引进来"。在20世纪50年代末从新加坡移入吉隆坡之后，对中国现代文学、港台当代文学和西方现当代文学的持续关注与传播成为刊物的重要特色[②]。不过，中国大陆文坛的当下创作则因政治隔阂等原因无法被广泛关注，直到70年代末及80年代后，随着中马建交后两国文化交流的深入，才慢慢进入了刊物视野中。

进入80年代后，《蕉风》在形式内容上的诸多变动，都显现了《蕉风》世界性立场的清晰凸显。从版式文字的选择来看，《蕉风》早期深受香港文坛影响，以竖排和繁体字为标志，但从1982年6月开始以横排为

---

① 《蕉风》初期为吸引订户，以高原出版社的文学书籍为赠品，以至于订购《蕉风》的读者人手都有高原版的书籍。

② 1957年6月10日起设置"文讯"（后改为"文坛杂话"）栏目，介绍中国大陆、香港、台湾等的文学事件，也没有突出纯马来西亚化的口号了。

主，并最终过渡到均为横排，以符合国际通行的阅读习惯。从内容来看，期刊中区域华文文学的结构与位置发生了很大变化。由于编辑张锦忠等人的旅台背景，台湾文学的分量逐渐超越了以往占主导地位的香港文学，刊物的台湾色彩愈见浓烈。而中国内地的文学也渐见影响，如对大陆文坛新秀贾平凹、顾城等的及时引荐显现了刊物对内地文学变动的敏感（如1987年第400期迈克的《贾平凹：不描白不描》，401期苏旗华的《月朦胧，鸟朦胧》有关顾城的引荐文章以及403期的《顾城的诗歌》）。有意思的是，《蕉风》对80年代的马来西亚的时局动荡[1]并无直接反映，仍坚持着它多元引入的文学传播思路，这种谨慎沉默或许正是其在国家体系之内失语的症状？

90年代以后，《蕉风》与世界华文文坛的互动日见频繁，在持续关注港台和新加坡、印尼等地华文文学之外，还强化了对中国内地和欧美地区华文文学的传播。首先是中国内地影响力的上升。历届主编从小黑、朵拉到后来的林春美都积极参与内地组织的文学活动，在各种研讨会上踊跃发言。同时，在转载中国内地文学作品之外，还盛邀一些作家如王安忆和莫言等前往新马访问，促进互动。而刊物对来自中国内地马华文学批评也是积极接纳的，出现了如潘亚墩的《从〈蕉风〉看马华作品的风味》（1989年，总第433期）和《一部浸润民族文化精神的佳作——喜读傅承得的散文集〈第一株树〉》（1992年，总第450期）、王振科的《痛苦的美——宋子衡小说集〈冷场〉》（1992年，总第451期）、余秋雨的《陈瑞献印象》（1990年，总第442期）、钦鸿的《略论中国大陆文坛对马华文学的研究》（1991年，总第460期）、黄万华的《论马来西亚华文文学的本土特色》（1995年，总第465期）等大量的评论文章。其次是随着本土留学群体的增加，对欧美地区华文文学的引荐也成为一大特色，亦如中国内地一样，这些作品也被称为留学生文学或海外华文文学，虽与本土文学相区别却无主次之分。《蕉风》"喜新又恋旧"，"没有围墙，谁都可以踏进来"[2]，从而型构了更加多元丰富的世界华文文学版图。

然而，90年代《蕉风》的开放性思路中，仍纠缠着强烈的本土诉求。

---

[1] 对于马来西亚华人而言，20世纪80年代是一个令人困惑尴尬的时代，1986年的"合作社风暴"使得华社经济遭遇浩劫，1987年的"茅草行动"则对华文报刊形成致命打压，马华文学进入国家文学的希望几乎破灭。

[2] 编者：《喜新恋旧》，马来西亚《蕉风》1997年第7—8合集，总第443期。

一方面，《蕉风》在世界华文文坛的有所作为，不妨看成整个马华文学的一种挣扎，它被排斥在国家文学之外，不得不寻找新的出路，融入世界华文文坛也是另一种可能性。《蕉风》在 90 年代表现出的交流意识以及从单向的"引进来"转变为双向"出入"的传播思路，正是要拓展马华文学的世界影响。正如刊物所宣示那样，是希望《蕉风》"能流传得更广，接触更多人"[①]。而为了增强马华文学与其他区域华文文学的竞争优势，刊物必须坚持对文学质量的高标准。诚如 90 年代末，面临重重危机之时主编林春美所言："作家的背景、文学观和作品的内容与形式都不是问题，文学性才是我们最重要的考量。"[②] 另一方面，当《蕉风》中海外作品的质与量都胜于本土作者时，那种失去自我的焦虑又卷土重来，编者开始对海外色彩过于浓烈的现象表示了无奈和惶惑，呼吁"本土"作者积极投稿，让刊物得以保持地方色彩[③]。可见，《蕉风》的海外与本土之争与中国内地文学期刊恰好形成了鲜明对比。在内地，海外华文是边缘，难以对本土中心形成挑战。在马来西亚，海外军团构成了对本土作家的强大压力。若联系 90 年代马华文坛去"中国性"的思潮，马来西亚华人文化主体性建构左右为难，无论在国家文学之内还是在世界华文文学体系之中，他们都有一种难以消除的身份焦虑。这必然影响《蕉风》世界性的实践过程。

实际上，《蕉风》在确立世界性理念时，和中国内地一样涉及多元的复杂关系，如"两岸三地关系"（两岸：新加坡与马来西亚，三地：台湾、大陆，以及马来西亚），"本土与海外关系"（移民文学，留学生文学）。但不同之处在于，《蕉风》虽然也想营造一个世界性的华文传播中心，但始终有画地为牢的紧张感。在本土性焦虑之下，一方面它具备决心崛起的前进意识，故大力引荐世界各地的文学作品以促进本土文学的发展以确立起主体性，另一方面当海外的华文写作超越了本土时，又不由自主地产生了新的焦虑，这种鉴于文化位置的执着寻找而形成的世界性，总带有某种扭曲的意味，不过印证了弱势族裔在政治/文化夹缝中觉醒、突围的艰难过程。

---

① 编者：《喜新恋旧》，马来西亚《蕉风》1997 年第 7—8 合集，总第 443 期。
② 编者：《编辑室报告》，马来西亚《蕉风》1997 年第 12 期，总第 483 期。
③ 编者：《本地色彩》，马来西亚《蕉风》1995 年 12 月，总第 472 期。

三 去中心化的世界性

香港常被认为是具有边缘,越界等特殊属性的文化空间,作为相对宽松自由的文学港口,它成为世界各地华文文学出版与流播的公共空间,各种倾向和流派的文学均可占一席之地。但在香港众多华文传媒中,1985年创刊的《香港文学》应是对这一"交流使命"有着自觉追求的刊物之一,它一面世,便宣称自己是"世界性的中文文艺期刊",并以促进"世界华文文学的交流与创作"为己任。虽然有人强调它与中国内地的情缘,在其对华文文学的传播中却显现了香港语境的特殊性所在。刘登翰先生曾认为,守住"边缘"是《香港文学》的特殊魅力所在。① 但准确地说,《香港文学》的特殊魅力与其说是其游离的边缘位置,不如说是它借助这种边缘性而形成的世界性视野。在带有香港特色的世界性视野中,《香港文学》扮演了与中国内地及新马文学期刊截然不同的角色,为华文文学生态的重建提供了另类的思路。

《香港文学》至今已有 30 年的历史,2000 年,鉴于主编变动等原因进行了改版,改版之前与之后,其"世界性"立场的内涵与运作方式有所变化,但始终反映了香港的主体性诉求。而刊物这种主体性的诉求,正是 20 世纪 80 年代以来随着"中英谈判以及《联合声明》的签订,香港文学的本土身份意识越来越强烈"② 的折射与反映。

从《香港文学》的首任主编刘以鬯在发刊词中基本勾勒出了刊物演绎世界性的基本思路。一方面他强调利用香港作为国际城市的地理优势沟通世界各地的华文创作,推动文学的发展,另一方面,则强调在高度商品化的香港要为严肃文学提供发表园地,促进文学的发展。③ 可见,其世界性首先体现为作品空间分布的全球性,经常性推出了诸如马来西亚华文作品特辑(第 1 期)、加拿大华文作品特辑(第 2 期)、新加坡华文作品特辑(第 3 期)、美国华文作品特辑(第 4 期)、菲律宾华文文学作品特辑(第 11 期)、泰国华文文学作品特辑(第 36 期)、砂劳越华文文学作品专辑(第 64 期)、泰国华文文学作品特辑(第 84 期)、印度尼西亚华文文

---

① 刘登翰:《守住"边缘"》,《香港文学》2003 年第 1 期。
② 计红芳:《从大陆性到香港性——香港文学理论批评的发展演变》,《广东第二师范学院学报》2007 年第 1 期。
③ 刘以鬯:《香港文学发刊词》,《香港文学》1985 年第 1 期。

学作品专辑（第87期）等区域华文文学的专辑，显现出它与同期内地文学期刊相似的立场和思维。但它的世界性也显现为捍卫文学性而特有的非意识形态氛围，如刊载作品时倾心于艺术技巧，在文体创新、史料整理和研究评介等方面持续耕耘，一些在内地尚未领略的文学现象与作品总能在《香港文学》之上一睹为快，由此，刊物将世界性演绎成了一种开放性的人文关怀意识。当然，在对文学本体价值的坚守和对各区域华文文学的广泛关注之间似乎也难免矛盾，毕竟并不是所有的区域华文文学都能经得起"纯文学"的技术考量。

耐人寻味的是，作为香港的一本文学期刊，它并未将香港文学作为中心来传播，外来作家的比例明显高于本土作家。这是否如某些本土作家所质疑的那样，是大中华意识之下对香港文学主体性的压制呢？对此，《香港文学》在创刊词中早有阐述："香港文学与各地华文文学源于同一根源，都是中国文学组成部分，存在着不能摆脱也不会中断的血缘关系。对于这种情形，最好将每一地区的华文文学喻作一个单环，环环相扣，就是一条拆不开的'文学链'。"① 既然各区域华文文学之间是"环环相扣"的关系，并无主次之分，那么，《香港文学》就不必拘泥于中心或边缘的思路，可以在文学的名义下尽可能地拓展传播的视野，包括对同期西方文学的大力引荐。② 因此，虽然刊物最初的"世界性"视野中隐含着大中华意识③，其具体运作却无意中凸显了"去中心化"的传播策略，在以交流和对话④促进区域文学之间的互动共进的过程中，改变了包括香港文学在内的各区域华文文学相对封闭的发展路径。

---

① 刘以鬯：《香港文学发刊词》，《香港文学》1985年第1期。
② 《香港文学》不但引进介绍国外的流派、作家、作品（第6期的《萨非特专辑》，第12期《克罗德·西蒙特辑》，第14期《西蒙研究特辑》，第16期《麦思·弗里施特辑》，第35期《玛格丽特·尤瑟娜特辑》），而且引进海外学者同人对中国现当代文学的前沿性的研究成果。
③ 当然，在香港即将回归的历史时期，一本渗透着人文情怀和国家意识的华文期刊在香港也是有其位置的。
④ 《香港文学》特别注意利用香港作为海峡两岸作家最适宜在此进行联谊交流聚会的方便条件，广泛地开展海峡两岸多种形式的文学对话。这种对话主要有三种形式：一是作家专访，二是相互评述；三是开展比较研究。在作家专访上，《香港文学》做得最多，其中重要的作家专访有：第1期的《林海音、何凡访问记》，第20期的《与邓友梅谈小说创作》，第25期的《白先勇谈对海峡两岸中国文学的看法和期望》，第26期的《访丛甡》，第27期的《王安忆访问记》，第29期的《与五位中国作家谈中国当代文学》，第33期的《从维熙访问记》。这些专访谈及内容广泛，议题众多，提供了许多从未披露的有关作家生平思想和创作的第一手材料和文坛最新信息，非常有价值。

《香港文学》改版之时，已是香港回归三年之后，在新的语境下，刊物就如何演绎香港性与保持世界性作出了新的探索。首先，从版式到内容，刊物都更适应时代需要，如文字由竖排变横排；栏目设置突出文体与主题线索而淡化区域意识等。在陶然主编期间，虽然也不断推出各区域专辑，如纽西兰华文文学作品特辑（第172期）、异性时空中的灵魂守望——透视"旅居法国华文作家作品展"（第242期）等。但总体而言，其专题策划更注重世界各地华文文学的对话与整合，显现全球意识。如《香港文学》第200期（2001年8月）纪念之际，推出了"全球华人作家作品大展"。作者来源包括了内地、香港、台湾地区，以及美国、加拿大、法国、英国、日本、新加坡、马来西亚等国，但这次作品展并不强调区域代表性，而是张显灵动的艺术视野，所选作品都能体现刊物所追求的水准。这种以艺术为起点的全球视野在陶编期间是基本的，如2002年7月《香港文学》（第211期）又一次以"全球华人作家散文大展"为主题，刊登共25篇来自各地著名华人作家的散文作品。包括白先勇的《人间重晚情——李欧梵与李玉莹的"倾城之恋"》、李欧梵的《音乐的往事追忆：听修伯特》、余光中的《新大陆·旧大陆》、钟玲的《落水狗》、苏童的《南方是什么?》、舒婷的《台风留白》、金依的《出门》、杨炼的《那些一》等，自然也有香港作家的作品，如王良和的《F日光下》、蒋芸的《蝶啊蝶》、胡燕青的《太子道上》、陈惠英的《夏色浮动》、叶辉的《黄南镜器》及黄仁逵的《人间烟火》等。从这样的作品选集过程中，《香港文学》的文学视野既不是香港中心也不是大陆中心，去中心化的原则被进一步突出，由此，世界华文文学的版图也不再是简单的区域拼接，而是灵动地融合在专题与体裁之中的文学氛围与意境。

一些研究者常以刊载作品的都会色彩作为《香港文学》改版后强化本土意识的表征，其实不甘以边缘自居的姿势才是它突出的主体标记。主编陶然承接叶辉等人在《香港当代作家作品合集选·小说卷》中对香港文学的定位，提出了《香港文学》也应该具有"中间性"的位置。[①] 所谓"中间性"，自然令人联想到刊物一向以来的桥梁作用，其次是不妨当成其淡化意识形态的中正立场，但笔者觉得，其潜台词应该是强调自身在世界华文文坛的重要性。事实上，当改版后的《香港文学》将香港性理

[①] 陶然：《"中间状态"的香港短篇小说》，《香港文学》2012年第1期，总第325期。

解为开放性与多元性而不是狭隘的本土保护主义时，即当地方性等同于世界性之时，不但香港有望成为世界华人文化与文学的传播中心，便是香港文学自身也有了融入世界的信心与姿势，所以陶然相信："文学没有疆界，香港作家的作品和其他地方华文作家的作品甚至外国作家的译文置放于同一个平台上，绝对有相互参考与促进的作用。"① 在去中心化的持续努力中，《香港文学》不但有效地化解了内地中心意识和香港本土主义，同时还试图促成华文文学与其他语种文学的交流与融合。

香港特殊的社会历史条件，特殊的经济文化地位，使它在文学交流上具有"优越性"，《香港文学》正是得益于这样的空间优势，选择了淡化意识形态的视角，专心于经营文学性，纵观《香港文学》，其文学作品或以情意真切的美文娱人心怀；或致力人性善恶的开掘以张显人文关怀，或以实验性的叙事形式开拓文学空间，都在宣示追求文学发展的本体意识，其世界性由此也演变成一种更具有深度的诗学意识和人文关怀意识。不过，令人遗憾的是，《香港文学》的运作也具有香港特有的随意性和个性化趋势，实际影响力非常有限。一方面是刊物仅仅依靠主编的个人影响和交际网络组稿，随意性很强，缺乏评奖征文等当代文学传媒的运作意识，自然难以积累象征资本，产生名刊效应；另一方面是身处网络时代还固守印刷思维，缺乏网络版，缺少与读者互动的渠道，读者群体日益狭隘与人缘化，这些都将其开放的世界性推向了未知的困境之中。

对于文学期刊而言，如何践行世界性的传播理念，既要看其传播策略又要看其传播效果。自20世纪70年代末以来，世界各地的华文期刊在淡化意识形态，注重区域互动，推行文学至上理念等方面已经形成共识，促成了各区域华文文学的共同发展。然而，区域语境对期刊传播效应的影响仍不可低估。中国内地文学期刊，从早期简单的地理逻辑到近来的文学性标准，以带有普遍性的传播理念提升了影响力，为各区域华文文学留下了广阔的发展空间；但依然难以避免中心对边缘有意无意的挤压。如何化解这种中心逻辑，是内地华文文学传播需要解决的问题。《蕉风》对世界华文文坛的持续关注，显现出了一如既往的开放视野，但在少数族裔文化主体性建构的困境之中，它既将海外华文文学（包括中国内地文学）看成推动本土文学发展的源泉，又视为影响的焦虑，本土与海外华文文学在张

---

① 陶然：《前言》，《香港文学选集系列》第2辑，香港：香港文学出版社有限公司2005年版，第1页。

力中共存，地方性形成了对世界性的压制。《香港文学》则追求香港性和世界性之互动契合，在去中心化的策略中重组了各区域华文文学，形塑了流动随意的世界华文学画卷。但其随意灵动的个人化运作机制，影响了其实际效果，形成了演绎世界性的现实瓶颈。

当然，在总结各地文学期刊对世界性的差异表述之余，我们还能发现必须面对的共同问题。首先，从传播媒介的角度而言，文学期刊要更好地实践世界性理念，必须面对网络时代的新考验。一味以捍卫人文理想为立足点，在与市场的疏离和小众化策略中传播文学是不够的，各地文学期刊都应实现纸质传媒与网络传媒的融合互补，才能开拓出真正有利于世界华文文学发展的交流空间。[①] 其次，从创作的角度来看，在世界性视野之下，"本土以外"已成为华文作家的重要生存方式，这既是机遇，也是挑战。有马华作家曾戏言在马来西亚只要会写那么几笔就可以成为作家；但在本土以外，面对诸多竞争对手其高低优劣就出来了。如何发挥本土的优势与个性，冲击既定的创作模式，促成文学的多元化生态，将成为每个华文作家所要面对的现实问题。最后，对研究者而言，我们不但需要形成一种超越性和整合性的研究思维，而且要对所获取的文学资料进行语境性反思，以研究促成世界华文文学的良性发展。

第四节 传媒时代华文文学的新空间

提出海外华文文学中的传媒问题，其意义归根结底应该与创作有关。

海外华文文学的存在意义，应该在于其所表现的与主流汉语文学抗衡的异质性，而不是共通的汉语美学。就算它只是小写的汉语文学与美学传统，若可不断流淌出清新另类的文学乳汁，其价值就是不可替代的。这样，海外华文文学的存在将不仅有利于汉语文学多样性的保持，更将对世界文学做出重要贡献。这种异质性自然是由作家创造和保持的。无疑，20世纪70年代到80年代的海外华文文学具有独特性，在有关故乡情结、异国情调、文化冲突以及财富幻象的书写中，海外华文文学构筑了一种与主流汉语文学迥异的美学风景。然而，90年代之后，海外华文文学独特性神话已遭遇挑战，随着地球村的时代来临，本土与离散、文化冲突与异国

[①] 在这一点上，21世纪以来，《蕉风》在数字化、网络化方面的努力与效应，颇值得其他华文期刊借鉴。

风情难以引发美学震撼,若作家仍执着于书写旧的题材与主题,则必定被快速刷新的传媒时代所遗忘。因而,海外华文作家如何保持独创性的个人问题正是海外华文文学存在合法性的普遍问题。在此,传媒的重要性再次凸显出来,因为作家独创性的保持实际上是作家在个性书写与社会要求之间如何取得平衡的问题。作为一个读者与作者交流接触沟通的公共领域,作为作家作品最终自我实现和物质转化的重要链条,传媒的重要性正在于协调作家的个性书写与社会要求之间的矛盾,实现文学生产的运转。由于传媒意志对创作走向有着重要的规范与引导作用,作家与传媒的博弈过程与方式也将决定文学的意义走向及生产方式。

对于海外华文文学创作而言,市场与读者问题从来都是一个至关重要的问题。在东南亚地区,华文创作由于得不到政府强有力的支持,其生存空间极为狭窄,"出口"往往是其拓展影响的重要途径。欧美等地的汉语写作更是清晰流向汉语阅读密集的中国内地。鉴此,本节主要以海外华文创作与中国内地传媒的关系为例来探讨"媒介问题与创作"的关系。

纵向来看,从70年代末到90年代初,传媒主要代表国家意志和主流意识形态实现对创作的引导规范,其中隐含统战思路的专业性刊物发挥着重要作用。海外华文文学进入内地实经受了定位为"桥梁或窗口"的刊物之过滤;如《海峡》《台港文学选刊》到《四海》—《世界华文学》[①]等正是通过删选稿件、栏目设置到征文评奖等一系列编辑手段建构出意识形态所能认同的海外华文文学。以《四海》的征文评奖活动为例可见一斑。该刊处在中国文联管辖之下,资源丰富,自1986年以丛刊形式面世以来,曾参与或举办过数次全球性的征文评奖活动,在世界范围内产生了广泛影响,有力地促进了海外华文文学的发展。但其征文评奖活动有鲜明和雷同的主题倾向,那就是"中国意识"。如1989年丛刊参与的"龙年征文比赛"主题为"我心目中的中国";1996年举办的"四海华文笔汇"征文明确要求"以文学笔法反映当代华人的事业、追求和思想感情、眷念故土情怀和民族传统精神以及中国大陆的山光水色、民俗民情和建设开发"[②];1998年承办了由中国文联举办的面向世界华人的"爱我中华"征文比赛;2000年主办的盘房杯世界华文小说奖以"弘扬中华文化"

---

① 《四海》与《世界华文文学》是同一刊物的先后两个名称,故视为一体。
② 《四海》编辑部:《"四海华文笔汇"征文》,《四海》1996年第3期。

为出发点①；此外，期刊参与的由中央人民广播电台对台部与有关单位合办的第一至第九届"海峡情"有奖征文也强调"民族团结、国家统一和文化亲缘"的主题。显然，《四海》《世界华文文学》中的海外华文文学除具有地域分布上的世界性之外，还具有作为文化凝聚力的"中国性"特征。

如果说以往传媒代表国家意志而使得海外华文文学的意识形态意义得以凸显，作家个体往往表现出拒绝或合作两种态度的话，那么到了90年代中期后，由于市场与利润的介入，作家与传媒的关系变得更为复杂，有意与无意难辨，顺从与合谋兼有。从虹影、张翎与严歌苓等著名海外华文作家的个案中，我们不难看出传媒力量对创作影响的深度广度。

虹影具有自我炒作意识与技法。她喜欢在镜头前"说话"：从报刊出版社到网络传媒②，从积极参与文学官司③、接受专访并发表惊人言论④到戏剧化自我⑤，她毫不避讳地迎合读者和媒体口味，以非常主动的方式与媒体形成了"共谋"与互动。而虹影文本逐渐凸显的故事性与可读性也使其大受传媒青睐。她早期的《玄机之桥》《脏手指·瓶盖子》《女子有行》等表现出晦涩、非常规、陌生化、玄秘性等先锋特质，不利于大众阅读，而近年的《绿袖子》《上海王》《上海之死》《上海魔术师》等颇受欢迎的小说则手法比较平实，文字简练澄净、结构紧凑自然，故事模式从单一到多重、从情节淡化到传奇加爱情，可读性大大增强。这无疑可看作是她靠拢、迎合市场和读者口味之举。总之，作家本人的戏剧化表演加之富含极强故事性与宗教、政治、情爱等刺激性元素的文学文本，使虹影及其文学作品被传媒打造成为具备娱乐性与炒作性的文学商品，最终作家

---

① 正如评奖活动的主要评委与组织者之一——邓友梅先生所言："如今世界几乎是有居民处就是华人，有华人处就有中华文化，其重要组成部分之一就是华文文学"，《世界华文文学》2000年第1期。

② 网络为展现自我建构了广阔空间。虹影在新浪网和人民网上都开设博客，在中华读书网拥有主页"虹影世纪"；她还经常上网更新博客，在博客上贴出一些未能出版的图片或文字，发表一些对社会现象及批评的见解，带有明显的炒作性。

③ 从《饥饿的女儿》官司到轰轰烈烈的《K》，再到沸沸扬扬的《绿袖子》，虹影始终积极应对，这显示出她维权到底的姿态，更有宣传文本的商业目的。

④ 虹影接受的各大报社、网站等媒体的访谈录有20多篇，在采访中，她敢于大胆发表自己的见解，回应他人的批评。

⑤ 所谓戏剧化自我，是指"作家将个人生活故事化、戏剧化，打造出自身极具传奇色彩的个人故事，强调自己小说的自传性等行为"。多数人认识虹影从一部《饥饿的女儿》开始，这部作品出版时在封面上打上"长篇自传体小说"的字样。

和传媒都获得了丰厚回报,此类海外华文作品的娱乐与商业价值也超越了其审美价值。

　　虹影代表着深谙传媒之道主动出击的作家类型,但另一类作家是不自觉地进入了传媒意志的笼罩之中,其文学创作受到某种文学潮流的无形影响与规范。近年间,加拿大华裔作家张翎在内地文学评奖和主流刊物的认可中崛起,被称为闯入当代中国文坛上的一匹黑马。其小说常出现在《收获》《十月》《钟山》《清明》《上海文学》等主流文学刊物之上,又多次被《小说月报》《作家文摘》《中篇小说选刊》等重要选刊文摘转载,并连续获得内地多项文学奖项与荣誉[1]。但某种意义上来说,张翎的成功与荣誉正是内地传媒所要求与塑造的。她的小说细腻深情,以女性和个人化叙事代替了男性、大我的宏大叙事,显现出了肉质鲜活的人生与人性的深度,可谓雅俗共赏之作。作品的这种美学特质与自 20 世纪 80 年代以来渐成主流的海派文学风格颇为一致,正是通过日常生活的、情感的、个人的、新历史主义话语的认可与建构,海派文学引领了汉语文学的时尚与方向。张翎小说的主要市场与读者均在内地,她崛起之时(90 年代末到 21 世纪初)又正是海派风格由先锋、小众走向主流、大众之时,故作家可能不知不觉地进入了潮流之中。但传媒对张翎的无意识牵引,还是与其对创作的自我定位有关。她曾强调自己的作品是"地地道道的中国小说"[2],甚至有意避免了海外华人固有的叙事基调[3]。这种内在向心力是海外华文作家与内地传媒不自觉合谋的危险所在,若作品意义只能在中国文学之内得以确认,又怎能奢谈海外华文文学?

　　严歌苓已被称为是海外华文文学中的擎天大树,她的创作总是树立起一个个路标,让人惊喜和追随。这样的光芒不可能离开传媒的聚焦,她实际上也不是与传媒隔绝的人,频频接受各种报刊影视的专访,与出版社影视制作等传媒持续合作等恐怕也是其创作生活的一部分。但相对虹影的热

---

[1] 如《女人四十》获得第七届"十月文学奖",《尘世》被《新民晚报》列为"2002 年十大文学现象"之首,《羊》跃居"2003 年度中国小说排行榜"前十名;中篇小说《雁过藻溪》登上中国小说学会 2005 年度小说排行榜,中篇小说《空巢》获得 2006 年度"茅台杯"《人民文学》优秀中篇小说奖。

[2] 万沐:《开花结果在彼岸——〈北美时报〉记者对加拿大华裔女作家张翎的采访》,《世界华文文学论坛》2005 年第 2 期。

[3] 张翎小说对中西二元对立主题进行了有意化解与否定,对海外华人生存中的政治、种族、社会问题的处理方式倾向轻柔温情。

和张翎的无意识，严歌苓显得冷静和理性，她明了传媒的威力，但又似乎与传媒保持适当的心理距离，给人的印象是安静的，甚至是有些孤寂的。她说："我不是一个当众有话说的人。我的长处就是写作。"① 这种内在的沉静其实在于对艺术信念的执着坚守。严歌苓评价自己说，"我所处的这种位置使我不大容易随着一种潮流去走。中国和美国的文学里都有写一些东西时兴、好卖，也有时髦的思潮。而我会保持一种很冷静的、侧目而视的姿态和眼光，不大可能去追逐文学的'时尚'。"② "写小说要有一定的责任感和使命感，在动笔之前要想好是不是在每天出版的那么多书中，自己的书一定是必不可少的。如果不是，那无非就是一纸垃圾。"③ 正因为不是有意无意迎合文学潮流，而是着力创造独特的文学叙事与风格，凸显文本的艺术性，此类作家作品反而有可能成为文学的立法者、传媒的追宠也随之而来。

作家与传媒的博弈过程与方式的多样化正显现了海外华文文学产生意义的过程与方式的复杂性。但要警惕的是，传媒有着无情多变的脸孔，从来都是作家作品被传媒遗忘，而不是相反。因此，创作的突围与海外华文文学独特性的保持，需要作家与传媒保持一种相对疏离的状态与心态。

本章结语

传媒对海外华文文学的塑造贯穿了海外华文文学近百年的发展里程。从副刊、影视到网络，从幕后、前台到中心，从本土、本土以外到全球，从封闭、对话到开放，从单一、多元到整合，传媒类型、位置及其运作方式的变化，使得海外华文文学出现不同的发展阶段并在其发生、发展和转型时期呈现不同的特点与问题。传媒"把传播与文化凝聚成一个动力学过程，将每一个人裹挟其中"，在这样一种互相交织的动力学过程中，海外华文文学的创作者和批评者们，都必须树立反思意识，重建传媒与自身的关系，以促成文学创作、传播和研究的良性发展。

对大多数作家来说，拒绝大众文化传媒带来的现实诱惑是很艰难的，借助作品研讨会、书展、获奖、讲坛等包装、推销、炒作成为常态；但

---

① 严歌苓：《"寄居"在文学深处》，中国新闻网，www.chinanews.com，2009年4月9日。
② 严歌苓：《给好莱坞编剧的中国女人》，新浪网，www.sina.com.cn，2006年3月27日。
③ 严歌苓：《给好莱坞编剧的中国女人》，新浪网，www.sina.com.cn，2006年3月27日。

是，作家如何在与传媒的合作中保持良好的创作心态，创作出真正的好作品，将成为海外华文文学继续发展的基本前提。对于研究者而言，改变印刷媒介时代专家批评的姿势与思维，深入理解新的媒介条件文学思维与创作模式发生的巨大变化，才能使其研究真正成为推动海外华文文学发展的积极力量。

在这个信息获取日益成为第一需要的时代，海外华文文学研究中的传媒问题之所以成为一个问题，不仅因为展现了通过梳理某些文学传媒而重写海外华文文学史的可能性，而是提醒研究者和创作者正视信息壁垒的存在，以更为理性的态度实现创作和研究的双重突围。对于研究者而言，应重视传播与流通环节中文学意义的增删过程，尽可能地拓展信息来源，加强与作者、编者等的多元对话，突破研究误区和研究瓶颈。对于创作者而言，应该充分注意到"评奖、征文、专栏开设"等传媒运作形式对创作的直接影响，警惕人缘、地缘和亲缘等传播语境因素对创作的潜在引导，力求在传媒意志与个人独创性之间保持张力状态。

第五章　文学经验与跨文化跨媒介转化

第一节　当代中国影视产品里的海外华文作品考察

自20世纪电影电视作为新的传播与艺术媒介出现并普及以来，世界已逐渐进入影像时代。情节曲折、声色俱全的影视作品成为大众文化的主要组成，文学作品也成为影视作品生产的重要来源，其中当然也少不了海外华文文学作品。在海外华文文学越来越为作为华文主流地区的中国读者及研究者熟知以后，它们也成为当代中国电影素材来源的一部分，并以影视的方式实现了自身的跨媒介转化。从地区看，对海外华文文学进行影视改编的主要是大陆及台湾影视界，他们在对海外华文文学作品的取向及改编方法上有相似也有不同，本章将对此进行讨论。

一　中国内地电影及合拍片里的海外华文文学作品

中国内地电影最早关注海外华文作家的作品当属谢晋于1989年拍摄的《最后的贵族》，该片改编自美国华人作家白先勇的短篇小说《谪仙记》，影片讲述国民党外交官之女李彤在父母遇难之后的飘零人生，由著名的悲剧明星潘虹主演。

1998年，谢晋之子谢衍执导了根据白先勇小说《花桥荣记》改编的同名电影，影片从一家在台北经营的米粉店入手，讲述一群由广西桂林的到台北生活的小人物在历史变迁中的命运。米粉店老板由香港演员郑裕玲扮演，大陆演员周迅扮演了男主角卢先生在桂林的未婚妻罗小姐。

2001年，由郑晓龙导演的《刮痧》上映，该片改编自其妻王小平的同名小说，由梁家辉、蒋雯丽、朱旭主演。

2004 年，吕乐导演的《美人草》上映，该片改编自美籍华人作家石小克的小说《初恋》，讲述 20 世纪 70 年代几个在云南生产建设兵团知青之间相互纠结的爱情故事，女主演是台湾影星舒淇。

2008 年，陈洁导演的《谁家有女》在北京电影学院放映，该片根据严歌苓小说《谁家有女初长成》改编，讲述农村少女潘巧巧被拐卖给人做媳妇后被兄弟两人共享，最终愤而杀人的故事，由青年演员吴浇浇主演。影片获法国女性电影节评审团大奖，吴浇浇获法国南特电影节最佳女演员奖。

2010 年，第五代导演的代表张艺谋拍摄了根据美国华人作家艾米的小说《山楂树之恋》改编的同名影片，该片讲述 20 世纪 70 年代初一对年轻恋人凄美动人的纯爱故事，周冬雨、窦骁主演。

2010 年，著名导演冯小刚根据加拿大华人作家张翎的小说《余震》改编拍摄的电影《唐山大地震》上映，该片以一个普通家庭的遭遇反映了 1976 年唐山大地震给震中灾民带来的深刻创伤，主演母女俩的是徐帆和张静初。

2011 年，张艺谋拍摄了根据美国华人作家严歌苓的小说《金陵十三钗》改编的同名影片，影片以一群中国女子的遭遇，反映了 1937 年日本侵华所制造的"南京大屠杀"，特地邀请了美国一线影星克里斯蒂安·贝尔主演。

2014 年，张艺谋拍摄了根据严歌苓的小说《陆犯焉识》改编的影片《归来》，影片讲述了 20 世纪 70 年代一对因丈夫劳改而被迫分离的夫妻，妻子一直期盼着丈夫的归来，但当丈夫真正平反归来，妻子却再也认不出他了。主演是巩俐与陈道明。

2014 年，导演海达拍摄了根据张翎的小说《空巢》改编的电影《一个温州的女人》，主演是马翎雁、张洪杰。

2017 年，根据英国华人作家虹影小说《上海王》改编的同名影片上映（导演胡雪桦），胡军、余男主演。

从以上名单看出，根据海外华文文学作品改编的电影在大陆电影市场里从偶露峥嵘到全面开花，所占分量越来越重。尤其是 2010 年以后，根据海外华文作家文学作品改编的影片成批上映，反映出海外华文作家与中国大陆的联系越来越紧密，海外华文文学在当代中国影视文化中的影响也在不断增加。

二 台湾地区及海外华语电影里的海外华文文学作品

大陆以外，对海外华文文学作品改编最多的当属台湾地区。事实上，由于台湾在20世纪60年代便已掀起出国潮，台湾电影对于海外华文文学的关注也比大陆更早。

1971年，由李行监制，宋存寿执导了根据於梨华小说《母与子》改编的电影《母亲三十岁》，由秦汉、李湘主演。

1984年，白景瑞执导了根据白先勇小说《金大班的最后一夜》改编的同名电影，由姚炜主演。

1984年，张毅执导了根据白先勇小说《玉卿嫂》改编的同名电影，由杨惠珊主演。

1985年，林清介执导了根据白先勇小说《孤恋花》改编的同名电影，由陆小芬主演。

1987年，虞戡平执导了根据白先勇小说《孽子》改编的同名电影，这是华语电影里首部同性恋题材作品，邵昕主演。

1995年，由李安监制、张艾嘉执导，拍摄了根据严歌苓的短篇小说《少女小渔》改编的同名电影。影片表现了华人移民在美国的生活，严歌苓本人参与编剧，刘若英主演并获得亚太影展最佳女主角奖。

1996年，朱延平执导了根据严歌苓小说《无非男女》改编的影片《白太阳》。影片讲述了一个凄美的爱情故事，由郑家榆、苏有朋主演。

2005年，曹瑞原执导了根据白先勇同名小说《孤恋花》改编的同名电影，影片讲述几个舞女从上海到台北的前世今生，袁咏仪主演。

此外，旅美华人陈冲于1998年根据严歌苓的短篇小说《天浴》执导了同名电影，是海外华语电影对海外华文文学作品的一个改编。影片讲述20世纪70年代进藏女知青的一段悲剧性故事，严歌苓本人参与编剧，李小璐主演。

三 电视剧里的海外华文文学改编

大陆电视剧里改编海外华文文学作品最早引起关注的是1993年的《北京人在纽约》，改编自美籍华人作家曹桂林的同名小说，导演郑晓龙、冯小刚，主演姜文、王姬、严晓频。该剧反映改革开放后首批移民到美国的海外华人的在国外的奋斗经历，也是中国首部跨境拍摄的电视剧，在全国激起强烈反响，获得了 1994 年度大众电视金鹰奖、中国电视剧飞天奖等多个奖项。

2001 年，北京电视台等出品了改编自曹桂林小说《偷渡客》的 26 集电视连续剧《危险旅程》，这是继《北京人在纽约》后又一部改编自曹桂林小说的电视剧，也是我国第一部以打击人口偷渡走私犯罪为题材的电视剧。由沈涛导演，王姬主演。

2002 年，中央电视台中国电视剧制作中心将美籍华人石小克的小说《基因之战》改编成 21 集同名电视连续剧，由刘立京、温文杰导演，丁志诚、赵琳、丹·霍顿主演。

2006 年，大连天歌传媒出品的 41 集电视连续剧《梦回青河》在中央电视台播出，该剧改编自美籍华人作家於梨华的同名小说。由陈国军执导，刘雪华、何琳等主演。

2006 年，上海文广新闻传媒集团、南京广播电视集团等联合出品 26 集电视连续剧《玉卿嫂》，该剧改编自白先勇的同名小说，由黄以功导演，蒋雯丽、范植伟主演。

2008 年，深圳华侨城国际传媒有限公司制作了 22 集电视连续剧《食人鱼事件》，该剧根据石小克、赵凌芳的悬疑小说《食人鱼事件》改编，小岛导演，李强主演。

2008 年，上海海润影视等联合出品了根据英籍华人女作家虹影小说《上海之死》改编的 28 集电视连续剧《狐步谍影》，在东方卫视播出，讲述 40 年代上海滩的间谍故事，杨文军、郑军导演，唐于鸿、谢君豪主演。

2009 年，北京唐德国际文化传媒有限公司、北京博纳美涛文化传媒有限公司、福州民生文化传播有限公司等联合出品根据白先勇小说《金大班的最后一夜》改编的 36 集电视连续剧《金大班》，在江苏城市频道首播，梦继、觉亮、邵景辉导演，范冰冰、方中信主演。

2009 年，大连天歌传媒、西安天晟影视文化、宁波广电集团联合出品的 36 集电视连续剧《小姨多鹤》在浙江首播，该剧改编自严歌苓的同名小说。导演安建，主演孙俪、姜武。

2009 年，北京同乐电影制作有限公司等出品了 34 集电视连续剧《一个女人的史诗》，该剧根据严歌苓同名小说改编，由夏钢、孟朱导演，赵薇、刘烨等主演。

2010年，华视影视传媒有限公司出品了根据艾米小说《山楂树之恋》改编的35集同名电视连续剧，由李路导演，王珞丹、李光洁主演。

2011年，天视卫星传媒股份有限公司、北京同乐电影制作有限公司联合出品了36集电视连续剧《幸福来敲门》，该剧根据严歌苓小说《继母》改编，导演马进，主演蒋雯丽、孙淳。该剧获得了第28届中国电视剧飞天奖长篇电视剧二等奖和最佳女演员奖。

2011年，上海唐人电影制作有限公司根据旅美作家桐华网络小说《步步惊心》改编的同名电视连续剧在湖南卫视播放，引起轰动，掀起了大陆电视荧幕上的穿越热潮。导演吴锦源、林玉芬，主演刘诗诗、吴奇隆。

2012年，博纳影业等联合出品了根据严歌苓同名长篇小说改编的33集电视连续剧《第九个寡妇》，由黄建勋导演，叶璇、刘佩琦等主演。

2013年，华谊兄弟传媒股份有限公司出品了根据加拿大华人作家张翎的小说《余震》改编拍摄的38集电视连续剧《唐山大地震》，姚晓峰导演，陈小艺、张国立、佟丽娅等主演。

2013年，浙江梦幻星生园影视文化有限公司等制作了根据桐华小说《被时光掩埋的秘密》改编的40集电视连续剧《最美的时光》，讲述现代都市里唯美浪漫的爱情故事，由曾丽珍导演，钟汉良、贾乃亮、张钧甯等主演。

2014年，上海唐人电影制作有限公司、上海尚世影业联合出品了根据桐华小说《大漠谣》改编的36集电视连续剧《风中奇缘》，由李国立导演，刘诗诗、彭于晏、胡歌主演。

2014年，东阳星瑞影视文化传媒有限公司等联合出品、于正（上海）影视文化工作室承制了根据桐华历史言情小说《云中歌》改编的45集电视连续剧《大汉情缘之云中歌》，导演胡意涓，主演杨颖、杜淳、陆毅。

2014年，北京世纪伙伴文化传媒股份有限公司等联合出品了根据严歌苓小说《金陵十三钗》改编的48集电视连续剧《四十九日·祭》，导演张黎，主演张嘉益、宋佳、胡歌。该剧获得全国十佳电视制片"优秀电视剧奖"并入选国家新闻出版广电总局《2014中国电视剧选集》。

台湾地区根据海外华文文学作品改编的电视剧主要如下：

2003年，曹瑞原执导了白先勇小说《孽子》改编的20集同名电视连续剧，范植伟主演，该剧获得了第38届台湾电视金钟奖戏剧节目连续剧奖、连续剧导演、女主角奖等。

2005年，曹瑞原执导了白先勇小说《孤恋花》改编的16集同名电视连续剧，并于同年剪辑了电影版，袁咏仪、庹宗华等主演。

2015年，曹瑞原执导了白先勇短篇小说《一把青》改编的31集同名电视连续剧，杨谨华、天心、杨一展等主演。该剧获第51届台湾电视金钟奖戏剧节目奖、导演奖、编剧奖、男主角奖、女主角奖等。

四 海外华文文学作品影视改编的主要特点和影响

海外华文文学作品的影视改编状况有以下特点：

第一，从时间来看，与海峡两岸出国潮的时间先后相关联，最早关注海外华文文学并以之为蓝本进行影视改编的是台湾地区。

台湾在20世纪60年代经济发展以后便掀起了出国热潮，大批海外华文文学作家来自台湾，如白先勇、於梨华等。他们的作品最先在台湾引起关注，也最早在台湾被改编成影视作品。大陆改革开放是在1978年以后，出国热于80年代以后兴起，影视界开始出现海外华文文学作品改编电影则要到1989年以后。

第二，从地区来看，关注海外华文文学作品并以之为蓝本进行影视改编的主要是大陆及台湾影视界，海外华人中也有零星改编。[①]

关于此一特点令人注意的关键点不在于哪里"是"，而在于哪里"不是"。因为作为海外华文文学作家主体的第一代移民，无论来自大陆还是台湾，他们都与原居住地区有着千丝万缕的联系，其作品在原居住地区受到关注乃至被改编为影视作品都很正常。但令人好奇的是，为什么拥有"东方好莱坞"之称、影视业极其发达的香港却没有对海外华文文学投以多少关注呢？这或许与香港的影视文化氛围有关。香港的影视文化商业氛围浓厚，流行的是武侠、喜剧等易于为市井接受的商业类型。影视改编方面最受青睐的是金庸的武侠小说等通俗文学，海外华文作家的作品多偏于纯文学性质，在香港影视界也就不受关注。但这并不排除香港电影人会参与具体影片制作当中。如《刮痧》的主演梁家辉、《天浴》的联合制片人陈惠中都来自香港。

---

① 严格说来，陈冲执导的《天浴》是海外华人根据海外华文文学制作出品的电影，属海外华语电影。本章的讨论范畴可因此扩展至海外华语电影，但因此类作品数量过少，拓展讨论的意义不大，故本章讨论范围定为中国电影，只在第三节第四部分对《天浴》进行必要的延伸探讨。

第三，从受关注的程度来看，一些特定的作家，如白先勇、严歌苓、桐华等人的作品受到了影视界的特别关注，各自有多部作品被改编，甚至有些被改编为多种版本及形式，其余作家多为有一两部作品被改编。

第四，从改编版本来看，一些作品在海峡两岸都受到关注，同时具有台湾版和大陆版。当然，与两岸出国热潮及影视发展的先后不同，这些作品往往是台湾版在先，大陆版在后，有些作品还多次被改编。如白先勇的《玉卿嫂》，台湾版电影拍于1984年，大陆版电视剧拍于2006年。《金大班的最后一夜》，台湾版电影拍于1984年，大陆版电视剧拍于2009年。《孽子》《孤恋花》在台湾有电影版和电视版。《山楂树之恋》在大陆有电影版及电视版。

第二节　跨文化视域里中国故事的跨媒介转换

相比对国内作家作品的影视改编，海外华文文学在国内的影视改编并不仅是一个简单的从小说到影视的改编问题，其中包含了地域及文化的多次转化，也包含着不同媒介之间的转化。它包含以下几个层次：

第一层，故事的跨国界（文化）讲述。

从地理层面而言，海外华文作家在海外进行创作是一种跨国界的创作行为，这是现实物质层面的变动，也是最为直观的变动。

第二层，跨文化视域里的故事讲述。

在跨国界的同时，海外华文作家也进入了一种跨文化的视域当中。在西方文化环境中，无论作家本人是否有自觉意识，他们会逐渐获得一种跨文化的视域范围，从原先单纯从中国文化角度观照及思考问题变为在中西方多元文化碰撞交融后所形成的复合视角来观照及思考问题。在这样前提下进行创作，即使作家所使用的是中文，讲述的是中国地区的故事，它也仍然是一种跨文化视域里的故事讲述。这不是因为故事的本身有什么不同，而是因为作家观照这些故事的方式有了改变。

第三层，中国对跨文化讲述的中国故事的选取或跨文化讲述的中国故事的回归。

作为华文主流地区，在对海外华文文学作品进行影视改编时，选择什么样的作品来拍摄？怎样改编？这些问题的答案本身便包含了中国影视界自身的态度与观念。有趣的是，由于这些故事在作家创作时已然经历了一次跨文化的视域审视，在它们被来自国内的影视人所改编时又经历了一次跨文化的视域审视，两次文化的跨越形成一种回归，为中国影视提供了新的内容及视野。

第四层，故事的跨媒介转化。

在文化上有多少次跨越且不论，海外华文文学作品的影视改编同时还是一种跨媒介的转化。小说变为影视不仅是艺术形式的转变，也是媒介形式的转变，从表现方式及传播途径上都发生了根本的改编。因此，改编还必须符合影视作品自身的生产及传播规律。

综上所述，中国影视界对海外华文文学的影视改编是在双重跨文化视域里对故事的跨媒介转化，它同时受到中西方跨文化交流中的种种问题及影视生产传播规律等多方面因素的影响，在多重转化及观照之下显示出了丰富的内涵。本节将从跨文化转化及中国影视自身发展的角度对海外华文文学的影视改编问题进行探讨。

一 海外中国故事的转换：生存、拼搏、冲突、碰撞

既然是改编自海外华文文学的影视作品，最令人注意的自然是这些作品对于海外华人生活的反映，是发生在大洋彼岸的海外中国故事。与海外华文文学创作的母题相一致，在这些海外中国故事里首先展现的是华人在海外的生存境况，东西方之间的文化冲突与碰撞。

（一）生存的艰辛与拼搏

华人移民海外，首先面临的就是生存问题，直接展现海外华人生存现状的是大陆出品的电视剧《北京人在纽约》（1993）和严歌苓同名小说改编的影片《少女小渔》（1995）。

《北京人在纽约》将华人移民的生存困境展现得淋漓尽致。大提琴家王起明与妻子郭燕怀着闯荡世界的雄心来到纽约，不料现实给了他们狠狠的一击。郭燕的姑妈接到他们后直接将他们带到了帮他们租的低矮的地下室，他们还没有安顿下来就已经欠了姑妈一笔租金。王起明想到乐队工作不成，只得放弃音乐家的理想到餐厅工作，而在餐厅里，他那双拉琴的手只能长时间泡在洗碗水里。郭燕到毛衣厂做工，工作也非常辛劳。生活的艰辛让王起明动摇了在美国生活的决心，他一度准备离开美国，回到北京。

面对生活的艰辛，华人移民展现了坚强的意志和吃苦耐劳的精神。王

起明先是到餐厅打工，在夜里给人送外卖。后来他也到毛衣厂做工，从一窍不通到自己开办毛衣厂，经历了重重困难，最终建立起了自己的事业。而郭燕进入毛衣厂之后，从一开始织得不合格被人退货到后来以自身的优异表现成为工厂管理人员，也是一步一个脚印。《少女小渔》里，留学生江伟早上5点就要到鱼市上去打工，小渔自己也要在学习之余在制衣厂里做工。

除了生存，海外华人还面临着婚姻家庭及身份等一系列问题。相比生存问题能够通过努力工作解决，这些或许才是无解的难题。《少女小渔》里，为了能够拿到绿卡，江伟安排女朋友小渔与意大利裔美国人马里奥假结婚，虽然事先已约定小渔拿到绿卡双方便会离婚，但看着小渔与马里奥一起拍结婚照，江伟心里还是免不了泛起醋意。他将自己硬塞进两人结婚照里的举动便充分反映了他的心理状态。

王起明的经历则更加曲折。到美国后不久，妻子郭燕就受到毛衣厂老板大卫的追求，王起明未能与妻子好好沟通，导致她最终离去。他认识了餐厅老板阿春，在阿春的帮助下成为成功的商人，但阿春也并未与他组成家庭。他事业有成后将女儿接到了美国，但女儿到美国后对他与郭燕、阿春的态度以及之后发生的改变更是让他意想不到。

(二) 文化的冲突与碰撞

面临生存问题的同时，移民海外的华人还面临着中西方文化的冲突。《北京人在纽约》便反映了这方面的问题。王起明和郭燕初到纽约，郭燕的姑妈到机场来接他们，本以为姑妈会把他们带到家里安顿，不想姑妈只是直接把他们送到了帮他们租的地下室，还明确申明预付的租金算是借给他们的。在中国人看来，姑妈的行为有些无情无义，但对西方人而言，即使父母与成年子女之间在经济上也是各自独立的。姑妈能够预先帮他们租好房，并到机场接他们，已经算是对他们的照顾。

《刮痧》是一部典型的体现中西文化冲突的影片。与《北京人在纽约》里王起明与郭燕初到美国一无所有、必须为生存而拼搏的境况不同，《刮痧》里的许大同虽然也曾经历过在街边给人画画求生存的阶段，但影片开始时他已经是一个成功的游戏设计师，拥有了成功的事业、美丽的妻子和可爱的孩子。如他自己所说："我相信只要努力，总有一天会成为你们中的一员：一个真正的、成功的美国人。……这就是我的美国之梦。"这段发言说出了许多华人移民的心声。他们怀揣梦想来到美国，所期盼的正是能够通过自己的努力奋斗在此成家立业。他们一心希望融入美国社会，连在家里给孩子讲话都是说英语。但是，即使他们已经事业有成，东西方的文化差异乃至冲突依然横亘在他们面前。片中一个在中国社会里常用的给孩子刮痧治病的举动在美国社会里却成了许大同虐待孩子的重要证据，许大同的孩子因此被美国政府部门从他身边带走送进了福利院。他尽力辩解却不被接受，连他最为信任的上司兼朋友昆兰都无法理解他。他最后被迫以夫妻分居的方式换得孩子回家与妻子居住，自己却被法庭禁止不能再接近孩子。面对这一结局，许大同的妻子简宁发出疑问："为什么这一切都发生在我们身上，我们哪里错了？"事实上，这并非一个是非对错的问题，而是不同文化之间的差异所造成的冲突。

除了由"刮痧"引起的"虐童案"，影片中还有许多值得思考的东西和文化的差异之处。如在许大同与其上司兼朋友昆兰的相处上，在遭遇官司纠纷时，许大同开始的做法不是去寻找专业律师的帮助，而是请昆兰代表自己出庭。在他看来，昆兰是自己的朋友，也是最了解自己的人，自然能够帮助自己，却没想到不了解家庭法的昆兰并不能给予自己最需要的帮助。还有在因自己父亲给孩子刮痧引来法庭纠纷时，许大同并没有责怪父亲，而是向父亲隐瞒了事情的发生，自己承担了给孩子刮痧的责任。许大同的这些做法在中国人看来是合情合理的，但对于美国人来说却难以理解。

（三）离散的忧思与乡愁

身处文化冲突之中，海外华文作家的笔下也充满了离散的忧思与乡愁。这方面的文学作品很多，但被改编为电影最突出的当属1989年由谢晋执导的《最后的贵族》。《最后的贵族》是大陆最先出现的改编自海外华文文学作品的电影，小说原著是白先勇的《谪仙记》，讲述国民党外交官之女李彤在海外生活漂流孤寂的一生。李彤自幼生活优越，生得活泼漂亮，是人群中最耀眼的一朵花。她与几个好朋友一起到美国留学，在大学里也非常引人注目。毕业前夕，李彤接到消息，父母在由大陆赴台湾的轮船事故中双双遇难。李彤大受打击，告别了几个好朋友独自生活。此后她一直飘荡不定，常年不见消息。后来好友们纷纷结婚生子，她仍不肯安定下来。最后她去到威尼斯，在当初出生的地方结束了自己的一生。李彤一生飘荡，她不肯在美国结婚正是因为她心里怀着对于祖国和父母的浓厚的乡愁。影片中将她最后选择在威尼斯结束自己的生命归结为她曾听母亲说过自己是在威尼斯出生的，母亲告诉她威尼斯的水与中国的水是相通的，她投身于威尼斯的水中，便是踏上了回归中国的道路。其忧思之深，乡愁之浓，可见一斑。

离散的忧思与乡愁不仅笼罩在李彤这样的贵族后代之中，也深深烙印在每一个普通移民的身上。《北京人在纽约》里，郭燕在异乡的生活里无时无刻不在思念自己留在国内的女儿；《少女小渔》里，与小渔同在制衣厂做工的女工在跟唱喇叭里播放的歌曲《决定》时禁不住哽咽，江伟的朋友老柴在出国多年后终于将妻子接到美国一家团聚时也禁不住流下了辛酸的泪。这些都表明，无论在海外扎根多久，海外华人胸膛里总有一颗思乡的心。

二 中国本土故事的转换：怀旧、历史、苦难、传奇

在中国影视界对海外华文文学作品进行改编时，选取得最多的并非表现华人海外生活题材的作品，而是反映中国本土故事的作品。也就是说，海外华文作家在跨文化的视域里写作了发生在中国本土上的故事，而中国影视界又将这些故事以影视的方式带回了中国本土。那么，这些来自海外华文作家的中国本土故事为中国影视带来了什么呢？

（一）台湾下层民众的生活

台湾的出国潮先于大陆，对海外华文文学的影视改编也先于大陆。而最受台湾影视界青睐，其作品被改编最多的作家是白先勇。从1984年开始，他的小说在台湾屡屡被改编成电影电视。电影有：《金大班的最后一夜》（1984年，白景瑞执导）、《玉卿嫂》（1984年，张毅执导）、《孤恋花》（1985年，林清介执导；2005年，曹瑞原执导）、《孽子》（1987年，虞戡平执导）。被改编成电视剧的有：《孽子》（2003年，曹瑞原执导，20集）、《孤恋花》（2005年，曹瑞原执导，16集）、《一把青》（2015年，曹瑞原执导，31集）。

对白先勇小说的影视改编从20世纪80年代一直延续至今，最为集中的是80年代中期。这些影片中，除了《玉卿嫂》以作家童年生活的桂林为背景，其余均表现了五六十年代台湾民众的生活。他们中有小店主，有舞女，还有同性恋少年。有的从大陆漂泊到台湾，有的在台湾土生土长，但不管来自哪里，他们都是社会的边缘人，生活艰辛没有希望，在承受生活压力的同时往往还要承受旁人的冷眼。

《金大班的最后一夜》讲述台北夜巴黎舞厅舞女领班金兆丽的经历。年轻时，她是上海百乐门的红舞女，到台湾后做了舞女领班，近40岁时嫁给了60多岁的商人陈发荣，所谓最后一夜便是指她嫁人前在夜巴黎舞厅所度过的最后一夜，也是她作为舞厅大班生涯的最后一夜。在这一夜的时间里她回顾了自己一生的经历：年轻时在上海，她曾经与一个大学生月如相爱，两人一起同居，也一起憧憬过一生相守的生活。可是盛家不能接受她的舞女身份，将月如绑了回去，两人就再也没有见过面。她所怀的月如的孩子也被姆妈用药打了下来。此后，她也就再没跟人谈过感情。来到台北后，她结识了常年在海上漂的大副秦雄。秦雄比她年龄小，对她实心实意，总是不断从世界各地给她寄来礼物，还一心想着过几年存够了钱回来娶她。但金大班年近40，已不能再等待了。为了后半生生活有靠，她不再考虑爱情，而只能像她年轻时的姐妹一样想办法找个有钱人嫁了。

　　当然，金大班的最后一夜并非仅仅只是对于自己一生的缅怀与感叹，在这最后一夜里她仍然如平时一般处理着舞厅里的种种事情：年轻的舞女朱凤跟香港来的大学生相恋怀了孕，而对方回香港离开了她；红舞女萧红美与人争风吃醋，不肯陪自己的熟客；还有客人的太太找上门来大吵大闹。这一夜是一个横切面，表现了舞女们的生活状态：年轻时的感情最真挚，但也往往没有结果，年纪大了能够找个有钱人嫁出去，便已是最好的结局。

　　相比金兆丽还算圆满的结局，《孤恋花》里舞女娟娟的命运则要悲惨得多。她的母亲是疯子，被关在猪圈里，小时候她到猪栏里给母亲送饭，结果被母亲咬伤。15岁时继父奸污了她（小说里是生父），怀孕之后还被继父污蔑她偷人。她到台北做舞女不懂拒绝客人，常常被狭客灌酒灌得人事不省，后来更被黑窝主柯老雄缠上。柯老雄用毒品控制娟娟。娟娟经常被他虐打得浑身是伤。最终在一次酒后，面对柯老雄的虐待，娟娟精神崩溃发了疯。她用熨斗砸死了柯老雄，自己也被送进了疯人院。

　　《孽子》则表现了此前台湾电影里未曾表现过的同性恋少年。一方面，他们聚集在公园的角落里寻找属于自己的情感依托，另一方面，他们又被社会和家庭所遗弃，漂流无所归依。片中的几个少年，阿青从小被父母冷落，母亲不堪忍受父亲毒打离开了家，幼小的弟娃生病早亡，他被父亲赶出了家门。小玉的父亲是日本人，离开台湾后就没有了消息，小玉最大的愿望就是去日本找父亲。还有收留和照顾一班年轻人的中年人"杨妈",他心地善良,为这班少年提供了容身之地。这部影片是首部同性恋题材的台湾电影,但并无猎奇的倾向,而是真实地反映了这群处于社会边缘少年人的处境与生活状况。

(二)"文化大革命"背景里的青春与伤痕

稍后于台湾,大陆的在1978年改革开放后才于20世纪80年代开始了出国热。此一时期由大陆移民出国的华人作家曾经历过国内的"文化大革命"时期,他们所写中国本土题材的作品很多是以"文化大革命"为背景。根据这些作品改编的影片主要反映了两方面的内容:一是"文化大革命"对普通人造成的伤害;二是"文化大革命"背景里的青春爱情。

张艺谋执导的《归来》表现的是"文化大革命"所留下的后遗症,改编时对小说原著做了大量的删减。严歌苓的小说《陆犯焉识》讲述的是陆焉识的一生,影片选取了小说的结尾部分进行改编,讲述"文化大革命"中被劳改的陆焉识逃跑回来想与妻子冯婉瑜相见却始终未能如愿。"文化大革命"结束后陆焉识终于平反归来,一直等待着他归来的妻子却再也认不出他。

讲述青春故事的电影以上山下乡的知识青年为中心人物,且大多讲述了知青们在上山下乡期间的爱情经历。这与小说作家自身的经历有关。他们在国内度过了自己的青春时代,尤其是最为难忘的初恋时光,当他们开始在国外写作的时候,这些记忆便自然化为文字涌现出来。如吕乐导演的《美人草》讲述在云南生产建设兵团的几个知青之间相互纠结的爱情故事,而其原作小说《初恋》的作者和编剧之一石小克就曾经有过在云南生产建设兵团当知青的经历。《山楂树之恋》讲述一对年轻人凄美动人的纯爱故事,其小说作者艾米也一再声称小说的主人公静秋就是她的朋友,是静秋自己写了这些故事之后交给她写成小说的。

(三)历史的苦难与反思

历史也是国内影视界改编海外华文作品的一大题材,而这个历史往往是中华民族的苦难史。这方面的作品有反映南京大屠杀的电影《金陵十三钗》和电视剧《四十九日·祭》,还有反映1976年唐山大地震的电影和电视剧《唐山大地震》。

电影《金陵十三钗》与电视剧《四十九日·祭》都改编自严歌苓的小说《金陵十三钗》。小说反映了1937年日本在南京所制造的"南京大屠杀"事件。十三钗是南京秦淮河畔的 13 个妓女,她们在日军进入南京后躲避到了一个小教堂里,与她们一同躲避在此的还有教堂里的 13 个女学生,双方之间不无冲突。但日军发现了女学生们的踪迹,他们强行要求负责教堂的英格曼神父将女学生交给他们。为保护女学生们不受侵害,"十三钗"决定牺牲自己,她们代替女学生们去到了日本军营,从此下落不明。电影和电视都选取了这个故事为蓝本,并以不同的方式对其进行了改编。

电影及电视剧版的《唐山大地震》改编自加拿大华人作家张翎的小说《余震》。小说讲述了一个普通家庭在 1976 年唐山大地震的遭遇及其给人物在此后三十年的生命中所留下的深刻创伤,主要人物是母女俩。母亲李元妮在震后面对瓦砾下一双儿女只能救一个的困境选择了儿子,从此后内心留下了对女儿永久的愧疚;而女儿内心更是留下了永远的伤痛,再也无法相信亲情与爱情。电影版和电视剧版对这个故事的改编也各有特色,电影版里主演母女俩的是徐帆和张静初,电视剧版主演母女俩的是陈小艺和佟丽娅。

(四) 民国传奇

民国传奇是两岸影视界都比较青睐的改编题材。主要包含两种类型:一是民国背景下的家庭伦理故事,以《玉卿嫂》和《梦回青河》为代表;二是时代变化下的人物命运,以《一把青》和《狐步谍影》为代表。

《玉卿嫂》改编自白先勇的同名小说,以儿童容哥的视角讲述了玉卿嫂的故事。玉卿嫂是个年轻漂亮的寡妇,受到不少人的关注与追求,但她都不为所动。她与少年庆生之间有着亦姐弟亦情侣的关系。庆生体弱多病,玉卿嫂靠给人做保姆赚钱来养他给他治病。她全心全意对待庆生,却被庆生所辜负,庆生后来爱上了唱戏的金燕子。失去爱的希望的玉卿嫂在绝望中杀了庆生,然后自杀。

《梦回青河》改编自旅美华人作家於梨华的同名小说。讲述了 20 世纪 30 年代浙东水乡一个大家庭里姑表兄妹间的爱恨情仇。女学生定玉爱上了自己的表哥国一,而表哥喜欢的是美云。出于嫉妒,定玉竟与恶人联手设计伤害美云,导致了美云的死。定玉悔恨不已,却已无力回天。

《一把青》改编自白先勇的同名小说,主要讲述国民党空军及其家属在历史变迁中的命运。小说主要讲述朱青的故事,电视则将镜头对准了一群空军眷属,较全面地表现了这一群人从抗战到战后直到国民党退守台湾之后的命运。

《狐步谍影》是以抗日为背景的谍战剧，改编自虹影的小说《上海之死》。讲述1941年孤岛中的上海，中、日等各方势力、各国间谍于灯红酒绿的掩盖下在暗中互相较量。主人公女演员于堇是隐藏的情报员、在同为情报员的恋人谭呐的帮助下与日军间谍斗智斗勇，于珍珠港事件前夕成功将日军情报传递出去，为抗战做出了自己的贡献。

（五）古代爱情传奇

桐华是著名网络作家，也是年轻一代海外华文文学作家的代表。2005年，桐华创作的历史穿越小说《步步惊心》连载于晋江文学网，使其成为最受欢迎的网络小说作者。2011年，根据《步步惊心》改编的同名电视连续剧在湖南卫视播映，又掀起收视热潮。《步步惊心》讲述的是一个时空穿越的爱情故事。现代都市白领张晓一次车祸后发现自己穿越到了清代，成为康熙末年一个满族贵族少女若曦，她以现代人的意识生活于古代宫廷，与四皇子、十四皇子等相识相恋，陷入复杂的情感纠葛，同时也见证了康熙末年"九子夺嫡"的历史时刻。这一作品将现代都市人物与古代宫廷生活联系起来，让现代人与古代人穿越时空恋爱，虽然有穿越、宫斗等种种元素，但更多的还是一部古代爱情传奇，此种题材在之前根据海外华人作家作品改编的影视作品中并未出现，《步步惊心》算是为此开了个头。

《步步惊心》成功后，桐华的古代爱情传奇在影视界成为抢手之作。2014年，根据其小说《大漠谣》改编的电视连续剧《风中奇缘》在湖南卫视播出，该剧以汉朝为背景，讲述大漠狼女徐瑾瑜因遭遇政变来到建安，改名莘月后，与南朝将军卫无忌和儒商莫循之间的传奇爱情。2015年，根据桐华小说《云中歌》改编的电视连续剧《大汉情缘之云中歌》在湖南卫视播出，该剧以西汉时期为背景，讲述了来自大漠的女孩云歌与汉昭帝刘弗陵和公子孟珏之间发生的传奇爱情故事。

三 海外华文作家的跨媒介写作：从"被转化"到"主动"转化

海外华文文学作品的影视改编不仅对文学作品的普及和经典化产生了影响，也对作家的创作产生了影响。最直接的表现就是，不少作家变成了编剧，进入跨媒介写作的行列之中。如此一来，许多作家的作品也就由被动地"被"转化为影视作品变成了由作家自身"主动"转化为影视作品。

海外华文作家成为编剧大都有一个共同的途径，就是他们往往都是由对自己作品的改编开始而成为编剧。在经由对自己作品的改编之后，有的作家直接进入了编剧写作；有的则仍然以小说创作为主，只在对自己作品的改编中参与编剧。前者以石小克为代表，后者以严歌苓为代表。

石小克是旅居美国的华文作家。1957年出生，祖籍安徽，从小生活在四川，当过知青，也做过工人。1982年毕业于天津民航学院，1986年赴美留学，1990年获美国加州大学MBA，后定居洛杉矶。1996年开始剧本写作，被中国中央电视台聘为专职剧作家。

石小克编剧的电影电视作品如下：

2002年，任21集电视连续剧《基因之战》编剧。

2007年，任32集电视连续剧《仁者无敌》编剧。

2008年，任22集电视连续剧《食人鱼事件》编剧。

2008年，任32集电视连续剧《勇者无敌》编剧。

2011年，任32集电视连续剧《智者无敌》编剧。

2011年，任36集电视连续剧《正者无敌》编剧。

2011年，任32集电视连续剧《香草美人》编剧。

2011年，任30集电视连续剧《强者风范》编剧。

2013年，任32集电视连续剧《义者无敌》编剧。

2014年，任58集电视连续剧《来势凶猛》（又名《一起打鬼子》）编剧。

2016年，任36集电视连续剧《信者无敌》编剧。至此，由其编剧的六部"无敌"系列抗战连续剧完成，也是其电视剧编剧代表作品。

从这份名单可以看出，在经过几次进行了将自己的小说改编为电视剧的工作之后，石小克已经完成了从作家到编剧的转化，成为颇为高产的电视剧编剧。迄今为止，由他编剧的电视剧已有数百集，编剧作品有较为固定的出品方及创作团队。从创作内容上来说，他编剧的作品题材也从早期表现海外华人生活的《基因之战》转到了国内的抗战剧和谍战剧。这种转向与国内电视剧市场对抗战剧的需求有关，他的这些作品在观众中也颇受欢迎。但由于创作周期短，数量大，他所编剧的抗战剧往往也有模式化的倾向，其中也有些引人争议的"雷剧"。如《一起打鬼子》中，由于出现了"裤裆藏雷"的雷人情节，曾经受到广泛的批评，成为观众批评抗战雷剧的标志性情节之一。对此，石小克并不信服，他强调自己所写的是"裤兜"而不是"裤裆"，问题并不出在他的编剧上。但不管怎样，在作家与编剧这两条路上，石小克已经跨越界限，成了一名成功的编剧。

美籍华人作家薛海翔也是由作家转变为编剧的。他1951年出生于上海，1981年发表成名作《一个女大学生的日记》，获首届"《钟山》文学奖"。1987年赴美留学，1990年在美国创办《美中时报》，创作有小说《早安，美利坚》。后来转为编剧。

薛海翔编剧电视作品如下：

1998年，任23集电视连续剧《情感签证》编剧。

1999年，任20集电视连续剧《生死同行》编剧。

2005年，任20集都市情感剧《就赌这一次》编剧。

2005年，任22集电视连续剧《恋恋不舍》编剧。

2007年，任23集电视连续剧《在悉尼等我》编剧。

2010年，任23集电视连续剧《情陷巴塞罗那》编剧。

2010年，任31集都市情感剧《红玫瑰与黑玫瑰》编剧。

2016年，任44集谍战剧《潜伏在黎明之前》编剧。

薛海翔的编剧作品同样包括海外与国内两类题材。早期以海外华人的生活为主，涉及美国、日本、澳洲、西班牙等多个国家。虽然他并非在所有这些国家长住过，但长期的海外生活让他对海外华人的心理有较为深入的了解，他在创作中也尽可能对各国状况进行了解和体验。他后期编剧作品以国内题材为主，都是受市场欢迎的情感剧、谍战剧类型。此后薛海翔再度转入小说创作，并于2019年发表了反映其家族历史的长篇小说《长河逐日》。

与石小克、薛海翔由小说家转变成以编剧为主不同，严歌苓也是一位作品经常被改编为影视作品且自身参与编剧作品也较多的作家，兼有作家与编剧双重身份，但在两者之间，她更看重自己的作家身份。

严歌苓署名编剧并改编自其小说的影视作品如下：

1995年，参与李安监制、张艾嘉执导的电影《少女小渔》编剧，根据同名小说改编。

1998年，参与陈冲执导的影片《天浴》编剧，根据同名小说改编。

2011年，参与张艺谋执导影片《金陵十三钗》编剧，根据同名小说改编。

2011 年，参与 36 集电视连续剧《幸福来敲门》编剧，根据小说《继母》改编。

2014 年，任 48 集电视连续剧《四十九日·祭》编剧，根据小说《金陵十三钗》改编。

同时，在根据严歌苓小说改编的影视作品中，她本人没有署名编剧的作品如下：

1996 年，朱延平导演影片《白太阳》，根据严歌苓小说《无非男女》改编。

2008 年，陈洁导演影片《谁家有女》，根据严歌苓小说《谁家有女初长成》改编。

2009 年，安建执导电视连续剧《小姨多鹤》，改编自严歌苓同名小说。

2009 年，夏钢、孟朱执导电视连续剧《一个女人的史诗》，根据严歌苓同名小说改编。

2012 年，黄建勋执导 33 集电视连续剧《第九个寡妇》，根据严歌苓同名长篇小说改编。

2014 年，张艺谋执导影片《归来》，根据严歌苓小说《陆犯焉识》改编。

以上可见，严歌苓是一位能在小说家与编剧之间自如转换的作家，她的作品改编时有本人任编剧的，也有非本人任编剧的。一般来说，改编为电影的，由其本人参与编剧的居多，而改编为电视剧的，其不参与编剧的居多，这当中一个比较特殊的例子是《金陵十三钗》，严歌苓同时担任了电影版和电视版的编剧。

事实上，严歌苓的编剧之路并非由其小说被改编开始，早在 20 世纪 80 年代，她就已经创作了几部电影剧本。1980 年，严歌苓发表了电影文学剧本《心弦》，次年被上海电影制片厂拍摄成影片，导演是凌之浩、徐纪宏。1988 年，严歌苓参与创作的电影文学剧本《避难》由峨眉电影制片厂搬上银幕，导演是韩三平、周力。90 年代以后，她的作品又被频频改编为电影和电视，是当今海外华文作家中颇受影视界青睐的一位，她自身也是美国编剧协会的成员。

在对作品进行改编之时，严歌苓也希望能够保持自己小说创作的独立性。她说："我非常爱文学，也爱电影。我希望这两件事情别混在一起，否则常常要造成巨大的妥协,电影和电视带给你如此大的收益,你就会不自觉地去写作它们所需要的作品,这有时候对文学性是一种伤害。我将会写作一些'抗拍性'很强的作品,所谓'抗拍性',就是文学元素大于一切的作品,它保持着文学的纯洁性。"① 她清醒地认识到,即使是自己编剧的作品,真正拍出后有多少是自己的成分也很难说。因为剧本里那些她心爱的台词、场景都可能会被删掉,"我有无可奈何之感"②。或许正是这样的原因,大多对她作品的影视改编她只是参与,而有的改编她则没有介入。这样的态度使她至今没有被编剧这一称号淹没掉她的作家身份,而是一直在小说创作上保持着旺盛的生命力,新作源源不断。

第三节　跨文体的价值取向

尽管海峡两岸影视界和海外华人都从海外华文文学作品中进行取材和改编,甚至就同一个作品拍出不同的版本,但由于经济文化环境及影视发展状况的不同,各地影视界在改编内容的选取及改编的方法上仍然存在一些价值取向上的差异。③

一　乡愁的自我抒发与隔岸想象

毋庸置疑,乡愁是海外华文文学创作的重要母题,也是两岸海外华文文学改编拍摄影视作品的重要内容。值得注意的是,在言及乡愁的时候,两岸影视的视角是不同的。对于大陆而言,作为中华文化诞生的母体,这里是大陆之内和之外所有华人的根,这个"之外"不仅包含海外华人,也包括台港澳华人。因此,这里"乡愁"指的是所有大陆之外华人对于大陆的思念,大陆是作为被思念的对象而存在的。就台湾而言,一方面,这里是部分海外华人的根,是他们在海外思念的对象;另一方面,作为中国的一部分,这里在政治上与大陆长期分隔,大陆又成为他们思念的对象。因此,台湾在"乡愁"之中同时担任着思念的主体及对象的角色。

---

① 《严歌苓:电影对文学有伤害,不打算再干编剧》,腾讯网,http://ent.qq.com/a/20121015/000037.htm,2012年10月15日。
② 《严歌苓:电影对文学有伤害,不打算再干编剧》,腾讯网,http://ent.qq.com/a/20121015/000037.htm,2012年10月15日。
③ 本节第一、二、三部分讨论大陆与台湾改编的差异,第四部分以《天浴》为例探讨海外华语电影与大陆同类题材改编的差异。

仅就来自台湾的海外华文作家的创作现实而论，其作品中表现更多的还是作为思念主体的台湾人对于大陆的"乡愁"。此一现象的形成与台湾由政治形势所造成的社会文化氛围密切相关。1945—1949 年，国民党从大陆败退，带领约 60 万军队退守台湾。海峡两岸从此陷入长期分离的局面。此后直到 1987 年，也即两岸分离 40 余年之后，台湾当局才开始调整其对大陆不接触、不谈判、不妥协的"三不"政策，开放台湾居民赴大陆探亲。在这 40 年的时间里，海峡两岸中国人饱受着亲人分离的痛苦。尤其是那数十万随国民党移居台湾的军民，他们的父母兄弟、妻儿朋友都在大陆，却因两岸政治形势不得不骨肉分离。分离的现实造成了 20 世纪五六十年代台湾浓厚的乡愁氛围，乡愁也因此成为当代台湾文学最浓的情感。当此种情感被来自台湾的海外华文作家所关注时，其作品中自然也就充满了对于大陆的浓厚的乡愁。

处在"乡愁"的两端，两岸影视界在表现海外华人及台湾人"乡愁"时的心态和话语有所不同。于大陆而言，作为被思念的对象，所有大陆以外的华人都是她被离散的子女，她以母亲的姿态对他们怀有天然的悲悯。表现在作品里，大陆影视会不由自主地想象台港澳及海外华人离开母体的困境，以生活的困顿来展现离散者的痛苦与哀愁。最能表现大陆影视对于离散者的同情与悲悯的是根据白先勇小说改编的电影《最后的贵族》和《花桥荣记》。

前文说过，《最后的贵族》是一部充满了离散者乡愁情绪的影片，主人公李彤因为失去家乡与父母一生漂泊，最后在威尼斯结束了自己的一生。影片再现了李彤一生的命运，也反映了海外华人浓厚的乡愁情绪。但是，影片对于小说的改编是有偏差的，尤其李彤在前半部分光彩照人，而父母死后就被塑造成了一个落魄的形象，出现了许多不恰当的改编。最主要的有几点：第一，李彤在接到父母亡故的消息后就独自离开了与几位好朋友一起就读的大学，原因在于其经济状况无法负担学费。第二，李彤后来成为有妇之夫的情妇，圣诞节准备好与情人团聚对方却不能前来，她只能独守空房，眼睁睁看着别人合家团聚。第三，小说从与李彤自幼一起成长的好友黄惠芬的男友陈寅的视角来写李彤，但李彤与陈寅之间并没有过多的交集；影片同样从陈寅的视角来表现李彤，但李彤对陈寅似有种求之不得的惋惜，两人存在若有若无的情感。第四，李彤醉酒后被送进警察局，还是陈寅将她保了出来。

以上改编可以看出，影片对李彤命运的理解是世俗化的，尤其认为李彤在父母去世后就孤单落寂，只能辍学、做别人情妇等情节的安排对普通观众来说也许比较容易理解，却绝非是白先勇笔下所表现的李彤。在小说里，李彤是一个非常完美的人，小说题目《谪仙记》将她与李白相比，也说明了白先勇对这一人物的赞赏。她不仅漂亮，而且才华出众，虽然父母双亡的噩耗对她精神的打击很大，但她并没有因此而辍学。按照小说所写，她不仅完成了学业，而且工作后的收入在几个朋友当中是最高的，生活并不存在经济困难方面的问题。感情方面，她本身性格骄傲，身边又有许多追求者，为有妇之夫做情妇，然后落寂地看着情人一家过圣诞节的情况于她是不可接受，也是不可能发生的。小说里就有一个周大庆非常喜欢她，想要追求她，她却毫不理睬，先拒人于千里之外了。说到底，她不是活不下去，也不是嫁不出去，她是自己选择了一种漂泊的生活，最后走向自杀的道路。而这种选择恰恰是普通观众所难以理解的。如小说中她的朋友张嘉行所说"这是怎么说？她也犯不着去死呀！""她赚的钱比谁都多，好好的活得不耐烦了？""这么多人追她，她一个也不要，怪得谁？"①

"怪得谁？"这个问题表明了世俗社会与李彤精神世界的隔膜。白先勇将李彤塑造得如此完美，并非是以她来表现海外华人生活的困境，而是意在表现他们精神的困境。海外华人生活在异乡，本身已经饱受乡愁的折磨，如果故乡和异乡之间能够交流顺畅，这种乡愁还能冲淡。但对于20世纪40年代离开大陆的这些海外华人而言，由于两岸政治局势的变化，他们面对的是一个无法回去的故乡。他们是现实中的被放逐者。而在精神上，他们仍然归属与认同中国大陆。精神上的归属与现实中的被放逐相矛盾，使他们在精神上成为无家可归的孤儿，感受着被放逐的痛苦。在此种情形下，一般人会以日常生活的琐碎来掩盖这种痛苦，如李彤的朋友们那样。但对于李彤这样性格极度骄傲的人来说，她拒绝向现实妥协，也拒绝在异乡的土地上生根，但她却不知自己应该向何处去，也就只能以极度的刺激和表面热闹的生活来掩盖自己的痛苦。她的命运对于普通人来说固然会有"怪得谁？"式的不解，但她的痛却是那一代有家不能归的海外华人内心共同的痛。白先勇写李彤，其深刻处正在于写出了那一代海外华人乡愁里蕴藏的被放逐的痛苦。影片《最后的贵族》虽然对于李彤怀乡

---

① 白先勇：《谪仙记》，《白先勇文集》第1卷，花城出版社2000年版，第272页。

的痛苦做了充分表现，但以经济和感情上的失意来解读李彤却是一种误读，是对于人物精神世界的世俗化翻译。以此种世俗化的理解方式，影片将李彤表现成了一个令人同情的落魄贵族，而不是"怪得谁"的精神痛苦的谪仙。

《花桥荣记》同样在生活的困顿中展现了离散者的痛苦与哀愁。影片以一家桂林米粉店老板的视角展现了一群外省人在台北的遭遇，是一部今昔对比非常强烈的影片。首先是米粉店老板容容，早年在桂林，她家里所开的花桥荣记米粉店远近闻名，非常兴旺。年轻英俊的李团长常常到米粉店来找她，她最终成了团长夫人。到了台北，她仍然开着一家米粉店，但李团长早已不在，她的米粉店也只能勉强维持。在米粉店里吃包饭的几个人，李半城在桂林时喜欢买地，买下了几乎半个桂林城，人称"李半城"，到台北后穷困潦倒，只能看着自己收藏的一堆地契叹气，在儿子停止给他寄钱几个月后，他在70岁生日之夜上吊自杀。秦颠子在桂林时曾任过镇长，家里有三个太太姨太太，到台北后因为调戏女学生被开除，后来发疯，跌落在水塘里淹死了。卢先生是学校教师，人非常斯文勤俭，容老板本想将自己的侄女介绍给他，却被他坚决拒绝，这才知道他的未婚妻罗小姐在桂林，他一直在等着她。后来有人对卢先生说能帮他把罗小姐接到台北，骗走了他辛苦多年存下的钱。卢先生失去了希望，他与当地女人阿春同居，又被阿春欺负，最后在绝望之中默默死去。影片中的每个人在桂林都曾经有过一段辉煌的过去，在台湾的生活却大不如前。老板最后将卢先生和罗小姐年轻时在桂林拍的照片拿回米粉店，也是借此缅怀过去的时光。

相比较而言，作为思念的主体，台湾人有着浓厚的乡愁的情绪，但思乡却并非是台湾人"乡愁"的唯一内涵。两岸的长期分离对退守台湾的军民人生命运的影响是决定性的，他们的人生轨迹被齐生生地分成了大陆与台湾两部分。就大部分军民而言，大陆是他们的青年时代，也是他们人生满怀理想的最美好的时期，台湾则是他们的中老年时代，人生归于平淡，充满了现实的无奈。他们浓浓的乡愁里所包含的不仅是对于故土亲人的思念，更有对自己青春美好时光的缅怀。海外华文作家中将他们的这份乡愁及今夕之感表现得最为充分的是白先勇的小说，被影视界改编得最多的也是白先勇的小说。

白先勇是由台湾到美国的海外华人作家，也是对来自大陆的台湾人今昔之感体验最为深刻的作家。身为国民党将领白崇禧之子，他见过父辈一代年轻时叱咤风云的辉煌，也见过他们移居台湾后壮士暮年的落寂。他对他们的今夕变化及沧桑之感都有充分的体验。他的小说集《台北人》所描绘就是一群出生在大陆，随国民党移居台湾的人。他们中有国民党将领及其家属，有流落异乡的小人物，也有游戏人生的舞女。"他们都有一段难忘的'过去'，而这'过去'之重负，直接影响到他们目前的现实生活。"[①]《台北人》里也因此充满了世事兴亡的沧桑感和时代变迁的历史感。这种历史的沧桑感正是白先勇小说创作的重要主题。大陆和台湾根据白先勇小说改编的电影大都选自《台北人》，它们都没有局限于个人的故事，而是将个人的命运放在时代的变化之中，也都具有浓厚的历史沧桑感。在《金大班的最后一夜》《孤恋花》《一把青》等作品中，人物都是一边生活于现在，一边回忆着过去，在过去与现在交织中表现出了浓厚的历史沧桑感。

二 奋斗与成长的话语下的中西方文化关系

海外华人的生活是海峡两岸影视界共同的表现内容，华人在异乡生活里的成长过程也是两岸影视的主要内容。但由于两岸经济发展、文化氛围及影视发展的差异，在大陆的影视中更注重表现人物的奋斗及成功的历程，也即是人物"美国梦"的实现，而在台湾的影视作品中则着重在人物精神上的独立与成长。这方面最具代表性的是由台湾导演张艾嘉执导的《少女小渔》。

《少女小渔》小说曾获台湾《中央日报》第三届文学奖短篇小说一等奖，讲述在澳洲留学的女孩小渔为了获得居留身份而与一个当地老人假结婚的故事。影片由著名华人导演李安参与制作，张艾嘉导演，原作者严歌苓与张艾嘉编剧，刘若英主演。影片在保留小说故事主线的基础上对原作做了很多改动，如将故事的发生地由澳洲的悉尼移到了美国纽约，又将与小渔假结婚的老人的身份由一个会拉提琴的老人改成了反战的作家，而最大的改动是对小渔形象的塑造。

《少女小渔》小说里的小渔是一个青春美好的女子，她善良坚韧，包容一切，是严歌苓后来塑造的扶桑、王葡萄、多鹤等多灾多难却善良坚

[①] 欧阳子：《白先勇的小说世界——〈台北人〉之主题探讨》，《白先勇文集》第 2 卷，花城出版社 2000 年版，第 193 页。

韧、包容一切的"地母"类型的女性形象的雏形。在小说里，无论对于男友江伟，还是与她假结婚的老人，小渔的善良达到了逆来顺受的程度。如在与男友江伟的关系中，虽然最初是江伟劝她和老人假结婚以换取身份，她和老人之间也并没有越轨之处，但江伟仍然为老人与她的关系又吵又闹，而小渔只是默默忍受，绝不回嘴；在与老人的关系中，虽然老人近似无赖地涨过她三次房钱，修理房屋的种种费用也都要叫她付一半，但她也默默接受，宁肯自己走路上下班来省钱付账。她瞒着所有人吃苦，只为了求得一点清静。小渔的善良美好在小说中感动了老人，老人在她青春与美好的生命感召下开始振作起来。他开始以卖艺自谋生路，在最后无法动弹之时却不肯向小渔求救一幕，已经是在有意维护自己的尊严了。

不过，小说里的小渔虽然善良，却缺乏了一点主见。从出国留学到与老人假结婚，她对自己的生活毫无想法，一切由江伟来安排。即使到最后，当她看到老人病重之时，她也仍然听从了江伟的安排而离开。小渔这一形象在影片里有了很大的改变，影片里的小渔仍然善良，但她并不再是一味善良到逆来顺受的女子，而是在假结婚的过程中不断成长为一个独立自主的女性。电影里小渔是在与老人马里奥的相处中自我意识逐渐觉醒，并不断成长的。电影里的小渔开始时如小说里一样是一切以江伟的意志为意志，对于老人也是不断地说着"Sorry"，但老人却告诉她"It's your life"，要她不要总是说"Sorry"，要她尊重自己的想法。在小渔表示不想去拿证书的时候，老人明确告诉她："如果你不想，我们就不去。"老人的态度令小渔开始意识到了自己的存在，意识到了自己不必总是"为了江伟"而生活。最后当老人病重，而江伟又在门外催促她离去时，小渔终于做出了自己的选择。影片里有一首歌《决定》，歌词这样写："希望你别再把我紧握在你的手里啊，我多么渴望自由自在地呼吸。你知道这里的天空是如此美丽，就让我自己做些决定。"这首歌可以看成影片的主旨，成长了的小渔不再是个逆来顺受的女子，她有独立的自我意识，也有自己的决定。

与小说相比，电影所呈现的中西方关系也有了变化。中西方的差异固然还是应有的题中之义，但双方的相互影响却更为突出。在小说里，小渔对老人是一种单向的影响和感染，用自己的青春美好和善良将老人引导向人性好的一面，让他一步步告别物质潦倒、精神无赖的生活，回复到自尊自立的状态。而在影片中，不仅小渔影响到了老人，老人更加在精神上影响和引导了小渔。两人互相影响和感染，成为双向的引导与被引导的关系。影片里将老人的身份改为一个反战作家，也正是为了让他对小渔的思想引导提供基础。

《少女小渔》对于小渔形象的改造在多大程度上出于原作者严歌苓之意（严歌苓也是本剧编剧之一）尚不清楚，但同时担任本片编剧的影片导演张艾嘉对此贡献不小应该是可以肯定的。作为女性演员和导演，女性的独立与成长一直是张艾嘉所关注的话题。在其主演的比《少女小渔》稍早的《海滩的一天》（杨德昌执导，1991年）、《我要活下去》（李惠民执导，1995年）等影片中，张艾嘉就出色地演出了遇到婚姻问题后坚强成长的独立女性角色，她同时也兼任了《我要活下去》的编剧。而在《少女小渔》之后，其所主演或执导或自导自演的《心动》（1999）、《20，30，40》（2004）等片中，她也都一直关注着女性的成长话题。《少女小渔》也是她所塑造的一系列独立女性之一。

与《少女小渔》这样着重于个人精神成长的台湾电影相比，大陆影视对于华人海外生活的表现兼顾了物质与精神两方面，尤其20世纪90年代早期的第一批表现大陆华人海外生活的作品里更注重华人在物质层面上的成长。话语的核心是奋斗。这与大陆海外移民的发展及国家状况有关。80年代，大陆的出国热兴起之时，国家正处在改革开放之初，从贫困中走出的中国人在建设四个现代化宏伟目标的鼓舞下充满了干劲，整个国家充满了积极向上的氛围。与之相应，来自大陆的留学生和移民虽然大多并不富裕，但都对自己的未来充满了信心。他们任劳任怨、刻苦耐劳，希望通过努力在异国立足生根，建立自己的一片天地。与此前来自台湾的留学生和移民相比，他们少了不少乡愁的缠绕，却多了对于物质的追求。这一时期有两部反映海外华人在异国努力拼搏取得成功的文学作品在国内产生了巨大影响，一是曹桂林的《北京人在纽约》，另一个是周励的《曼哈顿的中国女人》。《北京人在纽约》被拍成电视剧后更是家喻户晓，成为表现华人移民海外生活的经典之作。王起明白手起家的个人奋斗史代表了一个时代移民海外的中国人的追寻，而他们在王起明的成功中也看到了自身"美国梦"实现的可能性。

在最初的生存问题解决之后，华人移民的海外生活有了更多精神层面的追求。与之相应，此时大陆改编海外华文文学影视作品里的"美国"也已褪去了美丽的面纱，"冲突"成为"奋斗"之外的另一要话语。这种冲突在《北京人在纽约》里已有许多体现,如前述郭燕的姑妈在机场接到王起明与郭燕后并没有带他们回自己家,而是直接将他们送到了地下室。但《北京人在纽约》对于此类差别的展现还是更多带有一种接受的态度,即对造成此类差异的西方文化观念倾向认同,并逐渐接受了这些观念。这也是改革开放之初的中国人对于西方文化的态度:在发现差异的同时带着仰望学习的态度。如《北京人在纽约》最后的情节就是王起明在美国接到了自己从国内来的朋友,并将其送到了自己当年住过的地下室。而到 2001 年《刮痧》里,大陆电影对于中西方文化的冲突表现已有了不同的态度。在许大同在美国生活与扎根的前半生中,他对于西方文化所取的是接受与顺从态度,事业的成功更使他坚定了自己的"美国梦"。但"刮痧"所带来的遭遇让他意识到了中西文化的冲突的解决并非是靠一方对于另一方的简单接受,而必须是双方互相了解与沟通才能够实现。《刮痧》里许大同的上司兼朋友昆兰担当了这个任务,他在与许父做了一场鸡同鸭讲(语言不通)的沟通之后终于到唐人街去了解了刮痧这一对西方人来说相当陌生的东西,也终于解除了对许大同虐待孩子的误会。影片不仅展现了中西方间的文化冲突,更提出了华人文化在西方语境里的"失语"问题。传统中国文化只能保留在华人圈内,很少能够进入西方主流社会,更难以被西方人所理解。正如许父所感慨的那样:"我在中国还算是半个知识分子,可到这儿我成了聋子、成了哑巴。"造成这一现状的有华人自身想"融入"社会主流而不愿坚守民族传统的心态(如许大同及其妻子),也有西方人出于自身的文化优越感而对少数族裔文化的漠视与曲解。如《刮痧》里的美国律师明明知道孙悟空这一中国英雄形象的由来,却为了赢取官司而有意曲解孙悟空的形象内涵,并以此质疑许大同乃至中国人在对孙悟空的喜爱里所包含的性格倾向。

《刮痧》的描述表现出中国人与西方交流的成长与成熟,从崇拜与顺从到重新正视自己的传统文化,有了自身发声的要求,也有了与西方平等交流的愿望。这里面包含的不仅是海外华人对自身权益的觉醒,也包含了大陆在经济发展过程中与西方关系的逐渐变化。

如果说《刮痧》中中西方的冲突更多还是由于文化的差异,双方的态度都还是积极正面与善意的,那电视剧《基因之战》就更多地揭示了一些西方人人性恶的一面。

《基因之战》改编自石小克的小说。故事由美国一个小镇上突发的不明原因的病毒感染说起，讲述了来自大陆的颇具才华的于向东博士被其博士导师斯坦贝克教授压制迫害，最后酿成悲剧的故事。斯坦贝克教授深知于向东研究的价值所在，为了侵吞于向东的研究成果，他长期让于向东在自己的实验室里工作，不准他博士毕业，自己却通过发表于向东的研究成果在学术界博取名利。在因自己实验室的事故造成小镇居民感染后，他不仅对危在旦夕的居民见死不救，还利用疫情来要挟救人心切的于向东，用其恩师凌承元研究的毕生心血来交换疫苗，而在得到凌承元的研究手稿后又食言不肯拿出疫苗。他的自私最终将于向东逼上梁山。于向东被逼开枪杀了他，自己的生命和前途也被毁于一旦。

《基因之战》对于不少中国人的"美国梦"是一个警醒，也显示出随着中西方交往的深入，原本以崇敬心态接触西方、对西方怀有美好想象的中国人开始对西方有了更为深入和实际的了解，态度逐渐倾向理性。原作者石小克曾经谈起过自己的创作缘由，是有一次在机场遇见一对抱着一个骨灰盒的哀愁的母女，了解之下才知道她们竟是惊动美国的中国留学生枪击教授事件中的留学生亲属，怀抱着的正是这个留学生的骨灰。虽然舆论对这个留学生有许多的丑化，但这对母女却一直坚信这个留学生——也是她们的儿子和哥哥——是一个非常勤奋和善良的人。这次路遇给了石小克很深的印象，他专门向与这个留学生同一学校的朋友询问，才知道这个学生的确很优秀，但其导师却对他处处刁难，使他拿不到学位无法按时毕业，这才造成了惨剧。此后，石小克又多次接触到了中国留学生在美国遭受不公平待遇的例子。作为一个在美国多年的华人，他感到有必要将自己所了解的美国社会里真实和深层的东西告诉人们，于是便创作了《基因之战》向人们揭示这些问题。

整体来看，除了《少女小渔》，台湾电影中表现海外华人生活状态且又改编自海外华文文学的影视作品并不多，大陆的电影不仅作品较多，对海外华人生活状态及中西方关系的表现也更为完整与深入。

三 本土化程度的差异及边缘人题材的处理

从内容上看，海外华文文学作品不仅讲述海外故事，也讲述中国境内故事，而这个"境内"的具体所指往往作就是作家出境前的居住地，如来自台湾的白先勇，其作品多为台湾人的故事，来自大陆的严歌苓，其作品也多为大陆的故事。但两岸影视界在改编海外华文文学作品时所选择的范围并不受作家来源地的限制。因此,大陆影视界改编来自台湾的海外华人作家作品和台湾影视界改编来自大陆的海外华人作家作品的情况就经常出现。这也就出现了一个问题,即两岸影视在改编表现对岸生活的海外华文文学作品时是否要改变故事的发生地将其本土化为本地生活?从现有改编状况来看,大部分影视作品并不会特意去改变原作中的故事发生地,但也有少数作品会将对岸的故事进行本土化处理;从制片方所在地来看,进行本土化处理的主要是台湾电影,大陆影视中尚未见特意将对岸故事进行本土化处理的例子。

　　林清介执导的《孤恋花》改编是个比较突出的例子,原小说中的叙述者云芳是外省人,年轻时在大陆做舞女,到台湾后慢慢做到了舞厅经理。小说从她的角度讲述了大陆与台湾两代舞女五宝与娟娟的命运。五宝是云芳在大陆要好的姐妹,当年因为受嫖客人虐待而自杀。而在台湾,她手下的舞女娟娟不仅神情与五宝非常相似,命运也重复着五宝的覆辙。但在影片中,云芳不再是从大陆到台湾的外省人。影片前半部分讲述台湾日据时代末期云芳及其姐妹年轻时的生活,这个姐妹也不是五宝,而是玉凤。玉凤是琴师林三郎年轻时的爱人,在小说里只提到过一次。但影片将玉凤作为前半部分的主要人物,不仅浓墨重彩地表现了她与林三郎之间的爱情,还将原著中与娟娟相似这一特点也加到了玉凤身上,使之代替小说里的五宝成为娟娟命运的预兆,而五宝这一人物则被删掉了。这种改编使影片去除了大陆部分成为了一部完全本土题材的影片。

　　另一部将大陆故事本土化的台湾电影是1996年朱延平导演的《白太阳》,影片改编自严歌苓的小说《无非男女》。小说写的是一个发生在大陆的故事,主人公老五富于艺术天赋,但从小身体不好,早早就知道自己命不长久,因劳累过度更加损害了身体。即便如此,他并没有放弃生活,而是为自己短暂的生命做了一个小小的规划:在30岁以前要出书、开画展、旅行、种树、恋爱等。事实上,他非常好强,虽然与父母兄妹等一家人住在一起,他也倔强地不肯依赖于家里生活,而是靠给人刻章、做证件等获得收入。但他的家人并不理解他,对他只是一味的同情与轻视,倒是还没过门的嫂子雨川对他有着细致入微的理解与照顾。两人间萌生出一段感情,但老五最终还是因为自己的身体原因选择了放弃。原著有许多大陆特有的元素,如插队落户、下放农场等,内容上也主要是通过雨川的视角对老五进行刻画;电影将故事的背景放到了台湾小镇,抹去了具有时代标志的元素,并将着眼点放在雨川与老五间的感情上,使之成了一个令人伤感的凄美的爱情故事。尤其在结局的处理上,影片与小说完全不同。小说里雨川在老五死后仍然如约与老五的哥哥结了婚,只偶尔会想起老五,两人间的关系并没有发展到爱情的地步;影片则处理为雨川在老五死后放弃了与老五哥哥的婚约,独自坐着火车独自离开了蔡家,相当于坐实了雨川与老五的爱情。这样的改动固然使影片更加动人,但也削弱了影片在人性表现上的深度。

两岸影视界所改编海外华人文学的作品的还有另一个较为突出的特色便是对社会弱势群体及边缘人群体的关注,但在边缘人生活状态的表现上,两岸的取材和表现方式都有所不同。

从数量来说,大陆的影视作品里改编自海外华文文学作家并表现社会弱势群体的作品不算太多,比较有代表性的是根据严歌苓小说《空巢》改编的影片《一个温州的女人》。而具体表现时也会对弱势人群所面临的问题以理想化的方式给予解决,整体上带有积极昂扬的基调。而台湾影视中此类题材的作品往往带有伤感的基调,不少甚至是以悲剧结局。

《一个温州的女人》反映了中国当代社会中空巢老人的问题,片中老人何教授的女儿远在国外,妻子又已亡故,何教授独自生活在对于妻子的回忆与歉疚之中,孤僻而固执地拒绝着旁人对他的关心与照顾。此种情形之下,来自温州的保姆春枝闯进了老人的生活,她热情开朗又细致入微,不仅将老人的生活照顾得细致入微,还一步步培养了老人独立生活的能力。影片虽然提出了空巢老人的问题,但对问题的处理上却非常理想化。春枝后来被发现并非是一个一般的保姆,她自身生活无忧,只是为了自己孩子的教育问题才到北京寻找教师帮忙。何教授在经历过最初的愤怒后终于放下了心结,他邀请春枝带着孩子与自己同住,并为她的孩子联系到了北京的小学学位。如此一来既解决了老人空巢无人陪伴的问题,也解决了春枝孩子的教育问题。值得注意的是,影片对故事结局的处理与台湾电影《白太阳》对原作的处理正好相反。《白太阳》是将并未明确的雨川与老五的爱情处理成了明确的爱情,而《一个温州的女人》则删去了小说里春枝与何教授后来结婚的情节,只让两人停留于主人与保姆间互相帮助的关系。这体现出影片的取向并不在于讲述主人与保姆间的爱情关系,而是着眼于塑造一个新型的保姆形象。

台湾影视中一向有着关注边缘人群体生活的传统,前述20世纪80年代根据白先勇小说所改编的《金大班的最后一夜》《孤恋花》《孽子》等作品就表现了舞女及同性恋少年等群体的命运，这些作品也无一不带有感伤的基调。进入 21 世纪后，随着人们观念意识的不断开放，一些作品的同性恋倾向被有意识发掘出来，在影视作品里重新得到了表现，《孤恋花》《孽子》就是具有代表性的例子。

《孤恋花》以从大陆到台湾的舞女云芳的视角讲述她身边两代舞女五宝和娟娟的故事，在 80 年代林清介执导的电影版本中，由于对题材的本土化处理，五宝这一人物被删去，云芳与娟娟之间也只是普通姐妹的关系。2005 年，曹瑞原将小说改编为电视剧，并在此基础上剪辑了电影版。作为整部作品的代表，电影版《孤恋花》突出表现了主人公云芳的同性恋倾向，她与五宝和娟娟之间不仅是姐妹关系，也是伴侣关系。尤其是与五宝之间，影片开始便是五宝跟林三郎一起上了回台北的船而后又从船上下来回到云芳住所的场景，两人见面相拥而接吻，明确了彼此间的关系。而此后云芳在台北遇到娟娟，娟娟的外貌性格及命运都如同五宝的翻版，她在娟娟的经历里一点点想起了与五宝相处的情感，最终也与娟娟发展出了与五宝相似的情感。直至最后，当娟娟穿着五宝的衣服挥舞着熨斗向欺负她的柯老雄疯狂砸去时，娟娟与五宝已经融为一体了。可见，与小说及林清介的电影不同，云芳在 2005 年版的电影《孤恋花》里占据了绝对中心的位置，小说里她更多的是一个叙事者的角色，作者是通过她的视角来看娟娟的命运。电影中她的情感状况成为核心，五宝与娟娟都是她所喜爱的人，她想要保护她们却不得，只能眼看着她们走向毁灭。

四 苦难的淡化与强化

大陆改编海外华文文学的影视作品中，有不少以"文化大革命"为背景，台湾影视相对缺乏这类改编，《白太阳》还将故事背景改在了台湾。倒是旅美华人陈冲拍摄的《天浴》表现了相关题材。相比较而言，大陆所拍"文化大革命"背景的作品多是作家的青春回忆，而《天浴》则突出了其苦难的成分。

《天浴》是华人作家严歌苓的短篇小说，讲述了一出特定时代下人性毁灭的悲剧。女知青文秀跟着牧民老金在西藏牧区牧马，文秀一心想回成都，在推销员能帮助其回成都的诱惑下向其献出了自己，之后种种男人都来找她，文秀也在"一碗水要端平"的心态下一次次献出了自己。但文秀的奉献并未得到她想要的结果,相反,当她怀了孕来到场部时,人们都表示不认识她。老金将她送到了医院,而她在医院手术后又再一次被男人侵犯。文秀最后把枪递给了老金,在老金的枪声中完成了自己的洗礼。《天浴》所揭示的悲剧非常令人震撼,为了一点点回家的希望,天真的文秀一次又一次地献出自己,而她周围的男人,从所谓的掌握权力者到男知青,无一不利用了她要回家的迫切心态对她进行侵害,人性之恶在此显现得淋漓尽致。电影对小说进行了内容做了细化与拓展,更加令人触目惊心。

知青生活是大陆改编海外书写的"文化大革命"背景作品影片的主要题材,主要的故事模式是男知青在上山下乡中与当地女青年或女知青之间的感情。"纯爱"是此类影片所强调的价值观念。《山楂树之恋》是其代表。影片讲述了地质队青年老三与女学生静秋之间的爱情。从始至终,老三一直在等待着静秋的成长,并为了不影响静秋落实工作而离开她。最后,约定的时间未至,身患重病的老三已带着对静秋的爱逝去,实现了他"我会等你一辈子"的诺言。影片对小说改编的关键是"纯化",原作中本来有一些比较大胆的亲热场面,影片中则连亲吻的镜头都没有,原作中还有一些人物间的冲突,影片中也省略了。影片的镜头完全集中在两个主人公身上,以年轻人单纯含蓄又执着的爱情来打动观众,而放弃了对于时代和人性的更深层次的追寻。《美人草》也有类似的处理方式,知青们的乡村生活中予人最深印象的始终是青年男女间的恋情纠葛。乡村成为知青们逃离俗世的世外桃源,成为他们恋爱成长、思考人生、认识世界的地方。

离开知青这一群体,家庭与爱情仍然是大陆改编海外华文以文化大革命背景作品的切入点。如根据严歌苓小说《陆犯焉识》改编的影片《归来》,着眼点就放在了人物的爱情上。原著小说讲述了主人公陆焉识一生的经历,而影片仅仅选取其在文化大革命被关押期间逃回家与妻子冯婉瑜见面的经历及"文化大革命"后回家与妻子的相处。影片的重点在于陆焉识回家后冯婉瑜不再认识他,却仍然在执着地等待着"陆焉识"的归来,陆焉识用尽种种方法都不能使冯婉瑜认同自己就是"陆焉识",只能一次次陪着她到车站去迎接那个永远不会归来的"陆焉识"。这一夫妻间相濡以沫至死不渝的爱情在影片中呈现得如此动人,令人完全想象不到原作中两人的感情并非如此美好。

根据张翎小说《余震》改编的《唐山大地震》同样是从家庭伦理的

角度表现了唐山大地震这一灾难。影片中徐帆扮演的母亲有一儿一女两个孩子,在唐山大地震中面临着两个孩子只能救一个的两难选择,母亲当时本能地选择了救儿子,但从此心里留下了对女儿的无穷愧疚。女儿后来虽然获救,但也在心里埋下了被母亲抛弃的创伤。整部影片着力于母女间情感的伤痛,是地震给人留下的心灵伤痛。

第四节 海外华文文学跨媒介转化的价值与不足

一 海外华文文学与中国影视的关系:从"进入"到"融合"

从 20 世纪 80 年代迄今,海外华文文学与中国影视的关系越来越密切,甚至已然"融合"到了中国影视业的发展之中,影响了 21 世纪中国影视的面貌及走向。

海外华文文学与中国影视业的"融合"表现在很多方面:

第一,从数量上看,海外华人文学作品被改编为影视作品的量较早期有大幅度的增长。20 世纪 80 年代,被改编为影视的只有於梨华的《母与子》、白先勇的《孤恋花》《玉卿嫂》《金大班的最后一夜》《孽子》《谪仙记》等寥寥可数的几部作品,而 21 世纪后,大批海外华文文学改编的影视作品出现,不仅有单部电影、更有长达几十集的电视剧,有的作品更是多次被改编,成为当今中国影视里一支不可忽视的力量。

第二,从涉及作家范围上看,有作品被改编的海外华文文学作家较早期也有了普遍增加。在 80 年代,作品被改编为影视的海外华文文学作家只有白先勇、於梨华,到 90 年代又增加了曹桂林、严歌苓,而进入 21 世纪后,有作品被中国影视界所改编的海外华文文学作家越来越多,除了白先勇、严歌苓仍然是被影视界青睐的作家,作品被频频改编,张翎、虹影、桐华、石小克、於梨华、艾米等人的作品也常常成为影视改编的对象。

第三,从作家的参与程度来看,从作品"被转化"到作家的"主动转化",作家们对自己作品影视改编的参与度越来越高,越来越多的作家从对自己作品的影视改编开始跨界到了编剧之列,有的甚至转为以编剧为主。如石小克、薛海翔就是典型的例子。而在编剧的基础上,有的作家还进入影视策划与制作的领域,如桐华、施雨等。

第四，从海外华文文学作家影视写作的内容来看，从早期多关注海外题材到现在更多写作国内题材，其内容与国内影视的主流内容相一致。如由艾米作品改编的爱情片、由桐华作品改编的穿越爱情片、石小克和薛海翔编剧的抗日剧和谍战剧等，都是国内影视的主流题材，在观众中有较大的影响。

第五，代表性的海外华文文学作家受到一些导演的长期关注，出现了成系列改编某个作家作品的导演。最具代表性的是台湾导演曹瑞原，自2003年将白先勇小说《孽子》改编为电视剧并获得一系列大奖和好评后，他一发不可收拾，又先后拍摄了根据白先勇同名小说改编的电视剧《孤恋花》（2005）和《一把青》（2015），成为白先勇小说电视改编的第一人。而在大陆，著名导演张艺谋也一直关注海外华文文学，已执导的根据海外华文文学作品改编的影片有《山楂树之恋》《金陵十三钗》及《归来》。

由此可见，21世纪以来，海外华文文学已经从早期以单部作品"进入"中国影视发展到"融合"中国影视业中。从开始只有一两部作品偶露峥嵘到现在遍地开花，从只有一两个海外华文文学作家作品被改编到现在许多海外华文作家作品受关注，从开始的只是作品的"被改编"到现在作家们对自身作品的主动改编，甚至转身成为编剧乃至制片人，从早期多描写海外题材到现在更多写作国内题材，海外华文文学已经进入中国影视业的生态系统之中，成为中国影视业不可缺少的一部分。

二 海外华文文学在中国影视中的地位和价值

随着海外华文文学逐渐"融合"到中国影视业中，成为中国影视生态的一部分，其在中国影视中的地位和价值也日益显现出来。

第一，从人才力量来看，海外华文文学成为中国影视业的内容及人才来源，加强了中国影视的创作力量。21世纪以来，随着中国改革开放的深入和全球化进程的发展，互联网将世界各地越来越紧密的联系在一起，今天的海外华文作家在与国内的沟通交流上较之以往任何时候都更为便利。这种沟通不仅包括他们的作品能够通过互联网等途径与国内的读者及时见面并获得反馈，更包括他们能够按照自己的意愿在中国与海外之间自由往返，这使他们能够接受国内影视公司的邀请进行编剧工作，成为中国影视行业的一分子。而从国内影视公司的角度来看，全球化也使他们的视野扩大,他们在考虑拍摄内容时已不再仅仅从国内的范围内来挑选,而是扩大到了全球的领域,海外华文文学及作家成为他们生产影视作品的内容及人才来源,加强了中国影视业的创作力量。如前所述,在今天的中国影视业中,白先勇、严歌苓、张翎、桐华等作家的小说创作是中国影视不可缺少的内容来源,而石小克、严歌苓、薛海翔等更是中国影视业里不可或缺的编剧人员,是中国影视创作不可忽视的"海外军团"力量。

第二,从内容来看,海外华文文学为中国影视提供了新的题材、思考和视角,丰富了中国影视的内容。海外华文作家大多是由中国移民至海外的第一代移民,他们对于华人在海外生活状态有真实的了解,对于中西方文化的异同也有较为真切的体验感受,而这些恰恰是国内的读者和观众所难以了解的,海外华文文学中的相关创作内容为中国影视提供了新的题材,扩大了中国影视的表现领域。而在对于中国境内题材的表现中,海外华文作家由于身处海外多元文化的氛围之中,能够借鉴西方文化的观点及视角对相关问题进行思考,这也拓展了中国影视的内容。如"文化大革命"背景故事中,大陆文学作品的常用话语方式是"伤痕",而在海外华文作家的思考与回忆中,"青春"与"爱情"是一个不可忽视的视角,也正是以这样的视角,才有了《美人草》《山楂树之恋》这样的作品。又如在国门开放,移民热潮涌起之时,国人常常陷入对于海外生活的美好向往中,将西方人都看作善良好友的朋友与导师,而《刮痧》《基因之战》则向人们揭示出海外华人生活与西方文化环境的冲突,揭示了西方人人性里存在的恶的一面,这些都有利于打破国人对于西方文化的盲目崇拜,加深国人对海外华人生存与文化环境的认识与了解。

第三,从影响来看,一些据海外华文文学作品改编的影视作品反映了当今中国社会与文化的发展与变革,对中国影视及社会文化影响巨大。如《北京人在纽约》反映20世纪90年代初中国的出国热及在此热潮下的中国人海外生存的状态,当时便在全国引起了轰动;《山楂树之恋》以"纯爱"的姿态赢得大众的关注,反映出经济发展之后,人们在日渐浮躁的社会里对于纯真的渴望与追求;《唐山大地震》以一对母女间的故事反映唐山大地震,是对这一重大自然灾害的少有的纪录;《金陵十三钗》以西方人的视角反映中华民族的苦难,反映出进入快速发展轨道的中国电影力求"走出去",向世界讲述中国故事的努力和探索;《步步惊心》由网络而影视，在中国影视里刮起了一阵"穿越"之风。这些影视作品与当代中国社会文化的发展变革息息相关，对当代中国影视产生了不可忽视的影响，是当代中国文化不可缺少的一部分。

三 中国影视作品里中海外华文文学作品的局限

在以不可磨灭的影响在中国影视里占据一定地位并"融合"到中国影视产业中的同时，海外华文文学对于中国影视的影响仍然有一定的局限性。主要表现为海外华文作家有时在创作、特别是影视创作中并未能发挥出自己身处两种文化交界的优势，给中国影视所带来的新题材与新视角还不够丰富。具体表现在：

第一，过去的故事多，现在的故事少。

从前文论述可知，无论大陆还是台湾，在根据海外华文文学作品改编的影视作品中，大部分作品都属于历史题材的范畴，而真正反映当今社会生活的作品则比较少。如台湾的改编中，除了《少女小渔》《白太阳》《孽子》等几部作品之外，大部分被改编为影视的海外华文文学是白先勇的作品，而白先勇的作品大多反映经历了上海及台湾时期的"台北人"，有较强的历史沧桑感，传奇性十足，但与台湾当下的社会现实则有一定差距。而在大陆的改编作品中，除了《北京人在纽约》《基因之战》等能够及时反映当代海外华人的生活状态，其余表现民族苦难、穿越爱情、民国传奇、"文化大革命"爱情等方面的作品都不是对当下中国及海外华人生活的反映，在一定程度上影响了它们的现实意义，也影响了观众对它们的接受与传播。

第二，境内的故事多，境外的故事少。

前文曾论述，海外华文作家虽然身处国外，也创作了许多关于海外华人生活状态的文学作品，但在被中国影视化的作品中，大部分仍然是关于中国（大陆及港台等地区）的故事。以严歌苓为例，虽然她有许多作品被改编为影视作品，但真正讲述海外题材的只有《少女小渔》等几部，而近年热映的电影《金陵十三钗》《归来》、电视剧《小姨多鹤》《第九个女人》《一个女人的史诗》等都是发生在中国境内的故事。又如石小克，在《基因之战》之后，其所编剧的抗战剧谍战剧就与国内的同类电视作品的别无二致了。还有桐华，根据其小说改编的穿越剧完全发生在中国境内甚至古代，与海外生活毫无关系。当然，这当中起决定因素的是中国的制片方，相比一些海外题材作品，他们更愿意改编作家们关于中国境内题材的作品。原因主要是境内题材作品与观众的距离更近，更容易引起观众注意，得到商业上的成功。制片方这样的做法固然无可非议，但就海外华文作家而言，这样的改编乃至写作令他们的创作优势被放弃，与境内作家/编剧的创作领域就少了差别。

四　跨文化视域里跨媒介写作的策略

就作家而言，创作是一件个人化的事，它与作家的出身环境、成长时代、生活经历、性格情感、思想观念、文字风格等各方面的因素密切相关，每一个细微的不同都会影响到作家的创作，作为研究者，在深入了解的前提下对单一作家的写作进行建议或许有可行之处，但要同时对不同作家创作进行建议其实是一件不太可能的事情。只是考虑到有许多海外华文作家作品正在或即将被改编为影视作品，作家们或许正在或即将进行跨媒介的影视写作（改编或编剧），而影视是大众文化的代表，并不完全由作家所决定，在此对这些作家（编剧）提出一些不成熟的策略建议，仅供参考。

第一，把握时代脉搏，发挥自身身处海外的优势，书写新时代海外华人的故事。

从19世纪至今，中国海外移民的历史已有一百多年，海外华文文学的历史也已上百年，在这百年的历史里，由于国内外政治经济文化环境的影响，海外华人长期地位低下，饱受离散之苦，反映在作品里大多也是乡愁之思。而21世纪以来，随着中国经济的发展和互联网时代的到来，距离不再成为华人与祖国交流的障碍，华人在海外的地位有了显著改善，海外华人的离散乡愁早已变为了追逐梦想的努力与奋斗，许多华人在海外取得了杰出成就。但相比当代华人的丰富生活与突出成就，海外华文文学作品，尤其是影视作品里对他们的故事还少有反映，这与时代的发展是不相称的。尤其近些年来，如20世纪90年代初《北京人在纽约》那样及时反映出国热并产生巨大影响的改编自海外华文文学的影视付之缺如，而被改编为影视的海外华文文学作品多是如《金陵十三钗》《上海王》《步步惊心》这样历史题材的作品。这并不是因为国内观众不需要反映海外华人生活的影视作品，相反，2016年表现留学热潮的《小别离》的热映恰恰表明了观众对此的需求。但近年如《中国合伙人》（2013年，陈可辛导演)《北京遇见西雅图》(2013年,薛晓璐导演)《北京遇见西雅图之不二情书》(2016年,薛晓璐导演)《战狼2》(2017年,吴京导演)等影响较大的反映海外华人生活的影片都并非出自海外华文作家之手,这不能不说是一个遗憾。有心有力的海外华文作家不妨由此入手,为读者和观众书写新时代的海外华人故事。

第二,把握世界话语,以新的方法和视角书写中国故事,传播中国声音。

就作家成长的实际情况而言,大部分海外华文作家属第一代移民,相较于海外经历,他们童年及青年时的成长记忆往往留在国内,他们对中国及中国文化会更亲切与熟悉,他们对于境内中国故事的抒写也是非常自然的。但作家们不应满足于对自身记忆的怀旧式抒写,而是要将个人创作与国家民族的繁荣联系起来,立足中国文化,树立全球视野,融通中外,掌握能够为各国民众所乐于接受的话语体系和叙事方法,以新的方法和视角讲好中国故事、传播中国声音。在此方面,近年《长城》(2016年,张艺谋导演)、《湄公河行动》(2016年,林超贤导演)等影视作品已经做出了一些探索,海外华文文学作家不妨多发挥自身优势,在此方面做一些努力。

第三,把握媒介特色,适应跨媒介书写方法。

尽管作家大多有着丰富的创作经验,但影视创作有着自身的要求与特点,以小说等创作为主的作家在进行跨媒介书写时必须了解这些特点,并根据这些特点对自己的写作进行相应的调整以适应影视媒介的要求。这方面作家们可以向白先勇、严歌苓、桐华等作品经常被改编为影视的作家借鉴。他们的作品都具有人物鲜明、故事传奇、情景交融、画面突出等特点,这些使他们的作品容易被影视所改编与呈现,具有较为突出的"可拍性"。海外华文文学作家如果有意进行影视方面的跨媒介写作的话,也不妨注意一下这些方面,以加强自己作品的"可拍性"。

结语　全球化时代海外华文文学"跨界"动向与意义

海外华文文学的发生，源自作家的跨界"旅行"；海外华文文学拓展与发展的动能，也源自作家于自发与自觉的反复"跨界"之中。可以说，没有"跨界"，就没有海外华文文学。

进入全球化时代以来，尤其是中国逐渐发展壮大以来，海外华文文学的"跨界"趋势更加迅猛与多样，其带来的种种景观与气象，已经成为海外华文文学发展与兴旺的"新坐标"。

一　全球化时代与海外华文文学的"跨界"动向

海外华文文学，本质上就是从"跨界"而产生的学术空间。从发生学的角度考察，百余年前，晚清华工、外交官、留学生及其文人的"跨界"，带来的域外经验表述无疑内在地包含了生命的移植与意义的扩充。例如，晚清海外华工、外交官、留学生等人的域外写作，其形态与内涵都极为新鲜与生动：从劳工书写的"无声"到"有声"，从外派官员的多种"代言"到侨居、流寓文人的极为个人化的跨界行旅书写，史无前例地形成了一种饱含"跨界"特质的多声部合奏。这种以"跨界"为特质的多声部合奏，既理所当然地是中国近现代文学的海外分支，并使得中国近现代文学走向丰满与现代，更是海外华文文学极为重要的历史性开端，成为海外华文文学重要的发展阶段与宝贵资源。

正是从这个角度出发，那些或许在中国近现代文学中，被认为是并不重要、并非成功之作，在海外华文文学的发展艰难历程中，就具有了非常重要的意义，甚至是历史性意义。如老舍是中国现代文学中，极具北京地方味道的作家；他那种诙谐风趣、蕴含思考，让人读着笑、笑得潸然泪下的笔力，得到中国直至世界许多华人的喜爱与推崇。但是，较之于鲁迅，老舍对海外华文文学尤其是马华文学发展的影响，都还显得较为有限。如老舍的小说《小坡的生日》，在中国现当代文学研究者看来不是老舍最重要的作品，甚至是老舍创作中不成熟的作品。但是，曾经担任新加坡国立大学中文系主任的王润华在"重审经典"的要求和姿态中，王润华对老舍热情推崇——可以称为是重新发现。

王润华认为：老舍在 1934—1935 年写作、发表的《还想着它》《我怎样写〈小坡的生日〉》《一个近代最伟大的境界与人格的创造者——我最爱的作家——康拉德》《写与读》，都是以他在海外生活的经验来阅读康拉德的热带丛林小说；而且，"由于老舍的后殖民论述与新马的经验有关，老舍虽然短暂住在新加坡，这也算是新马后殖民文学与论述发展史上重要的一个注释"①。王润华从他所理解和阐释过的后殖民主义理论出发，阐述着老舍及其小说《小坡的生日》在海外的重要意义与启示。他认为：《小坡的生日》中的"花园"，预言了今日新加坡"花园城市"的蓝图；小坡和印度小男孩、马来小姑娘、广东小胖子、福建小孩一起玩耍，象征着"多元种族主义的民主生活方式"；孩子们联合起来打华文私塾老师，象征新加坡的下一代联合起来改革旧的教育制度；维持公道、机智灵巧的小坡，是新一代新加坡人的典型，象征着新一代的新加坡的领导人等。②

现代阐释学认为，每一次文本的解读都是文本的一次再创作。从这个意义上看，王润华的解读，尤其是对文本中"花园"，即象征今日新加坡"花园城市"的阐发，不一定是创作者的当年的原意，而是解读者今天的"原创"。通过这样的解读，王润华把《小坡的生日》，"再创作"成为一个"中国最早的后殖民文学理论"和"中国最早的后殖民地文本"，③ 成为一个在走向民族融合的时代，对新马华文文学具有启示意义的先驱之作。

进入全球化时代以来，海外华文文学的跨界动向，更可谓形式多样、丰富多彩、势头凶猛。尤其是中国逐渐发展壮大以来，海外华文文学的

---

① 王润华：《中国最早的后殖民文学理论与文本：老舍对康拉得热带丛林小说的批评及其创作》，《华文后殖民文学》，学林出版社 2001 年版，第 21 页。
② 王润华：《中国最早的后殖民文本：老舍的〈小坡的生日〉对今日新加坡的后殖民预言》，《华文后殖民文学》，学林出版社 2001 年版，第 45 页。
③ 王润华：《中国最早的后殖民文学理论与文本：老舍对康拉得热带丛林小说的批评及其创作》，《华文后殖民文学》，学林出版社 2001 年版，第 21 页。

"跨界"趋势更加迅猛与多样;所引发的种种文学景观与文化气象,已经成为海外华文文学发展与兴旺的"新坐标"。

其一,多元文化语境中的海外华文文学的跨族裔书写,作为内在于海外华文文学的"特殊标志"变得格外多样与靓丽。例如,在所谓跨族裔的"异族叙事"中,无论新老移民作家,还是华裔作家,都在向同一维度聚合:既以悲凉的心态叙述华族"故事",也以悲凉的心态叙述"异族""故事";不仅以悲悯的胸怀容纳"故事"中的华族人物,也以悲悯的胸怀容纳"故事"中的"异族"人物。这种跨族裔书写,已经从创作题材的"内在性",逐渐转化为作家生活与心灵深处的内在性;作家书写心态,逐渐从一种"隔族而望"的边缘、对立、疏离,以及其走钢丝般的犹疑、惶恐,调整为"我"在"他"中,"我""他"一体的亲近、对话与自信。这种跨族裔之"跨",跨族裔书写之"写",展现的是这一时代的华文文学,从所在国的"族裔文学"到"公民文学"的时代性、内在性思考与转变,深化与拓展了华文文学作为所在国少数族裔文学的内涵与意义;也展示了华文文学作为一种世界性语种文学的博大胸怀与成长愿景。

其二,海外华文作家的空间疆域的反复跨界与书写,即"再留学"及其"海外书写"现象,逐渐演变成为新时代的一种重要的文化景观。

曾几何时,来自中国台湾的海外华文作家,随身携带的是"双重的放逐感";来自中国大陆的海外华文作家,铭心刻骨的是"双重的插队感"。而在这两个"双重"之后,隐含的都是思乡之苦与悲剧意识。如诗人洛夫所言:"一个诗人身处海外,骤然割断了与血缘母体和文化母体的脐带"[①]。流落异域他乡是悲剧,沦落为弱国子民,更是个人的悲剧,也是民族的悲剧。进入全球化时代,中国进入了快速发展与和平崛起的新时代。一方面,是海外华人随之而来的扬眉吐气;另一方面,"全球流动权"带来了"行走者"的多样化便利。在这个态势中,逐渐壮大的所谓"再留学"作家群,包括了国籍身份变化后回国再读学位的"留学生"、回国工作的"海归"者,以及因投资、购房等多种原因常年轮居于祖籍国与移居国之间的"双栖"者。这种在祖籍国与移居国之间的自由游走,由于反复"跨界"而成形的"不即不离"的"间性",决定了他们的跨

---

① 洛夫:《天涯美学——海外华文诗思发展的一种倾向》,《文学界》2006年第12期。

文化交流和文学书写具有"第三空间"的特性与优势。多种形式的"再留学",使海外华文作家有机会"再中国化",使他们的"海外书写"更具有针对性和当下性,既能以"在地人"的情感书写中国,也能以"外来者"的双重视野思考中国与世界。他们可以将更多的理论资源运用于文学书写,以批判现代性介入中国的历史叙事以及当下的现代变革实践。在跨文化、跨地域书写中,提供着全球化时代"中国道路""中国梦"的第三种表述,探索着中华文化传播的多元路径。

其三,海外华文文学中的双语书写,在跨越汉语与英语或其他语言界限的同时,传承着中华文化和文学传统,开辟出多元文化直接对话、碰撞与交流的新平台。

20世纪之初,第一个毕业于美国耶鲁大学的中国留学生容闳,根据自己的切身经历与心灵感受所创作的 *My Life in China and America*,讲述着清末官派幼童留学美国的故事,也反映了作者坐言起行,心怀天下,劳碌奔波,实践教育救国,投身维新改良运动的传奇经历。1915 年商务印书馆出版了恽铁樵、徐凤石所翻译的中文版《西学东渐记》。到了 20 世纪 30 年代,随着中西文化交流的拓展与深化,中国学者与留学生的英语创作逐渐成为一种气候,熊式一的《王宝川》(*Lady Precious Stream*,1934)《天桥》(*The Bridge of Heaven*,1943),林语堂的《京华烟云》(*Moment in Peking*,1939)、《风声鹤唳》(*A Leaf in the Storm*,1940),黎锦扬的《花鼓歌》(*The Flower Drum Song*,1957),都成为当时名扬一时的著名作品。它们既为西方读者打开一扇通向中国的文化之窗,也为英语文学提供了一种交织着中西文化思维的"异质表达"。其后,更有熊式一将《天桥》、林语堂将《京华烟云》等转译成中文出版,读者不难发现:第一,他们常常使用"自传"的方式,细腻地写出他们在中西文化之间穿行的感受。然而,需要注意的是,这类"自传",不一定是真正的、纯粹的自传,而有可能具有一种"伪自传体"的意义,或者说,具有丰富的文学色彩。作品里的许多"我",在许多时候,也并不一定是现实中的作家本人,而是作家的想象与"记忆"。作为"叙述策略",这类所谓的"自传",在个人史与家族史、民族史之间,往往暗含着一种相互对应的隐喻关系。第二,作家的所谓自译,在尊重中西语言、文化、历史差异的前提下,常常都会出现较大修改与变化。因此,这些作品,既可以视为作家本人的翻译之作,亦可以视为作家在两种语言与思维交互之时的一种再创作：一种特殊的双语文学创作。

新移民作家群出现之后，这种特殊的双语创作方式得到了发扬与发挥：严歌苓、哈金、闵安琪、赵廉、李彦等作家跨越语言边界的双语创作，已经成为海外华人文学中的一道亮丽的风景。李彦的《红浮萍》和《雪百合》，先后出版了英汉两种版本。赵廉的《枫溪情》（Maples and the Stream, 1999）和《切肤之痛》（More Than Skin Deep, 2004）是英汉双语诗集（Text in English and Chinese），欧华作家杨允达的《三重奏》和《异乡人吟》更为中英法三种语言的作品集。这些作品，跨越了汉语和英语或其他语言的界限，也跨越了地域空间和历史文化的界限；不仅传承了中华文化与文学传统，也开辟出多元文化直接对话的平台，在世界文学中独树一帜。

其四，海外华文文学与海内外华文传媒的双向"跨界"与互动，使得这一时代的海外华文文学成为传媒与作家共同"操作"的产品，并构成传媒时代的海外华文中特殊的"文学书写"。

在大陆文学期刊与海外华文报纸副刊、期刊及其华文网络的双向"跨界"与互动中，无论是海外华文文学作品的生产、刊登，还是批评者及其批评观点的选择，乃至论题的策划、论争的发展及其流派的兴起与流行，背后都有传媒的深度参与。

20世纪90年代，马华报纸及副刊与马华文学关系密切；与剑拔弩张的七八十年代相比，90年代马来西亚的社会环境与族群关系均有好转。但是，对已经无意于"党派政治"的华人而言，依然深感生存的两难：既要本土化，又非被同化。但是，本土化，在某种语境中有可能演变成为一个政治话题，与种族政治挂钩："在许多马来人的心目中，要效忠马来西亚，一切应该本土化。……这种堂皇的理由为族群之间制造了新的宰制关系。"[1] 可见，生存的两难，失魂的危机、被同化的危险，像一把利剑时刻悬挂在华人的心头。

危难之时，谁来护魂，谁能护魂？华文报纸与华文文学不谋而合、因缘际会。首先是《星洲日报》《南洋商报》等挺身而出。1988年，在"党派政治"以及商业化大潮中，张晓卿即以守魂与护魂为使命，接手复办《星洲日报》；并使该报逐渐"由早期一份普通的侨民报纸，蜕变为今

---

[1] 何国忠：《马来西亚华人：身份认同、文化与族群政治》，马来西亚：马来西亚华社研究中心2002年版，第100页。

天深具影响力的人民喉舌"①。张晓卿认为:"透过优美的方块文字所撰写出来的作品,不仅隐藏着隽永的中华文化之美;字与字之间串联而成的文句背后,延续着炎黄子孙文化思潮的脉动。"② 因此,"人民喉舌",有必要"在文化良知的驱策和众人的期待与鼓舞之下,勇敢地负起一份艰巨但充满意义的文化传承工作"③。

华文报纸与华文文学的共同渴望与互相需求,决定了报纸与文学二者的共谋与互动。在很大程度上,马华文学栖身于报纸及其副刊。华文报纸作为传播力量,作为文学活动的发起与组织者,作为副刊"地盘"的"拥有者",直接与间接地影响着90年代马华文学作者、读者、批评者,以及文学观念、文学风格、文学思潮,直接与间接地影响着90年代马华文学的走向与发展。二者间的关系,呈现着双向交互性共谋与互动——互相依赖、共求发展,而非单向性依赖———一方为主,一方附着。90年代,能够成为马华文学发展中的黄金时期——文坛的繁荣与文本的生动、深刻,也都离不开媒体与文学的合谋与互动。

从这个意义上看,华文传媒对海外华文文学的发展而言,不再只是一个所谓的中介,它已经成为海外华文文学的重要组成,成为海外华文文学的"结构性因素"。而作家、批评者也与华文传媒组成了多种同盟,依托华文传媒并联手华文传媒,从事着文学产品的构思与生产,推动着文学思潮与流派的发生与发展,也推动着海内外华文传媒的变化与发展。

其五,海外华文文学与中国影视界的跨媒体转化,亮点纷呈、佳作迭出、人气高涨。经过从文本到影视多重跨越的影视佳作,推动了海外华文文学的经典化进程,也对中国影视市场产生巨大的冲击。

当年,白先勇作品的影视改编,曾经极大地强化了大陆观众对作为海外华文作家白先勇的认知与理解。电视连续剧《北京人在纽约》的改编与播出,不仅使得人们开始重视北美新移民作家与作品,更一时间成为国人观察西方、了解海外华人的一个重要窗口。严歌苓《少女小渔》《金陵

---

① 张晓卿:《让我们开始新的长征——星洲日报复刊有感》,《星洲日报》1988年4月8日。
② 张晓卿:《面对挑战,勇敢跨越》,《花踪文汇9》,马来西亚:星洲日报出版社2009年版,第2页。
③ 张晓卿:《期许与愿望》,《花踪文汇1》,马来西亚:星洲日报出版社1992年版,献词。

十三钗》《陆犯焉识》，张翎《唐山大地震》等小说的改编与上演，所产生的巨大轰动效应与票房效应，更是让人叹为观止。

海外华文作家在海外进行创作是一种跨国界的创作行为，同时也进入了一种跨文化的视域当中，即使作家所使用的是中文，讲述的是中国地区的故事，作家观照这些故事的方式有了改变。相对于国内作家作品的影视改编，海外华文文学在中国大陆及台港的影视改编，不仅是一个简单的从小说到影视的改编，其中包含了地域及文化的多种跨越：从地理层面故事的跨国界讲述，到文化层面的跨文化视域里的故事讲述，再到中国对跨文化讲述的中国故事的选取或跨文化讲述的中国故事的回归，以及故事的跨媒介转化。这些多重的跨越的结晶，既推动了海外华文文学的经典化进程，也对中国影视市场产生巨大的冲击，为中国影视艺术的历史涂抹上了浓墨重彩的一笔。

二 全球化时代海外华文文学"跨界"的意义

海外华文文学，说到底，是一种移民文学，是一种因海外华人移民而生，因海外华人移民以多样方式反复"跨界"而蜕变、成长的一种移民文学。

1. 反复多样的"跨界"与移民的恒久流亡

我们说，没有"跨界"，就没有海外华文文学。不仅仅是因为海外华文文学的发生，源自华人作家的跨界"旅行"，更是因为，海外华文文学拓展与发展的动能，也源自海外华人作家自发与自觉的反复"跨界"之中。这种反复不止的"跨界"，首先是因为，海外华人作家，生存与奋斗在多种文化空间之中，生存与奋斗在文学创作与多样化的受众之间，这一特殊的客观现实；同时，也是因为，海外华人作家，无论如何生存与奋斗，均无法掩饰与回避——心灵恒久流亡，这一特殊的主观现实。

百年来的海外华文文学，因为海外华人作家本身生存状况的变化，包括生活状况、身份状况、精神状况、写作状况的变化，已经发生了很大的变化。从华侨到华人、华裔，从祖籍国的积弱积贫到逐渐的和平崛起，随着时间的流逝与时代的变更，海外华人作家，逐渐淡化了乡愁，甚至转移了乡愁——只把他乡当故乡。正如加拿大华人作家郑南川所言："跳出移民圈子的写作，把自己放在'公民'意义上的思考，写共同命运和不同差别，写出自己新的生活，会给写作带来一个进步。"① 其实，这种主动将"自我"放置于"公民""意义上的思考"，早已出现在华裔作家之中，尤其是东南亚的华裔作家的书写之中。如今，出现在新移民作家群体之中，也是一种较为自然与正常的发展、变化。

全球化经济的发展，不仅加速了各种族群的跨国迁移，加速了华人族群的跨国迁移，而且迁移后的族群，包括华人族群，逐渐褪去侨居色彩，已经成为，或者将要成为所在国的公民。由侨居到定居，从侨民到公民，由此产生的公民责任和国家认同，再附之以岁月的反复磨砺，转移乡愁、立于"公民""意义上的思考"，已经成为海外华人一种必然的思想方式，一种必然的文学思维。因此，这种家国观念与身份意识的"跨界"，必然带来文学观念、文学样式、文学内容的蜕变与新质。

然而，海外华文文学所蕴含的反复多样的"跨界"，更是源自移民与移民文学的本质性"内核"：移民心灵的恒久流亡。

"移民流散者的公民主体身份是一种双重代码，即公民权设置了一个法律的、领土的实体，这与个体的主权和权利特权相关，另一个代码则是处于文化共同体中之中，这一点则与共享的民族和社会特色的历史相关。流散者精神分裂式的诉诸于这个结构，以整合的方式或者多元主义的方式。作为一个民族—国家的公民，流散者可以享受抽象的司法意义和宪法意义上的公民权利，但他们却不能分享共同的文化根基，而这种文化根基伴随有异质社群所具有的特殊价值和目标，这些价值和目标微妙性地或者开放性地与国家法律整合在一起，……"②

海外华人作家，无论如何"把自己放在'公民'意义上"去"思考"，他们所谓"公民"的"意义"，更多还是立足在所在国"抽象的司法意义和宪法意义上"——指向某些义务与权利，却不能分享，或者难以完全分享，这个国家共同的文化根基。因此，"他们一方面既想积极融入移居国文化并产生移居国的国家文化认同和政治认同，但另一方面又往往因为族裔散居体验，导致他们内转的族裔认同和文化认同，由此便形成

---

① 郑南川：《写作的多元跨越与"文化认同"——小说〈十三号楼的奇怪声音〉创作谈》，王列耀主编《文化传承与时代担当：首届世界华文文学大会文选》，花城出版社2016年版，第249页。

② 江玉琴：《论多元文化主义的悖论与超越：以移民流散文化为例》，《深圳大学学报》（人文社会科学版）2011年第3期。

了居于两种或多种文化之间的移民流散文化"①。说到底，他们所谓的"公民"认同，是多样性地建构在差异、

动荡、制衡、权变之中，或者说，由于不能分享共同的文化根基，以及不能分享由此"微妙地""整合在一起"的"特殊价值和目标"，实际上，造就了包括华人族群在内的少数族群，文化认同与国家文化认同的矛盾与两难——即使在实行"多元文化主义"的国家，作为少数族群的海外华人移民，对他们已经获得或者将要获得的"公民"的"意义"，既有所认同，又无法全面认同。他们最终不得不"精神分裂式的诉之于这个结构"，感受着一种永久性的、超越式的无家可归——心灵的流亡。

正是这种无法解脱、无法掩饰、难以回避的心灵的流亡，注定了海外华文文学在发展路途中的动荡、冲撞与权变——永远以不安分的姿态，尝试着各种样式的跨界——从作家到作品，从心态到观念，从语言到样式，从生产到传播等。多元文化语境中的海外华文文学的跨族裔书写，海外华文作家空间疆域的反复跨界及书写，海外华文文学中的双语书写，海外华文文学与海内外华文传媒的双向互动，海外华文文学与中国影视界的跨媒体转化以及海外华文文学的中的"跨宗教书写"等，都是海外华文作家心灵流亡途中，以不安分的姿态、寻求动荡、冲撞、权变、蜕变的外在表现。

由于这份永远无法解脱、无法掩饰、难以回避的心灵流亡，这种持续性的动荡、冲撞与权变——永远保持不安分的姿态，尝试着各种样式的跨界。正因如此，海外华文文学，在百年的发展途中，尤其在"留学生文学"与"新移民文学"两大群体中，亮点纷呈、佳作迭出、人气高涨。并且，对中国本土文学，带来许多新质，带来多次巨大冲击。在某种意义上，对中国本土文学，已经形成一种反哺。

但是，也应该看到，跨界带来的新与异，有时也具有双重意味，还留下不少遗憾与反思的空间。例如，经过从文本到影视多重跨越的影视佳作，推动了海外华文文学的经典化进程，也对中国影视市场产生巨大的冲击，并且，获得巨大的票房效益。然而，正如严歌苓所说："电影和电视

---

① 江玉琴：《论多元文化主义的悖论与超越：以移民流散文化为例》，《深圳大学学报》（人文社会科学版）2011 年第 3 期。

带给你如此大的收益,你就会不自觉地去写作它们所需要的作品,这有时候对文学性是一种伤害。"① 市场效应背后的经济之手,也会抹平许多作家的棱角直至灵魂。甚至,直接诱导着某些海外作家,放弃了心灵的追求与自我的声音,失却了自己身处两种文化交界处的重要优势。

2. "跨界"的意义与走向:中国经验与人类经验的对话、交流

进入后殖民时代以来,尤其是进入经济全球化时代以来,移民群体在文化认同过程中,面临着难以逾越的"分裂性"。移民作家因此也获得了"边缘化的跨界生存""双重人生经验与视野""文学创作的自由度"以及"双语思维与创作能力"②,产生了一批世界著名的移民作家,如康拉德、纳博科夫、昆德拉、奈保尔等。

不难发现,许多世界著名的移民作家,都有着较为相似的流放经历。但是,细究之下,他们的流放及其对于写作的意义,并不完全相同。

其一,欧洲现代历史上那些自我放逐者,如昆德拉、纳博科夫;他们的"流亡则主要是精神的、内向的,是精神家园破灭后的虚无感"。"他们往往是自觉自愿,甚至引以为荣地把自己置于流亡境地。""流亡"一词具有宗教的、哲学的和末世学的含义。

其二,"奈保尔一类第三世界流亡知识分子","流亡无根是宿命","因为没有他选择的自由,父辈早早就决定了他的命运"。他们是"命定的无根人"。"还有许多印裔、华裔、非裔、澳裔、拉美裔、阿拉伯裔移民或流亡作家,一起形成当代移民文学—流亡文学的大势",其中,也包括美籍华裔作家汤婷婷、谭恩美等。"这些人大多是所谓'换语人',用不那么纯的前欧洲主人的语言从事着所谓'过境写作',发出移民或移民后代人独特的声音。"③

还需要指出,"第三世界流亡知识分子",除了"奈保尔一类第三世界流亡知识分子"外,还有非"奈保尔一类第三世界流亡知识分子"。也就是说,在"命定的无根人"这一作家群体中,不仅仅只有奈保尔,或者汤婷婷、谭恩美等美籍华裔作家,更有东南亚,尤其是马来

---

① 严歌苓:《电影对文学有伤害 不打算再干编剧》,腾讯网,http://ent.qq.com/a/20121015/000037.htm,2012年10月15日。
② 江少川:《新移民文学的"经典"与"经典化"》,《南昌大学学报》(人文社会科学版)2015年第1期。
③ 梅晓云:《文化无根——以奈保尔为个案的移民文化研究》,西北大学博士学位论文,2003年,第20页。

西亚、印度尼西亚的华裔作家，包括王润华、黎紫书、袁霓等。他们均是在所在国出生、成长的华人移民后裔，有的已经是第三代、第四代移民后裔。但是，他们并未成为所谓"换语人"，既非"用不那么纯的前欧洲主人的语言从事着所谓'过境写作'"，也非放弃了中华传统文化与语言进行"在境写作"。而是以祖籍国的文化作为根基与养分，融会所在国文化，形成了自己独特的华族族群文化，并且坚持华文写作；既与海内外华文传媒双向"跨界"与互动，构成传媒时代的海外华文的"文学书写"，也创造性地推进了多元文化语境中的海外华文文学的跨族裔书写，使其作为内在于海外华文文学的"特殊标志"变得格外多样与靓丽。

其三，应该称为来自第三世界新移民中的"知识分子"，其中，既有来自中国台湾的白先勇，也有来自中国大陆的严歌苓、张翎、虹影等。他们或者因为"双重放逐"，或者曾经"两次插队"，从留学进而入籍北美，对他们已经获得"公民"的"意义"所在国文化，既有所认同，又无法全面认同，最终不得不"精神分裂式的诉之于这个结构"，感受着一种永久性的、超越式的无家可归——心灵的流亡；以永远不安分的姿态，以各种样式的文学跨界方式，发出一种来自第三世界华人新移民知识分子的无法解脱、无法掩饰、难以回避的心灵流亡的声音。

非"奈保尔一类第三世界流亡知识分子"与第三世界著名新移民华人作家，不仅向世界发出了自己的独特声音，提供了独特贡献，也与前述两种世界著名移民作家，形成了对话、交流；并且，共同构成全球化时代波澜壮阔的世界移民文学大潮。从白先勇、严歌苓、张翎、虹影到王润华、黎紫书、袁霓等的不懈努力与卓越贡献中，我们不仅看到了海外华文文学，从所在国的"族裔文学"到"公民文学"的时代性、内在性思考与转变，看到了深化与拓展了的华文文学，作为所在国少数族裔文学的重要内涵与意义，更看到了华文文学作为一种世界性语种文学的博大胸怀与成长愿景，看到了海外华文文学在世界移民文学大潮中的独特性与重要贡献，看到了中华文化走向世界的一种重要方式——中国经验与人类经验的直接对话、交流。

当前，构建与发展人类共同体的设想与呼声，已经逐渐得到世界性的呼应与认同，"各种类型和条件下的现代人们，作为一种生存条件，已经日益自发成为了几个想象共同体的成员，在这些复杂的边界之间和跨越中的协调已经成为现代性本身的特性"。① 在此背景与趋势之中,海外华文文学跨界及其书写所形成的意义,已经超越了原有的学科知识范畴。因此,世界华文文学研究与学科建设必须紧盯"跨界"之"跨",进行深入地探讨与挖掘;通过对"跨界"现象的集中性研究,找寻海外华文文学发展中的新动向与研究的新突破口;拓展海外华文文学创作与研究的新领域,把握海外华文文学研究的前沿性学术命题。从跨文化、跨语言、跨媒介、跨族裔、跨学科等角度,发掘、清理、研究具有"趋势性""冲击性""持续性""方向性"的重要"跨界"现象;从"交叉""融通""联姻""混血"的角度,尝试去清理、挖掘、发现、研究海外华文文学发展中的新坐标;从本领域中总结中国经验,进而实现与推进中国经验与人类经验的进行对话。

---

① 江玉琴:《论当代流散文化中民族性的消解与重建——兼谈斯图亚特·霍尔的流散理论》,《深圳大学学报》(人文社会科学版) 2009 年第 4 期。

后　　记

　　本书"海外华文文学的跨界研究"是国家社科基金重大项目"百年海外华文文学研究"的子课题。本书以世界视野和"跨界"视角，对百年海外华文文学的文化内涵和文学现象做整体性的考察。

　　"跨界"这个词体现着海外华文文学的多重特征，如跨文化、跨学科、跨语言、跨媒介、跨族裔等。海外华文文学有太多的"跨界"现象值得我们思考和研究。正如我们在结语所言，海外华文文学本质上就是因"跨界"而产生的学术空间，它的发生源自作家的跨界"旅行"，并在作家自发与自觉的反复"跨界"中得到进一步的拓展。从"跨界"的研究中，我们看到华文文学如何与历史、与世界、与时代对话，华文文学作为文化混杂的"第三空间"独特文化，在"跨界"书写中展现了其深层次的内涵。

　　从华文文学的"跨界"研究中我们可以发掘很多具有前沿性的学术命题，自项目在2011年立项以来，有意识地带着我的博士、硕士研究生从不同的"跨界"角度去探究华文文学的特质，经过多年的努力我们取得了一定的成果，其中的一些研究成为这批年轻的华文文学研究者的学术生长点，奠定了他们学术研究的基石。我们也期待有更多的学者在这一方面做出更深层次的研究和阐释。课题组除了我的博士、硕士们以外，还有蒲若茜教授和她课题组成员的加入，在课题组全员的努力付出、通力合作下，我们完成了这一本书稿。本书的顺利出版，也得益于中国社会科学出版社慈明亮编辑的细致编校，在此一并致谢！

　　本书由王列耀总体设计，课题组成员共同完成，主要撰写人员如下：

　　绪论：龙扬志

　　第一章：王列耀、贾颖妮、温明明、池雷鸣、李培培、王珂、陈梦圆

第二章：陈庆妃

第三章：蒲若茜、李卉芳

第四章：颜敏

第五章：周文萍

结语：王列耀

全书由王列耀审读、修订并定稿，温明明和彭贵昌参与了统稿过程中的具体工作。

王列耀

2021年12月